A QUEDA DO PARAGON

O CÓDIGO DO HERÓI
LIVRO 1

A.R. KNIGHT

DA RUA COBERTA DE NEVE, Aegis viu as luzes e ouviu os sons de seus alvos. As vozes não chegavam aos sessenta e poucos andares abaixo do único trecho iluminado no prédio alto e largo que dominava o parque empresarial abandonado, mas os tiros sim; estalos e estrondos de armas de modelo antigo denunciavam seus donos com seus tatatás. O barulho provava que Aegis tinha um motivo para estar ali fora numa hora da noite conhecida por vilões e perfeita para aqueles que os caçavam.

A cápsula atrás dele emitiu um bipe caloroso ao começar a rolar em direção à sua próxima solicitação. O som provocou uma rápida verificação do inventário: luvas, um colete blindado sobre um grosso suéter de lã escuro para manter Aegis aquecido, uma calça do uniforme Paragon com um cinto cheio de acessórios, incluindo tudo que Aegis precisaria para incapacitar, matar ou pedir ajuda. Aninhados sobre seu nariz e cobrindo seus olhos estavam óculos pretos e azuis que mantinham a luz recebida ideal para qualquer situação.

Sem capacete. Aegis não iria tão longe. Equipes de notícias rastreariam o sinal de sua cápsula e estariam aqui. Os Paragons comandavam o mundo. Seu mascote não podia se esconder.

Suas botas, com almofadas macias embutidas nos calcanhares para manter os pés velhos confortáveis, faziam um ótimo trabalho conquistando a calçada de concreto em direção à entrada do prédio. A neve se acumulava nas laterais, arada com precisão por mão de obra automatizada tão barata que as cidades podiam mantê-la funcionando para prédios fantasmas como este. Duas colunas altas e brancas como a neve ladeavam a entrada, ostentando um logotipo gravado não forte o suficiente para superar décadas de irrelevância e encontrar um gatilho nas memórias de Aegis.

Entre as rodadas de tiros estalantes vindos de cima, Aegis pisava na neve ao ritmo de Nova York. Trens pulsavam sob ele, o barulho mantendo o ritmo com seus passos, enquanto um vago deterioramento se infiltrava pela brisa em cada respiração. Parques empresariais quebrados cercavam a cidade que se comprimia agora e todos cheiravam assim. Sentiam-se assim enquanto esperavam que alguém os salvasse.

Portas duplas evocavam uma majestade manchada por vidros estilhaçados, pela maçaneta torta mostrando a força descuidada aplicada para abri-la. Aegis usou o trabalho manual de seu predecessor e passou por cima dos cacos. Ele enviaria uma oferta de reparo amanhã, conseguiria alguém para limpar isso. A imagem importava, mesmo aqui fora.

— Você está aí? — Celice falou pelo fone de ouvido. Ela mastigava algo, os dentes triturando com força.

Berinjela. Um dos motivos pelos quais Aegis tinha atendido pessoalmente esta chamada. Ele ansiava pelos jantares com sua filha, mas agora ela insistia em receitas destinadas a velhos e bodes. Aegis comeria as sobras quando voltasse, no entanto. Depois de ter trabalhado um pouco de agressividade para abrir o apetite, quando pudesse justificar alguma proteína para acompanhar o prato vegetariano.

— Estou aqui — disse Aegis. — Eles invadiram. Nada sutis.

— Você precisa de reforços? Posso enviar o chamado — Celice fez uma pausa, exceto pela mastigação. — Alguns drones não estão longe. Dez minutos.

— Ficarei bem.

— Pai.

O saguão estava em melhor estado que a porta, possivelmente devido à sua insípida aridez. Um longo balcão bloqueava uma parede vazia do mesmo branco das colunas do lado de fora. Espaço para cadeiras, recepcionistas e, onde Aegis estava agora, clientes e funcionários. Trabalhando tão duro por dólares, euros, à custa da família e dos amigos. Embora os Paragons ainda tivessem muito a fazer, pelo menos haviam acabado com a corrida louca por dinheiro.

— Chame os drones então — disse Aegis. — Mas não vou esperar.

Os elevadores representavam um problema. Se os criminosos lá em cima tivessem algum juízo, teriam alguém vigiando a única entrada razoável para o andar deles, e elevadores como estes exibiam sua localização em números brancos em barras pretas sobre suas portas cinza-ardósia. No momento em que Aegis apertasse um número, sua chegada iminente ficaria clara para qualquer um prestando atenção. As escadas permaneciam como uma possibilidade, mas para sessenta andares, não uma sã.

Os drones chegariam aos alvos antes de Aegis se ele tomasse essa rota.

— Entrando — disse Aegis, tanto para sua filha quanto para a gravação.

Cada missão, cada palavra que os Paragons falavam em ação ficava em seus cofres. Pronta e esperando para combater as duplas ameaças da mídia hiper-inflacionada e as empresas criadoras de mitos envolvidas em fazer os Paragons parecerem deuses arbitrários. Recrutar anomalias, impedir que os normais ficassem assustados. Dois coelhos com uma cajadada só, etc. Quanto mais o público visse os Paragons não apenas como os guardiões do mundo, mas como seus amigos, menos problemas seriam lançados em seu caminho. Aliás, fazia muito tempo desde que Aegis enviara seu próprio comunicado, prova de que o próprio Campeão ainda atuava, ainda perseguia o mal.

A inspiração vinha de cima, e se fornecê-la exigisse alguns golpes, então Aegis poderia suportá-los.

Os elevadores combinavam com a entrada principal, um sofrendo violência extrema o suficiente para deixar sua porta pendurada enquanto o outro esperava por passageiros, embora seus guinchos agudos sinalizassem que a boa aparência não o manteria longe da aposentadoria forçada por muito tempo. Aegis provavelmente sobreviveria se a coisa desmoronasse com ele dentro, mas aquelas pessoas já no topo provavelmente não. O que significa que eles eram corajosos e estúpidos, ou haviam feito a escolha segura e lenta de subir as escadas. Conhecendo o tipo de pessoas que dariam tiros com armas em uma torre abandonada à noite, Aegis apostava na primeira opção.

A velocidade do elevador pregava novas definições da palavra *lento*, o que deu a Aegis outra chance de se alongar. Sentir seus ombros estalarem e expandir seus pulmões com algumas respirações profundas. Sua arma de choque tinha um dardo carregado, e ele mantinha a arma pronta na mão direita enquanto os números no painel subiam. Ele se deslocou para o lado esquerdo do elevador, minimizando seu perfil. Anos atrás, Aegis teria ficado parado no centro, mãos na cintura e pronto para vencer apenas com intimidação arrogante.

Esse tempo acabou quando os hematomas começaram a segui-lo para casa, assombrando-o no dia seguinte. Quando a preocupação nos olhos de Celice roubou seu sorriso machão.

O elevador anunciou sua chegada com o som de um balão morrendo em vez de um alegre bipe, mas o elevador chegou ao sexagésimo andar. As portas começaram seu mesmo arrastar lento e o *blam blam blam* de tiros de armas pesadas se derramou. Não contra Aegis, no entanto. Os idiotas continuavam sua festa. Eles tiveram todas as oportunidades de se preparar, de montar uma emboscada, e em vez disso optaram por mais champanhe.

A porta aberta deu passagem a um saguão menor e mais elegante, como se sua altura preservasse os móveis brancos revestidos de vidro da degradação que se infiltrava lá embaixo. Um balcão circular ficava do lado direito, a cadeira necessária e qualquer coisa sobre ele desaparecidas, saqueadas pelo que podia ser carregado. O único ocupante do saguão estava agora apoiado no balcão: um homem segurando um revólver de modelo antigo abaixado na altura do quadril e olhando para seu Tama e a imagem que projetava acima do antebraço do homem.

Aegis abaixou sua própria arma e saiu do elevador, chegando à metade do saguão antes que o homem se desse ao trabalho de olhar para cima. Vendo o líder dos Paragon armado e blindado, o Campeão mais famoso do mundo, a cabeça do homem inclinou-se para o lado, sobrancelha erguida. Questionando o impossível.

Aegis decidiu provar.

Uma passada longa, a coxa direita de Aegis liderando

um sólido gancho de direita, atingiu a boca recém-aberta do homem antes que ele pudesse fazer um som. Com o braço esquerdo, Aegis segurou o guarda caído e colocou a figura de terno no piso de azulejo branco perolado.

— Trig blink neutral — disse Aegis, seguindo um palpite.

Seus óculos aceitaram o comando e desligaram seu processamento por um segundo inteiro, dando a Aegis uma visão verdadeira de onde ele operava. Luzes de linha, com seus rastros brilhantes, preenchiam os espaços entre os azulejos do teto e espalhavam um brilho tão intenso que o saguão parecia uma montanha coberta de neve ao meio-dia. Não era de admirar que o guarda tivesse dificuldade em reagir a Aegis - manter o andar tão ofuscante tornaria a identificação impossível sem óculos como os dele.

O saguão servia de segurança para um único caminho, trancado por uma porta de madeira de nogueira cuja fechadura de cartão-chave se destacava na parede com um pequeno ponto vermelho mostrando energia. Uma olhada atrás do balcão da recepção revelou que qualquer desvio que pudesse ter existido havia seguido o mesmo destino da cadeira e do monitor.

— Trig P-Lock — disse Aegis para a sala, e então segurou seu pulso esquerdo, portador do Tama, contra o leitor de cartão.

A tecnologia Paragon funcionou novamente e o leitor apitou sua submissão ao posto de Aegis, destravando a fechadura e permitindo que Aegis abrisse a pesada porta através da barra de metal cromado na frente.

Outra oportunidade de emboscada veio e se foi quando Aegis, com a porta aberta apenas o suficiente para ver ao redor, olhou para um corredor vazio. No final, além de bifurcações secundárias, o corredor se abria em um espaço amplo e panorâmico, tão favorecido pelos andares altos nesses edifícios. Uma chance de olhar para baixo sobre todos aqueles que você conseguiu superar.

Os tiros pararam e, da porta, Aegis pôde ver o porquê. Os idiotas haviam estilhaçado várias janelas, e o par intacto que Aegis podia ver ostentava o característico estouro estrelado das balas. Balas que provavelmente vieram da grande arma com torre no centro da sala, voltada para fora.

— Você está vendo isso? — disse Aegis.

— Parece que encontramos nosso alvo — respondeu Celice.

— Eles poderiam derrubar os drones com uma arma desse tamanho. Diga a eles para ficarem longe.

— Vou dizer para tomarem cuidado. Mynx sempre pode fazer mais.

Aegis quis dizer que Mynx já fazia coisas demais, mas parou. Esses idiotas podiam não ter uma emboscada pronta agora, mas poderiam mudar de ideia a qualquer segundo. Melhor usar a surpresa enquanto você a tem, do que perdê-la discutindo sobre coisas que não importavam. Além disso, Aegis sabia a verdadeira razão pela qual ele não queria os drones por perto: eles tirariam o brilho. Aquela tão doce validação que Aegis teria quando estivesse no pátio abaixo, falando com a mídia sobre outra operação bem-sucedida dos Paragon. Compartilhar os holofotes com um par de monstros mecânicos de Mynx significaria... compartilhar.

Aegis deslizou pela porta para o corredor, colado à parede direita e observando o vidro distante em busca de qualquer sinal de movimento. Cada passo vinha com um rolamento do calcanhar, suas mãos segurando sua arma de choque para frente e pronta. Ele se aproximou furtivamente da primeira interseção, deu passos rápidos até o corredor que bisseccionava e se inclinou para ter uma visão sem expor suas costas.

Vazio. Aegis inverteu para o outro lado do corredor, arma de choque apontada na direção oposta. Nada ali também. Portas de escritório fechadas. Paredes brancas e claras com manchas quadradas mais brilhantes expondo o antigo lar da arte.

Aegis respirou. Lento, superficial. Escutou.

Risadas. Em direção à sala com janelas. Líquido sendo despejado em copos. Não armando uma armadilha, então, mas celebrando.

Ele havia passado tempo demais perseguindo criminosos experientes. Inimigos que sabiam muito bem o que Aegis e os Paragons podiam fazer e se preparavam para lutar contra eles. Estes eram os criminosos de fundo de barril que você enfrentava quando todos os outros tinham ido embora. Que preenchiam o vazio deixado quando você havia eliminado os verdadeiramente aterrorizantes.

Aegis balançou a cabeça para o nada. Ficaria surpreso se conseguisse uma única entrevista depois desta. Quem se importava se vagabundos de baixo nível atiravam em alguns prédios abandonados? Ele deslizou a arma de choque de volta para o coldre. O mínimo que poderia tirar disso seria alguma diversão.

Aegis virou à esquerda, entrando no corredor lateral cuja extremidade revelava outra interseção. Ele se movia mais rápido agora, amortecendo seus passos aos sons de conversa, fala de armas movidas e armas feitas. Novos acordos fechados. Apesar de todos os esforços, os Paragons nunca conseguiam se livrar de todas as transações por baixo dos panos, não conseguiam exatamente limpar o mundo de sua sujeira, mas Aegis sentia que pelo menos haviam garantido punir os principais infratores. Você podia nadar no pântano, mas pagaria um preço.

No final do novo corredor, Aegis espiou à direita e viu a festa. Um quarteto de ninguéns rindo, vestindo equipamentos estilo andarilho confirmando seu status de novatos no jogo criminal. Dois cilindros ocupavam o espaço central em uma mesa plástica dobrável, coberta de resto com um jantar de lixo; comida sintética que Aegis não tocaria. Um cilindro tinha o característico marrom de uísque ou bourbon, o outro parecia água. Sem surpresa qual continha menos.

O verdadeiro choque, para um dos quatro, um homem de boné cujos olhos flutuavam além de seus amigos no meio de um gole, foi Aegis avançando em longas passadas pelo trecho final do corredor. O homem pausou seu gole, seu olhar injetado lutando para entender o que vinha em sua direção, antes que sua mão perdesse o controle do copo e o homem tropeçasse para trás, gritando um aviso.

Aegis conectou seu primeiro golpe, o copo do homem de boné atingindo o piso de azulejo e estilhaçando. Não que seu alvo, cujas bochechas pálidas e inchadas receberam o golpe de Aegis com um satisfatório esmagamento, apreciasse o momento. Nem, Aegis imaginou, o homem gostou de ter seu rosto colidindo com o jantar e a mesa dobrável, mas a vida de um criminoso era frequentemente decepcionante, especialmente quando os Paragons estavam por perto.

O próximo da fila, um homem mais baixo e tagarela, cujos casacos e suéteres contradiziam uma ancestralidade tropical, não conseguiu distância suficiente em seu passo para trás para escapar do alcance de Aegis. Com ambas as mãos agarrando o casaco do homem baixo, Aegis o arremessou para a direita, jogando-o através da parede fina e deteriorada para o que antes era um escritório de alto perfil.

Agora, longe das montanhas de dinheiro que um dia foram movimentadas em seus limites, o criminoso baixo jazia inconsciente e coberto de gesso no chão do escritório. Mais uma injustiça nivelada no prédio, e não seria a última.

Restavam dois. O homem de boné, que chegara até as janelas de vidro do andar, cujas mãos procuravam uma arma em algum lugar de seu corpo, e um especialista magro, vestindo terno. Aegis vira lutadores suficientes em sua vida para reconhecer o líder, para saber quem representava a maior ameaça, e poderia dissecar mil pistas para encontrar essa pessoa em um grupo de inimigos. Desta vez, não foi preciso muito: os olhos do especialista estavam estreitos, suas mãos não tremiam, e ele não parecia estar rezando para alguma divindade por salvação. Em outras palavras, o especialista era tudo o que o homem de boné não era.

Aegis investiu contra o especialista com uma carga avassaladora, usando sua pura espetacularidade para intimidar. Isso costumava resultar em colapso acovardado, com os verdadeiros covardes fugindo ao primeiro olhar. O especialista, porém, alcançou dentro de seu paletó, puxou uma pistola de um estilo que os Paragons haviam banido décadas atrás, como a que o guarda do elevador tinha, e atirou.

Durante a maior parte de sua vida, Aegis tinha uma relação cordial com as balas. Elas o cumprimentavam com sua ferocidade habitual, e Aegis desarmava seus danos com a própria coisa que o tornava o ícone dos Paragons: uma pele invulnerável. Os tiros afundavam contra Aegis e depois caíam no chão, não deixando nada além de uma marca por seu esforço. Missões haviam passado onde centenas ou milhares de projéteis tinham sido despejados no Paragon e se encontravam inutilizados, quer atingissem seus braços, pernas, olhos, dentes ou qualquer outro lugar. Como se um manto divino cobrisse Aegis e o mantivesse a salvo de danos.

Esse manto fez seu trabalho novamente agora, pegando a bala quando ela atingiu o ombro esquerdo de Aegis, fora do alcance do colete onde o tiro rasgou as roupas de Aegis e rendeu seu veredito ineficaz contra o corpo do Paragon. O especialista conseguiu disparar um segundo tiro que foi diretamente para o buraco de vácuo do colete de Aegis, não causando nada além de uma pausa de microssegundos no ímpeto do Paragon.

Não houve um terceiro tiro.

O homem de boné, tendo visto seus parceiros arruinados, tomou o caminho mais seguro e aguardou sua prisão com as súplicas chorosas dos superados e culpados. Quaisquer pensamentos de fuga adicional se dissiparam quando os drones de Mynx chegaram, estilhaçando o vidro restante e pairando dentro da sala, com armas de choque prontas, opções letais aguardando o cálculo de um algoritmo.

— Atrasados, como sempre — disse Aegis às máquinas, parado perto do homem de boné com o corpo inconsciente do especialista pendurado em seu braço direito.

Aegis derrubou o especialista sozinho, deixando os drones vigiarem os outros três. Na base do edifício, algumas cápsulas chegaram e despejaram equipes de notícias procurando alimentar a besta voraz do conteúdo popular. E a mídia não encontrou nada mais popular do que um Campeão conduzindo uma invasão. Aegis saiu para encontrar os flashes, as câmeras, o dilúvio de perguntas de repórteres e fãs.

Antes de responder a uma única pergunta, porém, Aegis direcionou os outros retardatários, os Paragons de nível inferior cujo trabalho cobria este distrito, que haviam pedido a Aegis para cobri-los. Que teriam levado as balas que ele suportou. As anomalias variadas, vestindo seus azuis de Paragon, passaram por Aegis em direção à torre. Eles levariam os outros três, mais este, e determinariam a punição adequada. O custo em reps devidos e os melhores métodos de pagamento.

— Você está bem? — a voz de Celice, vindo através do fone de ouvido, cortou os chamados da imprensa.

— Vou sobreviver — Aegis deu sua resposta clássica, então despejou o especialista no chão na frente das câmeras enquanto a neve caía entre as luzes.

Ele tinha um discurso para isso, uma versão modificada do conjunto padrão de advertências, lições e apelos dos Paragons por um amanhã melhor. A diferença desta vez, o que fez as palavras de Aegis saírem mais devagar e o forçou a se concentrar para se manter em pé, foi a dor que se espalhava em seu ombro esquerdo.

Uma dor profunda, latejante e esmagadora que ele nunca havia sentido antes.

O ANOITECER TROUXE um clima de congelamento em cinco minutos, perfeito para a caçada. Kat se permitiu uma respirada do ar externo ao sair do veículo, e isso foi o suficiente para quase congelar seus pulmões, então ela fechou rapidamente sua máscara facial e completou o sistema fechado do traje personalizado de rastreamento. O lacre a envolveu, até mesmo aquelas longas mechas ruivas que escapavam por toda parte, mantendo-a protegida dos elementos.

E do que ela encontraria entre eles.

Um bipe atrás dela fez Kat se virar - ela havia esquecido de fechar a porta do veículo e desligar o motor. Coisas que você não precisava fazer com uma cápsula, mas aqui, bem fora da rede, Kat tinha que usar um desses rovers de rodas grandes. Kat se inclinou para o interior espartano - só assentos, cintos de segurança e nada mais, e procurou por um botão ou interruptor antes de se lembrar.

— Trig rover, desligar — disse Kat, suas palavras abafadas pela máscara.

O rover, reconhecendo a voz de Kat embaçada, um tanto desidratada e sem emoção, seguiu as instruções e suas baterias desligaram em silêncio. Quando Kat fechou a porta, um pequeno medidor apareceu no canto superior direito de sua visão, mostrando uma barra verde brilhante estimando o tempo até o rover se tornar um caro cubo de gelo. A caçada não deveria, não poderia levar tanto tempo.

— Seeker? — Kat disse enquanto se levantava do rover e observava os pinheiros cobertos de neve.

A entrada para este pequeno enclave na floresta, horas ao norte de Chicago, parecia que não tinha sido limpa durante todo o inverno, e em meio às profundas acumulações de neve, que o rover enfrentava com corajosa competência, o melhor amigo de Kat mergulhava na alegria disponível apenas para aquelas criaturas da linhagem husky. Seeker irrompeu de trás do rover, espalhando flocos por todo o traje branco-cristalino de Kat, que rejeitava os flocos oferecidos com a melhor tecnologia para todos os climas. Poucas coisas tornavam uma caçada tão miserável quanto ficar molhada, com frio ou coberta de baba de husky, e o traje de Kat fornecia o antídoto para tudo isso e muito mais.

Pelo custo em reps, o traje deveria mesmo.

— O que você encontrou? — Kat disse ao seu cão, que respondeu sacudindo o resto da neve de si mesmo e olhando de volta para ela com seus grandes olhos azul-bebê.

Kat riu. Seeker tinha um caminho secreto para seu coração, e a grande bola de pelos nunca deixava de arrancar um sorriso. O dela, no entanto, desapareceu quando Seeker deu um bufido baixo, virou-se e voltou saltitando para a neve, em direção à borda escura da floresta. A lua brilhava intensamente esta noite, dando uma visão clara acima da estrada esculpida, mas embaixo da mata densa...

Bem, ela havia planejado para isso.

Uma rápida verificação confirmou que Kat tinha o que precisava e, com a temperatura equalizada do traje mantendo-a confortável, Kat partiu atrás de Seeker. O ar gélido, pelo menos, significava que a neve se mantinha leve. Suas botas pisavam firme, afastando os montes de neve um movimento por vez.

— Trig distância até o alvo?

Seus óculos piscaram a distância estimada. Quase um quilômetro da estrada mais próxima. Pareceria vinte nessas condições, mas Kat não se importaria com o esforço. Ela já tinha descansado o suficiente sentada naquele rover nas últimas horas. Ela vivia na cidade por muitas razões, uma delas sendo que podia usar suas próprias pernas para chegar onde precisava. Mesmo assim, a caminhada pela floresta provou ser meditativa. Uma boa pausa do constante ataque urbano. Luzes e sons e pessoas a incomodando a cada momento. Aqui, a energia sem limites de Seeker enquanto o cão rolava e corria ao seu redor era a maior distração, e Kat poderia assistir isso o dia todo.

Quando chegou à clareira, suas pernas queimavam e Kat devorou uma das pílulas de proteína que havia empacotado para a caçada. Encaixadas dentro de bolsos finos nas bochechas da máscara facial, as pílulas continham energia concentrada. O fato de terem gosto de giz e ficarem presas em sua garganta metade das vezes eram inconvenientes menores - deixar uma anomalia escapar porque Kat não tinha força suficiente para dar mais um sprint seria um inconveniente maior. E os relatórios sugeriam que sua presa podia correr.

— Trig dossiê — Kat falou para seu traje, então piscou o olho esquerdo.

Uma imagem piscou sobre sua lente esquerda, exibindo um homem magro, com olheiras sob os olhos e ossos faciais definidos sugerindo uma existência austera. Um fugitivo de Mynx e dos rastreadores. O texto se espalhou em seguida, primeiro borrado e depois focando em clareza conforme a lente lia o olho de Kat e determinava a projeção ideal.

A próxima atualização da máscara deveria corrigir isso; diminuir o tempo até a clareza. Seria bom se isso chegasse algum dia.

Vedder, o alvo, pertencia a um grupo dissidente de anomalias. Os nomes se misturavam para Kat, então ela passou rapidamente pelo desvio do texto sobre as façanhas de Vedder. Bastava dizer que Vedder havia ganhado o bônus de rep por seu rastreamento. Mynx ainda preferia que a anomalia fosse capturada viva, surpreendente dado o histórico de Vedder. Os Paragons tendiam a ter uma visão extrema das anomalias ameaçadoras - uma morta não causaria mais problemas - o que significava que Mynx achava que Vedder ainda tinha chance de redenção.

Ela se perguntou quantos rastreadores Vedder teria que eliminar para que essa chance desaparecesse.

Kat piscou o olho esquerdo novamente e a imagem-texto desapareceu, devolvendo sua visão completa logo além da floresta.

Uma cabana esperava. Decrépita, de madeira escura e tão atrasada no tempo que Kat estremeceu. Uma pequena chaminé, mais uma pilha de tijolos afortunada do que um esforço deliberado, cuspia uma fumaça educada no céu, aureolada pelo luar. A porta da frente, de frente para Kat, estava torta, somando-se ao brilho laranja da única janela. Alguém estava em casa.

Seeker, lendo o humor de Kat como um animal de estimação poderia, se aproximou dela e ficou de pé, com a cabeça acima da cintura de Kat, seus olhos imitando o olhar dela para a cabana.

— Cobertura — Kat disse ao cão, e Seeker bufou em concordância, correndo em direção aos fundos da cabana.

Enquanto o cão fazia sua ronda, Kat caminhou em direção à porta, mantendo sua mão direita na arma de choque presa ao cinto em sua cintura. Na primeira vez que ela foi a uma caçada oficial, a falta de letalidade a incomodou: anomalias rebeldes podiam se tornar hostis, e entrar em uma luta com um ser poderoso sem meios de anulá-lo não parecia justo. Então ela capturou sua primeira anomalia. Encontrou medo naquele rosto muito maior que o seu próprio, mesmo que aquela anomalia pudesse ter matado Kat com um estalar de dedos — oxidar um corpo humano é algo assustador — e Kat soube que, se tivesse uma arma letal, teria usado.

A falta de um golpe mortal não significava que Kat entrava esperando pelo melhor. Em vez disso, quando chegou a alguns metros da porta da frente da cabana, Kat levantou o braço esquerdo, fechou o punho e o apontou para a entrada de madeira.

— Cabo de disparo.

Da manopla de metal branco em seu pulso, um pequeno painel se levantou e lançou um cabo de aço preto com um gancho triplo na ponta. O cabo assobiou a distância até a porta e se cravou na madeira com um estalo que soava em clara dissonância com os ruídos serenos da noite. A surpresa havia começado, e agora Kat tinha que se mover rápido.

— Destruidor de porta — Kat disse as palavras e, com a mão direita, sacou a arma de choque.

Ao mesmo tempo, a manopla puxou o cabo de volta em direção a Kat. Com seus ganchos cravados, o cabo arrancou a porta, rasgando-a para baixo na neve e dando a Kat uma visão clara do interior. O interior combinava com o ambiente espartano da cabana; uma pequena mesa circular e uma única cadeira apodrecida. O fogo crepitava atrás dos móveis, uma figura encurvada, usando um cobertor, de frente para as chamas. Kat tinha um tiro limpo, mas arrastar Vedder por um quilômetro de volta ao rover parecia uma ideia terrível. Kat poderia atordoar e rastrear Vedder, deixá-lo aqui fora, mas sem a porta da frente da cabana e num frio como esse... Kat não receberia muita recompensa por uma anomalia congelada. O que significava a opção diplomática.

— Vedder? — Kat chamou, sem se mover de seu lugar na frente da cabana. — Acabou. Hora de se entregar.

A figura encurvada não se moveu. Não respondeu. Kat tentou o nome novamente, caso os ouvidos de Vedder já estivessem congelados. Quando isso não obteve resposta, Kat mudou sua postura. Afrouxou as pernas, estalou o pulso esquerdo para mudar o gadget preparado na manopla e respirou fundo.

Era por isso que chamavam de caçadas.

Kat cerrou a mão esquerda e a manopla lançou três pequenas esferas prateadas. Todas conectadas por um fio minúsculo demais para ser visto a menos que você estivesse em cima dele. As três esferas se espalharam enquanto voavam até pousarem a cerca de um metro de distância uma da outra dentro do casebre. Cada uma brilhou com uma luz branca ofuscante em sequência, Kat protegendo os olhos com a mão direita, e então se estabeleceram em um brilho verde opaco.

O verde significava que não havia ninguém se escondendo. No entanto, Vedder ainda estava curvado ali mesmo na frente do fogo.

Se o óbvio parecia incorreto, então Kat tinha que se mover rápido.

Ela chutou a neve com uma corrida repentina, novamente estalando o pulso esquerdo para enviar a manopla de volta ao gancho de aço. Kat manteve a arma de choque o mais nivelada possível enquanto atravessava as profundas nevascas. Pisar no chão de madeira trouxe uma abençoada estabilidade, e olhadas rápidas para a esquerda e direita enquanto Kat avançava para dentro do casebre confirmaram as avaliações de suas esferas; o lugar estava vazio.

Quanto a Vedder, quando Kat alcançou a forma encurvada e estendeu a mão esquerda para agarrar o tecido, com a arma de choque apontada para onde deveria estar o pescoço — melhor ali para paralisia completa — sua mão passou direto. Vedder desapareceu, e não um desvanecimento lento como em filmes antigos, mas um flash de um-segundo-aqui-próximo-segundo-sumiu. O que, é claro, se encaixava no perfil de Vedder.

Uma anomalia de ilusão. Realmente, o pior tipo.

Kat recolheu as esferas e as deslizou para o compartimento da manopla, e assim que elas se encaixaram no lugar um novo som se juntou ao vento e à neve que caía: Seeker.

O cão tinha mil latidos diferentes, de chilreios felizes a rosnados desafiadores contra intrusos, mas este era longo, alto e direcionado. O som dizia a Kat para vir e rápido, porque Seeker tinha encontrado o que ela não encontrara. Vedder estava lá fora, e dependendo de como a anomalia se sentia em relação a cães, Seeker poderia estar em perigo.

Os chamados de Seeker vinham de trás da cabana, então levou mais tempo do que Kat gostaria de admitir correndo para fora e ao redor até os fundos através da neve profunda. Suas pernas deixaram claro que toda a caminhada resultaria em um amanhã desagradável, e Kat disse ao traje para relaxar sua configuração de temperatura para que ela não se afogasse em seu próprio suor. Não que a súbita rajada de ar gélido tornasse as coisas muito melhores. Dois segundos de frio mortal e Kat voltou as coisas para o calor.

Atrás da cabana, o bosque se espalhava por uma encosta imponente, dando à lua ampla oportunidade de brilhar através das nuvens carregadas de neve. Teria sido pitoresco se Kat estivesse olhando para cima. Em vez disso, seus olhos se concentravam nas pegadas de Seeker e como elas eram paralelas às depressões feitas por um homem fugindo na mesma direção. Sua máscara captou a dica do foco de Kat e delineou as pegadas, mantendo-a atenta mesmo quando as sombras e os flocos rodopiantes tornavam a visão a olho nu uma ideia ridícula.

Por outro lado, caçar uma anomalia à noite, em uma floresta densa, durante uma nevasca também era uma ideia ridícula.

O que Kat fazia por reputação.

Os latidos de Seeker continuavam vindo, mas não se movendo, o que significava que o cão havia encurralado sua presa e que Vedder ou não tinha uma arma ou o coração negro necessário para atacar o animal. Ainda assim, quando a forma de Seeker finalmente se revelou perto de um pinheiro solitário no topo da colina, Kat não conseguiu conter um sorriso aliviado. O cão, que ela originalmente adotara por conselho de outro rastreador, havia sido uma ferramenta com um propósito. Agora... bem, agora não era hora de ficar emocional.

O pinheiro tinha galhos se estendendo para fora e para baixo como um manto, cobrindo qualquer coisa escondida nele com muitas agulhas verde-escuras. Apesar da intensidade crescente da nevasca — os poderes de Vedder não deveriam incluir manipulação do clima, mas Kat não descartava nada — a base da árvore era um cobertor derramado. Algo havia estado subindo nessa coisa, derrubando as agulhas conforme subia.

— Bom garoto — Kat disse a Seeker, que lhe lançou um único olhar e então voltou a latir para a árvore. — Vamos ver quem você encontrou.

Mesmo de perto, ela não conseguia ver Vedder, o que tornava a probabilidade de um ataque surpresa alta demais para o conforto. Mas estava tão frio, e Kat estava tão cansada de marchar todo o caminho até aqui, que Vedder derrubá-la com um tronco ou algo assim não parecia tão ruim. De qualquer forma, sem um alvo para atirar, Kat só tinha uma arma.

— Vedder! — Kat gritou através da tempestade. — Você está encurralado. Está frio pra caramba. Desça logo e vamos embora antes que congelemos!

Nenhuma resposta. Seeker continuava latindo.

— Vedder! — Kat tentou novamente. — Se eu tiver que derrubar esta árvore inocente, não vai ser bom para nenhum de nós.

— Atrás de você! — a voz de Vedder veio do alto da árvore, e enquanto ele gritava no tom agudo e seco de alguém para quem hidratação era um luxo, a máscara de Kat emitiu um bipe de alerta.

Kat girou, arma de choque em punho, enquanto Vedder avançava pela neve em sua direção. Ela atirou. E observou o raio entorpecente passar direto pela ilusão de Vedder e se perder na noite.

Um peso caiu sobre suas costas e empurrou Kat para a neve, seu rosto afundando nos flocos. Algo tentou atravessar sua roupa, pressionando contra sua lombar, mas o traje resistiu ao golpe e deu a Kat o tempo que ela precisava para acertar uma cotovelada no peito do atacante. Vedder — porque quem mais poderia ser? — grunhiu, então gritou quando Seeker se lançou sobre ele, o cão sendo mais que pesado o suficiente para tirar o homem magro das costas de Kat.

— Droga, Vedder — disse Kat enquanto se levantava da neve, virando-se para o homem que lutava com seu cão. Vedder investiu contra Seeker com uma faca improvisada, mas Seeker manteve distância, latindo e se esquivando de cada golpe. — Precisava ser tão babaca?

Kat ergueu a arma de choque novamente, e Vedder se virou para ela, então se dividiu em três versões de si mesmo, todas correndo em direções diferentes. Seeker, no entanto, não se deixou enganar, e o husky agarrou a perna daquele que fugia para a direita, derrubando o homem no chão, onde um tiro certeiro de Kat derrubou a anomalia.

Ela ficou de pé sobre o corpo de Vedder, guardou a arma de choque e se deparou com a língua ofegante e o sorriso feliz de Seeker. Balançou a cabeça.

— Vai me ajudar a arrastar esse cara de volta para o rover? — Kat perguntou ao husky, que respondeu com um único latido e depois correu para a neve. — Imaginei.

CAPÍTULO 3

O PRIMEIRO SINAL

ANTIGAMENTE, quando o sol nascia sobre o Lago Michigan, Zhan-Yo contemplava o belo início alaranjado do dia. Agora, com a linha de visão da sua varanda até a água passando por uma teia de aranha de arquitetura interconectada e sinuosa, Zhan-Yo via um estouro de arco-íris de luz refratada. Como um brinquedo de criança ampliado.

O horizonte antigo ainda estava lá, torres de aço que remetiam a uma época em que os pais de Zhan-Yo importavam, quando ele importava, quando as pessoas que se moviam pelas ruas abaixo contavam. Ao contrário dos novos edifícios, revestidos de material translúcido que absorvia energia solar e lhes dava aquele brilho prismático, os mais antigos permaneciam escuros no amanhecer recente. Obeliscos que alguns, incluindo o colunista cujo desabafo semanal Zhan-Yo acabara de ler, consideravam ultrapassados. Não valiam a pena ser preservados.

Zhan-Yo afastou o artigo com um gesto e ele encolheu de volta para a superfície redonda da mesa, onde o resto das notícias da cidade e do mundo ficava estampado sob os restos do café da manhã. Um ritual diário prestes a dar lugar a outro. Zhan-Yo levantou-se da cadeira de metal, projetada para resistir a todo o clima que Chicago pudesse lançar, e deixou o frio penetrar sua jaqueta leve, o pijama de flanela que caía sobre seus chinelos e roçava o chão congelado da varanda. Ele tateou no bolso em busca de um isqueiro e um maço de cigarros embolorado, acendeu um com um estalo e foi até o parapeito na altura do peito. Um hábito passado de pai para filho, praticado com moderação e prazer perverso; Zhan-Yo governava seu corpo e podia fazer o que quisesse com ele.

Todas as pessoas que saíam tão cedo estavam se preparando para uma feira, vendendo frutas e vegetais que não pertenciam a este clima nesta época do ano, mas que agora eram cultivados em estufas nos telhados ou em microjardins que funcionavam com tecnologia de irrigação por gotejamento. Sem necessidade de solo, espaço mínimo. Milagres sobre milagres levando a uma cidade do norte com uma colheita abundante. No entanto, apesar de todas essas maravilhas, barracas surgiam nas ruas e vozes apregoavam mercadorias umas às outras. As pessoas que passavam optavam por gastar reps e coletar essas delícias locais com as próprias mãos, mesmo enquanto usavam seus Tamas para encomendar inúmeros produtos de armazéns maiores com entregas por drones nas periferias de Chicago. Como se um pouco de comunidade compensasse toda a distância estéril da vida moderna.

Ziran, a empresa de seu pai agora de seu filho, havia trabalhado para criar este mundo, e Zhan-Yo colhia os benefícios. Entre baforadas, um sorriso avançava hesitante em seu rosto, estendendo-se além das poucas rugas que haviam conseguido se fixar em sua pele esticada ao longo das décadas. Sim, ele tinha se saído bem. Eles tinham se saído bem. Tudo que Ziran colocava sob seu olhar corporativo, ela completava. Todos usavam seus Tamas, todos permaneciam conectados através da enorme rede de Ziran, e quando os Paragons decidiram lançar seu peso invencível por trás da empresa, a tomada de controle tinha sido completa.

O sorriso terminou quando a sombra interrompeu o espetáculo de arco-íris do sol. Zhan-Yo acompanhou o desaparecimento, sabendo o que encontraria e querendo ver mesmo assim: um oval azul-galáxia, duas vezes o tamanho da varanda, flutuava acima. Se chegasse perto o suficiente, Zhan-Yo veria as peças seccionadas para cada uma das funções do drone, as opções crescentes à medida que os encontros passavam de passivos a mortais. O único ponto aberto dava vista para a câmera do drone, um olho de vidro encarando e escaneando.

Um lembrete de que algumas tomadas de controle são mais completas que outras, e seus custos mais terríveis. Apesar de todas as realizações de Ziran, de todos os esforços de Zhan-Yo, um decreto de Aegis ou do líder local dos Paragon, Innis, e tudo pelo que sua família havia trabalhado seria posto de lado. Sem voto, sem opinião. Enquanto as pessoas acreditavam que Ziran tinha um poder tremendo, Zhan-Yo sabia que eles não tinham poder algum.

A mesa emitiu um som e Zhan-Yo se afastou do drone, esperando por algo para salvar o humor da manhã. Embora mensagens inundassem as contas de Zhan-Yo, muitas tratadas por assistentes e algoritmos automatizados, algumas selecionadas encontravam sua pessoa não importava onde Zhan-Yo estivesse. O nome de Sylvie, espalhado pela superfície da mesa e envolvendo seus ovos cozidos e cenouras no vapor, era uma delas. Virando a mão direita, o cigarro aceso na esquerda, Zhan-Yo abriu a mensagem, projetando-a sobre a superfície da mesa.

Assista isso. Depois me ligue.

Abaixo da mensagem havia um vídeo, que parecia uma transmissão de mídia da noite anterior, baseado na quantidade de rótulos pairando sobre as bordas do vídeo - caixas quadradas chamando Zhan-Yo para ganhar reps ou gastá-los em várias coisas que ele não precisava nem queria. O que importava, no entanto, estava no centro: Aegis.

Zhan-Yo tocou na projeção e o vídeo começou a rodar, o som saindo dos alto-falantes embutidos na mesa. O dispositivo combinado e superfície tinha sido uma compra cara, mas necessária se alguém quisesse maximizar sua produtividade momento a momento.

O vídeo começou e os repórteres faziam perguntas banais a Aegis sobre quem o Paragon tinha apreendido desta vez, se alguém tinha morrido, e assim por diante. Isso não era interessante, e Zhan-Yo se perguntou se Sylvie tinha decidido desperdiçar seu tempo hoje. Mas não, esse não era o estilo dela. Sylvie não brincava, ela tramava. Se ela tinha enviado este vídeo, devia haver uma razão.

Então Zhan-Yo recostou-se em sua cadeira, fumou e assistiu. Estudou o Paragon e seu uniforme, em primeiro plano na câmera. Até que encontrou.

— Então é verdade — Zhan-Yo falou as palavras suavemente, como se faz quando se está falando bobagem e não quer que outros ouçam.

Porque este vídeo mostrava algo absurdo. Ele não podia acreditar, mas a mancha aparecia claramente na tela. Aegis mantinha o ombro esquerdo imóvel, favorecendo-o, e onde a bala havia rasgado o tecido, por baixo parecia haver um leve umedecimento. Sangue, talvez. Com essa pista, Zhan-Yo encontrou mais evidências: Aegis pressionava os olhos de vez em quando, sua boca fechada firmemente quando não estava falando. Suor pairava em sua testa.

O homem invencível sentia dor. Aegis havia se ferido.

Sylvie nunca brincava, nunca desperdiçava seu tempo, e esta poderia ser sua maior descoberta.

Zhan-Yo apagou o vídeo, enviando o Paragon ferido de volta ao vazio. Levantou-se e deu mais uma olhada no drone, que havia se acomodado para observar o mercado abaixo. Por enquanto, Zhan-Yo não podia fazer nada com a máquina.

No caminho para dentro, Zhan-Yo apagou o cigarro na parede, adicionando mais uma marca de cinza preta no tijolo vermelho, ao lado de tantas outras. As manchas subiam acima de sua altura até o limite de seu alcance e agora estavam se aproximando de seus pés. Logo ele teria que lavar e começar tudo de novo.

Mas talvez apenas mais uma vez.

CAPÍTULO 4

DENTRO DO SISTEMA

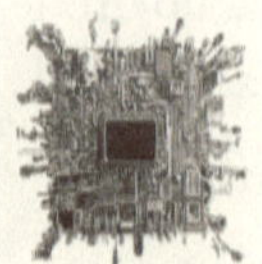

MYNX ACORDOU com o nascer do sol brilhando em suas janelas ocidentais. Além da sobreposição de Mynx e descendo um penhasco íngreme e arenoso, o oceano Pacífico banhava uma praia rochosa pontilhada de corredores. Um mar brincalhão, espumando em meio a águas escuras e profundas. Um contraste com as superfícies lisas ao redor do quarto de Mynx, revestidas e prontas para se transformar no que seu humor exigisse. Naquele momento, um azul claro suave que refletia o nascer do sol fazia o truque.

— Estou acordada, mas deixe continuar por mais um pouco — disse Mynx, afastando os cachos negros dos olhos.

Seu cabelo considerava o sono uma oportunidade para marchar sobre sua cabeça como exploradores, ramificando-se em todas as direções e se metendo em confusão. Os emaranhados e nós podiam esperar um momento, no entanto, porque esse nascer do sol parecia bom. Laranjas profundos sangrando em roxos, com algumas nuvens lutando por relevância diáfana. Tudo isso vindo através de uma câmera montada capturando o céu oriental do topo de sua casa, seu laboratório, seu tudo.

Ela saboreou os segundos, todos os dez, antes que o rufar de tarefas a serem feitas se tornasse alto demais para ser ignorado e Mynx deslizasse para fora das cobertas. As coisas foram bem até ela balançar suas longas pernas para fora do colchão e seu quadril estalar. Sua respiração ficou presa.

— Sem danos, todos os sinais estão normais — disse Reeves, sua voz um agradável monotom britânico. — Na sua idade, seus músculos demoram um pouco mais para encontrar seus lugares.

— Bom dia para você também, Reeves — respondeu Mynx, fechando os olhos para reunir a energia extra necessária para se levantar da cama.

Seus pés se acomodaram no chão duro, uma madeira falsa ondulada que a própria Mynx havia feito em uma tentativa de projetar uma armadura mais natural para seus drones. Essa tentativa havia falhado, mas como na maioria dos fracassos, ela conseguiu extrair algo útil; neste caso, uma bela superfície chocolate que se mantinha firme sem desgaste. Dificilmente uma revolução, mas antes que os Paragons mudassem o mundo para valorizar coisas melhores, vender esse piso e a receita para sua produção havia trazido o dinheiro tão necessário.

— Estou pronta — disse Mynx, ficando ereta. — Mostre-me o dia.

O nascer do sol desapareceu, e a parede de vidro voltada para o oceano mudou para mostrar três colunas, uma contendo o calendário do dia, outra as tarefas do dia, e mais uma destacando o clima, notícias e assim por diante. Enquanto Mynx lia, a atividade explodiu ao seu redor: a porta do armário atrás de Mynx se abriu e um drone de quatro hélices deslizou para o quarto carregando um uniforme Paragon azul-celeste, enquanto outros dois drones humanoides entraram pela porta principal do seu quarto, uma peça branca de praia que se misturava com as paredes verde-azuladas para dar ao quarto uma vibração oceânica.

— Jones. Quem é ela? — perguntou Mynx, levantando os braços enquanto os drones se combinavam para remover sua camisola e iniciar o espetáculo Paragon. — Estou assumindo que é esse o motivo do uniforme?

— Você aprovou a visita no mês passado. A Doutora Denise Jones é uma geneticista, que está investigando-

— O envelhecimento. Está voltando agora. — Mynx suspirou. As coisas sempre voltavam, só demoravam um pouco. — Acha que ainda tenho tempo de fazer uma passada rápida?

— Como você está se sentindo em relação ao café da manhã?

— Mantenha leve, e eu como enquanto ela estiver aqui. — Mynx passou pelas tarefas, chegando às manchetes e pegou uma sobre Aegis realizando heroísmos novamente. Quantas vezes ela tinha que dizer a ele para deixar coisinhas como essa para os drones? — O próximo modelo tem que estar pronto em breve.

— Certamente.

Com o uniforme vestido, os drones retornaram para onde vieram, e Mynx se afastou da vista... e quase pisoteou uma nova entrega. Com rodas, tendo apenas uma grande bandeja no topo, este drone carregava um conjunto de pílulas e dois copos d'água. Um, Mynx sabia, caso ela derramasse o outro.

— Parece que estes estão se multiplicando — disse Mynx, estendendo a mão para eles.

— Cada um conforme recomendado pelo banco de dados — respondeu Reeves. — Você pode ignorá-los se quiser.

— O que você faria? — perguntou Mynx, então começou a engolir as pílulas com hábito mecânico.

— Como uma construção inanimada, não tenho opinião. No entanto, executo várias operações extras para manter minhas próprias capacidades em eficiência ótima.

— Entendi.

A longa caminhada através de sua área de estar, até as grossas portas de aço inoxidável marcando o início da Fábrica, cobria três andares de altura, cem metros de corredor reforçado perfurado através de rocha espessa e revestido com medidas de segurança projetadas para impedir qualquer um, exceto a própria Mynx, durou o suficiente para tirar o gosto seco de giz das pílulas de sua boca. As portas de entrada não tinham mecanismo de abertura. Elas ficavam altas e silenciosas, lâminas perfeitamente lisas sem um único entalhe. Como se tivessem emergido, aparentemente, do design de rocha falsa que compunha as paredes e que se mostrava conveniente para esconder câmeras, armas e coisas piores.

— Vai me deixar entrar? — Mynx perguntou a Reeves.

— Seus próprios protocolos me proíbem.

— Boa resposta.

Sempre vale a pena testar uma IA. Quando elas começavam a desenvolver suas próprias ideias, era aí que as coisas ficavam perigosas. Na ausência de um interruptor, um comando ou o enorme botão que teria sido necessário para abrir essas portas, Mynx colocou sua mão em seu exterior liso.

E *mergulhou*.

Ela as projetara para serem simples: uma tarefa diária não podia levar muito tempo. Então, quando Mynx colocou sua mão nas portas e deslizou seu eu mental para dentro delas, o espaço que ocupava parecia tão simples quanto um apartamento novo e vazio. Piso de azulejos, paredes brancas limpas, uma grande luz amarela no teto e um único pedestal prateado no meio com um grande botão vermelho. Uma pequena homenagem aos desenhos animados que ela assistia quando criança. Mynx apertou o botão, fechou os olhos e deslizou de volta para fora.

As portas se abriram com o deslizar silencioso de dimensões exatas e cortes precisos, girando para dentro e revelando um espaço gigantesco e aberto. A Fábrica. Seu laboratório, seu playground. O lugar onde Mynx criava o mundo para tantos em Pacifica, Atlântida e, aos poucos, para o resto do mundo. Além das portas, o corredor terminava em um único disco de dois metros de largura, cujo piso prateado e revestido terminava com bordas amarelas.

Segurança em primeiro lugar.

— Bloco D — Mynx ficou de pé no disco e falou, o que fez a plataforma se mover. Uma única haste sob o disco deslizou ao longo de uma ranhura vários andares abaixo de Mynx, mergulhando nessa ranhura para levar a dona do laboratório e Campeã de Pacifica até o nível do bloco D. Uma brisa fria constante serpenteava por seus cabelos da cor da meia-noite, e Mynx sentiu o gosto metálico de eletrônicos quentes. — Prepare o gladiador, Reeves. Não temos muito tempo esta manhã.

— Claro.

Agora a voz de Reeves vinha do disco, e com ela soavam mil peças ronronando, zumbindo e agitando-se enquanto o laboratório de Mynx despertava. Luzes multicoloridas iluminavam os vários blocos à medida que experimentos em andamento começavam. Tiros, comandos falados e metal sendo esmagado se desenrolavam enquanto os projetos reduziam as tarefas pendentes à produção. Automatizado, sim, mas guiado. Seguindo o grande plano de Mynx.

O bloco D abrigava o mais novo modelo do drone gladiador, sua criação mais complexa. Enquanto a maioria dos drones passava o tempo patrulhando os céus ou vasculhando as vastas redes de informação do globo em busca de ameaças ou crimes, o drone gladiador deveria substituir... ela. Aegis. Os outros Paragons arriscando suas vidas entrando de cara em lutas com anomalias ou pessoas comuns.

Mynx acabaria com aqueles funerais. E, se essa Denise Jones soubesse do que estava falando, talvez Mynx pudesse acabar com os outros, os mais naturais também.

A salvação dos Paragons estava no centro do bloco D, um recipiente achatado não muito maior que o quarto de Mynx e desprovido de qualquer coisa interessante além das peças embaralhadas no meio. Mynx saiu do disco, atravessando um piso de ladrilhos de granito feito da rocha lisa da montanha que ela escavara para criar este lugar. No momento em que pisou no chão, as peças começaram a se encaixar. O que antes era sucata se transformou em uma máquina de metal modular, amcaçadora e com quatro metros de altura.

— Gosto do novo disfarce — disse Mynx. — O modelo de produção precisará parecer pior, no entanto. Deu para perceber que não era sucata.

— Tenho três novos revestimentos em desenvolvimento. Ferrugem, claro, mas também chão de floresta e coberto de poeira.

— Bom. — Assim como fez com as portas, Mynx chegou bem perto da construção massiva e colocou as mãos em suas pernas, que eram tão altas quanto ela, e entrou *dentro*.

As portas de aço não eram nada comparadas ao espaço do drone gladiador. Aqui havia uma mansão. Imponente, vasta e com salas para cada função. Mynx começou no saguão, olhando ao redor para as várias alas, cada uma rotulada com sua característica principal. Os componentes principais viviam aqui. A ala que ela queria ficava nos fundos – na verdade, fora dos fundos.

Ela usara um motivo tribal neste design, já que os drones gladiadores deveriam se juntar aos Paragons. Destaques africanos decoravam as paredes: máscaras, ornamentos, e o próprio material da mansão parecia vir do coração da selva. Quando Mynx construía com sua mente, adicionar estilo se tornava mais fácil, mais agradável e focado ao mesmo tempo.

Ao passar por algoritmos moldados como totens de pé, agarrados às paredes fora da seção que lidava com coleta de evidências e acusação, Mynx vislumbrou a si mesma em um espelho do chão ao teto que espaçava o amplo corredor central. Uma concessão à vaidade, um marcador de suas invenções, Mynx sempre os colocava, porque mostravam o que ela era.

O que costumava ser.

A Mynx que a encarava havia perdido décadas em relação à Mynx que acordara em sua cama no penhasco naquela manhã. A Mynx que olhava de volta no mesmo uniforme azul de Paragon havia vivido em um mundo diferente e mais assustador. Ela ainda não havia se provado, não tinha o laboratório ou toda uma região do mundo sob seu controle.

— Você provavelmente pensaria que sou má — sussurrou Mynx para sua versão mais jovem. A imagem no espelho acompanhou o movimento de seus lábios, mas não disse nada. — Mas você era ingênua. Linda, mas ingênua.

Além do espelho e fora dos fundos da mansão havia dunas de areia ondulantes. Como se a mansão tivesse emergido de algum deserto. Acima, um sol frio brilhava em um céu de azul uniforme. Na duna mais próxima estava o drone gladiador, de pé sobre um menino pequeno. Braços e pernas revestidos de armadura para proteger os fios e armas por baixo. Diferente do drone real, este não era mais alto que o joelho de Mynx. O menino nem chegava ao seu tornozelo. Era mais fácil julgar esse tipo de coisa quando ela podia ver todos os ângulos.

Mynx não podia sentir a areia quando pisava nela. Não respirava ar quente – na verdade, ar nenhum – e quando falou as palavras para iniciar o teste, elas não vieram de seus pulmões, sua voz, ou de qualquer lugar exceto dos elétrons que explodiam ao redor dos circuitos do drone gladiador. Aqui, dentro do próprio núcleo do drone, Mynx era Deus, e Deus queria ver como seu drone se comportava.

O teste começou sem um sinal, um interruptor ou uma palavra. Dois bandidos sem rosto flutuantes surgiram da duna como se estivessem escondidos na areia o tempo todo. Eles colocaram as mãos nos bolsos de seus sobretudos marrons idênticos e sacaram facas, então avançaram em direção ao menino pequeno. O drone detectou os recém-chegados, movendo seu volume relativo para colocar o menino atrás dele.

Proteger primeiro. Bom.

Mas o drone decidiu levar o comando de proteção a sério demais. Esperou que os bandidos se aproximassem, que os dois inimigos se separassem, como um V se abrindo, o que neutralizou as opções de controle de multidão do drone. Mynx teria que aumentar a iniciativa – a ideia de esperar por um ataque antes de reagir havia morrido há muito tempo, agora a estratégia era toda sobre o limite: em que ponto um ataque se tornava uma certeza?

O drone chegou a esse ponto quando o bandido que se aproximava pela direita ficou a um braço de distância e ainda estava com a faca em punho. O drone emitiu um aviso verbal, que o bandido ignorou. O drone, então, se comprometeu com um ataque incapacitante rápido como um raio contra aquele bandido. Um trio de dardos atordoantes saiu rapidamente das aberturas na mão esquerda do drone e atingiu o bandido, penetrando fundo, enquanto com a mão direita, o drone agarrou o bandido e o jogou no chão.

E falhou.

Mynx balançou a cabeça e apagou a simulação, com o segundo bandido segurando sua faca contra a garganta da criança. Os drones continuavam se comprometendo demais, mas se Mynx diminuísse a agressividade, eles ficariam sentados esperando até serem encurralados, era-

Um puxão em sua mente. Atenção. Mynx deslizou, as dunas, a mansão, tudo desaparecendo até que ela abriu os olhos de volta em seu laboratório. Atrás dela, um dos microdrones flutuantes de Reeves retraía sua garra de aço de seu ombro.

— Ela chegou — disse Reeves. — Dra. Jones.

— Estou indo — respondeu Mynx. — E Reeves? Vou querer aquele chá agora.

SUAVE, cremoso e carregado de açúcar. Aegis saboreava o latte no andar superior da torre - não mais sua, mas dos Paragon. Além das paredes de vidro à prova de explosão da cobertura, abaixo dele, o caos de Manhattan se espalhava na vida do final da manhã. A indústria fervilhava naquelas ruas, naqueles edifícios que misturavam arquitetura antiga e nova, e além estava a água, movimentada com navios.

Anomalias, normais, vivendo e trabalhando juntos. Não mais uns contra os outros, não mais com medo do que poderia acontecer. Os Paragon haviam construído isso, um novo mundo erguendo-se sobre as cinzas de seu predecessor.

— Você pode se sentar? — disse Celice, caminhando descalça pelo chão de madeira e carregando bandagens e pomadas nos braços como se fosse realizar uma amputação.

Aegis seguiu as ordens de sua filha de qualquer maneira, relaxando na cadeira larga próxima à janela. Seu posto de comando mantinha uma vista perfeita, com monitores disponíveis para emergir de compartimentos no chão ao seu comando. Naquele momento, ele só queria beber seu café, mas deixou o roupão grosso escorregar do ombro esquerdo, ignorando a dor ao fazê-lo.

— Isso é realmente necessário? — perguntou Aegis enquanto Celice começava a desenrolar as bandagens da noite anterior.

Manchas de sangue salpicavam a gaze, desbotadas e longe das feridas ensopadas que Aegis havia visto em outras vítimas de tiros. Sim, ele poderia não ser tão invencível quanto fora décadas atrás, mas Aegis ainda podia aguentar um golpe melhor do que qualquer outra pessoa.

— Se você pode se machucar, pode se infectar — disse Celice, cuidando de seu ombro com precisão carinhosa. — O que o mundo pensaria se seu maior Campeão sucumbisse a uma doença?

Aegis engoliu o latte. A pomada gelou seu ombro. Aegis contou dois drones de implantação fazendo uma rota de travessia lenta pelo céu, seus corpos azul-escuros parecendo tanto com pílulas flutuantes.

— Espero que você minta se isso acontecer algum dia — disse Aegis. — Diga que foi um ataque escondido do Outbreak, ou do Paciente Zero.

— Não posso fazer isso, pai — Celice colocou o novo curativo, apertado e macio. — Ambos morreram há anos.

— Morreram? Como? — Aegis deveria saber disso, mas houvera tantas anomalias, tantos normais que os Paragon haviam mandado embora.

Celice se afastou, inclinou a cabeça. — Da mesma maneira que todos os seus vilões morrem, pai. Apodrecendo no oceano.

Ah, sim. Aquele lugar. Mynx cuidava daquele negócio sombrio, então Aegis tendia a ignorá-lo. Uma vez que a luta terminava, ele ficava feliz em entregar as consequências para aqueles mais interessados nisso.

— Notei que minha agenda está vazia hoje — Aegis mudou de assunto.

— Eu a limpei — Celice apontou para o ferimento. — Você precisa descansar.

— Não preciso.

— Precisa sim, e vai — Celice parecia tão desafiadora, toda arrumada no uniforme profissional dos Paragon, embora tivesse deixado o blazer azul de lado para o trabalho sujo médico com o pai. — Estou te dizendo, pai, você tem que parar com isso. Você vale muito para os Paragon para se arriscar.

— Só para os Paragon? — Aegis abriu um sorriso.

Celice revirou os olhos. — Para mim também. Mas estou falando sério. Você já pensou no que aconteceria se não voltasse de uma dessas? O que acontece quando você se aposentar? — Sua filha terminou a pergunta com um gesto para a cidade abaixo. — Tudo isso repousa sobre o que você construiu.

Ela não estava errada. O mundo tinha sido governado pelo medo; anomalias e normais se enfrentando com suas habilidades e suas armas. Como seria fácil voltar àquilo sem o manto dos Campeões originais e seus Paragon cobrindo o mundo. Vez após vez, Aegis, Mynx e os outros seis haviam salvado a civilização de si mesma, e então haviam assumido as rédeas para governá-la. O que aconteceria quando eles as soltassem?

— Você está certa — Aegis entregou a admissão com o discurso de olhar direto e sem expressão que vinha fazendo quase desde o nascimento, um olhar determinado que garantia honestidade e cumprimento. — Vou convocar uma cúpula. Falaremos sobre transições. Montaremos um plano.

Celice se levantou, recuou e se encostou no vidro, colocando seu corpo a uma falha estrutural de distância de uma curta e fatal viagem para a cidade. Com o sol fornecendo luz de fundo, e seu cabelo escuro na altura dos ombros permanecendo em perfeito equilíbrio através de alguma mágica que Aegis não conseguia compreender, sua filha parecia a imagem de uma executiva de negócios estampando um artigo sobre poder corporativo. O tipo de coisa que Aegis havia crescido lendo a respeito, havia amadurecido trabalhando para, e então descartado quando deixou de ser útil.

— Não é o suficiente — disse Celice. — Se você quer fazer a transição, tem que viver para vê-la.

— Como assim?

— Fique na retaguarda, pai — Celice não implorou, ela ordenou. — Você já fez o suficiente. Encontre alguém para assumir e, pela primeira vez, aproveite a vida.

— Conversar com minha filha, observando a maior cidade do mundo com um delicioso café da manhã não é aproveitar a vida?

Celice balançou a cabeça, olhou para o chão como fazia sempre que queria esconder uma emoção. Aegis adivinhou que era riso, desta vez, baseado em sua mão vindo para sombrear os olhos. Quando Celice olhou para cima, no entanto, a gravidade havia retomado o controle de seu rosto.

— Prometa, pai. Você não vai mais sair. Não para essas coisinhas.

Mais um gole. A verdade é que as pequenas corridas estavam cansativas, mesmo que ele as aproveitasse. Parar criminosos era um hobby, uma maneira de manter suas habilidades afiadas, mas peixes pequenos não valiam morrer por eles.

— Eu prometo, Celice. Não vou mais salvar o mundo, só por você.

— Ótimo — Celice olhou para seu pulso, onde uma pulseira envolvente mudou de preto prateado estilizado para azul ao seu olhar e exibiu um calendário pequeno demais para Aegis ler. Celice sempre tinha os Tamas da moda. — Tenho que ir, pai. O Nordeste quer discutir o projeto da nova sede.

— Espere — disse Aegis quando sua filha começou a passar por ele. — Passamos todo esse tempo falando de mim. O que você tem feito? Não tenho tido que espantar nenhum namorado novo ultimamente.

Celice parou, soltou uma risada. — Namorado? Depois de cuidar de você e de todos os seus Paragons, nenhum dos quais sabe o que está fazendo fora de uma luta, aliás, não me sobra muito tempo para namoro. Além disso, quando alguém descobre quem eu sou, quem é meu pai, eles param de agir normalmente.

— Ah, eu não sou tão ruim.

— Claro. — Celice bateu na mesa lateral de vidro e metal onde restava o café da manhã de Aegis, cercado por uma caixa circular de plástico menor que a mão dele. Dentro dela, dividida em seções, havia pequenos ovais coloridos. — Lembre-se de tomar todos. Os novos são para a dor.

Antes que Aegis terminasse seu latte, Celice desapareceu no elevador. Ele olhou para os comprimidos. A água em um novo copo esperando. Condições a tratar, e Aegis as enumerou em sua mente. Cada uma sua própria surpresa quando surgiu, outro marcador do Tempo, aquele inimigo invencível que os Paragons não haviam conseguido derrotar.

Ainda.

Mas eles haviam conseguido vencer todos os outros. Sem militares, sem polícia. Todos os governos dissolvidos em partes sob a proteção dos Paragons. A paz cobria o planeta, e qualquer um que a perturbasse era tratado de forma rápida e definitiva. No início, reclamações. Então, as pessoas aprenderam. Os normais aceitaram e as anomalias entenderam seu papel, a parte que seus dons precisavam desempenhar para ajudar o mundo.

Aegis tomou os comprimidos. Um dentro, um gole, um desceu. Levantou-se ao começar, deu o longo passo até o vidro e observou a massa abaixo dele se agitar.

Tudo isso dependia dele, e Celice estava certa. Quando — se — Aegis não pudesse mais proteger a todos, quando ele não pudesse cumprir as promessas que os Paragons fizeram ao mundo, alguém mais deveria. Melhor que ele escolhesse esse alguém do que confiar nos próprios Paragons para resolver isso. Melhor que todos os Campeões escolhessem.

— Polly — Aegis falou alto para que os receptores do sistema pudessem captar. — Envie uma mensagem aos Campeões.

— Pronta.

A voz de Polly era sempre tão alegre. Aegis a achava irritante, mas então o otimismo incansável da IA cresceu nele, luz animada em um dia sombrio. Já havia dificuldades suficientes na vida, ter um computador que falava com alegria borbulhante não era uma delas.

— Precisamos nos encontrar. É hora de decidir o que acontece a seguir.

CAPÍTULO 6
RETORNO AO LAR

SENHA. Chave. Inserir. Girar.

Kat operava em monossílabos. Não tinha energia para mais, não depois de arrastar Vedder de volta ao veículo, rastreá-lo e então deixar a anomalia em um hospital no caminho de volta. Salvo algum azar, Kat nunca mais precisaria ver Vedder novamente. Com alguma sorte, a anomalia renderia a Kat muitos reps através de sua nova carreira forçada como Paragon.

O fedor de seu apartamento, uma mistura potente de roupa suja e pelo de cachorro que se transformava em uma nuvem tóxica sempre que as janelas estavam fechadas, envolveu Kat em seu abraço sufocante e a rastreadora tropeçou em um espaço melhor descrito como devastado. Não estava claro o que havia acontecido, ou estava acontecendo, no apartamento, mas algo terrível tinha ocorrido. Roupas, comida e coisas que um dia já foram comida, mas agora eram ecossistemas inteiros, caixas bagunçadas de mudanças anteriores nunca abertas, e tesouros que Kat uma vez conheceu, mas agora via como tralhas espalhadas por todo o espaço de um quarto. Sem as luzes acesas, com as cortinas fechadas, as sombras da bagunça se erguiam ameaçadoras.

Seeker passou correndo por Kat e atacou os horrores com alegria e língua de fora, latindo tanto que incomodaria os vizinhos, exceto pelo fato de ser meio-dia e não haver ninguém neste complexo de trabalhadores. Com os apartamentos pequenos demais para escritórios domésticos confortáveis, Kat observava a escapada diária enquanto o prédio se esvaziava nas ruas de Chicago, pessoas lutando para encontrar seu caminho para apoiar os Paragons, ganhar seus reps e voltar para casa em um lugar sem dúvida mais limpo que o dela.

— Mas você gosta assim, não é? — Kat disse para Seeker, que saltou até ela coberto de roupas aleatórias, com um brinquedo de morder em forma de osso rosa e amarelo na boca. Ela começou a tirar seu traje, desviando do cachorro ao mesmo tempo. — Sabe, você poderia ajudar.

Seeker aceitou a sugestão e correu com ela, largando o osso e mordendo a bota de Kat, fazendo-a tropeçar e cair em um sofá azul desbotado que tinha visto mais anos do que ela. A idade deixou as almofadas gelatinosas, então Kat afundou nelas com o prazer suave da dor dos músculos doloridos tendo a chance de relaxar. Enquanto Seeker assumia a tarefa de despir Kat de seus sapatos, luvas e manoplas - o cachorro era preciso com os dentes, capaz de atingir os pontos de pressão que soltavam as braçadeiras tecnológicas - Kat ficou deitada, respirando. Acomodando-se na dor de cabeça que se aproximava enquanto seu corpo sucumbia à privação de sono.

— Tap, abra as janelas — Kat murmurou, mas os microfones hipersensíveis espalhados pelos cantos do apartamento captaram mesmo assim, e momentos depois o ar fresco começou sua guerra contra o apartamento abafado.

— E me traga um café da manhã. O de sempre, do *Brickhouse*.

— É pra já, Kat — respondeu a IA com sua voz alegre de surfista. — Mais alguma coisa? Você parece cansada. Quer café?

— Não. — Kat tinha conseguido remover a máscara do traje, e Seeker a pegou e jogou na lixeira marcada. Seus olhos estavam fechados e ela queria mantê-los assim, por um tempo. — Eu quero dormir.

— Isso significa que você não quer seu relatório diário?

Kat gemeu com o desespero de quem sabe a decisão certa e odiava tomá-la mesmo assim. — Tudo bem. Mas faça rápido.

— Vou ler a uma velocidade de um ponto vinte e cinco.

Tap seguiu seu aviso com números, uma enxurrada de estatísticas que Kat arquivou por força do hábito. Primeiro vieram as anomalias que ela havia rastreado que não tinham sido perda de tempo e lhe renderam royalties no último dia. Uma porcentagem de contratos concluídos. Reps para pagar seu aluguel, e a melhor razão para ser uma rastreadora, afinal.

Não a razão dela, mas a melhor razão.

Os resultados de hoje foram muito bons; uma anomalia com um talento para desintoxicar esgoto encontrou um conjunto lucrativo de contratos com Chicago, e esses continuavam pagando. Ela o encontrou depois que relatórios chegaram do oeste de Illinois sobre uma série de lagos cristalinos que estavam cobertos de algas há muito tempo. Os ganhos dele superaram todas as outras anomalias, incluindo as mortais, que Kat já havia rastreado. E ela não precisou arrastá-lo pela neve profunda, também.

— Tenho uma mensagem prioritária também, se você

ainda estiver acordada — Tap perguntou quando a leitura terminou.

— Estou. De quem é?

— Gordon Holyoak. — Tap era uma IA, mas até o computador sabia dizer o nome de Gordon com apreensão.

O ventilador no teto não se movia. Ela não o havia ligado. Ao ouvir o nome de Gordon, Kat encarou fixamente as pás, desafiando-as a tirá-la das memórias, emoções e outras porcarias que arruinavam o cochilo que ela queria ter. Depois de um momento de olhar fixo, o ventilador falhou em sua missão e Kat rolou para fora do sofá, aterrissando e continuando a rolar por cima de Seeker, que havia adotado seu lugar de dormir habitual perto do lado dela. Com o queixo plantado em um dos poucos lugares limpos no carpete, Kat agora olhava através de uma porta estreita para cobertores, travesseiros e forças rebeldes de bichos de pelúcia que ocupavam sua cama. Isso também não ajudou em sua busca para evitar reflexões.

— Uhh — Kat disse para o chão, então se empurrou para ficar de pé, instável. — Tudo bem. Leia.

— Ei, Kat! Sei que faz um tempo, e sei que você não vai acreditar em mim, mas estou na cidade, e contatando você, por motivos de negócios! Pode se encontrar comigo amanhã? Sei que é rápido, mas não temos muito tempo nisso. Espero que esteja bem! — Tap concluiu. — Há um marcador geográfico anexado para O Espeto, em seis horas.

— Eu não quero — Kat disse, esfregando os olhos e olhando para Seeker, que não forneceu nenhuma visão valiosa.

— Não é prioritário, mas você pode querer saber que Gordon acabou de fazer uma chamada geral para os rastreadores de Chicago — Tap disse. — Mesmo horário, mesmo lugar.

Então Gordon tinha um motivo para estar aqui, além de mexer com Kat. Se ele fez uma chamada aberta, isso significava um alvo grande, porque Gordon estaria dividindo reps pelo rastreamento para todos que ajudassem.

— Há quanto tempo foi a mensagem de Gordon?

— Noite passada. Enquanto você estava fora.

Meio dia inteiro de vantagem para um antigo parceiro. Era isso que Kat valia. Ela olhou para o sofá, considerou a possibilidade de tirar aquele cochilo, e descartou-a quando uma série de sirenes soou ao longe. Um drone respondendo a um chamado, e um sinal de que ela havia perdido sua janela de oportunidade.

Hora do banho.

No vapor meditativo e na água quente, o cansaço de Kat a levou à chegada de Gordon em sua vida. Ele entrou pela esquerda do palco, deparando-se com uma ruína enquanto Kat se apressava para vender o que tinha para sobreviver. Gordon não era rico, não era alguém procurando tirar vantagem, mas ele queria a companhia de Kat e isso havia sido suficiente. Quando Gordon a fez rir, algo que não acontecia há muito tempo, Kat lhe deu uma chance de jantar. Gordon acabou pagando por isso, e Kat por todo o resto.

Mas agora ela era uma rastreadora, e Gordon a havia colocado nesse caminho. O que compensava, o quê, dez por cento do sofrimento que o homem lhe causara?

Quando terminou de se lavar, o café da manhã do *Brickhouse* havia chegado sem o café que Kat agora lamentava ter perdido, e ela devorou os ovos e o hash de batata enriquecido com vitaminas. Jogou os restos na abertura perto da porta que levaria o lixo para algum lugar mágico com o qual Kat nunca se preocupava. Que os recipientes não estivessem em seu apartamento era o suficiente.

Depois de tudo isso, e de vestir um traje que enfrentava

o frio do inverno de Chicago, que estava vencendo sua guerra contra o aquecedor do apartamento na batalha contínua entre ar respirável e clima habitável, Kat olhou para Seeker, que havia pegado sua coleira enquanto Kat terminava de comer, e suspirou.

— Acho que há tempo suficiente. Vamos lá.

Tap trancou o lugar depois que Kat saiu. Selou a janela também, e Kat tomou a decisão questionável de pedir a Tap para encontrar alguém, algo que pudesse limpar seu apartamento. Ela tinha reputação suficiente agora para que viver à beira da peste não fosse mais necessário.

As calçadas da tarde não estavam muito cheias - fazia frio, as pessoas estavam trabalhando, e o bairro de Kat não era um ótimo lugar para caminhar. Para cada edifício antigo que remetia a tempos mais simples com tijolo e argamassa, uma dúzia de outros ostentava o brilho moderno e pré-fabricado da eficiência. Produtos químicos forjados juntos e lubrificados com poderes de anomalia transformavam o que teria sido metal frio em criações em aquarela que resistiam a tudo o que a natureza poderia conjurar. O que, considerando que a maioria das grandes cidades tinha anomalias encarregadas da manipulação do clima, não era muito.

— Parece que não conseguem mantê-lo confortável, no entanto — disse Kat, observando sua respiração se transformar em uma nuvem cinzenta.

Havia razões, é claro, para manter o clima habitual. Razões que Kat não tinha tempo, nem desejo, de contemplar. Era para isso que os Paragons, que Mynx, serviam. Manter o planeta vivo para que Kat pudesse passear com seu cachorro no parque e arremessar um disco.

O parque acertava todas as notas certas para um oásis urbano: cercado por estruturas imponentes, mesmo assim cercado, e um centro anteriormente dominado por fontes aplainado para dar mais liberdade aos cães. Seeker aproveitou, disparando assim que Kat o soltou da coleira para ir inspecionar uma horda canina errante que corria pelo parque como uma força da natureza latindo. Os latidos excitados de Seeker tinham a felicidade que Kat não tinha certeza se já havia experimentado, mas a alegria vicária que ela extraía dos saltos e pulos do husky amenizava o fio de sua exaustão.

Pelo menos até que ela viu um rosto familiar vagando pelo parque em sua direção geral, abraçando o lado interno da cerca como se dar mais um passo no território dos cães fosse um crime punido com babas avassaladoras.

— Stan — Kat cumprimentou a anomalia, que caminhava rígido em uma jaqueta jeans e um boné de beisebol preto desbotado.

— Kat — disse Stan, seus dentes fazendo um clique de bater que Kat teria atribuído ao frio se não conhecesse Stan tão bem. — Você parece cansada.

— Obrigada, Stan. Era disso que eu precisava hoje.

— Desculpe — Stan tentou remediar com um sorriso desajeitado. Kat o deixou passar, retribuindo. — Noite difícil?

— Digamos apenas que nem toda anomalia é tão legal quanto você.

Kat falou com um suspiro, mas ela quis dizer isso. Stan estava se escondendo dos drones de busca de Mynx e dos detetives da internet que caçavam anomalias, trabalhando localmente com carpintaria de pequena escala. Quando finalmente cometeu um erro e completou um trabalho rápido demais - os vizinhos ficaram surpresos ao encontrar uma casa que era branca ontem toda azul-bebê no dia seguinte sem um enxame de andaimes e suor - Kat o encurralou em um bar a não mais de três quarteirões dali. Stan havia pedido bourbon barato e forte para ambos e estendeu o braço para o rastreamento.

— Nunca pensei que fugir seria bom para mim — Stan tentou olhar para algum horizonte, mas acabou encarando a placa de um mercearia de esquina. — Sempre achei que Chicago fosse minha cidade.

Kat assentiu quando uma brisa fresca passou. Os cães não notaram, latindo furiosamente para algum pobre pássaro em uma árvore.

— As coisas não estão ruins, também — Stan continuou. — Os Paragons me dão bastante trabalho, a reputação é boa.

— Eu sei — Kat via os recibos, tirava sua parte de cada trabalho que Stan fazia. Confiável, mas não tão rico quanto o cara do esgoto.

— Imagino que você saberia — Não havia malícia ali, apenas aceitação. Stan hesitou, e Kat sentiu que ele procurava permissão no lado de seu rosto. — Posso te fazer uma pergunta?

— Pode falar.

— O que acontece se você não voltar de uma dessas coisas?

— Você quer dizer se uma anomalia me queimar até virar cinzas? Me atirar de uma dúzia de maneiras diferentes com sua super velocidade?

— Uh. Acho que sim?

Kat lançou seu olhar azul de rastreadora para Stan, deixando-o saber que a pergunta era tanto indelicada quanto irritante, mas ela responderia mesmo assim. — Você receberá outro rastreador. Alguém próximo. Nada muda do seu lado.

Stan lutou para formular uma resposta, então Kat o libertou com um *prazer em te ver* e deixou a anomalia assobiar para seu labrador chocolate e partir.

Sua pergunta, no entanto, permaneceu. Se Kat não voltasse de uma de suas caçadas, o único que notaria seria Seeker. A dor de cabeça, sentindo as defesas baixas de Kat, ressurgiu e a rastreadora se apoiou na cerca, pressionou os dedos nas têmporas e tentou se perder nos latidos infinitos de criaturas mais felizes.

CAPÍTULO 7

CONVIDANDO TODOS OS JOGADORES

ZHAN-YO QUERIA SEGURAR um volante que não existia. O pod deslizava pela rua, seguindo e sendo seguido por outros pods em uma linha incessante e eficiente que se dirigia ao shopping. Toda vez que se sentava nessas coisas, com seus estofados gastos por muitos passageiros e poucas limpezas, Zhan-Yo desejava trocar a eficiência e a segurança pelo círculo de couro duro que dirigia o carro de seu pai. Aquele que o próprio Zhan-Yo havia dirigido por alguns anos antes que as direções manuais fossem eliminadas em nome da proteção.

Zhan-Yo achava que a lógica era um substituto fraco para a emoção.

No entanto, quando o pod parou na entrada principal do shopping, sua porta piscando LEDs verdes ao redor das bordas, os assentos vibrando para avisar Zhan-Yo que seu destino havia sido alcançado, ele não se importou de não ter que estacionar. Numa tarde fria como essa, uma curta caminhada até o interior era um benefício bem-vindo.

Se os pods eram uma evolução de uma máquina antiga e obsoleta, o shopping também havia evoluído. Glamour respaldado por substância: luzes anunciavam vários vendedores, com quadrados projetados gritando promoções, fogos de artifício falsos atraindo olhares para novos estoques, e alguns drones antigos parados na entrada oferecendo oportunidades limitadas em seus corpos, onde a armadura havia sido substituída por telas. As pessoas abundavam, o shopping servindo como um refúgio dos confins apertados da população massiva, aqueles que entravam e os que saíam carregando a mesma quantidade de produtos:

Nenhum.

Zhan-Yo sorriu para uma menina e sua mãe, ambas carregando o brilho satisfeito das compras. Ele segurou a porta do pod aberta, aceitando o obrigado incentivado da garotinha, e então passou pela entrada escancarada. Não havia portas aqui, mas Zhan-Yo sentiu a leve mudança no ar, seu cabelo grisalho fino captando a brisa sutil enquanto a barreira de pressão do shopping servia para manter o frio do lado de fora. Sua pele se arrepiou momentaneamente enquanto Zhan-Yo atravessava o portal, ladrilhos contornados por neon azul que serviam como o único local do shopping sem publicidade.

O andar principal além se estendia por quarteirões em ambas as direções, a cada dúzia de metros ou mais interrompido por outra vitrine. O complexo de três andares preenchia cada espaço com coisas, pisos e tetos de ladrilhos servindo como telas que exibiam um anúncio silencioso após o outro. Um saxofone preguiçoso pairava sobre tudo, contrastando com a imersão de riqueza em exibição. O que deveria ter sido avassalador para todos havia se tornado lugar-comum, uma miscelânea de mídia tornada irrelevante por seu próprio sucesso.

Do outro lado, uma loja de roupas ocupava a posição privilegiada; o primeiro alvo para todos os olhos que entravam. Roupas de estilistas e anúncios correspondentes estavam pendurados em grande escala. Um em particular chamou sua atenção, uma jaqueta de couro vermelha com adornos dourados, pendurada em um manequim na vitrine da frente. Seus pais teriam achado extravagante, mas falava de rebeldia, de espírito. Zhan-Yo não estava ali para fazer compras, mas atravessou a avenida deslumbrante e deu uma olhada mais de perto.

Macia, bem feita. Ele tocou as mangas, franziu a testa. Couro sintético. O verdadeiro era tão difícil de encontrar, mas algumas marcas ainda o ofereciam, ainda se importavam com a autenticidade. Ele deslizou os olhos para o preço pairando em um pequeno display abaixo da jaqueta. Ao lado do número de reps, Zhan-Yo notou o pequeno Z inclinado. Ele sabia que estaria lá, porque ninguém ousaria não colocá-lo. Ziran beneficiava todos, exceto aqueles que não jogavam de acordo com suas regras.

Os Paragons exigiam uma nova moeda, e os reps exigiam um meio de serem gastos, ganhos e distribuídos.

— Quer experimentar? Não tem ninguém no provador agora — disse um homem, e Zhan-Yo viu um adolescente usando acessórios de metal e roupas meio combinadas que ele próprio nunca poderia usar, o adolescente sem dúvida se perguntando o que um homem da idade de Zhan-Yo estava fazendo olhando para uma roupa tão estilosa.

— Não, obrigado — disse Zhan-Yo, acenando com a cabeça em agradecimento pelo tempo do rapaz. — Só estou admirando.

— É uma peça legal — concordou o adolescente. — Me avise se precisar de alguma coisa.

Assim que o garoto se virou, Zhan-Yo tocou seu pulso direito, onde seu Tama estava envolto em belos elos dourados. Assim que o Tama fez contato com a etiqueta de preço, ele apitou três vezes, informando Zhan-Yo que o produto estava disponível em seu tamanho, pelo mesmo preço listado, e poderia ser entregue dentro de um dia em seu apartamento. Com a mão esquerda, Zhan-Yo tocou a face do Tama e aceitou o pedido, sem tirar os olhos da jaqueta.

Algo para vestir quando conhecesse Aegis, talvez.

Ziran também negociava em provisões reais - Zhan-Yo entrou em uma de suas lojas de tecnologia não muito longe de onde comprou a jaqueta vermelha, aninhada entre marcas de roupas esportivas e parecendo nem tão elegante nem tão interessante. Mas então, quando o mercado-alvo da Ziran era o comprador corporativo ou o civil desesperado e descontente em busca de alguma maneira de simplificar sua vida, compensava ter uma loja com aparência, bem, simples. Zhan-Yo fez um aceno para o letreiro suspenso com o Z de tom azulado sobre um fundo branco suave ao passar por baixo.

Um homem deve prestar respeito às coisas que o fizeram.

Seu Tama vibrou, avisando Zhan-Yo que estava atrasado, então ele não perdeu tempo verificando as prateleiras, mas conseguiu lançar um olhar rápido à vendedora que dizia que a inspeção aconteceria mais tarde. Tempo para a jovem deixar a loja em perfeita ordem, um aviso que a maioria, incluindo Zhan-Yo, não recebia.

Havia duas portas nos fundos da loja, ambas com grandes placas declarando que eram apenas para pessoal autorizado. O fato de que o mesmo pessoal não estava autorizado para cada porta ficava subentendido, e Zhan-Yo usou a da esquerda, passando seu Tama contra o quadrado preto na parede cor de pérola. Um suave chiado, um clique da fechadura, e Zhan-Yo abriu o portal. Diferentemente de sua parceira, esta porta se abria para uma escada íngreme de concreto. Zhan-Yo seguiu os degraus — a porta se fechando sozinha atrás dele — por baixo dos corredores de serviço do shopping e para uma seção escavada anos atrás para um propósito muito específico. O patamar não revelava nada desse propósito, mantendo o visual de concreto cinza e adicionando cadeiras rígidas, uma pequena mesa e nada mais. Você pode esperar aqui, o ambiente parecia dizer, mas não por muito tempo.

O objetivo de Zhan-Yo estava além da próxima porta na fila. Esta também exigia uma passada do Tama em um scanner preto embutido na parede, mas diferentemente do de cima, a leitura sozinha não destrancava a porta.

— Zhan-Yo. — Ele sempre se sentia estranho dizendo seu próprio nome, mas, de acordo com o programa que agora analisava sua pronúncia, a maneira de uma pessoa dizer seu próprio nome era única.

O programa aceitou seu estilo sem discutir, deixando Zhan-Yo entrar na segunda e última sala. Diferentemente de sua predecessora, este espaço abraçava o luxo pré-rep, opulência por si só. Uma mesa de mogno, com madeira da cor de uísque envelhecido em barril, se estendia como um oceano, preenchendo a sala e fazendo os outros cinco já sentados ao seu redor parecerem minúsculos, embora este grupo combinasse tanto poder quanto existia no mundo além dos Parágonos.

À esquerda de Zhan-Yo, as necessidades básicas eram mais que atendidas por torneiras destiladas para água normal e com gás. Uma bandeja de frutas, com abacaxi amarelo dominando o centro conforme o pedido de Zhan-Yo, preenchia o balcão de granito preto. Acima da bandeja, retraído quando não em uso, pendia o tubo de entrega, permitindo que trabalhadores ou drones enviassem refrescos sem acessar a sala em si.

— Estamos todos prontos — disse um homem loiro e magro, usando um terno preto formal demais para o gosto de Zhan-Yo, fazendo o esforço de afastar sua cadeira e ficar de pé enquanto falava. — Devo abrir a chamada?

— Sim — respondeu Zhan-Yo, movendo-se em direção à sua própria cadeira na cabeceira da mesa. Os assentos eram relíquias, couro curtido de um século atrás que Zhan-Yo se empenhava em manter. Ele e Wexley removiam as cadeiras da sala pessoalmente quando eram necessários reparos. — Um copo de água sem gás, por favor.

Wexley aceitou o pedido como um filho, movendo-se para encher um copo tirado de uma bandeja coberta deles e, ao mesmo tempo, declarando uma série de comandos para a IA da sala, embutida no centro daquela mesa, seguir. Zhan-Yo aproveitou o momento para olhar quem se dera ao trabalho de vir pessoalmente hoje e ficou satisfeito com os rostos cautelosos e curiosos que encontravam o seu. O que antes era zero por tanto tempo agora era quatro. O impossível se tornando possível.

Ninguém falou. Haveria tempo para perguntas mais tarde.

Depois que Wexley completou o comando para iniciar a chamada, a parede da sala em frente a Zhan-Yo se iluminou quando um projetor no teto começou a funcionar. No início, apenas branco com um único nome no lado direito, *Ziran-Alpha*, era exibido. Nos próximos trinta segundos, no entanto, mais uma dúzia de nomes apareceu, quase todos letras e números sem sentido.

É por isso que Zhan-Yo respeitava aqueles que vinham pessoalmente — nada para se esconder. Eles eram os verdadeiramente comprometidos, e era trabalho de Zhan-Yo transformar cada número sem rosto na chamada em rostos à mesa.

— Bem-vindos — começou Zhan-Yo quando a tela branca mudou do nada para um close-up educado. Algumas rugas, aquele cabelo branco ralo, barba por fazer preta... a marcha inexorável do tempo ainda não tinha levado toda a juventude de Zhan-Yo. — Àqueles que estão aqui desde o início, obrigado. Para aqueles que só agora estão vindo conhecer nossa causa, espero que encontrem o que procuram aqui. Hoje, para ilustrar por que nossos esforços são tão importantes, começaremos com uma história.

Wexley pegou bem sua deixa, erguendo um único dedo na mão direita e não se encolhendo quando seu próprio rosto substituiu o de Zhan-Yo na projeção. — Muitos de vocês me conhecem como Diretor de Operações da Ziran. Muitos de vocês não sabem que sou um produto da própria coisa que estamos trabalhando para acabar.

A história que Wexley contou era familiar. Zhan-Yo já a tinha ouvido de Wexley antes, é claro, mas quase todos ali conheciam alguém como ele. Conheciam vidas arruinadas por anomalias, vidas que confiavam nos Parágonos para salvá-las e, quando os Parágonos falhavam, não tinham recurso. Sem voz.

— Eu não pude voltar para casa, porque minha casa não existia. — Wexley permaneceu calmo, composto. Sem cora-ção, exceto pelo tremor em sua voz. — Os Parágonos chamaram de acidente. Uma anomalia não descoberta que perdeu o controle, como tantas outras. Minha única opção era seguir em frente, lidar com isso. Estou aqui porque acho que podemos fazer melhor.

— Como? — A pergunta veio da chamada, um locutor desconhecido distorcendo sua voz para que soasse como um drone quebrado falando. — Como vocês acham que podem fazer melhor que os Parágonos?

— Dando voz às pessoas. — Zhan-Yo assumiu a liderança de Wexley com um olhar. — Os Parágonos tiveram seu tempo, e está claro que seus corações estão com as anomalias. Não somos nada além de um fardo, uma coleção para manter feliz enquanto os Parágonos cimentam seu poder.

— Então você substituiria os Parágonos por si mesmo?

— Eu adicionaria nossas vozes às deles. Nos devolveria a uma democracia, onde todos são ouvidos, não apenas aqueles com as habilidades mais fortes. Você não quer ter voz em seu próprio futuro? Você controla suas empresas, mas não controla sua própria sociedade.

Silêncio. Uma boa pausa. Deixe o pensamento amadurecer, e como vinho, todos aqui, quer tivessem ouvido os argumentos de Zhan-Yo antes ou não, se aproximariam mais de abraçar seus ideais. O poder embriagava, e a chance de mais, a chance de *qualquer um*, era impossível de resistir para um grupo como este. A Ziran havia conquistado sua posição tanto através da manipulação quanto da inovação, e Zhan-Yo não abandonaria a subversão por princípio aqui. Não quando estavam tão perto.

Os olhos na mesa disseram a Zhan-Yo quando era hora de falar novamente, pela maneira como se voltaram para ele, pela maneira como aqueles homens e mulheres esperavam ouvi-lo guiá-los no caminho para esse futuro.

— Nossos planos exatos — começou Zhan-Yo — são e permanecerão secretos. Os Paragons têm espiões em toda parte, e eles não verão nossos sonhos democráticos com a mesma esperança que nós. Mas estamos fazendo progresso e estamos mais perto do que nunca de anunciar publicamente nossa posição contra os Paragons. Para nos prepararmos para esse momento, peço que olhem para si mesmos, encontrem aqueles reps que podem sacrificar por uma causa nobre e o façam.

Houve mais perguntas, e Wexley as respondeu, deixando Zhan-Yo observar os que ligavam e os rostos na sala. Progresso era o que eles queriam, e Zhan-Yo teria que lhes dar algo tangível em breve. Prova de seu compromisso, prova de que os Paragons eram vulneráveis, de que desafiar o poder estabelecido não traria sua ruína.

O plano de Sylvie resolveria isso. Se Aegis caísse, então Ziran se ergueria.

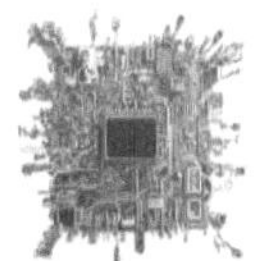

CAPÍTULO 8
IMPRESSÕES E SUSPEITAS

EM SE TRATANDO DE ENTRADAS, Mynx queria que a sua fosse grandiosa. A Fábrica, como ela a chamava e como agora aparecia em todos os mapas, em todos os bancos de dados e em todas as bocas, existia como um monumento ao poder tecnológico definido por Mynx. Isso significava nada de escritórios, nenhum estacionamento vasto, nada além dos componentes essenciais operados por Reeves e controlados pela Campeã que alimentavam os Paragons.

A porta da frente da Fábrica encapsulava a grandeza mecânica de Mynx, abrindo seu logotipo Paragon de cobre e prata com engrenagens arqueadas. Com cinco metros de altura e três de largura, a entrada aberta emoldurava Mynx à distância e, nas tardes, servia para lançar a luz do sol em um lábio dourado onde Mynx ficava para receber quem quer que decidisse visitar. Como era manhã, e como não havia jornalistas ou olhos curiosos - Reeves confirmou isso - Mynx não foi para a glória total e saiu para cumprimentar a Dra. Denise Jones em vez do contrário.

Óculos, jaqueta rústica e jeans desgastados. Denise parecia uma cientista que pertencia ao ar livre, não a um laboratório, embora o tamanho imenso da bolsa pendurada em seu ombro desse uma dica da verdadeira paixão de Denise. Ali dentro, Mynx apostaria, havia cadernos esperando para serem preenchidos, gravadores para serem usados e um computador capaz de rodar uma simulação, caso fosse necessário.

Se Denise pudesse cumprir sua promessa, então Mynx não se importaria com o tamanho de sua bolsa.

— Dra. Jones, bem-vinda — disse Mynx. — Espero que o pod tenha proporcionado uma boa viagem?

— Proporcionou — disse Denise, aceitando o aceno de Mynx para passar pela anfitriã e entrar na Fábrica. — Obrigada por enviar um.

Mynx observou enquanto Denise passava pelos mesmos passos que todo novo visitante da Fábrica experimentava. Primeiro, havia o assombro de estar dentro de um lugar mencionado em incontáveis vídeos, livros e histórias. Depois vinha a busca, o posicionamento da Fábrica na própria perspectiva da pessoa, decidindo se deveria exclamar em voz alta sobre seu tamanho e brilhantismo, ou manter as emoções dentro de si e suprimi-las em uma tentativa fútil de controle.

Denise escolheu a última opção, virando-se de sua primeira visão para Mynx com um sorriso contido. — É um lugar lindo.

— É um lugar funcional que por acaso é bonito — respondeu Mynx. — Entre, imagino que ambas tenhamos outros lugares para ir.

O hall de entrada da Fábrica levava a um saguão circular que oferecia possíveis destinos. Mynx pegou Denise olhando fixamente para a entrada gradeada do Laboratório da Fábrica, onde Mynx estivera brincando com o drone gladiador. Para uma cientista, isso não era surpreendente; sempre caçando conhecimento, segredos.

— Talvez mais tarde — disse Mynx, guiando Denise para a primeira seção, sua casa. — O Laboratório não é tão empolgante quanto você possa pensar.

— Duvido disso.

Denise não resistiu à mudança de rumo de Mynx e juntas as duas entraram na morada de Mynx à beira do penhasco e encontraram espaço em uma mesa de vidro em um deck de madeira branca que se projetava como a ponta de uma lança da montanha. Drones ofereceram café, chá e o café da manhã atrasado de Mynx.

— Gostaria de alguma coisa? — Mynx perguntou, acenando para o prato e sua omelete recheada de espinafre. Duas tiras de bacon sintético carregado de vitaminas e pedaços de melão completavam o conjunto. — Tudo é feito aqui.

Denise olhou para a comida, então recusou: — Só café. Puro.

— Você não gosta de sintéticos?

— Não estou com fome. — Denise puxou sua bolsa e a colocou na mesa enquanto Mynx se preparava para comer.

Denise observou Mynx dar as primeiras mordidas, o que Mynx poderia ter achado irritante, exceto pelo fato de ter passado tanto tempo de sua vida sob as lentes mais afiadas. As pessoas sempre queriam saber o que a Campeã estava fazendo, sempre cavavam pelos menores detalhes de sua vida. Ela havia construído a Fábrica dentro de uma montanha para escondê-la desses mesmos olhos.

A comida, como prometido, estava deliciosa. Mynx não deixaria que um pouco de olhares arruinasse seu café da manhã.

— Eu te chamei aqui por um motivo — disse Mynx entre as mordidas. — Acho que você sabe por quê.

Denise deu o primeiro gole no café quente, balançou a cabeça. — Sei, mas você não vai gostar da minha resposta. — Quando Mynx respondeu apenas com outra mordida na omelete, Denise continuou. — A pesquisa não está progredindo. Estamos paradas.

— Mas vocês chegaram tão longe?

— As mudanças não se mantêm — Denise alcançou sua bolsa, puxou, como Mynx suspeitava, um caderno. — Não conseguimos eliminar todos os erros de tradução, e então as células colapsam de volta para onde estavam. Conseguimos alguns dias. Uma semana. Então você volta ao seu antigo eu novamente.

Mynx escondeu sua decepção com a facilidade praticada de alguém que tropeçou em tantos obstáculos que sua presença não mais a abalava. Que a Dra. Denise Jones, especialista em envelhecimento de ponta, tivesse chegado a um beco sem saída era esperado. Isso respondeu a uma das próprias questões de Mynx.

— É por isso que você concordou em vir — disse Mynx. — Você acha que eu posso ajudar.

— Eu sei que você pode.

— Como?

Denise se inclinou em direção a Mynx, uma mão ao redor de seu café e a outra abrindo o caderno em uma página em branco, os dedos girando uma caneta que havia sido encaixada na espiral do caderno.

— Seu banco de dados. Aquele que os rastreadores usam. — Denise falou como se estivesse buscando confirmação. — Eu sei o que você armazena lá.

— Eu tenho os links para as localizações deles. Quem

rastreou cada anomalia. — Mynx pegou uma tira de bacon, colocou-a na boca e então limpou as mãos em um guardanapo de pano branco. — Não vejo como isso vai te ajudar.

— Não é só isso que você tem.

Mynx fitou o fogo nos olhos de Denise. Fazia muito tempo que não via ou ouvia o tipo de energia que Denise colocava em seu corpo, em suas palavras. Afiada, determinada, e Mynx apostaria que disposta a ir além do que era apropriado para conseguir o que queria.

— Quem te contou? — Haveria uma lista limitada, e Mynx caçaria cada um deles para descobrir quem havia quebrado sua confiança.

— Que você guarda amostras de DNA? — disse Denise, permitindo-se um sorriso presunçoso e recostando-se, agora que havia alcançado seu objetivo. — Você acabou de confirmar.

Ah. Denise pensava que estava sendo esperta, protegendo alguém, mas não era assim que funcionava. Alguém deve ter dado uma dica à cientista, mas isso era um mistério para resolver depois. O fio à frente de Mynx precisava ser puxado primeiro.

— Você acredita que o DNA de anomalia vai te ajudar de alguma forma?

— Amostras de anomalia são raras — disse Denise. — Elas também são a única coisa que eu conheço que provoca mudanças controladas e permanentes no DNA de uma pessoa do tipo que precisamos. Se você quer acabar com o envelhecimento, Mynx, me dê acesso aos seus registros. Deixe-me aprender como as anomalias funcionam e aplicar minhas técnicas às células delas, e encontraremos uma solução. Eu juro.

As amostras, coletadas pelos Paragons e enviadas a

Mynx para armazenamento, existiam para identificar anomalias e tentar encontrar padrões comuns entre as habilidades. Para entender como elas funcionavam. Reeves fazia, estava fazendo, a análise enquanto Mynx trabalhava na ciência que ela preferia - os drones. Entregar tudo isso a Denise seria... perigoso. Os Paragons já haviam lidado com aspirantes a vilões cujos esquemas giravam em torno de distorcer células de anomalia. Mynx não tinha nenhum desejo de criar outro.

— Que tal continuarmos essa conversa no seu próprio laboratório — disse Mynx. — Deixe-me ver seus métodos, o que você está fazendo, e se eu me convencer de que ter acesso aos meus registros ajudaria, veremos.

— Mynx. — Denise usou seu nome pela primeira vez, e o disse de forma seca, como uma ordem. — Você é quem pediu esta reunião. Se quer minha pesquisa, minhas soluções, para continuar, então me ajude. Não desperdice meu tempo.

Lá se foi a pesquisadora humilde.

— Não vou. — Mynx se afastou da mesa, e Denise acompanhou seu movimento. Juntas, caminharam de volta à porta da frente da Fábrica, com Denise novamente parando por um longo momento na entrada do Laboratório. — Me envie um horário, e eu estarei lá. Prove que isso é legítimo, e eu te ajudarei.

— Eu vou — disse Denise. — Podemos mudar tudo, Mynx. Tudo.

Quando a cientista partiu, Mynx voltou à mesa. Os drones haviam retirado o café da manhã, mas um chá preto fresco estava fumegando para ela. Mynx o bebericou enquanto observava as ondas.

— O que você acha? — ela perguntou.

— As leituras dela estavam por toda parte — respondeu Reeves, sua voz vindo de alto-falantes embutidos sob a mesa. — Mas acredito que ela seja sincera.

— Ela é ambiciosa — disse Mynx.

— Ela é apaixonada. Como você.

— Ela pode ser perigosa.

— Também como você.

Mynx queria ter algum lugar para lançar seu olhar de soslaio, mas como Reeves era um computador, tudo o que ela pôde fazer foi suspirar. — Você trabalha para mim, lembra? Coloque um drone nela, discretamente. Quero saber mais sobre com quem estou lidando.

— Claro — disse Reeves. — Devo mencionar também que recebemos uma ligação enquanto você estava com a Dra. Jones. De Celice.

— Reeves, precisamos trabalhar em suas prioridades. Se Aegis ou Celice ligarem aqui, você me interrompe. Não importa o que eu esteja fazendo.

— Desculpe. Ajustei meus algoritmos.

— Ótimo. Reproduza a mensagem.

A voz de Celice, tensa e cansada, veio pelos alto-falantes.

Mynx, sinto muito te ligar assim, mas é sobre meu pai. Ele se machucou ontem à noite, bancando o herói de novo. É pior do que das outras vezes. Acho que ele acredita que ainda pode fazer isso, que ainda pode levar um tiro e continuar em frente. Mas ele não pode. Não mais. Preciso que você me ajude a fazê-lo parar, ou temo que uma dessas vezes, ele não volte para casa.

Mynx terminou o chá. Pediu a Reeves para reproduzir a mensagem mais uma vez. Celice realmente parecia preocupada, e fazia um tempo desde que Mynx tinha visto Aegis.

Com o drone gladiador parado, e com Reeves cuidando da investigação de Denise Jones, talvez uma curta viagem não fosse uma má ideia.

— Reeves, prepare o jato. Vou fazer uma visita ao nosso amigo Campeão.

CAPÍTULO 9

PROBLEMAS EM CASA

ATLÂNTIDA ENTROU EM CONTATO. Os Paragons estacionados no Golfo, Nova Inglaterra, Centro-Oeste e Apalaches apareceram nas telas enquanto o sol da tarde banhava o horizonte de Nova York em um fogo frio. Uma comunicação semanal, não sua chamada de aposentadoria, embora Aegis tivesse planejado deixar o anúncio para o final.

Como de costume, no entanto, seus planos foram desviados.

— Há uma questão, cara, que continua nos incomodando — interrompeu Cornelius, o líder dos Apalaches, após uma discussão sobre novos uniformes que se esvaziou da mesma maneira que sempre acontecia - ninguém conseguia concordar sobre cor, logo, nada. — E está piorando.

— Se isso é sobre as baratas, não quero nem saber — disse Pixie, da Nova Inglaterra. — Já tenho pesadelos suficientes sem os seus insetos gigantes.

— Não estou falando sobre os insetos. Estou falando sobre os Elementais.

Aegis fez uma careta ao ouvir o nome. A cada poucos anos, os Elementais voltavam-

— Espera, você também está vendo eles? — manifestou-se Innis, o corpulento capitão do Centro-Oeste vindo de Chicago. — Só na semana passada eles estavam ajudando um anômalo a fugir da minha cidade depois que ele destruiu um quarteirão inteiro após beber muitas rodadas.

— Você o pegou? — perguntou Aegis.

— Não, não o pegamos. Os Elementais o levaram para a fronteira. Agora é problema da Mynx.

Aegis balançou a cabeça. — Não, é problema de todos nós. Certifique-se de que uma recompensa seja postada no quadro de rastreamento. Podemos ter regiões, mas somos todos Paragons. Uma ameaça a um é-

— Uma ameaça a todos — completou Cornelius. — Sabemos, Aegis, sabemos. Eu acho que os Elementais *são* uma ameaça. Eles podem não estar tentando nos matar, mas estão ajudando os anômalos a se esconderem. Estão atrapalhando. Eu até tive um Paragon que desertou e se juntou a eles.

— Mensagens de esperança atraem a todos — disse Aegis, mantendo o rosto impassível. Olhos calmos. Veja o comandante, sinta o comando. — Cornelius tem um bom ponto. Conversem com seus Paragons. Façam chamadas como esta e certifiquem-se de que todos entendam nossos objetivos. Eles devem saber que os apoiamos, que os valorizamos.

— Tudo bem, mas e quanto aos Elementais? — disse Innis, e Aegis se perguntou se havia dado a eles liberdade demais para falar. Todo esse desabafo apenas alimentava a frustração, não levava a soluções. — Você queria que ficássemos longe deles, e agora eles estão se aproveitando. Acho que uma boa surra os ensinaria que não são bem-vindos.

— Sim. Anômalos lutando nas ruas. É isso que dará às pessoas confiança em nossa liderança. — Aegis acenou com as mãos em direção às telas. — Vou pensar sobre isso. Deixarei vocês saberem o que decido. Por ora, terminamos.

Os Paragons começaram a se desconectar, mas quando os tons de chamadas encerradas pararam de soar, dois rostos ainda o encaravam. Innis, com sua cara barbada e vermelha, e Pixie, que pegara um de seus filhos e balançava o bebê na tela.

— O que foi? — perguntou Aegis, quando nenhum dos dois aproveitou a chance de falar primeiro.

Innis olhou para Pixie, que olhou para Innis, e então a mulher suspirou. — Tudo bem, eu vou. Aegis, como Innis disse, os Elementais estão crescendo e causando problemas em Boston. Eu marquei uma reunião com a líder local deles, mas ela me disse que não falariam com ninguém além de você.

— Por quê?

— Não faço ideia. Mas já que não é tão longe, você poderia fazer a viagem?

Ir a Boston? Era perto, e sair desta torre e se afastar da vigilância constante de Celice poderia fazer bem a Aegis. Seu ombro doía, mas os medicamentos e pomadas mantinham a dor sob controle. Além disso, isso fazia parte de liderar os Paragons - ele não podia muito bem dizer à sua equipe para liderar por conta própria se ele não fizesse o mesmo.

— Me envie os detalhes. Farei acontecer.

— Obrigada, Aegis. Digo isso de verdade. — Pixie sorriu, então o bebê começou a chorar e, com uma revirada de olhos, ela cortou a transmissão.

O que deixou Innis, que parecia um pouco atordoado com a visão de uma criança. Aegis não tinha certeza, mas

Innis devia estar se aproximando dos quarenta anos. Não que o Paragon jamais tivesse passado a Aegis a impressão de ser um homem de família.

— Nunca teve um filho antes? — Aegis perguntou a ele.

— Nunca quis um — respondeu Innis, sacudindo-se do olhar arregalado e voltando uma expressão séria para Aegis. — Não há lugar para eles com o que estamos fazendo. Pixie é uma mulher corajosa.

— Ela é. — Aegis assentiu para o homem. — Do que você precisa, Paragon?

O título formal foi deliberado: Aegis tinha coisas a fazer, e a chamada já havia se estendido por horas. Conversa fiada podia esperar.

— Problemas — respondeu Innis. — Os Elementais, estou lidando da melhor forma que posso. Mas há algo mais acontecendo. Acho que está havendo uma movimentação.

— É só isso? Um pressentimento?

Innis ficou vermelho. — Não, não. Quer dizer, não sei os detalhes, e tenho meu pessoal trabalhando nisso. Só estou avisando que, se você puder vir para cá depois de terminar com Pixie, pode ser bom. Se isso ficar tão grande quanto estou pensando que pode ficar, ter você por perto... pode evitar que as coisas saiam do controle.

— Você está sendo enigmático, Innis. O que está acontecendo?

— Ah, sabe, talvez eu esteja me adiantando. Deixe-me investigar mais. — Innis gaguejou suas palavras, incomum para um lutador que transmitia bravata em cada frase. — Deixarei você saber o que eu descobrir.

A chamada piscou e se encerrou, e Aegis ficou olhando para o monitor. Estranho. Não era do feitio de Innis agir assim.

Aegis poderia ter pensado mais sobre isso, mas seu

ombro começou a doer novamente. Hora da próxima rodada de medicação. Ao alcançar os comprimidos, Aegis percebeu que não havia mencionado a aposentadoria. Ou a cúpula mais ampla dos Paragons que estava planejando com os outros Campeões, os oito companheiros que formavam as lideranças gerais de toda a organização Paragon.

— Acho que vou continuar trabalhando por mais um tempinho, então — murmurou Aegis para si mesmo, não tão triste com isso.

CAPÍTULO 10

OFERTAS DE UMA VIDA PASSADA

KAT PEGOU o trem para a reunião de Gordon. Mais rápido, silencioso e barato que um carro-cápsula, o trem tinha outra vantagem: a chance de encontrar e rastrear uma anomalia desprevenida. O fato de os drones de Mynx não terem encontrado nenhuma e marcado a anomalia no painel de rastreamento não significava nada. Algumas anomalias nem sabiam que tinham habilidades até que um rastreador com um olhar atento notasse algo estranho, como um adolescente exibindo um 'truque' para seus amigos.

Todas elas eram perigosas, todas as anomalias precisavam ser rastreadas, e Kat não diria não a mais alguns reps em sua conta.

Sair casualmente significava deixar seu traje para trás. Kat se aventurou no vento frio da cidade e seu cheiro constante de *qualquer coisa* refinada com uma jaqueta grossa, jeans forrados que transformavam a energia cinética de seus movimentos em calor extra, e um conjunto completo de luvas e boné de beisebol.

O boné a fazia suspirar toda vez que o colocava - seu vermelho vivo com um logo C ondulado não fazia nada para preservar o perfil discreto que Kat desejava. Os rastreadores, no entanto, tinham um contrato com a empresa que fabricava o equipamento de rastreamento, e esse contrato pagava bônus em reps se alguém tirasse e postasse em algum lugar uma foto de um rastreador com seus bonés. A CytoGenX era um fardo, mas esses pequenos retornos permitiam que ela passasse do Chardonnay em caixa para o engarrafado, então Kat não reclamava muito. Isso prejudicava sua busca sutil por anomalias em movimento? Sim, mas um rep garantido na conta valia por dois em seus sonhos.

Em sua vestimenta à prova de nevasca, com alguns fios soltos pegando o vento e esvoaçando ao redor de seu rosto, Kat marchava com aquelas outras almas que se viam obrigadas a ir ao centro, ou pelo menos em algum lugar naquela direção. Se, durante o dia, Kat pudesse ignorar os Tamas e sua presença constante, ao anoitecer tal desatenção não era possível. A maioria dos que caminhavam tinha os olhos banhados na aura da pessoa projetada com quem estavam conversando, do jogo que estavam jogando ou do vídeo que estavam assistindo. Os Tamas sabiam para onde seus donos estavam indo e ajudavam, com sutis sinais luminosos, a direcionar os caminhantes na direção certa.

O que mais irritava Kat era que, se ela tivesse alguém para ligar, estaria fazendo a mesma coisa. Em vez disso, Kat desejava ter ficado na cama ou ter colocado um filme no sofá em vez de marchar com seu corpo dolorido e cansado para o encontro de Gordon. Deliciar-se na autopiedade fazia o tempo passar enquanto ela caminhava para o trem. Os avisos estridentes dos carros-cápsula na rua ao lado, o esgoto ocasional borbulhando de uma grade próxima e a conversa inane ao seu redor pareciam simpatizar com o tédio sombrio da caminhada.

O trem elevado ficava sobre a fundação de aço estabelecida quase dois séculos atrás, mas os trens não tocavam mais os trilhos. Kat ainda tinha que subir escadas, tanto uma indicação das prioridades de Paragon quanto, em sua frustração com os degraus de metal frio, uma quantidade embaraçosa de privilégio. Ela poderia ter ido no elevador para aqueles que não podiam andar, afinal, e ninguém ao seu redor teria se importado. Mas não, ela se arrastou para cima, resmungando mentalmente o caminho todo.

Gordon. Aquele miserável desgraçado.

Kat passou seu Tama pelas catracas rápidas - se você não tivesse uma daquelas coisas onipresentes, uma caixa achatada pegaria seus reps e, sem eles, ouviria seus apelos com zero interesse - e saiu para uma plataforma encharcada com os cheiros de frituras terminando o rush da noite a todo vapor.

Se Gordon estava fazendo Kat ir tão longe, o lugar melhor ter comida, e ele que ia pagar.

O trem chegou silenciosamente, ímãs empurrando e parando os vagões com o que parecia ser a força do próprio Deus. As bordas da plataforma se iluminavam em vermelho neon intenso sempre que os trens se aproximavam, enquanto uma voz suave tocava, em várias línguas, um aviso para dar um passo para trás. A multidão ao redor de Kat havia se espalhado pela plataforma, então ela não estava mais tão espremida, apenas cercada. Não importava: viva na cidade tempo suficiente e você se acostuma com pessoas em todo lugar.

Duas paradas depois e Kat saltou em um bairro redesenhado para uma casta mais jovem, mais descolada e mais rica. Não que Kat fosse velha, mas há um tipo particular de juventude que vem com um suprimento ilimitado de reps e o tempo para gastá-los. Aqui também, entre os normais, Kat notou as primeiras anomalias. Algumas desfilavam em vários uniformes de Paragon, seus azuis abrindo espaço enquanto andavam em grupos, rindo e conversando através da leve neve que havia começado durante a viagem até ali.

Outras anomalias, que os contatos de Kat tocavam e identificavam com um olhar, com nomes e habilidades flutuando sobre seus olhos, mantinham-se discretas ou tentavam se encaixar com os normais. Apenas rastreadores tinham equipamentos que podiam marcar uma anomalia à vista, então não era como se todas as famílias e transeuntes aleatórios desembarcando na plataforma com ela soubessem perto do que estavam andando. Uma coisa boa, porque rastreadores e anomalias tendiam a deixar os normais nervosos.

E pessoas nervosas deixavam Kat nervosa.

O *Espeto Giratório* parecia, por fora, um bar sujo e achatado em forte contraste com os apartamentos de alto padrão acima, as butiques ao lado e as pessoas bem reputadas se aglomerando para entrar em pods na frente. Um porco de neon, completo com seu próprio espeto, ocupava uma faixa da parede prateada na fachada, terminando com seus olhos de maçã encarando diretamente a porta dupla.

Kat chegou ao prédio antes de se afastar, encostar-se àquela parede dura e respirar fundo. Afastou os últimos vestígios de seu cansaço. Não importava o que acontecesse lá dentro, ela estava em um lugar diferente agora do que quando conheceu Gordon pela primeira vez. Kat não era mais uma rastreadora novata, para começar. Ela havia subido nos rankings, tinha muitas reputações e não precisava da ajuda dele.

Talvez ela devesse ter usado o traje. Só isso já funcionaria, mostraria a ele que ela não era uma pessoa fácil de manipular.

— Você está aqui agora. Faça isso — Kat murmurou as palavras.

Algo que seu pai lhe ensinara - dizer o que pretendia fazer, e ela conseguiria. Ninguém pegou Kat falando sobre os sons de uma cidade em movimento - não que Kat tenha verificado - e ela abriu a pesada porta de vidro d'*O Espeto Giratório* e entrou.

Uma grande garrafa de molho barbecue iluminada a recebeu, seu laranja eternamente gotejante escorrendo e caindo para iluminar uma escada íngreme. O brilho vermelho vindo daquela direção, junto com a forte onda de tudo defumado, dava a impressão de que Kat estava prestes a entrar na cozinha do próprio Satanás. Aparentemente, as leis contra carne animal não haviam prejudicado este lugar, e Kat viu o porquê ao descer.

O Espeto Giratório havia decidido estender a arte do churrasco e a tradição da defumação para o laboratório, e pequenas janelas, emolduradas pelas luzes de molho caindo, davam pistas enquanto Kat descia os degraus. Através dos portais, tanques de proteínas em crescimento se formavam em vastos aglomerados, moldando massas sem forma que produziriam músculo, gordura e sua combinação suculenta suficientes para um bife, costeleta e, com alguma ajuda de plásticos moldados, costelas infinitas.

As mudanças haviam se tornado comuns quando Kat já tinha idade suficiente para saber o que comia, mas seus pais falavam muito dos dias mais antigos e bárbaros. Eles pareciam quase nostálgicos sobre isso, embora Kat não conseguisse imaginar nenhum dos dois querendo um retorno a toda aquela matança. Como a maioria das coisas com seus pais, porém, esse desejo permaneceu irrealizado, inexplicado.

Cavernoso, escuro e coberto de mel. Kat se deparou com uma parede de pessoas esperando por mesas, procurando as que já tinham mesas ou decidindo, através de uma abordagem musculosa ao bar, se virar em pé. Sem seu traje e com sapatos mais adequados para caminhar do que para um coquetel, Kat decidiu não esperar atrás de ombros cobertos por casacos e recorreu a uma tática aperfeiçoada com o tempo para passar: cotovelos livres combinados com pés ligeiros levaram Kat mais longe através da multidão, deixando grunhidos confusos em seu rastro.

Lá estava ele. Gordon Holyoak. Já com uma caneca em uma mão e boca bem aberta, discursando para o que pareciam ser três outros rastreadores em uma grande mesa de tijolos. O cabelo preto de Gordon, assim como ele, se espetava em todas as direções, combinando com a barba por fazer e os olhos marcados de um fantasma sem sono. Como se para enfatizar seu lugar fora da realidade, Gordon usava uma pesada jaqueta tática dentro deste lugar sufocante, os bolsos cobrindo sua superfície cinza elegante agindo como copos para coletar o suor que escorria do rosto de Gordon.

— Uma limpeza — ele disse a Kat dez minutos depois, quando ela finalmente se sentou à mesa com um uísque duplo na mão. — Claro, é miserável enquanto estou aqui drenando todo o meu ser pelos poros, mas amanhã estarei pronto para qualquer coisa.

Os outros três rastreadores avaliaram Kat como a rival amigável que ela era. Kat os tinha visto antes: regulares de Chicago. Os rastreadores não demarcavam território, exatamente, mas tinham uma ordem de hierarquia para as caçadas e Kat estava no topo da local. Se ela colocasse seu nome em uma solicitação, esses três sabiam o suficiente para ficar longe dela. Se não o fizessem, quaisquer transgressões eram resolvidas entre os dois rastreadores, da maneira que escolhessem.

Kat preferia de frente, clara e sem compromissos.

— Vocês conhecem a Kat? — Gordon disse quebrando o

silêncio. — Deveriam. Ela tem o controle desta cidade de vocês.

— Nós a conhecemos — disse Desi, uma transplantada da costa oeste que queria alcançar as estrelas antes de merecê-las. Desi se apoiava nos cotovelos, seus braços vestidos não com tecido, mas com um ninho de contas, tranças e amuletos. — Ela se certificou disso.

Kat lançou um sorriso doce na direção de Desi, então se voltou para Gordon. — Desembucha. Estou cansada e com fome.

— Parece que o problema é seu — disse Desi.

— Eu estava falando com você?

— Ei — Gordon, recostando-se em sua cadeira, passeou com seus olhos frios entre Kat e Desi, como se a suprema frieza de seu ser fosse suficiente para interromper qualquer discussão. — Estamos todos do mesmo lado.

— Não estamos — disse Kat. — Sei que você gosta de dizer isso, mas estamos aqui trabalhando por nossas vidas. Se Desi pegar uma anomalia, são reputações que eu não ganho. Ela é minha concorrente.

Desi, pela primeira vez, concordou, e os outros dois rastreadores assentiram junto com ela. — A menos que você esteja oferecendo isso como um trabalho em equipe?

— Tudo bem — Gordon tomou um longo gole de sua cerveja âmbar. A bebida não fez nada para apagar a espessa camada de suor que cobria seu rosto. — Serei direto: isto não é uma questão de equipe. O alvo é apenas uma única anomalia, e não achamos que seja perigoso o suficiente para um esforço coordenado.

— Você quer dizer que é muito mão de vaca para pagar por um — Kat saboreou seu próprio líquido ardente, apreciando a queimação de caramelo.

Ela percebeu. A marca registrada da rachadura de

Gordon. O homem era ostentação, embuste e espalhafato, mas sob tudo isso fervilhava um interior mole e pegajoso em busca de aprovação. Procurando ser dito que estava fazendo o bem. Expor as falhas nas construções que Gordon fazia de sua vida era uma diversão deliciosa. Kat se odiaria por isso depois - ela sempre o fazia - mas nesse momento, o espasmo de Gordon para uma careta e um suspiro cortado a fez encobrir sua própria satisfação com outro gole.

— Temos que manter as coisas justas — Gordon mudou de estratégia, apelando agora para um propósito mais elevado, alcançando aquele carisma. — Pensem. Se Mynx distribuísse reputações para todos os rastreadores por tudo, ninguém faria mais nada. Ser um rastreador é para ser difícil. Você tem que ser bom, você tem que *merecer* isso — Gordon fez uma pausa, tomou um longo fôlego e deixou o sentimento pairar. — Quando soubemos que a anomalia poderia estar vindo para cá, eu escolhi vir pessoalmente porque eu sabia, eu sabia que Chicago tinha os rastreadores para lidar com essa. Caso contrário, poderíamos ter esperado, deixado a anomalia deslizar para outra cidade. Em vez disso, com um de vocês, quero pará-la aqui.

Gordon falava como se essa anomalia fosse uma devastação ambulante, mas se as coisas fossem tão apocalípticas, os Paragons teriam assumido o controle. Os rastreadores só existiam porque os Paragons não tinham corpos ou desejo suficientes para caçar todas as anomalias menores que não queriam obedecer às suas leis. Então Kat fez sua cara cética e esperou. Gordon tinha a atenção de volta nele agora, e ele não a deixaria escapar ainda.

— Agora — Gordon recomeçou —, essa anomalia não matou ninguém, pelo menos que saibamos. Mas houve alguns incidentes. Um restaurante em Denver onde o lavador de pratos notou que o chef mais rápido estava trapaceando a física e produzindo refeições cozidas em menos tempo do que eu levei para contar essa história. Duas semanas depois, nosso cara aparece de novo no Kansas, dessa vez fazendo milagres em uma lavanderia. As coisas entram arruinadas e voltam perfeitas em tempo recorde.

— Parece que essa anomalia é um verdadeiro monstro — Desi zombou.

— Não é o que ele fez. E devemos agradecer por ele ter se limitado às coisas pequenas. É do que ele é capaz, Desi. Não sabemos a extensão, e Mynx não quer que o assustemos a ponto de fazer algo drástico.

— Mas você vai antagonizá-lo de qualquer forma.

— Não podemos deixar um poder como esse passar sem ser rastreado — Gordon respondeu, e aqui novamente sua compostura vacilou, não em constrangimento, mas em fervor. Crença. — É nosso trabalho garantir que anomalias como ele tenham apoio, treinamento e, se as coisas derem errado, possam ser encontradas rapidamente.

Os sorrisos astutos, as palavras amigáveis, atraíam as pessoas para a órbita de Gordon, e uma vez que chegavam perto o suficiente para ver, sua paixão as atraía o resto do caminho. O homem acreditava nos Paragons, no bem que ele pensava que estavam fazendo ao mundo. O cinismo ácido de Kat tinha sido demais para isso antes. Hoje, agora, ela o afogou em um longo gole de água que algum garçom abençoado havia deixado. Com seus tetos baixos, a confusão apertada de mesas e bebedores, o *The Spit Roast* não tinha espaço para drones de serviço.

— Então é um jogo de procurar e achar — disse Kat. — Rastreamos a anomalia, te damos um toque e então o pegamos juntos?

— Sim. — Gordon levantou o pulso, mostrando o Tama

preto ao redor dele. — Já enviei o que temos. O contrato começa agora.

Como um tiro de largada, as palavras de Gordon fizeram os outros três rastreadores pularem de seus assentos e correrem para a saída. Kat ficou, recebeu um longo olhar curioso de Desi enquanto esta fazia seu caminho pelo restaurante em direção àquelas escadas íngremes. Sem dúvida se perguntando por que Kat não estava correndo como o resto deles.

Gordon não compartilhava essa dúvida. Ele olhou para o copo quase vazio de Kat, terminou sua cerveja e perguntou: — Mais uma rodada?

— Não vim até aqui por uma única bebida.

Gordon riu. Chamou o garçom e fez o pedido. Olhou para si mesmo encharcado. — Isso é a coisa mais estúpida.

— Eu sei. Teria te dito se você tivesse me perguntado.

— Sou um otário por modas, Kat.

— Porque você quer acreditar em tudo. — Kat terminou sua primeira rodada. — Você não entende que as coisas não dão certo.

Gordon olhou para a mesa, então para ela. — Não, eu entendo. Só escolho ter esperança de que darão. — Ele fez uma pausa. — Você está bem?

— Cansada.

A nova rodada chegou.

— Noite longa?

Kat riu, uma mistura de felicidade e tristeza. Olhou diretamente para sua bebida, o que fez seu cabelo cair na frente do rosto, formando um halo ao redor do copo e seu conteúdo âmbar como se fosse um portal para alguma dimensão alternativa e alcoólica. Uma maneira de a noite seguir: beber até que as decisões se fizessem sozinhas.

— Você sabe que eu superei, né? — Kat disse, levantando os olhos para Gordon. — Eu entendo agora. Você. Toda essa coisa. Achei que fosse uma atuação, mas na verdade, é quem você é. Não posso odiar isso.

Gordon teve a humildade de olhar para outro lugar por um momento, voltou-se com um dar de ombros. — Nunca prometi que me tornaria outra pessoa. Também não quis te machucar.

— Você machucou. Eu melhorei. Não quero falar sobre isso. — Kat enterrou a conversa com uma inclinação de cabeça e um sorriso torto. — Então me diz, Gordon, quem exatamente estamos caçando?

CAPÍTULO 11

AFIE A FACA

FRIO, austero e belo. As luzes da cidade espalhavam-se contra os blocos de gelo que flutuavam na água, transformando cada um em sua própria plataforma iluminada, como se convidasse Zhan-Yo a correr e pular de um para o outro. O vento zunia ao seu redor, com o gorro de lã grosso, o cachecol e a jaqueta que ele pegara ao sair fazendo o possível para evitar que Zhan-Yo congelasse. Ninguém mais estava na trilha àquela hora, apesar da lua cheia a meio caminho no céu limpo fazer um contraponto prateado ao horizonte colorido de Chicago.

Tantas pessoas moravam aqui e tão poucas se aventuravam a enfrentar seus elementos, a saber o que realmente significava viver nesta parte do mundo. Por outro lado, Zhan-Yo também não estaria aqui se não tivesse um motivo.

— Isso não te faz sentir vivo? — chamou o motivo, surgindo como que do nada. Zhan-Yo olhou em volta procurando o carro-cápsula, um traço de onde Sylvie tinha vindo, e não viu nada. — Ah, para com isso.

— Tenho que verificar — disse Zhan-Yo enquanto Sylvie

subia pela larga calçada em sua direção. — O sucesso presumido torna uma pessoa negligente.

Se Zhan-Yo combatia o inverno com roupas de floresta profunda, Sylvie empregava tudo o que a tecnologia podia lhe oferecer. Preto e elegante, seu traje parecia uma foca molhada, quase plástico, mas sob sua pele, aquecedores pulsavam. A gola de seu casaco se erguia, abrindo-se sob seu queixo de modo que parecia que as roupas eram parte dela, necessárias para manter a temperatura ideal de Sylvie. Uma faixa de cabelo roxo-escura trabalhava dobrado para fazer o mesmo com seu cabelo e orelhas. Seu bronzeado profundo escondia qualquer rubor em suas bochechas.

Na primeira vez que viu o traje, Zhan-Yo tinha rido. Ridicularizou a ineficiência da vestimenta quando tantas outras roupas mais práticas existiam. Quando Sylvie, no entanto, derrubou seus antigos guarda-costas, usando a flexibilidade do traje para dançar em torno de seus golpes desajeitados, Zhan-Yo parou de rir. Quando Sylvie continuou eliminando seus inimigos, continuou mantendo Ziran avançando por becos escusos, Zhan-Yo parou de questioná-la.

Agora ele ouvia.

— A reunião correu bem — disse Zhan-Yo, os dois caindo em uma caminhada lenta ao longo da margem do lago. — Mais e mais pessoas participam a cada vez. Estamos mudando suas mentes.

— Mas eles vão se comprometer? Quando você realmente pedir, eles vão agir?

— Não sei. — A admissão, como qualquer olhar duro para um sonho, veio com uma careta. — Eles arriscam pouco com essas reuniões. Arriscam tudo ao se levantarem.

— É por isso que você não pode lhes dar escolha.

— Eles dependem de estrutura para sobreviver, e nosso plano arrancaria isso. — À esquerda deles, carros-cápsula passavam em fluxo contínuo enquanto algum evento no Soldier Field terminava, milhares pulando nos veículos que esperavam e indo para casa. — Ziran, no entanto, precisa dessa mesma estrutura. Precisamos mudar o mundo, não destruí-lo.

— Então conduza a mudança — disse Sylvie. — Você viu o vídeo?

— Ele está vulnerável.

Mesmo dizer as palavras parecia errado. Como negar a gravidade. Aegis tinha sido o Campeão líder desde que os Paragons existiam, e sua imortalidade, pelo menos em relação a danos físicos, tinha sido uma constante no mundo por quase tanto tempo quanto Zhan-Yo era um jogador nele.

— Ele é sua mudança. Sua oportunidade.

— Você quer matá-lo.

— Ajudaria.

Havia tantas razões pelas quais Zhan-Yo mantinha Sylvie escondida. Pagava seu salário, seu orçamento, e a mantinha fora dos registros de Ziran. Brutalmente eficaz, e muitas vezes apenas brutal, Sylvie abordava situações com a orientação negra e cortante de que os fins justificam os meios. Ela sempre fora assim, e sempre fora boa nisso, mesmo que as bagunças deixadas para trás fizessem Zhan-Yo questionar sua consciência mais do que ele queria.

— Assassinato não inspira — disse Zhan-Yo. — Não estamos limpando uma bagunça aqui.

As mãos de Sylvie tinham ficado enfiadas nos bolsos todo esse tempo, mas Zhan-Yo percebeu a mudança no casaco quando Sylvie as fechou em punhos. — Para com isso. Você não é tão fraco. Todas aquelas pessoas participando das suas reuniões? Elas são tubarões, Z. Vão sentir o cheiro do sangue quando o derramarmos, e vão seguir sua liderança no frenesi.

Zhan-Yo não disse que nunca quis ser um líder sangrento, que restaurar os normais a alguma voz nos assuntos mundiais não era para ser um levante violento. A ideia tinha sido o lento acúmulo de poder nos bastidores. Preencher todas as lacunas com normais, até que os Paragons tivessem que admitir que sua sociedade desmoronaria sem a contribuição dos normais, sem Ziran e os outros. Então, uma mudança pacífica. A incorporação dos escritórios como os que seu pai, sua mãe ocupavam. Um governo representando todo o seu povo, não apenas aqueles com poder.

Ele tinha sido ingênuo. Ziran tinha crescido maciçamente nas décadas de Zhan-Yo, e cada passo tinha manchado a missão mais e mais à medida que Zhan-Yo encontrava aqueles caminhos para o verdadeiro poder fechados para ele. Jogar pelas regras deixou sua empresa crescer enquanto Zhan-Yo encolhia, cada vez mais uma ferramenta dos Paragons do que um líder. A ruptura veio anos atrás, quando os Paragons ditaram as prioridades de Ziran para ele. Ele encontrou Sylvie não muito depois, em uma busca desesperada por uma alavanca para levantar o peso esmagador dos Paragons.

Com a ajuda de Sylvie, Ziran cimentou seu domínio nos mercados em segredo, eliminando qualquer um que ousasse se opor às aquisições secretas, compras de armas e mais de Zhan-Yo. Com a astúcia de Wexley, Paragons menores foram subornados e manipulados, e Zhan-Yo alimentou sua visão e a usou para inspirar funcionários, as outras empresas se alinhando através de pressão tanto filosófica quanto real. Nada disso havia sido limpo, tudo havia sido necessário para construir a revolução.

Ele recuaria agora, por mais um corpo?

— Se Aegis for retirado do quadro, podemos preencher o vácuo — disse Zhan-Yo, acenando para Sylvie. — Com nossa influência, podemos garantir que o Paragon que assumir seu lugar seja simpático a nós.

— Mais que simpático. Podemos ser donos deles. Garantir sua obediência.

— Então conseguiremos nossas mudanças. Primeiro aqui, na costa leste, em toda a Atlântida. Depois Pacifica. — Ziran e as outras empresas eram globais. A pressão que podiam exercer aqui, poderia ser exercida em qualquer lugar. — Não demoraria muito.

— Tudo o que precisa é de um começo, Z. Estávamos procurando uma brecha, e agora a temos.

— Vai exigir planejamento. Tempo.

A mão de Sylvie disparou, agarrou o braço de Zhan-Yo e o virou para ela. — Não muito tempo. Aegis é velho. Se ele se aposentar, escolher um de seus Paragons, então teremos perdido nossa chance. Temos que agir enquanto ele ainda estiver por aí, enquanto ele ainda for o rosto da opressão deles.

Eles estavam quase no extremo norte do Millennium Park agora, e à sua esquerda os espetáculos extravagantes que adornavam o espaço mamute zumbiam com as multidões do final da noite fazendo tentativas geladas de patinação no gelo. Além da grande pista, os Paragons instalaram estátuas de vidro dinâmico, cada uma representando um Campeão fundador, movendo-se, muito lentamente, em órbitas rastejantes ao redor do parque. O tema tinha algo a ver com movimento, melhoria contínua... Zhan-Yo não se lembrava e não importava. As estátuas eram feias, e à noite suas próprias luzes ofuscavam suas características, de modo que parecia que gigantes luminosos sem rosto espreitavam o centro da cidade.

— Você não estaria dizendo isso se já não tivesse um plano. — Zhan-Yo acenou além de Sylvie, em direção às estátuas em movimento. — Verdadeiras aberrações.

— Eu acho que são interessantes — disse Sylvie. — Quantas obras de arte você conhece que podem ativamente machucar alguém?

— Pare. Estou cansado demais para sua rotina sanguinária esta noite.

— Então seja sério comigo. — Sylvie apontou para a estátua móvel de Aegis. — Temos que derrubá-lo, e logo, ou perderemos o impulso. Eu tenho um plano. — Sylvie fez uma pausa, e a maneira como suas sobrancelhas se ergueram por um segundo, junto com os cantos de sua boca, disse a Zhan-Yo para ficar em silêncio. — Se estou sendo honesta, e estou, pela primeira vez, já comecei.

— Não é assim que isso deveria funcionar.

— Você me deu liberdade. Disse para eu fazer o trabalho. É isso que estou fazendo. — Eles começaram a andar novamente. — Tenho uma equipe vindo para a cidade.

— Você quer fazer isso aqui?

— Bem na sede da Ziran. Ninguém duvidará de nós então.

O frio amargo parecia morder mais fundo e Zhan-Yo apertou seu casaco. Sylvie não parecia notar de forma alguma enquanto continuava, falando de um detalhe após o outro e tecendo uma rede tão bonita que Zhan-Yo se viu acreditando, apesar de si mesmo, que Sylvie poderia estar certa. A hora de atacar *era* agora. Aegis cairia, e os Paragons ficariam vulneráveis.

— Eu começarei a revolução — concluiu Sylvie. — Você e Wexley podem terminá-la.

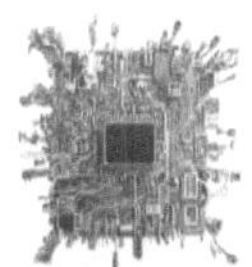

CAPÍTULO 12

UMA VISITA NADA AMIGÁVEL

MESMO EM MEIO aos arranha-céus de Manhattan, Mynx não teve dificuldade em encontrar o Bastião. A floresta de aço crescia a cada visita, mas localizar a fortaleza física de Aegis nunca levava mais que um segundo de olhar pela paisagem: não era o prédio mais alto, não mais, mas o Bastião brilhava num vermelho profundo ao longo de suas bordas. Na parte superior, essas luzes vermelhas se fundiam em um núcleo luminoso sólido, como se o Bastião fosse uma super arma carregando para algum disparo celestial. Conhecendo Aegis, poderia até *ser* uma arma agora.

O jato de Mynx ajustou a aproximação, levantando seus motores e se preparando para angulá-los para um pouso reto. Mynx monitorava o tráfego aéreo pela tela sobreposta no vidro da cabine, uma sobreposição na vista destacando quaisquer preocupações em tons que iam do verde-folha seguro ao amarelo de alerta. Nenhum vermelho para se preocupar tão tarde, com o relógio se aproximando da meia-noite. Seus próprios drones pairavam sobre a cidade e vigiavam uma população agradecida.

Ela fez uma careta ao ver as horas: mais tarde do que Mynx queria chegar, mas Reeves a havia importunado com estatísticas atualizadas sobre suas mudanças no drone gladiador, e ela havia caído em um profundo poço algorítmico até que Reeves, novamente, insistiu para que ela saísse.

Celice havia pedido a Mynx que viesse aqui para impedir Aegis de fazer algo estúpido, e lá estava ela, muito mais tarde do que havia prometido. Ela teria que compensar Celice de alguma forma, talvez colocando drones furtivos no rastro de Aegis para mantê-lo seguro.

— Aí está ela — a voz de Aegis irrompeu na cabine pelo canal Paragon que Mynx deixava aberto para emergências. — Celice disse que você viria para cá. Eu estava começando a pensar que ela estava brincando. Tentando me manter em casa por uma noite.

— Estou chegando — Mynx cobriu o alívio ao ouvir a voz de Aegis com o tom afiado pela lógica que ela empregava durante toda sua vida adulta. — Leva um tempo para voar de costa a costa.

— Boa tentativa. Reeves já nos contou por que você se atrasaria — disse Aegis. — Você deveria ensinar sua IA a mentir.

— Difícil pensar em algo mais perigoso que isso — As torres de Manhattan estavam abaixo dela agora, e logo a seta vermelha do Bastião apareceu na pequena tela sob o parabrisa, uma que Mynx havia configurado para mostrar a câmera inferior do avião. — Você se importa de me deixar pousar?

— Acho que é o mínimo que uma velha amiga pode fazer.

O ferimento de Aegis parecia pior do que Mynx havia imaginado. Ela traçou um círculo em torno das bordas roxas e azuis, balançando a cabeça enquanto Aegis suspirava. Celice, em pé atrás de Mynx no centro de comando e observação do nível superior do Bastião, apontou, pela terceira vez, que Aegis poderia ter morrido.

— Ela não está errada — Mynx ofereceu apoio simbólico a Celice, embora, na verdade, qualquer Paragon pudesse morrer a qualquer momento. Era parte do trabalho. — Você disse que isso aconteceu há um dia?

— Mais ou menos — disse Aegis.

— Você está ficando mais lento — Mynx se levantou, colocou um dedo nos lábios, ainda olhando para o ferimento de Aegis.

— Mais lento? — perguntou Celice. — O que isso significa?

Isso significava que Aegis não havia contado a ela? Mynx enviou a pergunta a Aegis com um olhar, e o súbito olhar de Aegis para o chão enquanto ele vestia a camisa deu toda a resposta que Mynx precisava.

— Seu pai não é invencível há décadas — disse Mynx, movendo-se de entre pai e filha para se apoiar nas grades pressionadas contra o vidro. — Mas ele se repara... curar não é a palavra certa, é mais como se o dano desaparecesse... tão rapidamente que é mais ou menos a mesma coisa.

— Ainda é — resmungou Aegis. — Estou bem.

— Você não está bem! — disse Celice. — Você tem favorecido esse braço o dia todo! Você estava sangrando quando voltou ontem à noite!

Aegis parecia querer ficar irritado com Celice, mas não conseguia se forçar a gritar com a própria filha. O homem sempre foi um molenga quando se tratava de sua própria família. Mynx nunca diria isso, mas se pressionada, admitiria que essa atitude relaxada era a própria razão pela qual

Mynx estava aqui em vez da mãe de Celice. Mas como Tessa não estava aqui, Mynx tinha que fazer o papel de pacificadora.

— Aegis — disse Mynx, levantando o braço e seu Tama. — Vamos ver se você está realmente bem. Escudo trig.

Do teto, o que parecia vigas de metal de suporte se dobraram umas sobre as outras e caíram no chão, se organizando e se erguendo em um drone esbelto e assassino. Braços e pernas girando, todos terminando em bordas viciosas, ficaram a dois metros de altura e prontos para cortar qualquer intruso que atacasse Aegis ou Celice.

— Protocolo de manequim — continuou Mynx, e o drone escudo congelou no lugar. — Tudo bem, Aegis, dê um golpe nele. Mostre-nos.

Aegis lançou a Mynx um olhar que dizia que ela ouviria muito sobre isso mais tarde, mas Mynx não era filha de Aegis e não se importava. Manter o orgulho do Campeão sob controle, para que ele não morresse fazendo algo estúpido, era mais importante.

Celice se moveu e deixou Aegis caminhar até o drone. O alto Paragon, além da barba por fazer prateada e dos cabelos grisalhos, as rugas envidraçando seu rosto, tinha todos os músculos de sua juventude. Formidável, mesmo que tal trabalho de punhos estivesse ultrapassado. Não importava quantos supinos Aegis fizesse, os drones de Mynx seriam mais fortes. Aegis tentou resistir a isso aqui, mas quando levantou o braço esquerdo para dar um golpe, ele fez uma careta, deixou-o cair. Praguejou.

— Exatamente! — gritou Celice. — É isso que estou dizendo! Você não pode mais fazer isso!

— Ela está certa, Aegis. Você é importante demais para sair lutando contra bandidos à noite.

Aegis olhou para as duas, e pela primeira vez desde que

eram jovens, desde que estavam explorando os limites de suas habilidades nas ruas de Nova York nas primeiras horas da manhã, Mynx viu a preocupação frenética de alguém que não sabia mais onde se encaixava em seu próprio mundo.

CAPÍTULO 13

REBELDE COM UMA CAUSA

AEGIS DEIXOU Mynx tirando uma soneca em Bastion enquanto o sol bombardeava a cidade com sua luz invernal e pegou um carro-cápsula da Paragon até um jato da Paragon que, com o zumbido poderoso de energia concentrada das baterias, levou Aegis até Boston em trinta minutos. Assim, o Campeão, vestindo um discreto moletom cinza da Paragon e jeans, bebericava um café preto forte e observava os corajosos corredores de inverno que faziam cooper pelo Boston Common antes das nove.

Cápsulas desfilavam pela rua entre Aegis e o parque que, coberto de neve, parecia um oásis em meio à atividade ao seu redor. A cafeteria, recusando-se resolutamente a ser automatizada, tinha os recém-chegados da manhã fazendo seus pedidos em tons apressados e esperançosos. Um novo dia começando com estresse, com uma chance de sucesso. Aegis não viu um único azul da Paragon entre aqueles que esperavam na fila.

O que significava que todos ali tinham um limite rígido de até onde poderiam ir antes de atingir o teto de reputação da Paragon. Uma necessidade para conter a ganância, a destruidora desenfreada da civilização.

Uma pessoa sentou-se num banco do outro lado da rua, a deixa para Aegis terminar seu café, deslizar a caneca de cerâmica para um recipiente de plástico que algum drone levaria de volta e enxaguaria — a cafeteria não era tão rebelde a ponto de manter suas tarefas mais simples em mãos humanas — e sair para o frio. Se a cafeína que ele havia consumido era responsável por metade do que mantinha Aegis acordado após a longa noite, o vento cortante fazia o resto. Quando Aegis tomou seu lugar ao lado da pessoa, ele não conseguia conter um sorriso no rosto — isso era vida.

— Um sorriso? Não era o que eu esperava — o divertimento da mulher transpirava em sua voz, junto com suas raízes sulistas. — Esta não vai ser uma conversa feliz.

— Nunca é — respondeu Aegis. As cápsulas ininterruptas e hiper-eficientes fluíam de um lado para o outro, sua única variação vindo dos anúncios exibidos em seus tetos e das pinturas: tons e formas translúcidas como diamantes e círculos para que todos soubessem quais distritos um determinado carro-cápsula cobriria. Eles passavam em alta velocidade com seus pneus esmagando e nada mais. — Mas é culpa sua que precisemos conversar.

— Pelo bem de nós dois, vou ignorar isso — disse Rosamund.

Aegis não tinha certeza de como chamá-la — os Elementais tinham uma hierarquia da mesma forma que uma árvore organizava suas folhas: algumas eram melhores que outras, e todas estavam relacionadas, mas era difícil traçar um caminho de uma para outra. Rosamund, no entanto, parecia ser aquela com quem Aegis se encontrava sempre que os Elementais causavam problemas suficientes para merecer a atenção da Paragon. E de acordo com Pixie, que esperava, e possivelmente observava, de algum lugar próximo, os Elementais haviam cruzado essa linha.

— Vocês estão ajudando anomalias a se esconderem — disse Aegis. — Nós deixamos vocês se safarem disso por muito tempo, mas não podemos permitir que sua campanha se estenda aos criminosos.

Pixie enviou detalhes após a ligação de ontem. Houve tentativas de libertar anomalias perigosas que os Paragons de Atlântida mantinham em uma prisão remota no norte apelidada de "A Caixa de Gelo". Variando de dispositivos infiltrados a prisioneiros interceptados durante transferências e protestos abertos, o gradiente de ação envolvido era grande demais para serem esforços isolados. Os Elementais eram o único grupo substancial de anomalias que ousaria tentar algo assim, e Aegis não ficou surpreso quando recebeu a rápida resposta dos Elementais confirmando a reunião desta manhã.

Eles queriam algo, e agora tinham sua atenção.

— Nem todos são criminosos — disse Rosamund. — Só porque eles não querem se juntar ao seu império não significa que mereçam ser presos.

— Eu não preciso que eles se juntem aos Paragons. Não realmente. Mas eles precisam ser rastreados. Essas pessoas podem ser perigosas. Você sabe disso.

— Eles são inocentes.

— E você é ingênua. Ou você...

— Olhe. — Rosamund apontou para cima, para um drone do tamanho de um carro fazendo um voo lento. — A cada momento estamos sendo observados. Isso não é liberdade. Mesmo que você tenha boas intenções, se não lembrarmos você de que o que está fazendo é errado, você vai colocar todas as anomalias na sua caixa.

Aegis esfregou as mãos, balançou a cabeça. — Ah, certo. Todas as anomalias podem andar por aí. Sem controle. Então, quando uma ficar com raiva e explodir um quarteirão da cidade, ou outra tiver um dia ruim e envenenar o abastecimento de água apenas olhando para ele, o que você acha que vai acontecer? Os normais não vão aceitar. Eles querem proteção, e se não dermos a eles, matarão todos nós.

— Você tem tão pouca fé no seu próprio povo.

— Eu os conheço.

— Conhece mesmo? — Rosamund virou-se para ele, e Aegis viu as rugas em seu rosto assim como ela via os fios grisalhos no cabelo dele. — O que vai acontecer quando você se for? Todos os Paragons verão o mundo como você vê, como um espectro de poder e quem tem mais?

— Haverá uma transição. Os Paragons continuarão.

— Tenho certeza. — Rosamund olhou para seu Tama, de volta para Aegis. — Eu vim aqui com uma oferta para você. Vamos cessar nossas atividades aqui e ficaremos quietos em todos os outros lugares, se você nos convidar para sua cúpula.

Os Elementais sabiam sobre isso? A mensagem só tinha sido enviada para os Campeões e alguns Paragons de alto escalão ontem após sua comunicação. Por outro lado, quão surpreendente era saber que a organização de anomalias rebeldes tinha ouvidos dentro do comando da Paragon? Pelo que Aegis sabia, eles poderiam ter alguém com a habilidade de ler a mente de Aegis e transcrever seus pensamentos.

Esse era o problema com as anomalias: literalmente qualquer coisa era uma possibilidade.

— Não vou permitir que você a perturbe — disse Aegis.

— Você afirma que os Paragons representam todas as anomalias. Se isso for realmente verdade, então você vai nos deixar, nós que falamos por tantos invisíveis que você se recusa a reconhecer, participar. Você vai nos deixar ter uma voz para o futuro.

— Ou o quê, Rose? Poderíamos esmagar você em um instante se eu desse a ordem.

Em resposta, Rosamund se levantou. Juntou as mangas enquanto cruzava as mãos na frente do corpo. — Sempre há consequências, Aegis.

— Não gosto de ameaças, Rose. — Aegis elevou a voz, chamando por ela enquanto Rosamund se afastava, atravessava uma rua e entrava em um pod que a aguardava.

Aegis recostou-se no banco. Convidar os Elementais para a cúpula? Tantos Paragons que compareceriam tinham passado suas carreiras lutando contra a organização, revertendo suas tentativas de minar o que os Elementais acreditavam ser um governo injusto e autoritário. O que os Elementais se recusavam a perceber era o quão necessários os Paragons eram, quão perigoso o mundo tinha sido e se tornaria novamente se normais e anômalos pudessem viver com liberdade absoluta. Seria o caos. Todos viveriam em constante medo.

Corredores passaram apressados e Aegis quis acenar o braço na direção deles, continuar argumentando. Mas Rosamund já havia partido há muito, e ela deixara claros os termos. O que ela não demonstrara foi o custo de ignorá-los.

Por isso a exaustão voltou a se instalar quando o Tama de Aegis vibrou. O rosto de Pixie apareceu na pequena tela da faixa preta. Sem crianças desta vez, apenas um uniforme severo de Paragon, um feito para uma missão, não para o escritório.

— Estou supondo que a conversa não correu bem? — disse Pixie.

— O que há de errado?

— Estávamos fazendo uma transferência de cela, e

alguém injetou adrenalina em Thane há um minuto. Ele está escapando, Aegis. Estamos nos mobilizando, mas poderíamos usar alguma ajuda.

Celice imploraria para que ele não fosse. Mynx diria que não era necessário - ela poderia convocar um exército de drones para ir voando até lá. Ambas levariam tempo. Ambas custariam a ele liderança e reputação antes da cúpula. Ambas eram inaceitáveis.

— Estou a caminho.

Sempre há consequências.

CAPÍTULO 14

NÃO QUERO NADA COM ISSO

A LAMBIDA DE SEEKER A ACORDOU. A luz que entrava pelas janelas voltadas para o leste indicava que era meio da manhã, e na terceira piscada Kat percebeu que estava sozinha. Ela se espreguiçou, esticando pernas e braços pelos cânions nos lençóis, sentindo os músculos não mais doloridos se deleitarem com o exercício. Seeker observava tudo, sentado perto da cama e olhando fixamente com a língua pendurada para fora da boca.

— Que foi? Tenho direito de aproveitar minha manhã.

Kat olhou do cachorro para a janela; um dia claro de inverno. Então para o ventilador parado no teto. Um modelo antigo com pás. Ele não oferecia respostas. Então, com uma energia repentina trazida por uma bexiga inquieta e o conhecimento de que Seeker, se deixado à deriva por muito mais tempo, começaria a se jogar na cama, Kat saltou de sua prisão aconchegante e cuidou das coisas, sem se incomodar em ler o pequeno bilhete que Gordon havia deixado usando a única opção de escrita disponível: O computador dela. Lá estava, em letras estáticas na tela, ampliado para que ela não pudesse deixar de ver. Esse era o problema com senhas de proximidade - só porque seu Tama estava no quarto e Kat não o havia bloqueado, Gordon conseguiu acessar sua posse mais valiosa. O que Kat não se importaria, mas então ela leu o bilhete.

— Babaca — xingou Kat, então olhou para Seeker, cuja cabeça tinha se inclinado e cujos olhos estavam arregalados. — Não você. O Gordon.

O rastreador havia deixado algumas linhas. Uma dizendo que sentia muito por ter que sair tão cedo, e a outra explicando o porquê: outro rastreador enviou uma dica sobre a anomalia e queria investigá-la. O fato de Gordon não ter acordado Kat significava que ele não queria que ela aparecesse, tornando as coisas constrangedoras quando o outro rastreador tentasse reivindicar a anomalia para si. Ou talvez Gordon simplesmente não quisesse conversar de manhã.

Tudo bem. Tanto faz.

Kat apagou o bilhete, abriu seus relatórios e leu o contador de reps. Alguns mais haviam chegado durante a noite. Paragons trabalhando a todas as horas. Então foi para o quadro de rastreadores, para ver se outras dicas haviam sido postadas para a área. Duas. Ambas para pequenas anomalias, poderes menores que haviam sido avistados por um drone. Kat poderia ir atrás delas, esperando que se transformassem em boas fontes de renda. Nenhuma delas representaria tanto problema quanto Vedder havia sido.

Mas.

— Você sabe que é estúpido, né? — Kat disse para Seeker. — Eu deveria simplesmente pegar as opções seguras.

Seeker bufou.

— O quê, isso não é covardia.

Um leve rosnado, então Seeker se aproximou de Kat, colocou o focinho em seu colo e olhou para ela. Seu pelo cor de creme brilhava na luz do sol, aquele rabo balançando de um lado para outro, exigindo atividade em breve ou destruição inquieta seguiria.

— Tá bem. Tá bem. Vamos dar uma volta. Ver se não conseguimos avistar algo.

Sair à caça de anomalias não era um bom uso do tempo - comparado aos infinitos olhos da rede de drones de Mynx, Kat procurando por conta própria nem se registrava, mas as máquinas procuravam por um certo tipo de anomalia: uma usando seus poderes abertamente ou causando problemas. Com Seeker farejando tudo, Kat podia andar devagar, ficar atenta e ver se tinha sorte com uma anomalia comum e inofensiva.

Desta vez, Kat foi para o oeste. Fez uma curta viagem de trem, com Seeker esparramado no chão do vagão durante o percurso tranquilo do meio-dia. Os parques eram mais numerosos por aqui, menos movimentados. Poucos drones se preocupavam em patrulhar esses céus também, o que significava mais oportunidades.

Um por cento. Essa era a estimativa para a população de anomalias. Um por cento e eles haviam mudado tudo quando apareceram pela primeira vez, e agora dirigiam o próprio mundo que os criou. Kat não conseguia se lembrar dos detalhes de como as anomalias surgiram - química demais e pessoas esperando uma coisa e conseguindo outra - mas a crença predominante era que se você bebesse a água quando era jovem, tinha a chance de se tornar algo muito maior do que os genes de seus pais sozinhos lhe dariam.

Às vezes, os pais ganhavam essa loteria. Às vezes, os filhos não ganhavam nada.

Seeker viu o parque no momento em que saíram do trem. Ao contrário daquele que haviam ido no dia anterior, este tinha árvores e até mesmo um pequeno rio congelado.

Todas as coisas que exigiam a atenção imediata e indivisa de Seeker. Ele puxou a coleira até que desceram as escadas da estação, e então Kat o soltou. Embora Seeker tivesse que atravessar uma rua para chegar lá, os pods o viram chegando e pausaram suas rotas pelos exatos segundos que levou para o husky passar correndo.

— Mulher corajosa, deixando seu cachorro ir assim — disse um homem vendendo café e chocolate quente na estação. — Eu não confiaria que essas coisas não o atropelassem.

— Quando foi a última vez que você ouviu falar de um carro pod atropelando alguém? — Kat perguntou, olhando para o café e debatendo se a xícara que ela tinha tomado no apartamento era suficiente.

— Sabe por que você não ouve? — o homem respondeu. — Porque eles pagam as pessoas que atropelam. Dão reps para mantê-las quietas, manter o sistema funcionando.

Então o homem era louco, mas o café cheirava bem, então Kat tocou seu Tama e pegou uma caneca. Quatrocentos e cinquenta mililitros de glória inoxidável e indestrutível para beber, completa com um rastreador para que, se Kat a removesse de circulação, algum drone pudesse encontrá-la, limpá-la e devolver a caneca ao seu propósito designado. Podia ser pesada, mas certamente era melhor do que ter o lixo constante de plástico e papel por toda parte.

Com Seeker investindo em alguns arbustos cobertos de neve, Kat continuou passando pelo parque até o próximo quarteirão, onde casas mais antigas traíam a negligência de seus proprietários através de longos pingentes de gelo pendurados em todas as bordas. Na frente da terceira casa, uma construção azul clara de dois andares que parecia mais nova que as outras, um menino empilhava neve numa tentativa de fazer um boneco de neve. A princípio, Kat se perguntou por que o garoto não estava na escola, então enumerou todas as possíveis razões das quais ela não teria conhecimento e parou.

— Você mora aqui? — Kat perguntou ao menino, que só notou sua presença quando ela falou.

Ele a estudou com a avaliação praticada de alguém que já teve encontros com estranhos não tão gentis, uma frieza que fez Kat franzir a testa, antes que o menino concluísse que Kat, com sua jaqueta, luvas e boné da CytoGenX, não representava uma ameaça. Ele largou a neve, virou-se para ela e apontou para a casa.

— Você quer dizer a minha casa?

— Sim — disse Kat, então se agachou para ficar na mesma altura dele. — Quando você se mudou para cá?

— Nós construímos!

Kat ficou paralisada por um segundo. Construíram. Suponho que eles teriam que fazer isso. A varanda estava diferente, agora que ela olhava bem. Mais comprida, com corrimãos retos e funcionais em vez dos entrelaçados e esculpidos que havia antes. E o segundo andar estava maior também, talvez um banheiro extra. Melhorias por toda parte.

— Ei, você quer alguma coisa? — um homem abriu a porta da frente, usando um suéter e jeans que indicavam que era seu dia de folga e ele não estava muito feliz com a interrupção.

— Desculpe, não — disse Kat, levantando-se. — Só costumava morar por aqui.

O homem não disse nada. Ficou parado observando-a enquanto o menino voltava para seu boneco de neve, até que Kat, sentindo-se cada vez mais desconfortável, foi embora. Voltou ao parque para buscar Seeker, que agora corria com outro cachorro que havia feito amizade. Ela pegou um pouco de neve, jogou e observou enquanto os dois

cães corriam atrás e ficaram intrigados com o desaparecimento da bola de neve em um mar de si mesma.

Como se ela tivesse vindo aqui procurando anomalias.
Kat gostava de se enganar. Se colocar em situações que não
iam acabar bem, como perseguir Vedder quando ficou claro
que ele havia deixado a cidade pelos esconderijos rurais e
nevados de Wisconsin, que davam mais trabalho do que
valiam a pena, com promessas astutas que ela sabia serem
falsas. Quando as mentiras se revelavam, como esta
enquanto ela jogava outra bola de neve para Seeker, Kat
tinha que enfrentar as verdadeiras razões, e essas nunca
eram tão divertidas quanto as que ela inventava.

Difícil acreditar que já tinha sido reconstruída. Na
última vez que Kat tinha dado uma volta por aqui, a casa
não passava de uma carcaça. Queimada, com cinzas ainda
espalhadas pelo quintal. Uma placa de condenação adver-
tindo os transeuntes para ficarem longe, sem dizer nada
sobre o que havia acontecido dentro das paredes. Teria sido
algo estranho de se ver para qualquer pessoa não familiarizada — como se um incêndio tivesse sido aceso e cuidadosa-
mente controlado para queimar apenas certas partes.
Explosões localizadas, talvez, como fogos de artifício acio-
nados em pontos específicos para estourar todas as janelas,
mas manter a estrutura intacta. Ninguém jamais
adivinharia —

Seeker latiu aos seus pés. Seu amigo havia sumido. Kat
suspirou e se abaixou para coçar suas orelhas.

— Você está com fome? — disse Kat, estremecendo
quando uma brisa fria trouxe consigo o cheiro do vendedor
de cachorro-quente. — Eu sei que estou.

Havia restaurantes aqui, lanchonetes, ou até mesmo
aquele vendedor ambulante, mas Kat podia sentir suas
memórias agitando-se. Se ficasse aqui por muito mais tempo,

cairia em um estado de depressão que a derrubaria pelo resto do dia. Hora de voltar para casa, ver se a dica de Gordon sobre aquela anomalia tinha dado resultado. Ver se ele iria viajar de novo.

Ver se ela se importaria.

CAPÍTULO 15
O BRAÇO DIREITO

O MERCADO DO MEIO-DIA, mesmo no frio, pulsava com os trabalhadores em suas pausas para o almoço. Zhan-Yo sentia o desconforto de Wexley enquanto caminhavam pelas filas de todos os sanduíches, kebabs ou tacos que pudessem imaginar. A cafeteria corporativa da Ziran servia comida com eficiência profissional e a um custo de reputação subsidiado que a tornava acessível aos técnicos, vendedores e equipe de suporte que dominavam sua torre na Avenida Michigan. O que faltava, e o que este mercado, espremido em um espaço intencionalmente vago entre arranha-céus, tinha, era caráter.

— Estamos perdendo tempo — disse Wexley. — Não temos reuniões esta tarde?

— Tenho certeza que sim — respondeu Zhan-Yo, então, ao avistar uma barraca vendendo o que procurava, fez um corte brusco para o final de uma fila. Wexley o acompanhou, olhando entre seu Tama e as pessoas ao redor como se a multidão fosse, de alguma forma, responsável por ele estar ali. — No entanto, como somos o número um e dois desta empresa, tenho certeza que eles vão esperar.

Wexley murmurou algo não comprometedor. Zhan-Yo, seus óculos de sol bloqueando a luz refletida, deu uma olhada rápida para o céu e o drone pairando lá, então de volta ao longo da fila à frente. Uma mistura econômica reunida por seus Tamas, muitos conectados às redes que sua empresa construía, mantinha e aperfeiçoava. Tudo para que pudessem fazer pedidos para seus amigos, para que pudessem compartilhar fotos da comida que estavam prestes a comer, para que pudessem manter suas vidas em ordem.

E em breve, em breve, para que participassem da ordem que definia suas vidas.

— Você parece diferente, Z — disse Wexley. — Hoje, quero dizer. Não me entenda mal, mas você parece mais feliz?

— Hoje, tenho clareza — Zhan-Yo manteve as mãos no bolso de sua calça cinza fina. O blazer grosso o mantinha aquecido o suficiente, impedia que o vento o tocasse, mesmo quando sua respiração se embaçava e se juntava à de todos os outros. — Todos procuramos um propósito, e embora você e eu conheçamos o nosso há algum tempo, como alcançá-lo tem sido um mistério.

— Por causa da ligação de ontem? Achei que fosse um progresso, mas não o salto que você está dando.

Decisões precisavam ser tomadas. Zhan-Yo confiava em Wexley com as operações da Ziran, disso não havia dúvida, e Wexley havia conquistado essa confiança. O homem trabalhava com um zelo fanático, passando tempo demais garantindo que a Ziran cumprisse todos os prazos, que seus funcionários realizassem todas as tarefas de maneira profissional. Zhan-Yo poderia ser o líder espiritual da empresa, mas Wexley mantinha a Ziran funcionando.

E ainda assim.

Zhan-Yo já tinha uma aliada perigosa em Sylvie, que adotava uma abordagem despreocupada ao cruzar linhas morais e legais. Com o passado atormentado de Wexley, como ele reagiria às ideias mais sombrias? Haveria caos com a revolução, oportunidades para os inescrupulosos se aproveitarem. Zhan-Yo confiaria na honra de Wexley, mas observaria seu amigo mesmo assim.

— O que vai querer? — perguntou o atendente da barraca a Zhan-Yo quando chegaram à frente da fila.

Com um pão pita quente recheado com todo tipo de carnes, cebolas, pepinos e molhos na mão, Zhan-Yo e Wexley encontraram a borda de pedra de um jardim elevado para se sentar. Se o ar parecia frio, seu assento era gelo, mas Zhan-Yo não queria deixar o sol para trás. Além disso, outro lugar oferecia cidra quente, e embora a bebida de maçã não combinasse exatamente com a refeição mediterrânea, seu calor açucarado compensava o choque de sabores. Tais coisas eram feitas para serem apreciadas ao ar livre, com sapatos esmagando a neve baixa demais para pás e narizes vermelhos ao vento.

— Você trabalha conosco há muito tempo — disse Zhan-Yo enquanto terminavam seus sanduíches.

— Toda a minha carreira — disse Wexley.

— E você ainda acredita em nossa missão?

— A que está na placa no saguão ou a que falamos no porão de um shopping?

Zhan-Yo assentiu. — A primeira nos trouxe toda a riqueza que poderíamos desejar. A última nos dará a liberdade para usá-la.

— O que você não está me contando? Eu te conheço há muito tempo, Z, e você não fala em enigmas assim.

Verdade. Uma abordagem direta tendia a realizar mais do que construir um labirinto de palavras. Ainda assim, antes de prosseguir, Zhan-Yo precisava confirmar a lealdade de Wexley, que não importasse o que acontecesse, Wexley ficaria do lado da Ziran, de Zhan-Yo e Sylvie.

— Estamos chegando a um ponto de inflexão — começou Zhan-Yo. — Os Campeões Paragon estão envelhecendo. Vulneráveis. Nossa oportunidade virá em breve, antes que novas anomalias possam tomar seu lugar.

— Você acha que os Campeões estarão mais abertos às nossas ideias agora?

— Não. Acho que precisamos forçá-los a ouvir. — Zhan-Yo fez uma pausa, observou o rosto estreito de Wexley. Ele o mantinha imóvel, olhando diretamente para Zhan-Yo. Nenhum terror naqueles olhos verdes. — Eles não nos respeitarão a menos que nos vejam como uma ameaça.

Aí estava. Se Wexley quisesse, o homem poderia acenar para o drone acima e denunciar a declaração de Zhan-Yo. Ele seria levado para uma cela Paragon, onde trariam alguma anomalia com habilidades de dobrar mentes para quebrar o cérebro de Zhan-Yo e fazê-lo revelar todos os segredos que já teve.

— Você tem um plano, ou não estaria me contando isso. — Wexley olhou para suas mãos enluvadas. — Você sabe o que as anomalias me custaram. Quero justiça, e não posso consegui-la porque sou normal. Eu faria qualquer coisa por essa chance.

— Mesmo que significasse violência? Mesmo que significasse uma perturbação total de tudo isso? — Zhan-Yo acenou para o mercado.

— Eu lutaria contra eles amanhã se achasse que poderíamos vencer — disse Wexley. — Se eu pensasse que todos os normais se levantariam comigo e que nossos números poderiam destruir os Paragons, eu faria isso. Mas nós dois sabemos que isso só nos mataria.

— Não desse jeito. Não com os Paragons unidos. Não com os Campeões ainda de pé.

— Você quer matá-los? Como?

— Não preciso que eles morram — disse Zhan-Yo. — Eles só precisam abrir os olhos.

— Pare. Ninguém tem tempo para seus ditados enigmáticos. — Wexley puxou o pulso para fora da manga do casaco, olhou para o Tama. — Você me manteve aqui fora. Está frio, estamos atrasados para a reunião, e você me deixou interessado, então me diga. Diretamente.

Então Zhan-Yo o fez. Manteve o nome de Sylvie fora, manteve tudo em alto nível e amplo. Ele não disse Aegis, mas Wexley o fez, escolhendo o alvo mais provável que estaria aqui em Atlântida, em Chicago. Ir atrás do maior Campeão dos Paragon não fez Wexley piscar, nem o fez chamar o drone ou declarar Zhan-Yo insano. Em vez disso, a fome queimava nos olhos de Wexley.

No saguão de Ziran, centralizada atrás de quatro portas duplas deslizantes que forneciam uma barreira entre o ar frio lá fora e a atmosfera fria do escritório, logo após os detectores de metal e drones de segurança, ficava uma fonte de bronze esfregada até brilhar em um laranja dourado. Uma estátua estava na base quadrada da fonte - do tamanho de uma pequena piscina - e, com jatos curtos espirrando ao seu redor, servia como o ídolo da missão de Ziran.

A estátua começava à esquerda com um menino pequeno, não mais que três anos e ainda encontrando seu equilíbrio, olhando para cima e segurando a mão de uma irmã mais velha. Ela, também, virava-se para sua esquerda, repetindo a mesma combinação de olhar e segurar com um homem que devia ser seu pai. Ele, por sua vez, se conectava com a avó, a última se mantendo forte com uma bengala em sua mão esquerda. Apenas ela olhava de volta para a direita.

Sob seus pés, com a terra em um cobre mais brilhante que os oceanos, ficava um mapa-múndi. Ao longo de uma placa na base frontal, voltada para a rua, estava inscrito o seguinte: *Conectando todo o Mundo.*

Zhan-Yo, como fazia toda vez que vinha ao escritório, jogou uma moeda na água da fonte. Um centavo, ainda com o rosto de Lincoln. Havia muitos desses disponíveis, e por um preço baixo. No início, o dinheiro tinha sido acumulado, as pessoas trocavam reps por ele na expectativa de que os Paragons percebessem a insanidade de seu empreendimento e voltassem atrás. Quando os anos se estenderam para décadas, no entanto, e ter protetores invulneráveis se tornou o estado preferido, marcadores de um passado não tão dourado se tornaram baratos.

Wexley tinha ido na frente, se voluntariado para o constrangimento sacrificial de abrir a reunião primeiro e se desculpar pelo atraso deles. Zhan-Yo queria seu momento na fonte. Seu pai tinha colocado aquela coisa ali, afinal, e sem um túmulo para visitar, este parecia o lugar mais apropriado para prestar seus respeitos.

E se comprometer com o futuro.

CAPÍTULO 16
TRABALHO DE LABORATÓRIO

MYNX DEIXOU o piloto automático levá-la de volta à Califórnia. As três horas de voo supersônico que ela passou cochilando contribuíram muito para que ela chegasse ao laboratório de Denise com alguma aparência de humanidade. O chá de Aegis, seu único remédio para uma noite passada discutindo estratégias e contando histórias, tinha a força sem graça que você esperaria de um Campeão cujo corpo se esforçava para se manter em perfeitas condições e não precisava de ajuda nesse sentido - ela quase adormeceu enquanto o bebia.

— Me diga algo bom — disse Mynx a Reeves assim que saiu do jato e voltou para o conforto da Fábrica. — Como está nosso gladiador?

— Suas mudanças estão tendo, acredito, o efeito desejado. Oitenta por cento dos testes resultam em ameaças neutralizadas e uma criança salva. Muito menos resultados horríveis.

Na Fábrica, onde as salas e corredores eram grandes demais para lidar com alto-falantes embutidos em todos os lugares, Reeves frequentemente tinha que recorrer a um pequeno drone flutuante, cujos quatro ventiladores mantinham a pequena caixa no ar e pairando por perto. Além da área de pouso do jato, havia duas opções; à esquerda e ela estaria de volta ao andar principal da Fábrica, capaz de mergulhar naqueles outros vinte por cento. À direita, transporte terrestre e responsabilidades.

— Continue refinando. Quero esses vinte por cento reduzidos pela metade antes de lançarmos o modelo atualizado.

Logicamente, a escolha não era difícil. Fisicamente, era excruciante. Mynx queria desabar e afundar na obscuridade. Em vez disso, Mynx foi para a direita, em direção às portas que levavam à aproximação do pod.

— Já vai embora? — perguntou Reeves.

— Aegis foi exaustivo, mas ele provou um ponto, embora eu não ache que ele tenha tido essa intenção. — Mynx tocou seu Tama, convocando um pod. Ela poderia ter pedido a Reeves para fazê-lo e a IA teria sido mais rápida, mas ela gostava de provar que ainda podia realizar tarefas por conta própria. — Estamos nos desgastando, Reeves. Eu esperava que Denise tivesse a solução.

— Eu não achava que ela tinha.

— Ainda não. Acho que é hora de ajudá-la e ver se ela pode encontrar uma.

A Dra. Denise Jones comandava um impressionante laboratório prateado que crescia a partir de um campus médico muito maior perto da UCLA, no lado oeste da cidade. Com uma inclinação acentuada em seu telhado, o prédio do laboratório parecia ter sido cortado em ângulo, um grande calço de metal conectado aos seus irmãos maiores por uma passarela que atravessava a rodovia. Mynx ouviu vários artigos sobre o laboratório durante o trajeto, todos convergindo para o fato de que Denise havia recebido tanto o prédio quanto o financiamento para suas ideias, mas os supostos milagres haviam se mostrado difíceis de realizar. Agora, com o financiamento secando, os abutres estavam circulando para abocanhar o prédio, a equipe e o equipamento.

O trajeto levou o pod trinta minutos, uma rota que, na época e sob as antigas regras onde todos dirigiam seus próprios veículos, teria levado uma hora para chegar do cânion onde Mynx havia construído a Fábrica. O fato de os pods ainda exibirem essa vantagem quase uma década após a adoção universal parecia um insulto, mas eles não estavam errados. Pela perda do controle, todos haviam ganhado tempo. Adivinha qual das duas coisas as pessoas queriam mais?

Apesar de toda sua ostentação, o laboratório não convidava visitantes. Além de um estacionamento de cinco vagas para os poucos que pudessem manter pods no local, a entrada tinha uma pequena marquise que se projetava sobre sua única porta de vidro. Escrito naquela porta, uma do estilo antigo com uma maçaneta para puxar e abrir, estava um texto de bordas afiadas que dizia *Double Helix, Inc.* Isso também havia aparecido nos artigos - desesperada para salvar seu laboratório e seu trabalho, Denise havia se separado da academia e formado sua própria empresa, fazendo inimigos no processo. Ainda assim, ninguém mais no campo havia chegado nem perto de resolver a marcha inexorável da biologia.

— Um nome sutil — disse Mynx ao ler as palavras no vidro, então olhou para si mesma no reflexo. Ela usava uma roupa folgada que há muito tempo havia classificado como 'relaxar', descobrindo que economizava tempo todos os dias se organizasse seu guarda-roupa em coleções específicas para humores específicos. Mynx só precisava dizer a palavra e Reeves traria a seleção perfeita. — Reeves, me traga os registros de uma *Double Helix* incorporada.

Reeves não falou, mas o Tama de Mynx vibrou as vezes necessárias para confirmar que a IA havia recebido o comando. Mynx não confiava totalmente em Denise, e os artigos não ajudaram muito, mesmo que todos tivessem elogiado a ousadia de Denise diante do ceticismo geral. Mynx estendeu a mão para puxar a maçaneta da porta do laboratório e a encontrou trancada. Ela notou um pequeno botão preto rotulado *Chamar* no lado direito da porta e o pressionou, dando pontos a Denise pela segurança.

— Alô? — disse um homem que parecia surpreso por ter que falar. — Ahn, posso ajudar?

— A Dra. Jones está por aí? — Mynx colocou um sorriso seguro. Senhora mais velha, aparência cansada, mãos entrelaçadas na cintura. Tão inofensiva quanto possível. — Ela vai querer falar comigo.

— Quem está perguntando?

Ah, a menção do nome. Qualquer prazer que uma vez havia vindo da entrega de seu título e de assistir à surpresa, dúvida e gagueira final de aceitação de várias pessoas há muito se dissipara em segundos exaustivos que Mynx tentava evitar sempre que possível. Aqui, no entanto, ela não via outra opção além de dizer, com uma doçura gotejante e afiada, seu nome.

Primeiro veio o silêncio. Depois os "ãhs", a pergunta murmurada a alguém próximo se Mynx era realmente Mynx.

E então... — Entendi. Vou deixá-la entrar agora e você pode esperar lá dentro, Senhorita, ãh, Mynx.

— Obrigada.

A fechadura estalou, e Mynx abriu a porta, deu um

passo em direção a ela e seu Tama vibrou. Ela olhou para ele, a tela na pulseira exibindo uma mensagem de Reeves:

Eles reforçaram as paredes do edifício. Isso bloqueará meus sinais.

Interessante. Então Denise ou não queria que seus funcionários enviassem mensagens em seus Tamas durante o dia, ou as ondas de telecomunicação do exterior poderiam interferir em seus experimentos. Mynx registrou a informação e continuou.

Do outro lado, um saguão esparso continha algumas cadeiras nuas compradas em alguma liquidação, encostadas em uma parede cor creme pintada, a julgar pelas listras mal feitas, pelas mesmas pessoas que trabalhavam mais adentro. As luzes, pelo menos, pareciam de qualidade profissional e banhavam a área com um brilho estéril.

Pôsteres emoldurados proclamando os próximos produtos da *Double Helix* pontilhavam o espaço. Todos prometiam milagres e todos terminavam com 'em breve'. No geral, o laboratório oferecia impressões iniciais estranhas, culminando na sensação de que Denise não se importava muito com a aparência.

Mynx podia respeitar isso. Os resultados eram o mais importante.

— Nem todos nós temos uma Fábrica — o tom caloroso de Denise veio de uma nova abertura, outra porta dupla trancada com teclado, esta sólida e sem a transparência da primeira. — Bem-vinda ao nosso humilde laboratório, Mynx. Estou feliz que você pôde vir, mesmo que tenha sido tão repentino.

— As circunstâncias podem mudar subitamente. — Mynx apertou a mão de Denise. Fria, úmida. Como se ela tivesse acabado de espalhar higienizador em suas palmas. — Eu gostaria de continuar nossa conversa.

Denise lhe deu um aceno, então acenou de volta através da porta pesada de uma maneira que dizia que o homem na recepção não precisava saber nada sobre a conversa. Bom – nada cheirava mais a amadorismo do que evocar algum princípio de mente aberta onde todos no laboratório precisavam saber de tudo. Nunca se sabia o que uma pessoa faria com informações, por mais insignificantes que fossem. Melhor manter seu fluxo restrito, particularmente das pessoas.

Reeves, ela podia confiar. Humanos? Nem tanto.

O escritório, ao contrário do saguão, tinha recebido um orçamento extra. A mesa de Denise continha vários monitores fixos, um uso ineficiente do espaço comparado às telas projetadas tão populares hoje em dia, mas a fidelidade superior provavelmente era um impulso ao examinar fitas moleculares. Mynx reprimiu um sorriso que ameaçava surgir; os normais e sua necessidade de equipamentos como este.

— Posso? — Mynx perguntou assim que Denise começou a descrever o experimento cujos dados rolavam pelas telas.

— Pode o quê?

— Apenas observe. — Mynx passou pela cientista, acomodou-se na cadeira de Denise, então estendeu a mão em direção às telas.

O gesto não era necessário, mas parecia ajudar as pessoas vendo isso pela primeira vez. Por outro lado, Mynx não saberia o que Denise pensava, que expressão surgiu em seu rosto, porque Mynx não estava mais lá.

Sob um céu negro sem estrelas, Mynx estava no centro de um anel de cabanas. Bem diferente da mansão que ela havia construído nos drones com seu código estruturado e afinado. O software tentando analisar as amostras de Denise se mostrava como uma coleção em rede de barracos remendados. Buracos nos telhados, chaminés caindo, portas pendendo tortas, tudo mostrava qualidade desleixada.

Aos pés de Mynx, pedras cobertas de musgo marcavam as funções fragmentadas unindo as cabanas, e o conjunto à frente levava à parte do programa atualmente em funcionamento, a única cabana cuja lareira parecia acesa, e cuja fumaça se filtrava em um lento enrolar. Ela foi em direção a ela, cuidando para manter os pés naquelas pedras – ela tinha que seguir o código, e um passo errado no vazio negro ao redor das rochas poderia travar o programa e enviar Mynx para fora.

Ou pior, prendê-la em um congelamento difícil do qual ela teria que escapar.

Mynx, no entanto, se destacava em caminhar em um mundo de sua própria criação. Nenhum vento soprava, nenhuma inclinação ou deslizamento das pedras conspirava para derrubá-la; aqui dentro, Mynx se movia com a confiança silenciosa de um espírito.

A porta da cabana não se moveu quando Mynx pressionou sua mão contra ela. Força física não existia aqui, o que significava que os dados que o programa de Denise coletava tinham um selo bloqueando o acesso. Mynx bateu na porta com a ponta do dedo indicador e a madeira brilhou em azul oceânico antes de se desintegrar em código. Letras, números, símbolos, todos enxamearam, e Mynx escolheu através do labirinto.

— Aí está você — Mynx articulou as palavras, ouviu o som em sua mente, embora nenhum ruído real ecoasse neste lugar.

Ela havia encontrado o link que levava da porta de volta ao centro do programa, um fio brilhante e azul queimante ligando a porta da cabana, e provavelmente todas as outras, a nomes sob a pedra onde Mynx primeiro apareceu. O banco de dados. Mynx poderia voltar até lá, vasculhar seus registros e encontrar um nome e senha que desbloqueassem a cabana, mas agora que ela podia ver o fio...

Mynx estendeu a mão, agarrou a corda brilhante onde ela fluía para longe da porta com sua mão esquerda. Como um clipe de metal conectando um circuito, Mynx se conectou com o banco de dados e puxou, como se lembrando de uma memória, uma combinação adequada de nome e senha que a cabana aceitaria. Os dados dispararam da mão direita de Mynx, ainda tocando a porta, e se inseriram no código de segurança bagunçado que barrava seu caminho. Com um lampejo esmeralda, a porta derreteu até sumir e Mynx entrou, e procurou.

— Você está perto — disse Mynx ao voltar para o escritório de Denise. — Muito perto.

Denise teve a presença de espírito de fechar a boca, de pousar a caneta no bloco de notas onde, Mynx suspeitava, estariam rabiscadas observações. Denise, no entanto, não teve a elegância de corar por ter sido surpreendida.

— Como eu disse, preciso de mais amostras para confirmar — respondeu Denise. — No momento, posso restaurar funções, posso reparar o DNA, mas não se fixa, e não tenho nenhuma anomalia para tentar testar. Isso poderia ser a chave.

— Então pegue algumas das minhas.

Proteger aqueles que não podiam se proteger. Um ideal óbvio para os Campeões. Dar a Denise todo o banco de dados genético de anomalias poderia expô-los. Dar suas próprias células, com a armada de drones de Mynx e os vastos recursos da Fábrica à sua disposição, não seria muito arriscado. E os benefícios?

Bem, esses valeriam qualquer coisa.

— Eu... eu adoraria — disse Denise, levantando-se. —

Temos uma área de coleta montada. Não que façamos muitas amostras, mas para quando fazemos... Ainda assim, esse seu banco de dados? Poderíamos criar novas células e tentar todo tipo de técnica.

— Então mereça. Mostre-me progresso e você terá seu banco de dados.

Uma picada de agulha, um frasco preenchido, e Mynx deixou Denise trabalhar com seu novo DNA anômalo. Caminhando de volta ao pod, Mynx esperou até estar bem longe antes de pegar seu Tama.

— Reeves, você não notou nenhum comportamento anormal da Denise?

Nada óbvio. Rotinas típicas para o histórico e ocupação dela.

— Então puxe os registros daquele laboratório. Double Helix.

Você não confia nela?

O que Mynx havia visto naquela análise celular confirmou duas coisas: que a Dra. Denise Jones tinha grandes possibilidades e que ela poderia ser muito, muito perigosa. O que Denise faria com o DNA de Mynx provaria se Denise era ambas as coisas, mas o passado frequentemente previa o presente, e se Denise tivesse deixado alguma pista para trás, Reeves as encontraria.

— Você me conhece melhor que isso.

CAPÍTULO 17
MISTURANDO AS COISAS

O JATO de transporte do Paragon sobrevoou as árvores em baixa altitude, seus motores mudando de propulsão de alta velocidade para um pairar mais lento e estável.

— Vou saltar — disse Aegis, e com essas palavras o painel lateral da porta atrás da qual ele estava se abriu, deixando entrar o ar frio da tarde. — Redefina para coleta ao meu chamado.

O sistema de drone do jato reconheceu a ordem com flashes das luzes ao redor da porta, e então Aegis saltou. Alguns segundos no ar, um alcance atrás das costas, e o paraquedas se abriu em uma clara captura sintética que desacelerou a descida de Aegis e o deixou planar até o chão em uma clareira de árvores cobertas de neve. Quando ele aterrissou, o jato já havia desaparecido, deixando Aegis sozinho com os ecos posteriores de seus motores ruidosos. O alvo estava sentado a dez metros de distância, no chão com as costas contra uma árvore. Uma poça vermelha marcava a posição na neve, embora Aegis não a visse ficando maior.

— Você ainda está conosco, Paragon? — Aegis perguntou ao homem, que vestia o uniforme blindado do

Paragon. Projetado para bloquear balas e absorver a maior parte da energia alimentada por anomalias, o traje sacrificava mobilidade por volume, não que isso importasse aqui.

— Já estive melhor. — O sussurro fraco do Paragon contava uma história de lábios rachados, desidratação e um pulmão colapsado.

— A equipe médica está a caminho — disse Aegis. — Para onde ele foi?

Havia apenas um alvo para essa pergunta, e o Paragon conseguiu inclinar a cabeça para o oeste. Agora que Aegis se dava ao trabalho de olhar naquela direção, a marcha de Thane marcava seu caminho com galhos quebrados, árvores dobradas e tantas agulhas de pinheiro que suas pontas verde-escuras escondiam a neve.

— Não muito longe — disse o Paragon. — Tentei pará-lo, mas não deu muito certo.

— Você tentou. Isso é admirável.

Aegis não esperou com o Paragon caído - não havia nada que pudesse fazer pela anomalia, e parar Thane era uma prioridade maior. O reaparecimento da anomalia queimava como um câncer enquanto Aegis retomava sua corrida através das árvores. Dúvidas, questões sobre sua própria aptidão - aquele ombro ainda doía - e as chances de Aegis ainda poder enfrentar Thane... bem, não valia a pena perguntar porque ele estava aqui, agora, e isso era tudo o que importava.

— Pai? — A voz de Celice zumbiu em seu ouvido no canal que Aegis mantinha aberto durante as missões. — O que está acontecendo?

Aegis resumiu o salto, o Paragon caído, com um breve rosnado: — Ele está fora, estou em cima dele.

— Sozinho?

Um galho baixo forçou um agachamento, e Aegis

manteve suas pernas bombeando, chutando neve e agulhas de pinheiro. Seus braços também se moviam, sempre derivando em seu movimento descendente em direção ao par de armas de choque presas em seus quadris. Nunca se sabia quando Thane poderia aparecer de trás dessas árvores enormes.

— No momento. Sem tempo. — Aegis corria entre baforadas de sua própria respiração.

— Então vou mobilizar alguns dos drones de Mynx. Eles vão rastrear sua posição. — Celice soava irritada. — Você não deveria estar fazendo isso.

— Não vou deixar Thane escapar. Celice, mantenha isso discreto. Sem imprensa. Sem transmissão.

— Já feito. Quem é esse cara?

— Depois.

A floresta terminou com uma civilização repentina; uma rodovia negra e, do outro lado, uma estação de energia para pods recarregarem. O que costumava ser placas plantadas no chão com um prédio baixo vizinho com comida, lanches e banheiros para aqueles em uma longa viagem de pod agora parecia um conjunto de brinquedos infantis pisoteados. Pods destruídos espalhavam-se pela área, fumaça subia da loja queimada e arruinada, e alguém naquela bagunça ainda vivia.

— Encontrei uma estação de energia danificada. Envie seus drones para cá. — Aegis silenciou o Tama com um toque de sua mão direita.

As árvores ao redor da estação de energia permaneciam intactas. Thane tinha vindo aqui, tinha destruído, mas não tinha saído. Pelo menos não pela floresta. O que significava que Aegis tinha que ouvir tudo. Principalmente, ele ouvia gritos. Ele correu pela estrada, seguindo os barulhos da mulher enquanto Aegis desviava, passava por cima ou saltava sobre pneus, vidros estilhaçados e fios faiscantes. Borracha queimada se misturava com comida barata derretida para criar uma mistura em forte contraste com os pinheiros ao seu redor. Então, novamente, Aegis tendia a se encontrar em lugares quebrados.

A ruína parecia um lar.

Thane não se apresentou, mas os gritos levaram Aegis à estação desmoronada onde, emaranhada com uma porta dupla, se contorcia uma mulher que parecia ter encontrado o vidro quebrado do prédio. Seus olhos estavam fechados, e seus gritos eram coisas sem palavras e soluçantes que teriam tocado o coração do Campeão se ele não tivesse ouvido a mesma coisa tantas e tantas vezes antes.

— Aguente firme — disse Aegis, agachando-se perto dela. — Você consegue se mover?

As palavras de um Paragon, não, de um *Campeão* paralisaram a mulher, e seus olhos se abriram, deslizando um pequeno filete de sangue de algum corte escondido pelo cabelo da testa de seu rosto para o chão. Sua boca trabalhou, alternando entre o próximo grito e dizendo o nome dele. Aegis tirou o vidro de seu ombro - parecia que ela tinha caído de lado quando o teto desabou, e a estrutura da porta tinha se estilhaçado sobre suas pernas. Aegis tinha força, mas não era daqueles que podiam levantar uma tonelada com um único dedo.

— Estou presa — a mulher finalmente conseguiu dizer.

— Estou vendo. — Aegis levou o Tama à boca. — Celice, envie equipe médica para minha localização atual. Uma civil ferida.

Celice confirmou a ordem com um clique.

— Um homem grande e velho fez isso com você? — Aegis olhou para a mulher.

— Você vai me tirar daqui?

— Não posso. — Aegis examinou a estação à sua frente, não viu nada. Virou-se, olhou para as cápsulas destruídas e também não viu nada lá. — Responda, por favor. Quem fez isso?

— Eu não sei! Talvez, o que você disse. Eu estava dentro. Primeiro as cápsulas...

— Silêncio. — Aegis ergueu a palma da mão em direção a ela.

Um novo ruído se sobrepôs aos pequenos estalos dos pequenos incêndios e ao ocasional pedaço de metal ainda em lento colapso no chão. Um som de arrastar; sapatos grandes demais para os pés raspando no asfalto. Vindo do lado direito da estação.

Aegis sacou uma arma de choque, segurou-a com ambas as mãos e a ergueu. A mulher não obedeceu às ordens, começou a chorar novamente, mas Aegis não tinha tempo para isso. Os sons de arrastar pararam, pareciam estar logo na esquina da estação. Aegis deu um passo, depois outro, rolando os calcanhares até os dedos dos pés. Fez uma careta ao sentir o vidro se quebrando ainda mais sob suas botas. Nada podia ser feito quanto a isso, no entanto.

Quantas vezes ele já estivera em uma situação exatamente como essa? Aproximando-se sorrateiramente, repetidas vezes, de algum vilão, bandido ou anomalia que deu errado. Terminaria com uma luta, uma rendição e possivelmente uma morte, não necessariamente nessa ordem. Aegis havia perdido Paragons em dias como este, belos e frios. Uma dessas vezes poderia ser ele. Honestamente, deveria ter sido ele muitas vezes antes de agora.

Aegis dobrou a esquina num movimento suave, viu o velho e puxou o gatilho. Thane, provando a maleabilidade de sua idade, pressionou-se contra a parede da estação e o dardo atordoante passou voando. Aegis girou, mirou em

Thane e hesitou. As rugas do monstro pendiam bigodes brancos, enquanto o corpo magro de Thane vestia uma camisa comicamente grande demais que caía dos ombros aos pés, ao longo de todo o metro e meio de altura de Thane. Suas mãos, translúcidas e enrugadas, ergueram as palmas na direção de Aegis.

Uma rendição. Uma luta. Uma morte.

— Thane. — Aegis começou. — Por quê?

— Uma das muitas maldições que a inteligência impõe aos seus portadores é a da inquietação, meu amigo — Thane falou com um assobio rangente. — Eu não podia ficar na sua cela.

— Então seu plano era o quê, sair, destruir algumas coisas e nos fazer te capturar de novo? Pensei que você fosse mais esperto que isso.

— Depende do momento. — Thane acenou com a cabeça em direção ao ombro esquerdo do Campeão. — É aí que você está ferido? O invencível se tornando vencível?

Um som de agitação, o ar turbilhonando, misturou-se à quietude ao redor da estação destruída. Drones se aproximando. Reforços.

— Acabou, Thane — disse Aegis, ignorando a provocação sobre o ombro. Dar qualquer satisfação a Thane não fazia parte do manual do Paragon. — Deite-se no chão e eu não vou te atordoar.

Uma mentira. Thane era perigoso demais para deixá-lo capaz de qualquer forma. Aegis pressionou o gatilho, pronto para atirar.

— Sabe o que sempre me decepciona? — disse Thane. — Você não tem sutileza.

Aegis atirou. O dardo atingiu Thane bem no peito, mas não perfurou a pele. Ricocheteou, caindo no chão enquanto Thane começava a mudar. A crescer.

— Você é direto, mas nunca se delicia com isso! — disse Thane, sua voz endurecendo, ficando mais profunda e menos distinta à medida que crescia, seus ossos se expandiam e sua pele se esticava. — Você é um martelo, Aegis, mas falha em...

As palavras de Thane se transformaram em um uivo enquanto a mente do monstro desaparecia na raiva do gigante. Onde antes havia um velho frágil, agora uma única perna inferior ocupava o mesmo espaço. Um homem musculoso de quatro metros de altura pairava sobre Aegis, baba escorrendo de seu sorriso torto, olhos amarelos e selvagens encarando seu inimigo. A besta sem mente. Um desastre solto no mundo décadas atrás, capturado repetidamente pelos Paragons. Aegis tinha tentado matar Thane definitivamente várias vezes, mas não parecia haver uma maneira de fazê-lo. Não por meios físicos diretos, pelo menos, A única opção, a única chance que tinham, era a sedação. Paz.

— Thane, pare! — Aegis ordenou, recuando.

Thane respondeu à sugestão da mesma forma que responderia a qualquer coisa agora - seu punho direito, do tamanho de uma mala, balançou seu bloco contra Aegis e mandou o Campeão voando para trás, aterrissando dentro da carcaça destruída de uma cápsula. O impacto deveria ter nocauteado Aegis. Só o deixou furioso.

Aegis se libertou, ficou de pé enquanto Thane, andando com os passos largos e oscilantes de alguém se acostumando a um novo par de calças, se aproximava. Thane rugiu, rosnou e mordeu o ar enquanto se movia, como um cão raivoso.

— Eu realmente, realmente te odeio — disse Aegis, levantando os punhos como se fosse boxear com a criatura.

Thane inclinou-se para um grande soco circular, um

movimento que se anunciou no recuo e no balanço para frente tão claramente que Aegis teve tempo de alinhar seu passo lateral sem a menor preocupação. O Campeão esquivou-se para a esquerda enquanto o punho de Thane passou zunindo, então deu um passo rápido passando pela perna direita de Thane e aplicou um chute rápido no joelho de Thane. O grandalhão caiu com um grunhido, mas conseguiu dar um golpe de revés que mandou Aegis voando, quicando pelo asfalto.

— Você está ganhando? — disse a mulher, ainda no chão e agora bem ao lado de Aegis. — Não parece que você está ganhando.

— As aparências podem enganar.

Aegis se levantou, limpou a poeira dos ombros e tentou suprimir uma súbita dor de cabeça, resultado de ter se chocado contra o lado da estação. Thane, com um leve mancar, vinha em sua direção. Sobre a cabeça do monstro, porém, Aegis viu os pesados drones de Mynx chegando rapidamente. Antes, era preciso um esquadrão de Paragons para derrubar Thane. Agora, bastaria apenas algumas máquinas. Aegis não tinha certeza de como se sentiria depois, mas neste momento aqueles dois drones lhe davam bastante alívio. Ser reduzido a pó por um Thane furioso não era a ideia de ninguém de um bom momento.

— Vamos lá, feioso — Aegis provocou. — Continue assim e talvez eu sinta alguma coisa.

Thane aceitou o insulto de bom grado, e com a mulher gritando novamente atrás dele, Aegis esquivou-se para a direita para afastar os punhos oscilantes de Thane do civil. Ganhando tempo, Aegis concentrou-se em evadir, deslizando por baixo e ao redor daqueles nós dos dedos ossudos e estriados enquanto Thane golpeava o chão, o ar e jogava uma cápsula após a outra de lado tentando pegar sua presa menor.

Até que os drones chegaram. O primeiro, uma nave em forma de disco projetada para supressão, lançou um cabo que pegou o punho de Thane no meio do balanço. O drone pairou, enviando corrente elétrica suficiente pelo cabo para fazer qualquer humano normal colapsar em um espasmo de nervos sobrecarregados.

Thane não era um humano normal. Thane não desabou. Nem mesmo quando Aegis aproveitou a distração para dar um salto e acertar um uppercut no enorme queixo pontudo e bigodudo de Thane. Em vez disso, uivando, Thane puxou seu braço direito, arremessando o cabo e o drone preso a ele diretamente em Aegis enquanto o Paragon aterrissava do seu próprio ataque.

Aegis viu o ataque se aproximando, viu aquele disco de metal negro preencher sua visão enquanto se firmava no asfalto, recém-saído de um golpe que teria nocauteado qualquer um, mas que, para Thane, não causou nenhum dano visível.

Aegis, Campeão de Atlântida e líder dos Paragons, praguejou quando Thane arremessou o drone contra ele, e não viu mais nada.

CAPÍTULO 18
ARREPENDIMENTOS DE UMA RASTREADORA

O COBERTOR peludo que cobria seus pés comeu o macarrão que escapou do seu garfo. Seeker esperou por mais e, contra seu bom senso, Kat pegou mais alguns fios amarelo-pálidos de lámem. Se ela tivesse uma mesa de verdade, sem dúvida Seeker patrulharia suas cadeiras caçando migalhas. Como estava, o husky tinha que se contentar com o que caía da escrivaninha de Kat.

Uma lição que ela poderia aprender.

Gordon não havia mandado nenhuma mensagem, e a recompensa pela anomalia permanecia em aberto enquanto o dia avançava para a noite. Então, ou a dica não tinha resultado em nada, ou era uma perseguição lenta. Kat deveria ter sido capaz de ignorar isso, de se concentrar em outra coisa, algo que não arrastasse sua vida pessoal para os negócios.

Ela saiu de um vídeo sem sentido na sua tela para o painel de rastreamento, onde seus ganhos com anomalias se mostravam em uma série vertiginosa de gráficos e tabelas. Qualquer filtro ou organização que Kat pudesse querer estava lá: por cidade, nível de habilidade, ganhos vitalícios e assim por diante. Ela tinha mais de duas dúzias de anomalias despejando ações de reputação em suas contas, mas sua visualização padrão classificava os rendimentos de forma inversa. Os menos importantes no topo, para que ela pudesse aprender quais anomalias evitar.

O painel de rastreamento tinha outro filtro ativado por padrão, que ela desativava dependendo do seu humor, e agora o dia sombrio de inverno, o cachorro sonolento e o brilho azul do monitor a fizeram desligá-lo. Três nomes cinzentos apareceram no topo - sem reps ganhos no último ano, nos últimos vários para os dois primeiros. Anomalias mortas não rendiam muito. Mas lhe custavam bastante.

Ela havia pego Sameer no Mississippi, apostando em um barco de festa e usando suas imagens espelhadas menores para copiar cartas viradas para cima o tempo suficiente para coletar seus ganhos e desaparecer. Ele havia completado todos os dois trabalhos antes de ser designado para uma força-tarefa dos Paragons e, logo depois, ficar cinza em seu painel. Eles nunca lhe disseram o porquê, e os poucos milhares de reps que os Paragons lhe enviaram como compensação eram um consolo frio.

Eles haviam compartilhado bebidas no barco depois que Kat o rastreou. Sameer tinha sido um dos bons.

Ao contrário de Crystal Raines, que deu uma bela luta nos becos da New South Side de Chicago. Sua tendência ridícula de transformar, bem, qualquer coisa em buracos temporários fez da perseguição uma dança ousada. Se Kat não a tivesse atingido com um dardo atordoante de longo alcance em um tiro selvagem e mergulhador, Crystal provavelmente ainda estaria por aí. Ou não, já que ela havia recaído em seus velhos hábitos de ladra logo depois de ser rastreada. Os drones não tiveram nenhum problema em encontrá-la uma vez que determinaram a origem das portas e vitrines deformadas de uma joalheria, e Crystal decidiu sair lutando. Kat não conseguia decidir se Crystal tinha feito o trabalho intencionalmente - os drones eram uma maneira conveniente e rápida de ser morta.

Zach tinha sido diferente. Ele a encontrou, logo depois que ela havia rastreado outra pessoa. Simplesmente se aproximou dela no meio de uma área de descanso onde viajantes cansados de pod podiam fazer uma pausa ao lado da rodovia. Ela estava com seu traje branco e tudo, de pé sobre uma anomalia inconsciente que - ela rolou para baixo para lembrar - podia girar parafusos com os olhos. Literalmente parafusos, e apenas parafusos.

— Cara, ele era irritante — disse Kat para Seeker, ainda adormecido aos seus pés. — Você se lembra dele? Desmontou nosso pod enquanto estávamos dentro.

No entanto, aquele cara ganhava um monte de reps. Zach, porém. Ele disse que estava cansado de estar em fuga, olhando por cima do ombro. Então ela o rastreou ali mesmo, o levou para jantar. Acontece que o negócio de Zach era cheiros; ele podia pegar qualquer aroma no ar ao seu redor e amplificá-lo. Fez com que o restaurante italiano onde estavam sentados se enchesse de molho marinara e alho. No início, eram reps por esse tipo de coisa, então Zach pegou trabalhos mais perigosos, vazamentos de gás e coisas do tipo. Não voltou de um deles.

Mas esse era o jogo. Este mundo milagroso tinha perigos em abundância, apesar do que os Paragons diziam. Claro, grandes desastres eram administrados, criminosos tendiam a desaparecer em fogo sobrenatural, mas os bons e velhos acidentes e brigas ainda cobravam seu preço.

Kat saiu do painel de rastreamento, navegou pelos sites locais de Chicago, procurando por algo interessante e não encontrando nada. Um pop-up no canto inferior direito da sua tela indicava alguma ameaça no nordeste, longe demais para ela se importar. Além disso, nada. Como se o mundo inteiro estivesse tão entediado quanto ela, esperando por alguma notícia que valesse a pena se levantar.

Sorver seu último macarrão deixou Kat com um vazio, preenchido em pouco tempo pelos mesmos movimentos que vinham governando as zonas mortas em seu dia por uma década; sem pensar nisso, ela tocou seu Tama, iniciou uma chamada para um número que já deveria ter sido cancelado. Uma gravação, eventualmente, atendeu:

Oi! Você ligou para Melody Collins, deixe seu nome e número e, se eu gostar de você, retornarei assim que eu sentir vontade!

Kat encerrou a chamada. Balançou a cabeça. Piscou para afastar lágrimas que ainda não haviam se formado, que não se formariam mais. Ela havia eliminado esse reflexo, mas oh, como era bom ouvir aquela voz novamente. O humor cortante de sua mãe, algo sem dúvida irritante para qualquer um que realmente tentasse contatá-la. Algo tão precioso agora.

Seu Tama apitou, cortando a nuvem com uma promessa de ação, aventura, qualquer coisa. O que era: uma pergunta, de um amigo. Um amigo distante. Kat virou a ideia em sua cabeça - o que era realmente um *amigo*? Seeker bufou para ela quando ela se levantou. Ah, sim.

Dadas as possíveis atividades da noite, desde esperar notícias de Gordon até vagar até o bar da esquina e deixar os licores ditarem as horas, o que seu amigo oferecia poderia ser mais gratificante e definitivamente seria mais divertido.

— Trig enviar, eu vou aparecer. — Kat subiu até seu armário, passando as mãos pelas roupas quando chegou lá. — O que você acha, Seek? Vermelho ou preto?

O latido de Seeker fez a escolha óbvia: ambos.

CAPÍTULO 19

SACUDINDO A FERRUGEM

SOCO. Chute. Giro e postura. O fogo era agradável em seus músculos, tensos e suados sob o leve quimono branco que o cobria e aos outros doze membros que praticavam a sequência no tatame do dojô. Paredes cor creme cobertas de pôsteres alternando entre diagramas de movimentos e mensagens inspiradoras bobas serviam de cenário para o incentivo animado da música, uma reviravolta nas aulas geralmente mais silenciosas.

— Sintam o ritmo e trabalhem com ele! — gritou a instrutora, batendo palmas, como se o som estalado de suas mãos calejadas pudesse impulsionar seus alunos a novos patamares.

Mas então, era assim que todas as aulas eram nesses dias. Zhan-Yo frequentava este lugar há anos, e o dojô vinha, como um pai tentando acompanhar seus filhos, se reformulando cada vez mais para acompanhar as modas momentâneas. As artes marciais puras haviam cedido espaço para rotinas de exercícios com menos ênfase em técnicas que pudessem causar problemas.

Quem precisava saber lutar, se defender, com os Paragons fazendo isso por eles?

Ainda assim, Zhan-Yo executava os exercícios com obediência diligente. No mínimo, ele podia temperar as rotinas com golpes, reversões e investidas legítimas. O conjunto o mantinha ágil, forte, e se Ziran estava prestes a virar a ordem mundial de cabeça para baixo, força e flexibilidade seriam úteis. Principalmente porque, se Sylvie tivesse sucesso, Zhan-Yo poderia se encontrar em uma sala com Aegis. O pensamento o aterrorizava e excitava ao mesmo tempo.

A música parou quando a aula chegou ao fim, a instrutora preenchendo o silêncio repentino para iniciar os movimentos de relaxamento. Zhan-Yo repetiu a rotina várias vezes, mesmo quando a maioria da turma parou na primeira. Cada ano extra exigia um pouco mais de alongamento para desfazer as tensões, e havia algo de puro em ser o único nos tatames, o único ainda trabalhando.

— Sempre o último — a instrutora, qual era mesmo o nome dela, Chloe?, aproximou-se dele, estendeu a mão e ajustou levemente a postura de Zhan-Yo para equilibrar seu balanço.

Fechando os olhos para afastar a irritação de ser interrompido, Zhan-Yo virou-se para encarar a mulher, vestida de amarelo para indicar sua função. Cabelo preso, facilmente metade da idade de Zhan-Yo, mas sem medo ou hesitação ao se aproximar dele. Bem, Chloe não saberia quem Zhan-Yo era. Não saberia que ela tinha todos os motivos para pisar com cuidado.

— Eu levo meu tempo — Zhan-Yo respondeu. — Obrigado pela aula. Foi boa.

Um elogio padrão. Agora que Chloe havia quebrado sua concentração, a mente de Zhan-Yo voltou-se para seu Tama, guardado em segurança num armário, e o trabalho que o aguardava. Conversa educada era um luxo e agora, especialmente agora, ele não tinha tempo para isso.

— Esta aula não é o que você quer, não é? — Chloe não sorriu, não parecia nada além de curiosa. — Eu vejo como você acrescenta às rotinas.

— Perspicaz. — Zhan-Yo olhou por cima dos ombros de Chloe, em direção ao vestiário. Uma dica. — Velhos hábitos que eu gostaria de lembrar.

Chloe assentiu. — Você não é o único. Se tiver um minuto e energia, gostaria de treinar?

Zhan-Yo disse sim antes de perceber o que Chloe havia perguntado. Treinar. Lutar com as próprias mãos. Claro, ele praticava de vez em quando contra os oficiais de segurança mais habilidosos de Ziran, mas eles sempre lutavam com cautela, não querendo acertar seu próprio chefe. Wexley também costumava encontrar Zhan-Yo para combates antes do amanhecer, mas conforme Ziran ficava mais exigente, suas sessões se tornaram escassas até pararem. Mas além de tudo isso, o que levou Zhan-Yo a aceitar a oferta de Chloe foi uma dúvida nervosa, o pensamento de que ele havia perdido seu vigor, que ao tentar tanto vencer guerras em salas de reuniões e através de comunicados à imprensa, ele havia esquecido como fazê-lo com os punhos.

Chloe se posicionou em frente a Zhan-Yo, e os dois se curvaram um para o outro. Endireitaram-se. Zhan-Yo assumiu uma postura agachada relaxada enquanto Chloe colocava uma perna à sua frente. Uma parte suficiente da turma permaneceu para formar uma plateia, sugando suas garrafas de água, toalhas em volta do pescoço, dedilhando seus Tamas ou, em um caso, segurando seu Tama para gravar a luta.

Zhan-Yo atacou primeiro - Chloe havia passado o treino

dando instruções, o que significava que ela teria mais energia, resistência. Quanto mais longa a sessão, mais os músculos já cansados de Zhan-Yo ficariam lentos, sem força para derrubar sua oponente menor. Chloe não pareceu chocada com a súbita corrida de Zhan-Yo em um chute voador. Ela se abaixou, caiu para o lado e deixou Zhan-Yo passar voando por ela. Assim que ele atingiu o tatame, Zhan-Yo mergulhou para frente, esquivando-se do chute rápido de Chloe que teria atingido seu lado se ele tivesse tentado se virar.

Eles se encararam novamente. Olhos travados.

Desta vez suas mãos travaram a guerra. Zhan-Yo se aproximou em dois passos rápidos e a partir daí jabs, cortes, cotoveladas e socos dominaram. Golpes e contra-golpes, bloqueios e ganchos, cada um lutando por posição, cada um percorrendo seu repertório enquanto descartava os movimentos que pertenciam a uma luta com consequências fatais. Chloe acompanhou Zhan-Yo por um tempo, deixando o homem mais velho acertar alguns golpes leves no corpo, então assumiu o controle, liberando uma velocidade que Zhan-Yo não esperava. Ela desviou os braços dele, batendo-os para longe e então plantou um empurrão com as duas palmas no peito de Zhan-Yo que o fez cambalear para trás.

Antes que ele pudesse se recuperar, Chloe o atingiu novamente, indo direto para ele antes de girar para o lado e derrubar Zhan-Yo com um chute baixo. Deitado de costas, com o cotovelo de Chloe plantado em seu peito, Zhan-Yo fez a única coisa que podia; rendeu-se.

Depois de terem tomado banho, Zhan-Yo esperou por Chloe do lado de fora do dojo, aproveitando o tempo para enviar rapidamente algumas mensagens aos subordinados que precisavam de orientação. Embora Ziran precisasse dele de volta no quartel-general, Zhan-Yo queria agradecer à jovem pela desculpa para se exercitar, apesar do resultado.

— Temos um grupo — disse Chloe após os agradecimentos de Zhan-Yo, enquanto esperavam por seus respectivos pods. — Treinamos uma vez por semana, no estilo antigo. Se quiser se juntar a nós, acho que ficaríamos felizes em tê-lo.

— Meus velhos ossos seriam bem-vindos?

— Você não seria o mais velho lá — respondeu Chloe. — Também nos revezamos para ensinar. Há muita tradição que não queremos perder. — Um pod se aproximou e Zhan-Yo fez sinal para que Chloe o pegasse. — Te enviarei os detalhes. Pensa nisso?

— Vou pensar. Obrigado — respondeu Zhan-Yo.

Normais, cuidando da tradição, ajudando uns aos outros. Embora tivesse que arranjar tempo, Zhan-Yo consideraria a oferta de Chloe. Ele precisava de mais hobbies de qualquer maneira - a revolução começara a ocupar cada segundo, e Zhan-Yo temia cometer um erro sem a chance de clarear a mente. E ele não podia se dar ao luxo de cometer erros. Não mais.

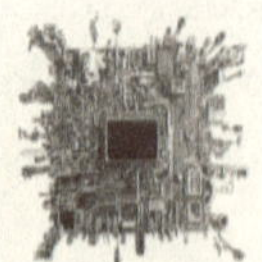

COMO TARDES IAM, esta atingia o padrão do sul da Califórnia: quente, com brisa e cheia de luz solar de inverno. Mynx alternava entre ler relatórios sobre o desempenho de modelos de drones e observar as ondas de seu amplo deck. Sem ninguém por perto, esperava-se que a grande mesa de vidro com moldura branca estivesse vazia, mas Mynx tinha projeções cobrindo todas as superfícies. Reeves destacava cada uma por sua vez enquanto a imagem quadrada virava na vertical, preenchendo-se para que Mynx pudesse ler e assistir mesmo com o sol incidindo sobre ela.

O chá quente ajudava a afastar o cansaço que se aproximava, assim como tirar uma soneca após sua visita ao laboratório de Denise, e o jasmim se misturava bem com as flores amarelas salpicadas que emolduravam a borda do deck, emitindo um aroma forte o suficiente para cobrir o constante cheiro de metais queimando e cozinhando da Fábrica. No entanto, apesar do cenário ideal, um som continuava perturbando a concentração de Mynx, até que ela afastou com um gesto a última análise de Reeves sobre comparações de eficiência de baterias e deu uma olhada limpa para a orla.

— Tem alguém lá — disse Mynx, tocando seu Tama, que mudou seus contatos de um foco próximo para um distante, mais uma vez a idade sendo superada pela tecnologia. — Várias pessoas.

— É uma família — disse Reeves. — Uma mãe, duas crianças que parecem ter menos de dez anos. O perfil de risco deles é baixo, então não acionaram nenhuma intervenção.

— Não, tudo bem — disse Mynx. — Você pode me dar uma visão mais próxima?

Segundos se passaram antes que, da mesa, uma nova imagem quadrada surgisse. Esta cortesia de um drone agora pairando perto o suficiente da família para obter uma imagem clara. Uma mãe e duas crianças, estas últimas parecendo se deleitar correndo para dentro e fora das ondas, gritando de alegria, enquanto a mãe observava com um sorriso paciente, toalhas e outras necessidades em uma grande bolsa pendurada em seu ombro. Para chegar tão longe do ponto de desembarque do pod, eles devem ter sido determinados a se afastar das multidões que sem dúvida enfrentavam a água fria. Como que para confirmar o pensamento, ambas as crianças saíram do mar e exibiram seus trajes de banho térmicos justos.

As estações não eram mais uma barreira para aproveitar a praia.

Mynx observou a família conversar, brincar e se espirrar por um minuto antes de dizer a Reeves para recolher o drone. Essas eram memórias que ela nunca faria para si mesma. Nunca teve essa chance, ou melhor, quando a chance estava lá, ela escolheu outro caminho. E ela não se arrependia dessa escolha também, apenas que não havia tempo para fazer *todas* as escolhas, esgotar *todas* as opções e ter uma vida completa.

— Reeves, por que envelhecemos? — disse Mynx, sabendo exatamente o que iria receber e sorrindo mesmo enquanto a IA começava sua resposta.

— É uma função da biologia, Mynx — começou Reeves, então pareceu notar a expressão de Mynx. — Acredito que você esteja zombando de mim, mas devo aprofundar-me se você precisar?

— Não, você respondeu à pergunta. — O chá de Mynx havia atingido aquele estágio frio em que mais goles eram desagradáveis, e sua perda empurrou Mynx para um estado de espírito diferente. — Mais duas perguntas, Reeves. Primeira, você pode esquentar isso para mim? E segunda, que horas são em Bangkok?

— Para a primeira, claro. Para a segunda, é bem cedo. Eu não esperaria que um negócio normal estivesse aberto.

— Apinya é tão anormal quanto possível. Ligue para ele, Reeves.

Reeves fez a ligação e, novamente aparecendo em uma projeção quadrada sobre a mesa, surgiu uma imagem escura. Escura demais para ver.

— Mynx — disse uma voz tenor, melódica que, apesar da hora, não estava nem um pouco cansada. — Confio que você não esteja em perigo?

— Apinya, se eu estivesse em perigo, eu realmente ligaria para você?

Uma piada, ainda que ruim. Apinya provavelmente perderia uma briga de bar para um bêbado comum, mas ao fazê-lo, ele aprenderia tudo sobre esse bêbado, incluindo exatamente o que dizer ou fazer para fazer com que aqueles punhos desajeitados parassem de balançar, para que as lágrimas começassem a fluir ou o riso quebrasse a violência.

Se você precisasse de força, não chamava Apinya. Se você precisasse saber se essa força era necessária, bem, é aí que Apinya provava seu valor.

O Campeão acendeu uma chama e com o isqueiro conseguiu acender uma pequena lâmpada que lançou um brilho laranja sobre seu rosto, a cama esparsa e as samambaias protegidas atrás dele. Mynx não sabia onde Apinya estava, mas ele tinha o hábito de deixar sua vasta cidade para trás para encontrar tranquilidade. Difícil culpá-lo - Mynx havia feito o mesmo com sua Fábrica. Só que, em vez da natureza, ela havia escolhido máquinas.

O próprio Apinya parecia muito melhor do que Mynx se sentia; embora todos estivessem envelhecendo, Apinya parecia carregar seus anos em leves rugas, nas pontas grisalhas de seu cabelo curto e barba por fazer, e seus olhos cinzentos escapavam do cansaço que atormentava os de Mynx. Ele se afastou de seu Tama, cuja câmera enviava a imagem do Campeão através do oceano para Mynx, levantou-se no escuro para vestir um roupão. Nenhuma outra luz era visível, nenhum brilho de uma cidade próxima. Através da conexão, Mynx distinguiu os longos chamados de um pássaro. Que exótico. Mynx recostou-se em sua cadeira, estendeu a mão e pegou o chá quente fresco do drone.

— Então, se você não está em uma crise, por que está ligando? — perguntou Apinya, pegando seu Tama e se afastando da cama em direção a uma varanda de bambu. — Ou você costuma ter bate-papos amigáveis antes do amanhecer?

— É assim que você sempre cumprimenta seus amigos?

Apinya sorriu. — Faz muito tempo. Tempo demais, eu acho, desde que nos vimos pela última vez.

Mas será que fazia mesmo? Mynx não fez a pergunta. Os Campeões haviam se espalhado pela Terra por mais razões do que a simples proximidade. Em um mundo onde viajar de um continente a outro levava menos horas do que uma noite de sono, e um vídeo podia ser transmitido de uma cidade para outra em um instante, eles poderiam ter ficado todos juntos. Poderiam ter mantido suas casas em Nova York, ou em sua base de operações no que costumava ser Cingapura.

— Aegis está tentando consertar isso — Mynx adoçou sua expressão. — Mas podemos falar sobre isso depois. Estou ligando por outro motivo. — Aqui ela hesitou. Estranho como uma pergunta tão clara em sua mente podia se transformar em um borrão sem sentido ao ser dita. — Idade. Estamos velhos, Apinya. E estou preocupada com o que vai acontecer quando não estivermos mais aqui.

Apinya se recostou em uma cadeira que parecia ser feita de bambu trançado. Ele encostou a cabeça na parede de madeira avermelhada e macia e fechou os olhos por um longo segundo. O sorriso nunca deixou seu rosto. Mynx sabia o que ele estava fazendo, sabia que Apinya estava, naquele momento, entrando dentro dela e vasculhando seus pensamentos, procurando o que a levara àquele momento. Então ela bebeu seu chá e deixou que ele remexesse.

— Você não está apenas preocupada com seu legado, você está com medo — disse Apinya dois longos goles depois. — Você não quer morrer de jeito nenhum.

— É tão difícil de imaginar?

— Não — Apinya olhou para longe de seu Tama, para alguma distância que Mynx não podia ver. — Você sempre foi a preocupada, enquanto Aegis queria partir para cima. Sempre a um soco de distância da vitória. Ele não teme a morte.

— Não sei o que vai acontecer com tudo isso, Api — Mynx usou o apelido, voltando a velhos hábitos. — A Fábrica, o mundo que construímos.

— Não cabe a nós decidir — respondeu Apinya. — Ou o mundo manterá o que fizemos, ou o destruirá e criará algo novo.

— Então você não se importa nem um pouco?

— Eu me importo. Estou treinando aqueles que me substituirão agora mesmo. Quero que o que fizemos sobreviva, Mynx. Acho que os Paragons estão do lado certo das coisas, mas não vou deixar que o medo do que pode vir me assombre agora. — Apinya voltou seu olhar relaxado para o Tama. — Você deveria estar se divertindo, Mynx. Deixe que a próxima geração de Paragons assuma a luta. Descanse.

Mynx assentiu para seu Tama, desejando poder ter a mesma visão sábia das coisas que Apinya. Ele sempre parecia estar operando em um mundo diferente do resto deles.

— Obrigada, Apinya. Boa sorte com seu treinamento.

— De nada. Espero que você encontre sua paz, minha amiga.

Dez minutos depois, todos gastos olhando para o oceano, bebendo chá e refletindo sobre como Apinya conseguia ser tão distante o tempo todo, Mynx pediu a Reeves para retomar os relatórios de status.

— Você conseguiu o que queria do Campeão? — perguntou Reeves enquanto a IA exibia as projeções pela mesa.

— Ele me lembrou quem ele era, e quem eu sou — disse Mynx, inclinando-se para frente, absorvendo os últimos resultados de testes de um futuro drone de vigilância furtiva. — Mas ele teve uma boa ideia.

— Qual?

— Vamos enviar uma pergunta para todas as regiões Paragon no Pacífico. Preciso encontrar a próxima eu.

CAPÍTULO 21

PROBLEMAS COM VILÕES

ROSTOS PRATEADOS o encaravam na escuridão. Como fantasmas, e por um momento Aegis considerou a possibilidade de que Thane tivesse superado as habilidades do Campeão e o enviado para a próxima vida. Se fosse esse o caso, porém, então a próxima vida era fria, tempestuosa e cheia de Paragons. Ele podia distinguir seus uniformes agora que seus olhos estavam se ajustando. A luz transformava o azul-pó deles em um cinza ameaçador, e Aegis fez uma nota mental rápida para revisar a cor quando tivesse chance.

Como se ele fosse ter uma chance algum dia.

Um Paragon estendeu a mão, pegou o antebraço esquerdo do Campeão e puxou. Aegis percebeu, depois de um segundo sendo um peso morto, qual era o objetivo e flexionou as pernas sob si, levantando-se.

— Isso poderia tê-lo machucado — disse outro Paragon, e Aegis reconheceu Pixie. — Fraturado a coluna ou algo assim.

— Ele é o Aegis — respondeu o que o levantou. — O que vai machucá-lo?

— Ele estava inconsciente, não estava?

— Estou bem aqui — disse Aegis — e estou bem.

Não totalmente, mas o suficiente. Sua cabeça doía, mas o que deveria ter sido uma dor estrondosa era apenas uma batida suave, um lembrete de que ele deveria evitar tais golpes no futuro. Não que Aegis alguma vez ouvisse seu corpo – a coisa não estava lá para fazer o que ele queria?

Pixie forneceu informações enquanto Aegis dava uma longa olhada ao redor. Equipes robóticas enxameavam o local ao seu redor, removendo escombros e reparando o que podia ser consertado. As cápsulas não se importavam com aparências, desde que pudessem obter energia das grandes baterias sob o asfalto, elas ficariam bem. Quanto aos passageiros, Aegis apostava que este lugar estaria funcionando novamente em menos de uma semana. Quando você tem trabalho ininterrupto e muitas impressoras de peças à disposição, um pouco de destruição não causa um grande problema.

— Thane foi para o oeste — começou Pixie. — Não foi difícil rastreá-lo. Acho que você o deixou bem irritado.

— Nós fazemos isso um com o outro.

— Certo. Suponho que isso faça sentido — Pixie parecia não saber se devia rir ou não. A cara séria de Aegis provavelmente não ajudava. — Quando chegamos até aqui, ele já tinha se escondido em uma antiga fábrica. Construída dentro de uma colina.

— Vocês não foram atrás dele?

Um novo Paragon poderia ter ficado envergonhado, poderia ter gaguejado com as palavras, mas Pixie estava por perto há tempo suficiente para saber que qualquer decisão era válida, desde que ela pudesse justificá-la. Então, com Aegis exausto, machucado e esperando por razões, Pixie endireitou os ombros e as deu.

— Olha, Aegis. Estávamos a caminho daqui quando você se envolveu. Quando você saiu das comunicações, tivemos que fazer uma escolha: seguir Thane e tentar pará-lo, ou encontrar você. — Pixie respirou fundo, determinada. — E escolhemos seguir Thane, mas quando os drones que o rastreavam mostraram que ele parou antes de ir muito longe, viemos procurar por você.

— Vocês seguiram as diretrizes.

— As suas diretrizes, sim.

A pura variedade de inimigos, de tropas armadas a anomalias destruidoras de mundos, exigia prioridades. Estas últimas, aquelas criaturas, como Thane, que podiam nivelar cidades ou causar danos incalculáveis, tinham que ser tratadas imediatamente, antes de qualquer limpeza ou resgate de feridos. O fato de Pixie ter seguido as regras, mesmo com o próprio Aegis caído no campo, deveria ser elogiado.

— Bom trabalho — ofereceu Aegis. — Algum sinal da mulher?

— Que mulher?

— Havia outra pessoa aqui, uma civil. Ferida quando o prédio caiu?

— Não a encontramos.

— Thane deve tê-la levado então. — Aegis balançou a cabeça. — Não sei por que ele não me levou como refém.

— Não fazemos ideia.

Thane tendia a perder o foco em coisas como planos quando se transformava. Invencibilidade em troca de imbecilidade. A chave para manter Thane sob controle estava em escolher a versão menos adequada à situação. Aegis, estupidamente, não tinha impedido Thane de ficar enfurecido. Descuidado.

Não aconteceria de novo.

Os Paragons tinham vindo em um jato-helicóptero semelhante ao que Aegis usou em sua mal fadada luta com Thane. Eles estacionaram a coisa na borda da destruição, no asfalto intacto onde o helicóptero servia como um irritante silencioso para os robôs de reparo deslizando em suas esteiras. Por ordem do Campeão, Pixie e seus Paragons subiram no veículo, com Aegis sendo o último a entrar – e, portanto, o primeiro a sair quando chegassem até Thane. Assentos rígidos, cintos de segurança afivelados e, com uma verificação final em seu esquadrão de cinco, Aegis ordenou ao helicóptero que decolasse.

Nada aconteceu. Então Pixie fez o mesmo, e os motores ganharam vida. Às vezes Aegis odiava a tecnologia.

Pixie tinha seu Tama sincronizado com a aeronave, então ele só obedecia a ela. Pixie definiu o curso projetando um mapa da área entre o esquadrão sentado, o que lhe deu a oportunidade de simplesmente apontar para onde queria ir. Assim que ela escolheu um local perto da elevação onde Thane havia se estabelecido, não tão perto a ponto de levar os Paragons diretamente a uma emboscada, os jatos do helicóptero os impulsionaram acima das copas das árvores, giraram e os enviaram voando pela noite.

A viagem não foi longa, e os Paragons passaram-na ouvindo o rugido do vento que soprava pelas portas laterais abertas. Gélido, mas esses uniformes foram projetados para lidar com todas as condições climáticas. Eles sobreviveriam. Ser um Paragon não era sobre luxo, afinal.

Pixie inclinou o helicóptero quando se aproximaram da localização de Thane, girando a aeronave para dar a Aegis uma boa visão da estrutura na encosta que Thane havia tomado para si. Para uma antiga mina, era uma fortificação e tanto. Muros altos, rampas largas para transporte de carga e, na frente do que Aegis supôs ser a entrada da mina, um grande dormitório. Luzes salpicavam as janelas, muitas para um único vilão e seu único refém.

— Pouse aqui. Não mais perto — disse Aegis. O fato de Thane conhecer um lugar assim sugeria algo mais do que uma fuga aleatória, e Aegis não levaria seus Paragons para uma armadilha. — Vamos tentar algo diferente.

Pixie pousou o helicóptero no centro da única estrada, seu pavimento cheio de buracos mostrando um longo abandono. Depois que saíram, Aegis olhou para cima do caminho em direção ao esconderijo de Thane e disse não aos Paragons.

— Não vamos entrar. Não esta noite — disse Aegis.

— Por quê? — perguntou o que havia ajudado Aegis a se levantar. — Estamos aqui, estamos prontos.

— Ele também está pronto. — Aegis deu um tapinha em seu colete. Ainda tinha uma arma de choque, que tirou e entregou a Pixie. — Vou conversar com ele. Ver se consigo descobrir o que ele quer.

— Por que isso importa?

— Porque se tivermos que lutar contra ele, pessoas vão morrer. — Aegis começou a subir o caminho. — Uma delas provavelmente será você.

Cada passo pela estrada levava Aegis para mais longe dos Paragons e mais perto de seu inimigo, e cada passo o fazia se sentir um pouco melhor, um pouco mais leve. Não que ele preferisse estar sozinho, mas Aegis não era babá. Nunca foi. Mynx e os outros Campeões haviam declarado que o mundo não podia ser lidado apenas com os oito deles e, Aegis tinha que admitir, eles estavam certos. As bobagens de baixo nível que os Paragons lidavam tornavam sua vida imensamente mais fácil.

Mas isso não significava que ele tinha que levá-los em

todas as missões. Não significava que ele não podia sujar as mãos sem se preocupar com outra pessoa.

De perto, o prédio recuperado de Thane parecia ainda mais imponente. Não de uma maneira de fortaleza do mal, mas era grande, construído solidamente para suportar tráfego pesado, e qualquer força avançando pela colina em sua direção se encontraria muito vulnerável. E aqueles eram sentinelas? Já?

Três, armados com o que pareciam rifles longos e iluminados pelas suaves luzes amarelas penduradas em postes retos. Dispostos no mirante de concreto atrás do dormitório e olhando sobre a encosta em direção a Aegis e o helicóptero. Todos aqueles rifles apontados em sua direção, então Aegis manteve os braços abertos, mãos abertas. Nenhuma ameaça aqui. Não à distância, de qualquer forma.

Em vez de um tiro, porém, o que veio, tropeçando e tremendo pela rampa, foi a mulher de antes. A suposta refém de Thane. Ela foi em direção a Aegis, e quando ele acenou para ela ir atrás dele, em direção aos Paragons, ela entendeu a mensagem e continuou. Sem ferimentos claros, além da sujeira e cortes que ela tinha antes.

— Viu, Aegis? Fui reformado pelos excelentes cuidados da sua prisão! — gritou Thane de cima, em pé ao lado de um dos guardas. Ele deve ter aparecido enquanto Aegis observava a mulher. — Não toquei nela e deixei você vivo. Sou praticamente um santo agora!

— Claro que é — gritou Aegis de volta. — Já que tem funcionado tão bem, por que você não volta comigo? Podemos te instalar a tempo para o café da manhã.

— Ah, veja, esse é o problema. — Thane ergueu seus braços magros - *desculpe.* — A comida que vocês servem é realmente terrível. Até este lugar, onde meus homens vivem há apenas uma semana, tem algo melhor para oferecer. Sinto muito, meu amigo, mas não há volta para mim.

— Thane, pare com essa lorota. Estou cansado, é tarde, e todos nós sabemos como isso termina. Você se esconde aí até que tenhamos gente suficiente aqui para tornar impossível até mesmo para você escapar. Vamos nos poupar algum tempo, alguma dor. Renda-se.

Thane, vestindo um casaco grosso e longo que ondulava ao vento sobre o que parecia ser um robe, assentiu. — Como você tantas vezes disse aos seus Paragons, se você não luta pelos seus valores, então não merece tê-los. Eu valorizo a liberdade, Aegis, mesmo que não se possa confiar em mim com ela. — Thane colocou uma mão no homem ao seu lado. — Quando você tentar tirar nossa liberdade de nós, estaremos prontos, e você pagará o preço.

Aegis suspirou. Houve um tempo em que ele teria subido aquela colina correndo, levando e ricocheteando balas como se não fossem nada. Socar, chutar e atirar seu caminho através do bando de Thane e derrubar o próprio monstro com dardos atordoantes bem cronometrados na boca, cabeça e outras partes de Thane que não tinham sua super-armadura raivosa.

Houve um tempo.

— Thane, você está me dizendo que não tem reféns lá em cima? Nenhum inocente?

Aegis podia aguentar a bravata de Thane, mas se houvesse civis em risco... os Paragons, quer gostassem de admitir ou não, dependiam da aceitação pública para seu poder. Aegis não tinha ilusões de que se os bilhões normais se levantassem, poderiam retomar o controle, poderiam assassinar ou prender cada anomalia. Mas isso seria difícil, seria mortal, e seria muito mais trabalho do que deixar os

Paragons manterem as ruas seguras, impedirem o mundo de entrar em guerra.

Se os normais alguma vez duvidassem que essa segurança seria mantida, então os Paragons estariam condenados.

— De que serve outra boca para alimentar, outra pessoa que precisa de babá? — respondeu Thane. — Não, não Aegis. Se você vier atrás de mim aqui, você arrisca seu próprio povo e a si mesmo por nada além de seus próprios desejos. Então siga-os se quiser, Aegis. Ataque-me. Prove que você é tão imprudente, descuidado como sempre foi.

Em vez disso, Aegis se virou e caminhou de volta para os Paragons, com a risada de Thane o seguindo todo o caminho.

O *CARVER'S* parecia um lixo e nem mesmo a neve que caía constantemente durante a noite poderia salvá-lo. O exterior do clube exalava uma hostilidade vulgar, como ser abordado por um bêbado por causa da cerveja que você acabou de pedir. Até mesmo seu letreiro de néon rosa, perpetuamente em uma guerra piscante para sobreviver, tinha manchas pretas eternamente escurecidas por garrafas arremessadas. Pessoas encapuzadas e amontoadas ficavam de lado, fumando, reminiscências da era à qual o *Carver's* pertencia. Kat havia perguntado - ninguém sabia quem era o homônimo do bar, apenas que existia há alguns séculos, sugando de uma geração para a outra como uma doença.

Através da única porta, coberta de cartazes de artistas locais, eventos e afins, o segurança lançou-lhe um olhar entediado de meio segundo que se transformou em um aceno solene quando percebeu quem estava entrando.

— Lotado hoje — disse o segurança, um cara carregado de músculos chamado Tracy.

— Boa caçada? — respondeu Kat, feliz em dar a Tracy

alguns segundos de conversa enquanto analisava o clube atrás dele.

— Deve ser.

O que era o máximo que Tracy dava quando se tratava de anomalias. O *Carver's* não permitia que Kat realmente rastreasse nas instalações, mas ela não tinha problemas em pegar uma pista e segui-los para casa. Especialmente em uma noite como esta, quando Kat queria uma distração de Gordon, daquela anomalia dele, e de uma vida que até então não conseguira enchê-la de alegria.

Então ela pediu uma dose dupla. Vodka. Pura. Desceria suave, ela bebericaria, e colocaria seu número.

O *Carver's*, uma vez por semana, montava um ringue central onde normalmente ficava a pista de dança. Lá, lutadores amadores podiam se espancar por cinco minutos de cada vez. Compre uma bebida e você poderia ganhar um bilhete, então jogá-lo em um grande e velho aquário no final do bar de metal descascado e pintado de vermelho-cereja. Quando o sino tocava para terminar uma luta, outro par saía e a diversão continuava.

Kat poderia ter elaborado teorias sobre por que as noites de luta do *Carver's* atraíam tantas pessoas, incluindo a multidão lotada desta noite que enxameava o ringue. Vivas, apostas laterais e o grito ocasional quando um lutador acertava um golpe violento compunham a principal atração ao constante pulsar da música eletrônica que ricocheteava nas paredes. Por que, no entanto, criar teorias quando os fatos se apresentavam tão claramente:

As pessoas estavam entediadas. As pessoas queriam sentir algo. Logo, socos, chutes, tackles e cabeçadas desajeitadas.

— Então, por que você me disse para vir hoje à noite? — Kat perguntou quando Sandra, a bartender cujo cabelo longo e encaracolado atingia todas as cores do espectro, junto com as joias penduradas em cada parte visível, colocou a dose dupla.

— Senti falta do seu rostinho bonito — a voz de Sandra tinha aquela qualidade rouca que você tem quando passa a maioria das noites gritando por cima do barulho, como se suas cordas vocais tivessem sido assadas até ficarem crocantes. — Onde você esteve?

— No norte.

— Férias?

Kat respondeu a essa pergunta com um longo gole. A vodka desceu fácil: gelada, com uma pequena queimação para lembrá-la de que não estava bebendo água.

— Acho que não. — Sandra desviou os olhos para o bar, a fila de clientes era enorme. — Eu volto já. Quer colocar um bilhete?

Kat travou um jogo de adivinhação com o corpo de Sandra. Inclinando-se para longe de Kat, a sobrancelha fazendo a mais leve subida na testa de Sandra, as mãos agarrando a borda do bar. Nenhum sinal óbvio exceto aqueles olhos, aqueles olhos brilhantes que diziam que ela não deveria perder isso.

— Estou dentro para um.

Com Sandra indo embora, Kat fez outra longa viagem visual pelo *Carver's*. Anomalias não se destacariam, necessariamente, em uma multidão alternativa e que bebia muito como a que estava aqui. Mas Kat podia eliminar os frequentadores habituais, aqueles que pareciam muito à vontade para serem alvos. Uma vez feito isso, os números diminuíam o suficiente para detectar uma possibilidade.

O cara estava sentado em uma cadeira contra a parede lateral, bebericando uma caneca e lançando os olhos ao redor da sala como se estivesse com medo de ser atacado.

Ele usava um boné de pano pressionado firmemente sobre uma cabeça raspada, seu verde natalino contrastando com sua pele cor de chocolate. Um moletom esfarrapado com um rasgo onde deveria estar o capuz descia sobre jeans manchados que tinham histórias para contar. Ele marcava as caixas de Kat.

— Não me diga que você já encontrou um? — Sandra perguntou, optando por misturar o pedido de alguém ao lado de Kat.

— Pode ser. Você conhece aquele cara? O do boné?

Sandra descascou uma laranja. Roubou um segundo para espiar através da multidão para onde Kat olhava. — Novato. Apareceu há algumas noites.

— Ele colocou um bilhete?

— Tem que pedir outra rodada pra saber disso. — Sandra derramou tanto açúcar nessas palavras que Kat riu.

Esse era o acordo com o *Carver's*: você queria algo, você pagava por isso, mas o retorno aqui era bom demais para deixar passar. Algo sobre o ambiente sujo e fora da estrada do lugar atraía os tipos que queriam ficar na moita. Que queriam fazer parte de uma multidão sem, realmente, se juntar a ela. Kat apostava que a maioria das pessoas aqui, incluindo ela mesma, estava fugindo de algo. Quando Sandra voltou, Kat pediu outra, desta vez uma dose simples, e pediu que ela colocasse os bilhetes do cara do boné e o dela juntos. Então Kat se levantou, afastou-se do bar e foi para o ringue. Dar uma olhada mais de perto na ação. Isso, e o álcool a fazia se sentir aquecida, inquieta. Pronta para ver algo.

Duas mulheres de meia-idade estavam se enfrentando no ringue naquele momento, e tinham vindo para lutar a sério. Não eram aquelas bêbadas de camiseta que cambale-avam pelo círculo, jogando socos no ar até que uma tropeçasse e se nocauteasse. Essas duas, essas duas eram *boas*. O tamanho reduzido do ringue significava que os movimentos tinham que ser precisos, e as mulheres tinham tornado as coisas ainda mais apertadas ao se aproximarem a uma distância onde jabs curtos, cotoveladas e joelhadas estavam em voga. Seus membros se moviam rapidamente, desviando os golpes uma da outra e aproveitando os momentos vulneráveis para acertar um maxilar ou dar um golpe nos rins. A princípio, Kat pensou que as duas continuariam até que uma delas morresse ali mesmo.

Então... Kat sorriu. Ela percebia agora. Invisível para os olhos destreinados, especialmente com as reações. Essas duas estavam suavizando, no último instante, seus golpes. Menos uma luta e mais uma dança. E o motivo ficou claro nos gritos crescentes ao seu redor: apostas laterais, algumas sem dúvida feitas por pessoas que sabiam qual seria o desfecho. Lucros compartilhados.

Uma rotina que deveria banir essas duas do *Carver's* para sempre, mas quando a luta terminou, o cronômetro marcando quatro minutos e trinta e cinco segundos, com um movimento de esquiva e um gancho que mandou uma delas ao chão, imóvel, a multidão vibrou, gemeu e trocou dinheiro sem parar. Kat se viu aplaudindo junto com o resto enquanto a vencedora erguia as mãos, mostrando que mesmo com os golpes suavizados, ela havia ganhado alguns hematomas pelo esforço. Entretenimento suficiente, e mesmo uma luta combinada podia valer a pena pagar para ver.

Kat foi ao banheiro, deixou seu casaco com Tracy na entrada do bar e abriu espaço para si mesma para se alongar. Só mais alguns minutos, se Sandra tivesse feito seu trabalho. A roupa de Kat naquela noite tinha aquele estilo folgado sugerindo uma atitude despreocupada, mas que, na verdade, dava a Kat espaço para respirar em lugares apertados e flexibilidade em espaços amplos. Uma blusa vermelha de mangas curtas combinada com leggings escuras e quentes que se esticariam conforme ela precisasse.

— Próximo par ao ringue, e é um bom! Temos uma novata, Calvin, enfrentando a lendária Kat Collins!

Aquele DJ. Ela teria que ter uma conversa com ele mais tarde, dizer para não exagerá-la desse jeito. Aumentar as expectativas. Claro, ela não perdia muito aqui, mas *lendária?* Kat não tinha certeza se alguém poderia se tornar uma lenda vencendo caras aleatórios em um lugar como o *Carver's*. Mas o palco estava montado, e quando Kat caminhou em direção ao ringue — sua vodka há muito terminada — a multidão abriu espaço para ela passar. Mais do que algumas mãos se ergueram para high fives, que Kat retribuiu, e ela lançou sorrisos e acenos para as pessoas que a conheciam.

Conheciam-na. Mais como se tivessem ganhado dinheiro suficiente com suas vitórias para mantê-la popular.

De perto, a fita vermelha desgastada que delimitava o ringue não fazia nada para conter a pressão da multidão, bem dentro do alcance de um soco errado, de um chute escorregado. Eles se aproximaram, prontos para ver o próximo show, bebidas nas mãos e derramando uns nos outros, no chão. Irmãos motoqueiros — uma moda irônica já que as motocicletas há muito haviam sido banidas para pistas designadas — abriram caminho para Kat entrar no ringue.

Calvin ainda não havia atravessado a multidão, então Kat cruzou para o lado oposto. Agora o sorriso desapareceu. A leve névoa do álcool embaçou o barulho da multidão enquanto ela lutava para se concentrar, para o momento. Com esforço suficiente, qualquer situação poderia ser como aquelas florestas à noite, com a neve soprando e o silêncio sendo o único som. Um pouco de dor persistente nas pernas, a garganta um pouco seca pela vodka, mas fora isso, ela poderia destruir o mundo.

A presa de Kat conseguiu passar com a ajuda de mãos que o empurravam. Ele tropeçou um pouco, o tipo de movimento que fez Kat se perguntar se Calvin era um novato, um garoto muito além de suas capacidades, que tinha se inscrito porque uma bartender bonita havia pedido e ele não sabia dizer não. Então ele olhou para ela, e ela nunca tinha visto um rosto tão duro. Nenhum dos sorrisos debochados habituais, as reviradas de olhos que ela recebia dos homens que se alinhavam contra ela, mas ao invés disso, um olhar gelado de olhos sombreados pelas luzes acima e ao redor deles. Kat reavaliou: Calvin tinha cicatrizes, parecia muito não ter medo de entrar na luta, e talvez quisesse, talvez usasse coisas como essa para aliviar a tensão.

Calvin tirou sua jaqueta volumosa dos ombros, entregando-a a alguém que provavelmente a roubaria atrás dele, revelando uma forma magra de viciado, ou de uma pessoa para quem a comida vinha em períodos alternados. Uma camiseta cinza pendia solta, e algumas manchas vermelhas encontravam lugares espalhados em seu peito. Do outro lado do ringue, Kat não podia dizer se eram de sangue ou churrasco.

— Kat e Calvin! Última chance de fazerem suas apostas, pegarem suas bebidas! — anunciou o DJ, antes de mudar as telas do *Carver's* de esportes para uma contagem regressiva de trinta segundos.

— Está pronto para isso? — Kat gritou para Calvin. A música estava tão alta que ela teve que gritar, mas o milagre da audição humana fez com que Calvin captasse o som mesmo assim, e assentisse. — Não se segure! Eu não vou!

Tudo parte do jogo. Tudo parte de colocar a cabeça de Calvin no lugar certo. Se o homem fosse uma anomalia, se ele tivesse uma faísca escondida lá dentro, Kat queria trazê-la à tona. E a maioria das anomalias, levadas ao limite, cederia e deixaria escapar o último truque que tinham.

Era um milagre que Kat ainda estivesse viva.

Os trinta segundos chegaram a zero e buzinas ensurde-cedoras cortaram a batida para iniciar a luta. Kat foi rápida, atravessando a arena em três passos para desferir o máximo de jabs possível no rosto de Calvin. O homem provou suas credenciais magras desviando para a direita dela, abaixando-se sob os socos no processo. Mas ele não aproveitou a aber-tura, não desferiu nenhum golpe.

Decepcionante. Kat havia deixado aquela brecha vulne-rável justamente para ver o que Calvin poderia fazer, e se ele não ia morder a isca, ela teria que forçar a situação.

Girando para a esquerda e deixando seu punho balançar largo, Kat sentiu Calvin agarrar seu braço com o dele, colocando as costas dela contra o peito dele. Mais importante, isso colocou o pé direito de Kat em posição para chutar para trás, desequilibrando a canela correspondente de Calvin, e antes que o homem pudesse contra-atacar, Kat usou seu ombro, plantou a perna esquerda e envolveu a direita ao redor da cabeça de Calvin, culminando em jogar o homem por cima de seu corpo e batendo-o no chão.

O bar vibrou. O bar gemeu. Kat não deu a Calvin chance de recuperar o fôlego.

Ela foi para um chute na clavícula de Calvin, bem naquela parte onde o pescoço se conecta. Deveria ter sido um golpe fácil, doloroso, mas Calvin aparentemente lidou bem com a queda, porque conseguiu agarrar o pé de Kat quando ele atingiu. Ele puxou, e então foi Kat caindo de costas no chão, bunda primeiro.

Pegajoso, duro, desagradável. Ela provavelmente queimaria as leggings.

Calvin virou-se, pressionou a perna roubada de Kat contra o chão e começou a se levantar quando Kat usou essa pressão para sua própria alavancagem e disparou um chute no peito de Calvin, bem ali no plexo solar. Se ela estivesse usando saltos pontiagudos em vez de botas arredondadas, a luta poderia ter terminado ali mesmo. Conforto em detrimento da moda tinha seus custos.

Como estava, Calvin soltou, cambaleou alguns passos para trás com as mãos pressionadas no ponto de impacto de Kat. O espaço permitiu que Kat se levantasse, saltando em um sprint que, sob os gritos cuspidos da multidão, a deixou colidir com Calvin antes que ele estivesse pronto. Punhos, cotovelos, joelhos e mais de uma pisada em seus dedos dos pés fizeram Calvin esconder o rosto nos braços, tentando resistir à tempestade.

— Vamos lá — Kat sibilou sem parar os golpes. — Mostre-me quem você realmente é. Faça isso, ou eu vou te matar.

As palavras eram clichê, e ela não tinha planos de matar Calvin - o ringue de luta amador de *Carver* não conferia imunidade a acusações de assassinato - mas fazer um momento tenso soar como se pertencesse a um filme frequentemente funcionava. Kat precisava que Calvin acreditasse que este era o seu momento, seu clímax onde ele explodiria, todo heroico, e acabaria com um rastreador em seu braço e uma nova carreira como um Paragon forçado.

— Do que você está falando? — Calvin disse, sua voz tensa e permeada pelos tremores de alguém tentando e falhando em obter ar suficiente.

— Você sabe.

Kat recuou por um segundo, tempo suficiente para

Calvin pensar que ela tinha desistido, e então ela voltou à dança, desta vez mirando baixo. Por baixo dos longos braços e cotovelos ossudos do homem. Calvin saltou para longe, ricocheteando nos espectadores que empurravam, e acabou levando apenas um único golpe na coxa por seus problemas.

— Não, eu não sei — Calvin disse enquanto Kat seguia sua esquiva.

Agora Calvin comandava a festa, estabelecendo o tom com golpes longos e amplos destinados a manter Kat afastada, ocasionalmente ajustados com um chute snap lento demais para ser algo que ele praticava. Éramos super-heróis em nossas mentes, e Calvin lutava como se estivesse sonhando. Então Kat deixou o homem se cansar enquanto o relógio marcava menos de um minuto. O tempo estava se esgotando para expor a habilidade de Calvin, se ele tivesse alguma. Enquanto ela se esquivava de outro gancho de direita selvagem, Kat se aproximou novamente com um abraço ao redor da cintura de Calvin. Ela enlaçou sua perna esquerda ao redor da dele, empurrou e derrubou o homem maior no chão. Kat puxou sua mão direita para trás, fechou o punho quando Calvin atingiu o solo.

— Agora ou nunca — Kat disse.

— Nunca. — Calvin colocou as mãos acima da cabeça, abertas e com as palmas para fora. Uma rendição. — Estou fora.

Antes que Kat pudesse se mover, pudesse reagir, o DJ tocou as buzinas de ar novamente e a multidão que tinha feito algumas boas apostas nela invadiu o ringue. Carregaram-na para longe de Calvin, que ela perdeu na confusão de mãos, rostos, corpos. Um aperto que só parou quando o DJ anunciou os próximos dois lutadores. Quando Kat chegou ao bar, onde Sandra estava, Calvin havia desaparecido.

— Desculpe, Kat — Sandra disse quando Kat perguntou

sobre seu combatente desaparecido. — Ele saiu logo após a luta. Acho que não queria ser incomodado.

— Não o culpo. — Kat olhou para a saída, como se alguma trilha brilhante até Calvin pudesse se materializar. Nenhuma apareceu. — Ele te deu alguma pista sobre quem ele é? De onde ele vem?

— Você ainda acha que ele é uma anomalia?

— Sim. Ele está marcado, o que o torna perigoso.

Se Kat pudesse traçar uma linha conectando as anomalias que ela havia rastreado e que se provaram ser terrores, o único fator comum era que eles *sabiam* que estavam sendo caçados. Eles haviam lutado, se debatido e queimado relacionamentos para sobreviver fora da recompensa barrada do Paragon, e o resultado os havia endurecido. Desconfiados.

Calvin estava caminhando por esse mesmo caminho. Se ele explodiria uma cidade ou criaria nada mais que uma nuvem de fumaça dependia do acaso genético aleatório.

E se Kat o encontrasse primeiro.

CAPÍTULO 23
A FACA ENCONTRA A
GERÊNCIA

TERMINAR um cigarro sempre parecia como acordar. O último toque na cinza, deslizar o filtro para dentro da pequena bolsa que Zhan-Yo carregava - se um drone te visse jogando lixo, custaria reps obscenos - tudo sinalizava uma pausa na tragada meditativa. De volta à Tama, às demandas da noite. Você poderia obter o mesmo efeito sem a droga e seus efeitos nocivos, mas hábitos eram hábitos e Zhan-Yo assumia os seus.

O gelo balançava no Lago Michigan e ele o observava enquanto se apoiava no corrimão de metal frio. Não tão frio quanto a noite passada, mas o suficiente para justificar o casaco pesado, um gorro de lã que coçava e um cachecol que Zhan-Yo puxou para cobrir o rosto.

— Essas coisas vão te matar. — Wexley se aproximou. Zhan-Yo o tinha visto minutos atrás, caminhando para longe dos edifícios e entrando na serenidade comparativa do Millennium Park. Wexley tinha levado seu tempo para chegar ao ponto de encontro, e Zhan-Yo não culpava o homem pelo devaneio. — Nem sei mais onde você as encontra.

— Se eu morrer por causa delas, serei um homem feliz.

Wexley soltou uma única risada sem vida e juntou-se ao seu chefe, olhando para a água negra. No inverno, essa vista sempre tinha uma sensação especial: sem todos os navios e barcos assombrando o verão, a costa parecia uma linha divisória entre escuridão e luz.

— Obrigado por vir — disse Zhan-Yo. — Ela chegará em breve.

— Ela?

— Há coisas que você precisa saber. Caso isso não saia como eu quero, e mais ainda se sair.

Wexley, usando óculos e o sobretudo da bota ao pescoço popular entre os empresários fashionistas de hoje, recebeu a notícia sem muita emoção. Talvez Zhan-Yo tivesse dado tantas surpresas ao seu tenente ao longo dos anos que Wexley agora as tratava como eventos padrão, pequenos solavancos na escalada geralmente direta para o sucesso como a estrela brilhante da Ziran.

— Você está sendo evasivo. O que explica onde estamos. — Wexley acenou com o braço em direção ao parque, seus olhos piscando para cima. — Sem pessoas. Sem drones. Mas não vou ser enrolado, Z.

Wexley não precisava se preocupar. Zhan-Yo captou a luz do pod vindo de trás de Wexley e olhou em sua direção, seu tenente seguindo o olhar. O pod diminuiu a velocidade e encostou na calçada do outro lado da ampla extensão da Lake Shore Drive. Sylvie escorregou para fora, vestida com roupas formais que, nela, poderiam esconder qualquer número de armas.

— Tudo bem — disse Zhan-Yo enquanto o pod se afastava, dando a Sylvie um caminho livre para atravessar a rua. — Eu não vou. Aquela é Sylvie. Ela vai nos arruinar ou nos ajudar a mudar o mundo.

Wexley teve a decência de esperar Sylvie atravessar antes de fazer perguntas. Após o bombardeio começar - nome completo, histórico, por que ele deveria confiar nela - Sylvie lançou um olhar para Zhan-Yo com uma expressão implorando permissão para matar essa mosca irritante, mas o aceno de recusa de Zhan-Yo transformou sua irritação em um suspiro resignado.

— O quê? Isso é chato para você? — disse Wexley. — Aqui está você, me dizendo que tem trabalhado sob as ordens de Z por anos e-

— Pare, Wexley — interrompeu Zhan-Yo. — Pare. Eu trouxe você aqui para ouvir, para aprender. Não para falar, e certamente não para exigir.

Por mais poder que Wexley acreditasse ter, Zhan-Yo ainda era o chefe, e o súbito silêncio de Wexley, seu passo para trás se afastando de Sylvie e o olhar fixo no chão indicavam que ele sabia disso. O que era bom. Agressividade, ambição, até mesmo arrogância podiam ser toleradas. Insubordinação, no entanto, era uma podridão que não podia ser permitida.

Zhan-Yo odiaria substituir Wexley, mas o faria.

— Parece que estamos resolvidos agora? — perguntou Sylvie, e com um aceno de mão de Zhan-Yo, ela continuou. — Ótimo. Se você tem lido minhas atualizações, sabe que as coisas estão indo bem. Não me diga que me chamou aqui para cancelar.

— Eu quero os detalhes — disse Zhan-Yo. — É por isso que chamei você aqui. Mensagens criptografadas são boas, e estou feliz que as coisas estejam progredindo. Mas que coisas, e onde. É isso que quero que você me diga quando ninguém estiver ouvindo.

— Alguém está ouvindo. — Sylvie indicou Wexley.

— Se não podemos confiar nele, então todo este empreendimento é inútil.

Zhan-Yo esperava que Wexley ficasse quieto, e o homem ficou. Esta não era a conversa dele.

Sylvie respirou fundo. Deu mais um olhar avaliador a Wexley, então falou: — Estamos movendo armas para a cidade agora. Não o suficiente para disparar alarmes, mas o suficiente para ser notado. A palavra já se espalhou pela cadeia do Paragon, e acho que, com um vazamento de alto perfil, seremos capazes de trazer Aegis para cá. Ele ainda está assumindo as coisas pessoalmente. Ouvi dizer que ele está no nordeste agora, respondendo a alguma fuga da prisão. Se pudermos causar problemas suficientes, ele virá.

A vaidade dos Campeões não conhecia limites. Zhan-Yo havia crescido com suas fotos oportunistas, suas façanhas espalhadas pelas telas e os vestígios remanescentes das publicações impressas. Cada oportunidade de fazer um salvamento significava uma chance de aumentar seus nomes, seu perfil. Dê a eles uma grande apreensão de armas no meio de uma grande cidade, sim. Ele podia ver isso. Aegis iria querer o crédito. Iria querer ser o herói.

— Espere aí. — Wexley não conseguia mais ficar quieto. — Z, o que é isso? Armas? Você *quer* que os Paragons levem tudo?

— Ouça-a, Wexley.

Wexley começou a fazer outro barulho, e Sylvie, com o mais leve e exasperado sibilo, sacou uma faca do tamanho de um dedo do bolso do casaco - ou talvez da manga, Zhan-Yo não tinha certeza - e encostou a ponta na garganta de Wexley. Os olhos do homem se arregalaram mais que seus óculos e ele congelou na perfeita imobilidade alcançável apenas a um suspiro da morte.

— Estamos ouvindo ela porque ela sabe o que está fazendo. — Zhan-Yo colocou a mão no braço de Sylvie que segurava a faca e a pressão foi suficiente para Sylvie abandonar a ameaça. — E porque ela é muito boa com essa faca.

Por mais que pontos pudessem ser recebidos, Wexley entendeu a ameaça de Sylvie e a ordem subsequente de Zhan-Yo. Ele enfiou as mãos nos bolsos do casaco e estremeceu. Zhan-Yo permitiu-lhe isso; estava frio, e Wexley, o administrador e executivo polido, estava sendo arrastado para um mundo louco que, sem dúvida, existira para ele apenas em histórias até então.

— Por favor, continue — disse Zhan-Yo a Sylvie, que não tirara os olhos de Wexley.

— Estou explorando locais pela cidade — disse Sylvie, como se estivesse recitando sua lista de compras. — Vou me decidir por um em breve. O que preciso de você é a estratégia de comunicação. Depois que cuidarmos do Aegis, o mundo precisará saber. Eles terão que entender o que isso significa.

— Será feito — respondeu Zhan-Yo. — Assim que você tiver seu local, nós o prepararemos.

— Vocês vão simplesmente matá-lo? — Wexley interrompeu novamente, mas desta vez dirigiu a reclamação a Zhan-Yo, não a Sylvie. — É isso? Se vocês estão atraindo-o para uma armadilha, por que não tirar mais dele primeiro? Poderíamos fazê-lo dizer que os Paragons são um erro, que-

— Wexley. — Zhan-Yo franziu a testa ao interromper seu tenente. O homem continuava a dizer e fazer coisas que abalavam a confiança de Zhan-Yo nele. Talvez ele tivesse errado ao trazer Wexley aqui, ao expô-lo a tudo isso. Talvez a espinha de aço de Wexley, composta e forte, fosse na verdade ferro quebradiço, enferrujado e prestes a se partir. — Nós não somos torturadores. Não teremos prazer nisso. É um meio para um fim muito necessário, e só isso. A morte do Campeão será suficiente.

Sylvie tocou em seu Tama. Chamando um pod, sinalizando o fim da reunião.

— Avisarei quando encontrar o lugar — disse Sylvie depois de ter chamado sua carona. — Tente manter este sob controle.

— Não se preocupe comigo — disse Wexley. — Agora que sei o que está acontecendo, é só me dizer do que precisam. Qualquer coisa. Estarei lá.

— Que é precisamente onde não quero que você esteja. — Sylvie procurou o pod na rua, avistou-o e começou a caminhar em direção ao veículo, mesmo estando a quarteirões de distância. — Olhe, mas não toque.

Wexley ficou olhando para Sylvie até que Zhan-Yo começou a caminhar na direção oposta, guiando-o de volta para o norte, em direção às torres cintilantes. O frio havia penetrado seu casaco e se enroscado na pele de Zhan-Yo, e o cabelo sob seu chapéu coçava, e quando ele o arranhava, parecia vidro quebradiço. Mesmo assim, em seu coração, Zhan-Yo mantinha o brilho caloroso do destino.

CAPÍTULO 24
UMA SURPRESA INDESEJADA

O PROCESSO matinal estava ficando cada vez mais longo. Hoje, depois dos itens médicos da lista, Mynx adicionou um novo: alongamento antes de embarcar na caminhada até a Fábrica. Seus quadríceps, parecia, não estavam mais dispostos a fazer tal jornada sem um aquecimento. Seus quadríceps. Referir-se a partes de seu corpo como se não fossem dela, mas separadas. Um resultado de elas se sentirem cada vez menos como costumavam ser. Cada vez menos como ela acreditava que deveriam ser.

— Agenda? — Mynx perguntou enquanto os drones vestiam o traje casual do dia.

O suéter azul claro da Paragon e as calças de moletom creme eram um bom sinal por si só - Reeves não os escolheria se Mynx tivesse algum lugar empolgante para ir. Algum lugar público. Então, mesmo enquanto pedia a Reeves para detalhar as demandas do dia, Mynx esperava uma longa agenda em branco.

Ela era a líder, a Campeã de Pacifica. Um reino de terra e água cobrindo tudo a oeste do Mississippi, atravessando o Havaí e o Alasca até Singapura e Japão. Países e estados relegados a domínios administrativos gerenciados por delegados nomeados pela Paragon. Enquanto alguns Campeões, como Aegis, preferiam um papel prático, Mynx testava todos os seus Paragons e usava os resultados para delegar suas tarefas. Exceto, é claro, a palavra final. Se necessário, Mynx poderia deixar a Fábrica e retomar tudo. Como se ela fosse fazer isso algum dia.

— Nada oficial, mas você deve saber que a Dra. Jones está em uma cápsula a caminho daqui. Ela deve chegar em aproximadamente cinco minutos.

— Reeves, por que você não me avisou? Não me acordou mais cedo?

— Não agendado, senhora. Os registros da cápsula indicam que ela fez a chamada esta manhã.

Mynx olhou pela janela. Outro dia ensolarado que ela havia planejado enterrar-se dentro de sua montanha mecânica, aperfeiçoando o gladiador e finalizando a implantação de um esquadrão de drones aquáticos há muito tempo em desenvolvimento. Agora os prazeres de suas simulações, dados e desenvolvimento de drones teriam que esperar.

— Atrase-a. Tempo suficiente, pelo menos, para eu tomar meu chá.

— Claro. Já comecei a preparar um em antecipação. A chegada da Dra. Jones será atrasada em dez minutos.

Reeves entraria, diria à cápsula que alguma rua ou série delas estavam em construção e faria a coisa dar voltas por estradas secundárias. Um truque útil quando Mynx precisava de algum tempo, ou quando queria que um visitante particularmente irritante se perdesse tanto a ponto de desistir da interrupção. Não que eles não descobrissem eventualmente, mas Mynx havia parado de se importar com as gentilezas. O tempo era muito importante.

Quando Mynx gesticulou para abrir as grandes portas

de sua casa para Denise, ela o fez segurando uma caneca fumegante que cheirava a flores silvestres, embora não tivesse trocado de roupa. Nem se dera ao trabalho de colocar nada além de uma expressão séria. Sua postura gritava que Denise estava interrompendo, e que tal interrupção tinha consequências.

Denise falhou, com seu sorriso agradável e sincero bom dia, em perceber isso.

— Posso entrar? — Denise perguntou depois que sua saudação não foi retribuída, e Mynx não ofereceu nenhum convite.

— Denise — disse Mynx. — Sei que você pode acreditar que temos um relacionamento especial. Que, por eu estar interessada, muito interessada, no seu trabalho, você tem alguma licença especial para chegar aqui sem aviso prévio por capricho. Você não tem. Sou uma Campeã, e uma ocupada. Agende suas visitas e ficarei feliz em recebê-la. Não o faça, e...

— Estou chegando a algum lugar — Denise interrompeu. — Sua amostra. Ela está nos levando, nos, mais perto. Fizemos as células regredirem, removemos as danificadas pela idade e as substituímos por células funcionais.

— E?

— É isso. Suas fitas de anomalia parecem ser a chave. Nem toda célula em uma anomalia é anormal. Quero dizer, especial.

— Sei o que você quer dizer.

— Certo. Então nós, uh — Denise olhou para suas mãos, como se desejasse que elas segurassem uma tela com dados, ou talvez um marcador que pudesse usar para desenhar sua descrição. — Acontece que a porcentagem de células de anomalia que tinham danos relacionados à idade era muito baixa. Comparada às células normais, de qualquer forma.

Mynx saboreou um longo gole de chá. Desenvolveu a lógica até algumas conclusões diferentes e decidiu ver em qual Denise se fixaria.

— Então, o que você acha? — disse Mynx.

— Eu acho, acho que se você tivesse mais de suas células de anomalia, você seria mais jovem. Pelo menos em um sentido físico. — Denise respirou fundo, pressionou os lábios por um segundo e olhou para cima. Diretamente para Mynx. — É por isso que estou aqui. Precisamos confirmar que não é só você. Que toda anomalia tem essa oportunidade. — Outra pausa. Outra respiração. — E se é algo que podemos transferir para outros.

— Você quer o banco de dados.

— Bem, você ofereceu antes. Se houvesse promessa? Acho que isso poderia ser. Realmente.

Quando uma anomalia percebe pela primeira vez que é isso que ela é, quase sempre é uma experiência traumática. Mesmo que a habilidade fosse algo menor, como fazer a língua mudar de cores ou sempre saber a umidade precisa do ar, eles se juntaram a um grupo exclusivo.

Uma habilidade consequente trazia consigo responsabilidades. Mynx e os outros Campeões passaram anos aprendendo essa lição e lutando contra outras anomalias que nunca o fizeram.

O banco de dados que Mynx construiu não era um produto de sua habilidade, mas seu conteúdo poderia causar tanto, talvez mais dano se manuseado sem cuidado. Os drones eram iguais; cada um tinha uma salvaguarda que Mynx podia ativar, uma que desligaria a máquina se ela não se conectasse por conta própria a cada 24 horas. Um código que desceria por uma linha Paragon designada se a própria Mynx morresse.

O ponto é que Mynx levava sua posição a sério, e isso significava não dar poder a pessoas que não o mereciam.

—Se há promessa, então me mostre — respondeu Mynx. —Envie-me as evidências, me diga onde você planeja ir, e se for bom, eu te darei seu acesso.

Denise murchou, então encontrou alguma fibra e se endireitou. Tentou uma última investida: —Você é quem queria isso rápido. Estou tentando, e você está tornando as coisas mais difíceis.

—Quando você deseja o impossível e alguém diz que o fez, acho razoável pedir evidências.

Denise não ficou depois disso. Disse a Mynx que enviaria os detalhes e desapareceu de volta no pod, que Reeves havia mantido para Denise por ordem de Mynx. Essa nunca seria uma conversa longa, não importava o que Denise tivesse a dizer. Palavras não eram nada sem provas, e nenhuma prova legítima viria entregue em mãos, não com o detalhe que Mynx precisaria para se convencer.

—Você não foi muito gentil — disse Reeves enquanto Mynx terminava seu chá de volta em seu deck, com o sol subindo mais alto no céu. —Descobri que os humanos respondem melhor à gentileza do que à raiva.

—Ela mentiu.

—Mentiu? Sobre qual parte?

—Tudo — disse Mynx. —E ela fez isso mal, porque é uma pesquisadora, não uma vigarista. Células de anomalia são imunes ao envelhecimento? Então por que os anômalos não são todos mais jovens que os normais?

Reeves concordou que essa teoria parecia bastante fácil de refutar. Então, mudando de assunto, Reeves começou a falar sobre as avaliações do dia, os drones que precisavam ser revisados, as provisões para novas peças e matérias-primas para a Fábrica que precisavam ser aprovadas. Mynx deixou tudo passar por ela enquanto, por baixo de tudo, ela permanecia focada em Denise Jones.

As perguntas abundavam. Por que Denise veio hoje, e por que inventar uma mentira tão óbvia? Por que, quando Mynx recusou, Denise simplesmente recuou e foi embora? Se ela queria tanto o banco de dados, Denise deveria ter feito oferta após oferta. Tentado qualquer técnica. Em vez disso, ela desapareceu. Aceitou o não e foi embora.

—Reeves — disse Mynx, interrompendo uma longa exploração sobre os próximos drones de defesa submarina. —Denise tem um longo histórico neste campo, certo?

—De fato. — Um dos muitos benefícios das IAs sobre um humano normal era que elas não se ofendiam com interrupções. —Ela é uma das principais geneticistas da Pacífica.

—Então ela sabe como fazer uma conclusão ser respeitada. Ela entende como apresentar resultados.

—Parece plausível.

—Então vamos verificar novamente. Reeves, quero que você use o banco de dados. Descongele algumas amostras, faça uma verificação nas células e me informe se as conclusões de Denise são precisas. Se as células anômalas são mais jovens.

—E se forem?

—Então eu me desculpo.

Reeves não precisou perguntar o que aconteceria se as conclusões de Denise estivessem erradas. Nesse ponto, Mynx teria que tomar uma decisão. Ou tratar Denise como um acaso e ignorá-la, ou tratá-la como uma ameaça e removê-la.

—Há outro assunto que você deveria saber — disse Reeves após vários segundos, prolongando o *há* no início. Um quirk de programação que Mynx havia incorporado para indicar algo, bem, significativo. —Um alerta Paragon em Atlântida foi emitido. Parece que Thane escapou de sua jaula.

Se ela tivesse sido socada, teria doído menos. Thane era como um segredo de infância, enterrado tão profundamente que Mynx podia esquecê-lo. Esquecer o que eles haviam feito, o que havia sido necessário. Ela se apoiou na mesa, pressionando-a com as palmas das mãos. Atlântida ficava muito longe, a prisão de Thane muito além da fronteira, e ainda assim isso não parecia longe o suficiente.

—Como?

—Os detalhes são escassos no momento. Aegis está convocando um grande número de Paragons para ajudar.

—Ele vai precisar de cada um deles. — Mynx se levantou. —Quais as chances de eu chegar ao conflito a tempo de afetar o resultado?

—Difícil de calcular. Minha... informação sobre as habilidades de Thane é mínima. É difícil quantificar o efeito que sua presença teria na situação.

Mínima por uma razão, e não uma que Mynx se preocupasse em declarar em voz alta. Por mais que dependesse de Reeves, ela se recusava a esquecer que ele era um programa. Funções e cálculos concebidos por mãos humanas, e que poderiam ser roubados pelas mesmas. Ou forçados a revelar seus segredos.

—Justo. Mantenha-me informada. Se Aegis tiver problemas, quero saber disso. E vou querer chegar lá o mais rápido possível.

—Vou manter um plano de voo para você.

Mynx não ouviu essa última parte. Ela havia retornado ao homem, ao vilão.

A mancha que ela não conseguira remover.

CAPÍTULO 25

DILEMAS DE PAI E FILHA

COMPARADO à mansão fortificada de mineração de Thane, Aegis realmente apreciava a vista da praia, mastigando um sanduíche de lagosta sob uma lâmpada de calor, absorvendo um sol que conseguira abrir caminho através das nuvens de inverno. Ele deixara Thane lá, com os Paragons de vigia e mais chegando a cada hora. Eventualmente receberia a chamada quando estivessem prontos para tentar um ataque, ou talvez Thane simplesmente morresse de fome em sua nova casa.

Seria bom demais para o desgraçado.

Aegis limpou um pouco de maionese rebelde de sua bochecha e olhou ao redor. Transeuntes dispersos ocupavam o restaurante, a maioria como ele, sozinhos ou com outra pessoa. Mesas vazias exibiam turistas felizes posando em fotos, cobertas de plástico. A alegria quando se suprime as esperanças e terrores da vida por um segundo ou dois. Todas tiradas no verão, um aviso evidente de que Aegis escolhera a época errada para fazer sua jornada à costa leste do Maine.

Mas ele não poderia ter passado mais um minuto

naquele posto avançado, ouvindo sobre logística, lidando com cumprimentos de heróis de Paragons cujos nomes ele nunca lembraria. — Aegis — todos diziam —, posso ter seu autógrafo, uma foto com você? Como os sujeitos na mesa sob suas mãos, uma mesa que ficava cada vez mais suja à medida que seu sanduíche pingava molho por toda parte, Aegis havia fingido todos os sorrisos que podia para mandar os Paragons embora felizes. Eles arriscariam suas vidas. Era o mínimo que podia fazer.

— Você realmente está aqui — Celice soou verdadeiramente surpresa. — Não achei que você sairia, mesmo depois de me dizer.

Celice podia lê-lo. Aegis não teria saído, exceto pelo fato de que ficara claro que atacar Thane com qualquer coisa menos que um exército resultaria em mortes desnecessárias. Nem um único Paragon em Atlântida tinha o poder de bombardear um local a partir da órbita, e a capacidade real de fazer algo assim havia sido desmantelada pelos Campeões uma década atrás. Os Normais já eram perigosos o suficiente sem lhes dar armas nucleares para brincar.

— Vai ser demorado — disse Aegis. — Thane se entocou bem. Está com fome?

— Estão preparando — Celice olhou para a bagunça de seu pai com diversão e nojo. — Parece que você está se divertindo.

— Molho demais — Aegis não era muito afeito às sutilezas da comida - suas mãos grandes tornavam uma refeição limpa um desastre. — Que bom que você veio.

— Não é como se houvesse muito para fazer em Nova York. Você tem todos os Paragons ao norte da Virgínia vindo para isso. Coloquei os drones em alerta máximo e saí.

Celice sentou-se com a elegância casual que Aegis sempre admirara em sua filha. Enquanto ele tropeçava pelo mundo, Celice flutuava. Seus olhos afiados captavam detalhes que ele perdia, e embora Aegis nunca tivesse entendido completamente o que causara o desaparecimento de sua inocência alegre - a imagem dela correndo com seu próprio boneco de ação em seu primeiro e muito menor Bastião passava em loop em sua mente o tempo todo - Celice havia conquistado seu orgulho e sua dependência.

— Thane me venceu — disse Aegis, evitando as palavras com um olhar estudado para o horizonte.

Celice não hesitou. — Ele deveria, não é? Não foi preciso todos vocês para derrubá-lo antes?

Não estava errada. Uma das últimas vezes que os Campeões operaram como uma unidade. Antes que estratégias diferentes se tornassem ideais diferentes e se tornassem irreconciliáveis. Antes que se espalhassem pelo mundo para evitar se matar e arruinar tudo o que haviam construído.

— Fácil demais — disse Aegis. — Eu não deveria ter perdido daquele jeito. Ele me acertou na cabeça com um drone. Eu deveria ter sido capaz de me recuperar, mantê-lo lá até que Pixie e os outros chegassem.

Ele não disse que se sentia cansado. Um Aegis mais jovem estaria todo cheio de fogo, pronto para aprender as lições da luta - principalmente, não deixar um drone esmagá-lo contra o chão - e voltar para a ação. Agora ele tinha uma dor de cabeça, agora estava cansado, agora ele queria... ir para casa?

Quando percebeu que sua filha não havia dito nada, já fazia um minuto ou mais e Aegis se virou, imaginando onde Celice havia colocado seus animados incentivos, ou mesmo expectativas realistas. Qualquer coisa para distraí-lo de onde, do que ele era agora. Aegis encontrou um olhar incrédulo, a exasperação em seus olhos estreitados e em sua respiração longa e lenta.

— Não me diga que você me arrastou até aqui porque está todo deprimido — disse Celice. — Você perdeu. Acontece. Os Paragons perderam inúmeras vezes. O que nos mantém em frente, o que te mantém em frente, é que você não para de tentar.

Aí está. Aegis riu, um som baixo e retumbante, e se inclinou para trás no banco o suficiente para quase cair.

— Eu sei, eu sei. E não te chamei aqui para uma conversa motivacional. Pelo menos, não só para isso — Aegis se inclinou para frente e deixou de lado a autodúvida para mergulhar naquele tópico que distrai: logística. — O que preciso que você faça é trazer quantos drones puder poupar para cá. Não os físicos, de combate corpo a corpo, mas os de artilharia. Thane está se entrincheirando, e quero amolecer sua casca.

— Estratégia? Esse é o jeito Paragon?

— Nosso jeito funcionou bem o suficiente por muito tempo. Mas estou cansado de jogar vidas fora desnecessariamente — Aegis olhou para seu Tama. — Cortamos a energia dele, o acesso à rede, tudo. Thane não tem nada, mas é esperto demais. Quero explodi-lo antes que ele invente algo terrível.

Celice assentiu, então olhou para seu próprio Tama, passou o dedo pela superfície em direção a Aegis. Uma projeção, difusa e difícil de ver na luz do sol, apareceu sobre a mesa. Depois de um segundo, o programa identificou os elementos mais importantes da exibição de Celice e escureceu todo o resto, mostrando a Aegis números em uma cor verde profunda.

— Isso é tudo o que temos em toda a Atlântida. Você tem sido tão relutante em conseguir mais da Mynx que estamos com poucos recursos como está.

Essa discussão de novo. Desde que Mynx havia levado

os drones ao ponto em que podiam capturar a maioria dos criminosos sem um Parangon presente, Celice vinha pressionando para que os robôs estivessem em toda parte. O problema era que Aegis já havia lutado contra muitos robôs monstruosos em seu tempo. Muitos normais, muitas anomalias achavam que todas as respostas estavam em máquinas maiores e mais fortes. Qualquer programa podia ser corrompido, qualquer computador controlado pelas mãos erradas.

Mas os tempos haviam mudado. Os Parangons não eram tão populares quanto antes, graças ao seu próprio sucesso. As anomalias não se importavam mais em se juntar a uma organização que, sem grandes males para combater, provavelmente as colocaria em uma carreira lucrativa e monótona. Os normais viam os drones como sua polícia agora, com os Parangons como um grupo quase arcaico de esquisitos que apareciam para assustar todo mundo de vez em quando. Tudo isso significava que os Parangons tinham dificuldades em atingir suas cotas de recrutamento, e não havia rastreadores suficientes para compensar a diferença. Os drones podiam ser a única opção.

— Vou falar com Mynx depois disso. Fazer um grande pedido. Você venceu.

— Eba. — Celice murchou com a palavra, então se recompôs, forçando um sorriso questionador. — Você está sendo razoável demais hoje, pai. É tudo por causa do Thane?

Se fosse tão fácil assim. Atribuir o que era uma mudança lenta em sua perspectiva a um evento crucial. Esse tipo de simplicidade poderia parecer plausível para Celice, cuja lista de momentos notáveis na vida podia ser compreendida, analisada e suas conclusões expressas em causas e efeitos. Aegis teria mais dificuldade em determinar se essa introspecção vinha da primeira vez que realmente sentiu dor — já nos seus trinta e poucos anos — ou se foi na noite passada, quando o pensamento honesto de que poderia morrer entrou em pânico em sua mente. Ou uma centena de outras ocasiões em que parecia que tudo pelo que ele havia trabalhado, lutado, estava prestes a desaparecer.

— Nós queríamos matá-lo naquela época, mas não podíamos correr o risco — Aegis disse finalmente. — Apinya tomou a decisão. Disse que poderia não haver limite para o poder de Thane, e se tentássemos demais, ele poderia se perder em uma fúria indestrutível. É assim com Thane — no final, a única coisa que o detém é ele mesmo.

— Então por que mantê-lo aqui? Por que não lançá-lo no espaço ou algo assim?

— Porque queríamos usá-lo — Aegis riu, um som triste e sombrio. — Thane é um espectro. De um lado, você tem todo o poder do mundo, nenhum cérebro. Do outro, você tem o homem mais inteligente que já existiu. A chave era mantê-lo entorpecido, pronto com respostas e tão longe da raiva. Nós o configuramos como um paciente no hospital mais calmo do mundo.

— Espera, vocês o mantiveram prisioneiro e o forçaram a responder às suas perguntas?

— Mais do que isso, Thane nos deu invenções. Ideias. Nem tudo, é claro. Ele não é um deus. Mas se estivéssemos empacados, íamos até ele para ajudar a desvendar uma solução.

Aegis se perguntou como Celice lidaria com isso. O processo de se tornar adulto significava a morte gradual de todos os seus contos de fadas da infância. Celice estava bem além da data de validade desses, mas aquele último suspiro de crença inocente, de que os Parangons e os Campeões eram forças do bem, Aegis acreditava que ela ainda comprava essa ideia. Esperava que sim.

Porque Celice era o futuro, e se ela desistisse deles...

— Eu entendo — Celice seguiu a tática de Aegis de olhar para o oceano. — Você não é perfeito. Eu sei disso. Ninguém é.

— Você é.

— Você pode dizer isso porque é meu pai, mas eu não sou. Você fez o que precisava ser feito.

Ela havia endurecido. Mais do que Aegis pensava. A aceitação de Celice o deixou orgulhoso, um orgulho doentio, com tristeza nas bordas. Sua mãe teria ficado tão desapontada em ver isso, ver Celice cínica o suficiente para aceitar a realidade que Aegis havia criado para ela. No entanto, se sua mãe tivesse feito o mesmo, talvez ela ainda estivesse viva.

— Já terminamos com isso agora — disse Aegis. — Fizemos progresso suficiente. Thane é perigoso demais para valer o risco.

— Então você quer matá-lo agora.

— Ele assassinou sua mãe, Celice. Já passou da hora dele pagar por isso.

GORDON FINALMENTE LANÇOU uma linha para Kat naquela manhã, embora tecnicamente ela só a visse à tarde. Dormir até tarde demais acontecia quando, embriagada com uma vitória e irritada com a fuga de uma anomalia, Kat aceitava bebidas demais de pessoas que acabavam de fazer suas reputações com base em seu desempenho. Sandra impediu que Kat se excedesse, no entanto, e um pod a levou o resto do caminho para casa.

As lambidas inquietas de Seeker eram um péssimo remédio para ressaca, então Kat, depois de ler a mensagem de Gordon três ou quatro vezes e concluir que não havia significados ocultos, forçou-se a sair da cama, tomou pílulas After-Effects para aliviar a dor de cabeça e saiu pisando forte pela calçada coberta de neve atrás de seu cachorro frenético.

Encontrei ele. Ainda não capturado. Você ainda tem uma chance, Kat! - Gordon

Claro que tinha. Sem nome. Sem pistas. Sem interesse. Gradualmente, como acontecia quando ela fazia essas caminhadas passando por fileiras e mais fileiras de casas geminadas em seu bairro, um design mais novo para densidade em vez de autonomia, Kat refletiu sobre a noite anterior e ficou remoendo.

Ela havia falhado, e era isso. Sido descuidada. Ela havia rastreado outras três anomalias do *Carver's* antes, duas envolvendo lutas como a da noite passada. Essas anomalias haviam entregado seus dons na luta, e quando Tracy ou os outros seguranças expulsavam a anomalia, Kat estava pronta para seguir. Calvin tinha se mandado sem perder um segundo. O que significava que ele sabia tudo sobre rastreadores.

Seeker, à frente, avistou outro cachorro na esquina oposta e puxou com força a coleira. A tecnologia avançada ainda não havia mudado as características e desvantagens principais de uma corda forte presa a uma coleira, e Seeker se aproveitou disso, arrastando Kat atrás dele. A velocidade repentina coincidiu com um trecho escorregadio sob a neve, fazendo Kat tropeçar para frente, com apenas controle suficiente para se jogar para o lado, em um banco de neve.

De certa forma, a neve gelada eliminou sua dor de cabeça mais efetivamente que as pílulas. De outra forma, a neve entrou em seu casaco, grudou em suas leggings e, Kat descobriu quando Seeker começou a lamber, em seu rosto.

— Você está bem? — disse a mulher que passeava com o cachorro, que parecia ter visto o dobro dos anos de Kat e nem se importava em tentar esconder isso.

Vagamente, Kat pensou que a mulher poderia ter a idade de sua mãe, se sua mãe ainda estivesse por perto. O cabelo loiro fino escapando de baixo do gorro de algodão da mulher não combinaria com o cabelo castanho de sua família, mas o resto seria próximo.

— Vou sobreviver. — Kat girou, empurrando-se para cima em vez de aceitar a mão oferecida. A última coisa que ela queria era puxar a mulher para baixo enquanto se levantava, especialmente com Seeker ainda fazendo tentativas frenéticas de lamber seu rosto. — Obrigada.

— Corajosa ter um husky por aqui — a mulher acenou para seu próprio filhote, muito menor, que olhava para Seeker com medo e admiração. — Eles não têm muita energia?

— Veja você mesma.

Seeker obedeceu, dando à mulher uma saudação de pé assim que ela olhou em sua direção. Ela riu, o que era mais do que Kat esperaria. Depois de uma lambida, a mulher passou a mão pelo pelo de Seeker e o husky fechou a boca abruptamente, voltando ao chão e sentando-se placidamente. Ele olhou para a mulher como se esperasse, e obedeceria, a um comando.

Kat sacou a arma de choque que mantinha carregada e pronta o tempo todo, apontando-a para a mulher. Braços de ferro, mira firme. — Quer me dizer o que está fazendo com meu cachorro?

A mulher ainda sorria, mas seu rosto ganhou um ar frio, combinando com o clima. — Só o acalmando. Ele parecia precisar. Assim como você.

Se Kat achasse que poderia se safar, ela giraria o pulso e deixaria o Tama capturar o rosto da mulher, comparando-o com o banco de dados de rastreadores. Mas agora, sem seus contatos de rastreadora, seu traje e outros equipamentos, ela não queria uma luta aberta nas ruas com uma anomalia desconhecida.

— Você vai se afastar dele agora mesmo — disse Kat, e a mulher obedeceu, dando a Seeker um bom metro de espaço. — Isso não é um encontro casual, é?

Ameaçar seus mais velhos. Mais uma lição da infância morrendo no ambiente hostil de sua vida adulta.

— Tão perspicaz quanto seu posto indicaria. A melhor rastreadora da área, pelo que sei. — A mulher assentiu para a arma de Kat. — Você pode guardar isso agora. Não estou aqui para machucá-la.

— Eu decido isso.

— Se quiséssemos, você já estaria morta. — A mulher correu os olhos ao redor de Kat, como se para apontar que havia aliados escondidos esperando por uma emboscada. — Isso é um convite, não um assassinato.

— Quem são vocês, afinal? — disse Kat.

— Estamos interessados na anomalia que você está rastreando. Ele é perigoso, mas nas mãos certas, potencialmente tudo — disse a mulher. Kat notou, agora, que o cachorro pequeno da mulher estava tão plácido quanto Seeker, sentado ali sem fazer um som. Assustador. — Tentamos trazê-lo, mas não conseguimos. Gostaríamos da sua ajuda.

— Não respondeu minha pergunta.

Kat continuou pensando em possíveis organizações que contratariam anomalias não rastreadas para fazer ameaças a rastreadores. Esse comportamento poderia colocá-lo do lado ruim dos Paragons, o que seria literalmente o fim de qualquer empresa. A menos que você já estivesse na lista negra e não se importasse, e as organizações ainda em operação que pudessem reivindicar ambas as coisas e se envolver com anomalias...

— Você está respondendo por si mesma — replicou a mulher. — Isso não importa. O que importa é nosso alvo compartilhado. Deixado à solta, ele pode perder o foco. Causar um grande desastre sem perceber. Ele precisa de orientação.

— Então ele precisa ser rastreado. Os Paragons o ajudarão.

— Os Paragons vão usá-lo. Você sabe disso. Você recebe os relatórios de reputação todos os dias. Eles vão designá-lo para um trabalho após o outro até que seu potencial seja desperdiçado.

— Parece ser um problema seu, talvez dele. Definitivamente não é meu. — Kat estalou a língua, um som ao qual Seeker deveria responder e, para o alívio de Kat, o cão saiu de seu estado de letargia, percebeu a situação e se levantou, ficando ao lado de Kat e soltando um rosnado baixo. — Tente de novo.

Finalmente, a compostura da mulher se quebrou. Talvez tenha sido a animação renovada de Seeker, talvez a arma de choque de Kat tenha esgotado sua reserva, mas de qualquer forma, ela se virou e sentou no espesso banco de neve. Olhou para suas mãos segurando a coleira do cão.

— Meu nome é Beth. Faço parte dos Elementais. Tenho certeza de que você sabe quem nós somos.

Quem não sabia? Se algo, a admissão fez Kat apertar ainda mais sua arma. Ela arriscou uma olhada rápida para trás, apenas calçada vazia. Sem pods. De certo modo, a rua vazia era a prova mais certa de que Beth dizia a verdade - nenhuma parte de Chicago ficava tão deserta por muito tempo.

Os Elementais eram má notícia. Um grupo do qual os rastreadores eram avisados para ficar longe, mesmo que fossem compostos por anomalias não rastreadas. A razão pela qual os Campeões, e por extensão, os Paragons, comandavam as coisas agora estava no puro poder das anomalias trabalhando juntas. Os Elementais tinham esse mesmo poder, se não os recursos. Com todo seu equipamento, Kat não temia enfrentar uma, talvez duas anomalias. Mas cinco? Uma dúzia?

— O nome é Kat, mas acho que você já sabe disso. E

estou familiarizada — disse Kat, ainda segurando a arma. — Se você está atrás desse cara, por que não o leva?

— Digamos que estamos mais interessados em recrutamento orgânico — respondeu Beth. — Vocês são os que gostam de levar as pessoas contra a vontade delas.

— Só os como você.

— Claro que é nisso que você acredita — Beth puxou a manga direita de sua jaqueta azul-celeste, olhou para seu Tama. — Por mais que eu gostaria de debater nossas filosofias, vou direto ao ponto.

— Estou ouvindo.

— Estamos preparados para te dar inteligência que você não tem. Informações que devem permitir que você encontre a anomalia. Em troca, queremos que você o capture. Subjugue-o.

— Mas sem rastreamento, certo?

— Sem rastreamento. Você o entregará para nós. — Beth voltou àquele sorriso piedoso e arrogante que ela interpretava tão bem. — Você receberá suas reps, é claro.

A oferta pairou no ar, tendo como única companhia o vento e o apito distante duas ruas do trem maglev parando. Os termos eram, para dizer o mínimo, uma porcaria. Uma anomalia com os talentos para atrair esse interesse dos Elementais seria, sem dúvida, muito mais valiosa ao longo de uma vida trabalhando para os Paragons. Por outro lado, Kat queria ficar do lado ruim de uma organização secreta de anomalias?

Eh. Ela não precisava tomar essa decisão agora.

— Tudo bem. Eu topo. Quando você vai entregar? — disse Kat.

— Agora mesmo. — Beth tocou em seu Tama, e o de Kat emitiu um som agudo brilhante um segundo depois.

Kat não olhou para ele. Não era tão estúpida. Em vez

disso, ela manteve a arma de choque apontada para Beth e esperou. Ou Beth se levantaria e iria embora, o acordo concluído, ou as coisas ficariam complicadas. Em vez disso, Beth se levantou, — Vamos, Fluff. Hora de levar você para dentro onde está quente.

A Elemental virou as costas para Kat e foi embora pela rua, mantendo os olhos à frente. Kat deixou que ela se afastasse meio quarteirão antes de fazer uma volta lenta, observando as janelas, os telhados. Procurando por olhos. Não encontrou nenhum. Seeker parecia tenso, mas o husky não fez nenhum movimento em qualquer direção. Sem ameaças imediatas, então.

— Hora de ir, amigo — disse Kat, e os dois voltaram rapidamente para o apartamento.

Assim que entrou, Kat soltou a coleira de Seeker e o deixou livre para encontrar possíveis intrusos enquanto ela corria loucamente para seu armário. Em tempo recorde, ela vestiu seu traje, seus gadgets, seus contatos. Blindada, armada e respirando pesadamente, Kat sentou-se em sua cama e olhou pela janela.

Céu cinzento. Vazio, exceto por um drone passando. Seus contatos não identificaram ameaças, e quando ela olhou ao redor de seu apartamento, não detectaram pegadas incomuns, além das impressões deixadas por Gordon. Nenhuma molécula estranha no ar de desodorantes, perfumes ou um gás mortal e silencioso. Talvez os Elementais estivessem fazendo a oferta com sinceridade. Eles poderiam não estar planejando matá-la.

Gordon. Sua dica estava errada, então talvez ele não estivesse nem perto. Gordon tinha o mesmo nível de rastreador que ela, mas eles vieram até ela em vez dele. Porque Kat morava aqui? Porque ela não parecia tão imersa na ortodoxia dos Paragons quanto Gordon? Ela enviou uma mensagem rápida para ele de qualquer maneira, perguntando se ele estava bem.

Então, finalmente, Kat deu uma olhada na inteligência. Viu o que os Elementais tinham decidido dar a ela.

Kat ampliou a mensagem em seus grandes monitores, o que lhe permitiu navegar pelos numerosos links para fotos e vídeos. Desde o primeiro, ela sabia. Calvin. A confirmação não a surpreendeu - Kat tinha um palpite sobre o homem lutando sozinho no bar *Carver's*, e até agora, seus palpites tinham sido sólidos. De repente, ela ficou feliz que Calvin não tivesse decidido ir nuclear na noite passada e usar sua habilidade - se os Elementais achavam que ele era tão perigoso, Kat poderia não ter gostado de estar do lado errado disso.

A primeira surpresa real: Calvin era seu nome verdadeiro. O homem o havia escolhido quando chegou a hora de se registrar para o teste padrão de anomalia. Os Paragons arrastavam todas as crianças após a puberdade para vários centros de teste onde extremos físicos eram aplicados na tentativa de forçar o surgimento de poderes. Anomalias desavisadas tendiam a ser rastreadas ali mesmo. Outras, aquelas que escondiam seu desenvolvimento dos pais ou autoridades escolares, ou que simplesmente desenvolviam habilidades mais tarde, tinham um dia realmente ruim.

— Não. Não vou voltar lá — Kat disse para si mesma, e Seeker, tirando uma soneca na cama, bufou em concordância.

Lembranças difíceis para ela. O mesmo para Calvin, parecia.

Os Elementais tinham montado um pacote bem completo, e Kat preencheu as lacunas com seu próprio acesso de rastreadora aos dados dos Paragons. Calvin tinha pulado de uma família para outra quando criança, principalmente fugindo. Começando aos oito anos, parecia que Calvin tinha atraído um sério caso de wanderlust e aprendido a mentir bem o suficiente para alimentá-lo. Ele aparecia em algum lugar, dava um sobrenome falso, sempre se chamando Calvin, e então fazia o que podia de um lugar, de um povo, antes de partir novamente.

Calvin também tinha se saído muito bem em seu exame de anomalia - nenhum poder determinado. Ou ele tinha chegado às suas valiosas habilidades mais tarde, ou tinha sido habilidoso o suficiente para mantê-las escondidas. Dada a luta da noite passada, Kat sabia em qual opção apostaria.

Então, qual era o fio condutor? Os Elementais não o revelaram, o que significava que Kat passou a tarde e a noite juntando as peças da vida de Calvin. No final, ela poderia ter dado uma dissertação sobre os interesses dele: entretenimento popular, reservas de vida selvagem obscuras e bares como o *Carver's*. Ele não tinha família de sangue que alguém conhecesse, e havia viajado da costa oeste de Pacifica até aqui com uma conta de reputação mínima mantida por pagamentos estranhos e aleatórios de indivíduos com quem Calvin parecia se associar por breves instantes e depois nunca mais.

De todas as coisas que ela leu, a última parte parecia familiar. As anomalias tinham que ganhar reputação de alguma forma, e como a maioria dos que se recusavam a se juntar aos Paragons se encontrava fora dos métodos tradicionais de ganhar meios, eles prostituíam seus poderes. E uma vez que você vendia sua habilidade, o comprador podia chantageá-lo, ameaçar entregá-lo aos Paragons, e assim você seguia para o próximo lugar. Uma vida de desespero, certamente, mas uma vida livre.

Calvin, no entanto, tinha sonhos. A única coisa em comum em suas viagens era o objetivo final: Calvin sempre encontrava o caminho para as convenções. As histórias em quadrinhos, os filmes, os espetáculos. Kat não sabia o que ele esperava encontrar lá, mas ele continuava indo. E por acaso uma das maiores convenções de Atlântida começava amanhã em Chicago.

Parece que ela teria que conseguir um passe.

CAPÍTULO 27
O PREÇO DO PROGRESSO

VÁRIOS ANOS após entrar em sua quinta década, Zhan-Yo ainda considerava o andar superior envidraçado e iluminado da sede da Ziran como o escritório de seu pai, e não o seu próprio. O fantasma pairava nos pertences, como a escrivaninha preta, os retratos digitais que alternavam entre imagens da família de seu pai - Zhan-Yo nunca se preocupou em ter uma família para substituí-los - e o tapete telecinético que sobrepunha seu tecido azul-marinho com os caminhos prateados ramificados de uma placa de circuito. Em qualquer outro lugar, as odes à tecnologia do escritório pareceriam pesadas, forçadas. Ridículas.

Mas seu pai acreditava em prestar homenagem ao que trazia sucesso, e Zhan-Yo não podia argumentar que a Ziran não tinha feito exatamente isso.

— Z — disse a secretária. — A Sra. Vanne está a caminho para sua reunião das nove horas.

Alavancas precisavam ser acionadas. Zhan-Yo passara a maior parte de sua vida corporativa unindo os planos e peças necessários para que a Ziran, no momento certo, pudesse fazer seu avanço para restaurar o poder àqueles que verdadeiramente o mereciam. Esse momento, com um forte impulso de Sylvie, havia chegado. Isso significava que segredos que estiveram escondidos, planos que faziam pouco sentido para os de fora na época em que a Ziran os embarcou, mostrariam seu verdadeiro propósito. No entanto, para alcançar tudo isso, Zhan-Yo tinha que usar um terno completo. Tinha que se sentar em uma grande cadeira com a cidade às suas costas e parecer em tudo com o líder estereotipado que ele não queria ser. Um revolucionário, com certeza. Um guia para um futuro melhor, absolutamente. Mas a lã o fazia coçar, e ele achava os sapatos apertados, a gravata e o colarinho restritivos. Uma cultura que pertencia a seu pai e não a ele.

Ele se levantou quando Anna Vanne entrou em seu escritório alguns minutos depois, a mulher alta afastando a agenda projetada de seu Tama enquanto passava pela porta de vidro que sua secretária abriu para ela. Zhan-Yo fez uma pequena reverência, apenas com os ombros, e ela retribuiu com um aceno.

— É bom te ver — Anna começou, acomodando-se em uma das duas poltronas cinza acolchoadas, que tinham um azul neon correndo pelas laterais como a concessão arbitrária aos adereços de ficção científica, e dando a Zhan-Yo o tipo de sorriso que perguntava *o que diabos você está fazendo aqui?*

Zhan-Yo não podia culpá-la por isso. Ele tinha uma reputação merecida de ser um fantasma, aparecendo para uma reunião e desaparecendo novamente, mais alcançável pelo Tama do que ficando de plantão em seu escritório. Administrar uma empresa gigante importava menos onde ele estava fisicamente, e ele mostrou isso a Anna com um olhar para a janela atrás dele, como se fosse lá que sua alma realmente pertencesse.

— Não estou aqui com frequência porque tenho você para administrar este lugar, e você faz isso muito bem. — Zhan-Yo acreditava firmemente no poder dos elogios para inocular contra dificuldades iminentes. — No entanto, as circunstâncias estão mudando. — Uma pausa enquanto Zhan-Yo elaborava a próxima frase. — Nosso verdadeiro projeto está prestes a começar.

Vago, e para qualquer um sem um conhecimento muito específico, inútil. Você não chegava a liderar uma empresa de tecnologia sem adquirir algumas suspeitas pelo caminho, especialmente se estivesse planejando derrubar a ordem atual da sociedade. Anna captou a referência - Zhan-Yo pôde perceber pelo congelamento momentâneo, seu olhar perscrutador enquanto ela processava o que ele acabara de dizer. Então, com uma inclinação de cabeça e um leve suspiro, como um pai aceitando a escolha de seu filho, Anna lhe deu sinal para continuar.

— Sei que isso está vindo como uma surpresa, mas eventos como este não têm o luxo do tempo. Planejamos, e agora é hora de seguir esses projetos. — Zhan-Yo tocou a superfície da mesa, que havia sido sobreposta com uma tela de projeção alguns anos atrás. O leve brilho cerúleo mudou para espelhar seu Tama, e os toques trouxeram uma série de três etapas. — Pegue isso. É o mesmo que demos a você há muito tempo, mas os detalhes foram adicionados.

Anna segurou seu próprio Tama - em seu pulso direito, incomum - sobre a projeção. Ele emitiu um bipe um segundo depois, confirmando a transferência de dados, e ela retirou o braço, olhando para ele como se tivesse se tornado algo podre.

— Uma vez que começarmos isso, será difícil reverter — disse Anna. — Muitas pessoas não sobreviverão.

— Apenas se falharmos.

— Se tivermos sucesso, Z. — Anna abandonou a fachada de funcionária e falou como uma igual, como uma pessoa preocupada com o que conhecia e valorizava. — Se isso funcionar, então quem sabe o que restará? Que tipo de trabalho, que tipo de qualquer coisa?

— Você está duvidando de nós agora?

— Estou preocupada. — Anna olhou para trás, mas o único outro neste andar era sua secretária, um luxo que Zhan-Yo exigia. — Wexley não está te pressionando para isso?

— Ele precisou de alguma persuasão. — Zhan-Yo se inclinou para frente, juntou as mãos niveladas contra a mesa para que se misturassem à projeção. Confiança, segurança, força. A aparência não era tudo, mas também não prejudicava. — Não estamos tomando essa decisão levianamente, Anna. Mas também não queremos ser tão cautelosos a ponto de perder nossa chance.

— Você não vai me contar tudo.

Zhan-Yo não disse nada. Quanto mais Anna soubesse, mais ela arriscaria. Ela riu, então, esfregou o nariz e balançou a cabeça.

— Sabe, Damian e eu, temos duas filhas. Quatro e seis anos. Menininhas.

— Eu sei.

Ele enviava cartões de aniversário todo ano, com um doce de matcha do Japão, um sabor que eles provavelmente detestavam, mas que ele adorava quando criança. Assinava cada um pessoalmente.

— Eu não achei que isso fosse acontecer algum dia. Pensei que, quando aceitei esse trabalho, quando você me contou o que era possível, que era um sonho. Que eu já teria partido, que eles estariam mais velhos — As mãos de Anna amassavam as bordas de sua saia enquanto falava. — Eu não quero criá-los no caos, Z.

— Eu entendo. Infelizmente, o resto do mundo não vai esperar você estar pronta.

— Com todo o respeito, mas você não tem família. Você não entende nada.

Raiva. Medo. Frustração. Ele esperava todas essas coisas, sentiu cada uma delas à medida que Sylvie lhe enviava atualizações sobre seu progresso. Recrutando soldados moralmente flexíveis, importando armas há muito banidas pelos Paragons. Passos em uma escada sem volta que, no final, provavelmente significaria a destruição de Ziran, provavelmente significaria a perturbação e dissolução de tantas estruturas das quais Anna e sua família dependiam.

Mas significaria que seus filhos teriam voz em seu futuro mundo.

— Você sabe, Anna, como eu cresci? — disse Zhan-Yo. Uma digressão lhe custaria tempo, mas se mantivesse a lealdade de Anna, então o tempo era um preço pequeno. — O que meus pais fizeram para me proteger da mudança?

Anna não falou, mas o gelo transpareceu quando ela balançou a cabeça. Ele havia quebrado a resistência de tantos outros, titãs da indústria com apostas tão altas ou mais altas que as de Anna, que as suas próprias. Zhan-Yo poderia persuadi-la também.

— Eu comecei em um mundo e me tornei adulto em outro. Desde a idade mais precoce possível, graças aos esforços dos meus pais, eu tive todas as vantagens. Os professores me diziam que eu seria capaz de decidir por mim mesmo como viver minha vida. Que eu teria voz na direção do mundo, ou pelo menos do meu país, da minha cidade. Em vez disso, quando finalmente alcancei os diplomas, a posição para efetuar essa mudança, os Paragons tiraram tudo de mim. Meus pais me disseram para ceder, como eles. Tínhamos muito a perder. Levei décadas para perceber que já havia perdido a coisa mais valiosa.

— Seu idealismo te cega, Z — Anna rebateu. — Quem se importa com o que os Paragons fazem, desde que possamos ser felizes? Seguros e saudáveis?

— Por enquanto, talvez. Mas o que acontece se os Paragons decidirem que os normais não são bem-vindos? Eles tomariam tudo o que você tem e não haveria nada que você pudesse fazer para impedir.

— Por que eles fariam isso? Você já se perguntou isso, com esse seu grande plano? Você fala como se uma grande injustiça tivesse sido cometida, mas eu não vejo isso. Em lugar nenhum.

— Porque estamos cegos. Meus pais estavam, eu estava. Você tem que ver que somos peões, Anna. Pequenas peças em um tabuleiro, facilmente sacrificadas — Zhan-Yo olhou para suas mãos. Suas mãos normais. — Sem habilidade, e sem habilidade, nosso lugar neste mundo está definido.

Anna parecia querer fazer outro comentário esperto, mas se conteve. Esperou.

— Seus filhos podem ser normais, podem ser anomalias — Zhan-Yo tinha que ser cuidadoso aqui. Fazer seu ponto sem dizer nada que pudesse alertar um ouvinte. — Isso não é sua escolha. O futuro deles é. Você pode dar a eles um mundo para desfrutar, ou pode deixá-los ser prisioneiros como nós.

Um pouco ridículo. Propenso a desmoronar se Anna escolhesse questionar a frase. Mas um apelo emocional superava um lógico, e Anna, se não comprou, pelo menos aceitou com um olhar para o chão, levantando-se lentamente da cadeira.

— Eu entendo. Não concordo, mas entendo.

— Então podemos confiar em você?

— Eu executarei o plano. Ziran sobreviverá o máximo que puder.

— É tudo o que peço. Obrigado, Anna.

Outra troca de leves reverências, e Anna saiu de seu escritório. Para os elevadores e desceu. Zhan-Yo permaneceu de pé até que ela desapareceu, então pediu à secretária que lhe trouxesse um copo d'água.

— Ela vai fazer? — Wexley perguntou pelo Tamas alguns minutos depois, após Zhan-Yo enviar uma mensagem de que a reunião havia terminado.

— Acho que sim — respondeu Zhan-Yo. — Mantenha-a vigiada. Estamos na casa dela, certo?

— Estamos desde que a promovemos.

— Então mantenha os ouvidos atentos. Precisaremos de todo o aviso possível se ela mudar de ideia. São as crianças, Wexley.

— Ela não tem dois?

Ele não sabia disso sobre Anna? Zhan-Yo franziu a testa. Wexley deveria entender seus oficiais, o que os fazia vir trabalhar todos os dias e o que eles esperavam que fosse deles amanhã. Ele teria que aprender isso antes que Zhan-Yo o deixasse liderar Ziran. Se houvesse uma Ziran para liderar.

— Vigie-os também. Se eles tiverem dificuldades, se houver oportunidades vulneráveis.

— Entendo.

Isso, Wexley sabia. Se Anna se mostrasse não confiável, se sua lealdade vacilasse, o que a fazia vir trabalhar todos os dias poderia ser usado para mantê-la aqui. Uma virada infeliz, mas não terrível. As crianças não precisariam ser machucadas. Esperançosamente.

— Você vai ficar no escritório por muito mais tempo? — Wexley estava perguntando. — Há algumas reuniões esta tarde em que eu poderia usar sua ajuda.

— Mande-as, mas estarei remoto — disse Zhan-Yo. — Há uma aula que estou fazendo.

— Uma aula?

— Para minha saúde. Mantenha-me informado, Wexley.

— Claro.

O Tamas desligou quando a secretária voltou com a água. Zhan-Yo a bebeu de um gole, olhou para ela, maravilhado com como o líquido claro podia conter tudo o que as anomalias precisavam para crescer. Como as chances de bilhões passavam pelo que bebiam todos os dias. Um simples aditivo, uma possível mutação, e a história humana mudava para sempre.

Se um pouco de água podia fazer isso, então por que ele não poderia?

CAPÍTULO 28
TODA ANOMALIA

MILHÕES DE ESFERAS salpicadas com todas as cores possíveis serpenteavam pelo vazio. Mynx observava enquanto subiam até ciclarem de volta à base, bem abaixo da extensão azul-acinzentada a seus pés, e começavam a jornada novamente. O movimento interminável de um banco de dados organizado sendo analisado. Reeves havia colocado isso em movimento e, fugindo do estresse da realidade, Mynx tinha ido ver.

Ela se aproximou da hélice, apreciando como, neste lugar, suas dores ósseas nunca a acompanhavam. Mynx não precisava respirar através do pequeno resfriado do qual estava se recuperando, nem suportar a pele ressecada coçando em seu joelho esquerdo. E quando Mynx esticou o braço em direção àquelas esferas, seu membro cresceu o metro extra necessário para alcançá-las.

Mynx não sentia a esfera que agarrou, pelo menos não pelo tato. Era mais como se seu conteúdo filtrasse através de seus dedos até sua mente, permitindo que Mynx compreendesse os dados ali contidos. Os segredos continham uma anomalia, esta chamada Sarah, que havia falecido alguns anos atrás. Ela alcançara uma idade avançada, dizia o registro, uma avó com a habilidade trivial de mudar o sabor de qualquer coisa que bebesse. Água podia se tornar cereja. Vinho, a mistura mais perfeita a cada vez.

— Imagine quanto valeria a saliva dela — disse Mynx, embora não houvesse realmente palavras ali dentro. Era mais como se ela escolhesse exibir seus pensamentos em um texto que sua companheira, a onipresente Reeves, pudesse ler. — Um truque para comercializar, eu acho.

"Não há muita informação sobre tentativas de vender saliva aos consumidores." A resposta de Reeves flutuou em grandes letras maiúsculas, entre colchetes para garantir seu status claro como comentário.

— Quase difícil de acreditar.

Mynx devolveu a esfera de Sarah à hélice. Assim que a soltou, a corrente invisível puxou-a para cima como se nunca tivesse saído. Mynx observou o movimento. Ninguém mais na história da humanidade tinha visto isso antes, estado aqui antes. Era provável que ninguém mais jamais estaria. Por outro lado, com as anomalias, experiências únicas estavam se tornando menos, bem, únicas.

"Você está pronta?" Reeves enviou outro conjunto de palavras flutuando. "Tenho testes adicionais prontos para realizar, mas eles vão alterar o banco de dados."

— Você terá suas cópias.

Mesmo aqui, o trabalho nunca realmente ia embora.

Mynx cresceu, esticou-se mais e mais até que o DNA cíclico das anomalias, suas vidas e famílias, coubesse em sua mão. A segurança exigia precauções, como impedir que Reeves copiasse este banco de dados. Caso contrário, a IA poderia ter feito isso sem o menor esforço, poupando tempo para Mynx.

E lhe custando a diversão.

— Pause seus programas — disse Mynx. — Não queremos corromper este aqui.

"Sempre há o backup."

— Lembre-me de apagar isso da sua memória — disse Mynx. — Está desconectado por um motivo.

Desconectado, armazenado em memória flash isolada no fundo da Fábrica. De vez em quando, em datas que Mynx acompanhava em um calendário analógico à moda antiga, ela baixava o banco de dados para um pequeno cartão, levava-o até lá embaixo e o copiava. Três senhas separadas eram necessárias para entrar, e uma única entrada errada apagava o banco de dados armazenado. Não era grande coisa quando você tinha uma cópia nova bem ali na mão, mas um ladrão acharia irritante.

Mynx pegou a hélice — deste tamanho, parecia quase uma pedra preciosa prateada cintilante — e juntou as mãos, cobrindo-a completamente. Ela transmitiu o comando através de seus dedos — seus próprios marcadores biológicos servindo como chaves para os bloqueios aqui — e sentiu as funções jorrando de volta enquanto o banco de dados construía uma nova versão. Milhões de histórias copiadas em cerca de um minuto e, quando Mynx virou a mão esquerda, ambas seguravam cópias idênticas da hélice.

— Quantas? — perguntou Mynx.

"Para tempos de execução ideais, meia dúzia deve ser suficiente."

— Então meia dúzia você terá.

Reeves permaneceu em silêncio até Mynx completar as cópias, até ela colocá-las e os programas de Reeves começarem seu trabalho. Enquanto o original voltava ao seu redemoinho agitado, os outros adquiriram cores diferentes, e alguns perderam esferas completamente enquanto os cálculos de Reeves, caçando pontos em comum entre as anomalias, buscando marcadores genéticos que pudessem ser usados para deter ou até reverter o processo biológico que destruía todos os seres vivos, eliminava amostras falhas.

Mynx encolheu, observou os giros. Ela poderia alcançar qualquer um deles e captar a saída, tentar processá-la, mas esta quantidade de dados brutos seria sem sentido. Uma nuvem de números, textos e imagens.

"Há perigos nisso dos quais você deveria estar ciente, Mynx," disse Reeves.

— Eu sei.

"O que devo fazer se os encontrar?"

Pontos em comum para combater doenças, lutar contra o envelhecimento eram uma possibilidade. As anomalias tinham seus benefícios fornecidos através de peculiaridades de mutações em níveis celulares. O que havia sido alterado, poderia mudar novamente. Se Reeves encontrasse uma maneira fácil de desativar essas mesmas peculiaridades genéticas, então este projeto poderia não levar à salvação de vidas, mas a acabar com elas.

— Proteja-os. Sinalize para minha revisão.

"Sem exclusão?"

— Qualquer coisa que você descubra poderia ser encontrada por outra pessoa — disse Mynx. — Prefiro saber e me preparar do que ficar no escuro. — Por falar em escuro, ela estava nesse vazio há muito tempo. Havia outras coisas a fazer, outros programas para brincar. — Estou saindo.

"Estou pronta."

Deixar seu vazio parecia, por um brevíssimo momento, como um mergulho à velocidade da luz através do universo. Tudo piscou por um segundo quente e então Mynx se recostou em sua cadeira, no centro do piso da Fábrica. Uma estação de trabalho sem monitor ocupava a mesa à sua frente. Inútil para qualquer outra pessoa. Mynx podia estender a mão, seguir a caixa preta e seu cabo de rede para praticamente qualquer parte de sua instalação. Agora, porém, ela se levantou. Esticou-se.

O jantar se aproximava, e mergulhar no ciberespaço não impedia seu corpo de exigir calorias.

A salada que os drones de Reeves prepararam continha muito que começou na natureza, mas nada que terminasse de forma natural. Fosse a textura do queijo de cabra otimizada para atingir a cremosidade perfeita ou os morangos massageados para uma mistura doce e suculenta cintilante, algoritmos refinados e progresso científico otimizavam cada mordida que Mynx dava. O fato de que ela devorava a refeição enquanto observava um mundo largamente deixado a seus próprios dispositivos naturais — o oceano — lhe dava um pequeno sorriso.

— Ainda não conquistamos todos vocês — disse Mynx para aquelas águas distantes. — Ainda.

Depois que terminou, e quando um drone substituiu o prato vazio pelo seu merlot pós-jantar, cujo sabor encorpado ajudava a preparar Mynx para o sono, a mesa de projeção acendeu com uma mensagem recebida. Um pouco tarde para ser qualquer negócio do Paragon, mas além de Denise ligando novamente implorando por acesso, Mynx não tinha certeza de quem mais seria.

— Atenda.

O rosto de Celice surgiu da mesa, brilhante nos restos ofegantes do crepúsculo. Diferentemente de Mynx, Celice não parecia nem um pouco calma. Seus olhos vermelhos procuravam por Mynx, ela mordia o lábio inferior, um hábito que Mynx achava que ela já tinha deixado, e seu cabelo tinha o aspecto disperso do descuido.

— Mynx! — Celice começou, e Mynx, estimulada pelo

vinho, quis ser sarcástica, mas segurou a língua. — Estamos com problemas.

— É o Thane? — Mynx havia perdido o rastro daquele monstro enquanto desaparecia dentro da Fábrica. Um movimento descuidado, e a frustração deve ter aparecido porque Celice balançou a cabeça rapidamente.

— Não, quer dizer, é sim. Mas eu não preciso de *você* para isso. Meu pai tem Thane engarrafado em alguma fortaleza. Acho que ele vai tentar explodir o lugar. Matar Thane. — Mynx queria perguntar como, mas Celice continuou falando. — O problema é que ele está retirando a maioria dos nossos drones, e eu preciso de mais. Posso fazer um pedido de emergência?

— Existem canais para isso. — A resposta direta veio enquanto Mynx se perguntava como Aegis planejava matar Thane, uma criatura que todos os Campeões haviam decidido que provavelmente era invulnerável, a menos que fosse pego de surpresa. Aegis já sabia que lançar bombas não resolveria.

— Mynx, todo o nordeste está sem olhos e ouvidos agora. Nossos Paragons estão operando às cegas, os que não foram retirados. Já estou recebendo relatos de que o crime está aumentando. Precisamos de ajuda.

— Então vou lhe enviar as reservas e construir novas para substituí-las — disse Mynx, e depois deixou Thane de lado para se concentrar na pessoa à sua frente. — Celice, você está bem?

Celice pausou e então abriu um sorriso fraco. — Já teve um daqueles dias em que seu mundo é despedaçado?

— Quando eu tinha sua idade, o tempo todo. O que aconteceu?

Em vez de responder à pergunta, Celice olhou para algo fora da janela de projeção. Estreitou os olhos e, justo quando Mynx estava prestes a repetir a pergunta, Celice voltou o rosto para o enquadramento.

— Mynx, obrigada pelos drones. Estou recebendo uma alta prioridade de Boston, perto de onde meu pai está. Falo com você depois.

E com isso, Celice desapareceu. Mynx ficou olhando para o espaço vazio por um minuto. Então pousou seu vinho.

Tentando matar Thane? O que Aegis estava pensando?

— Reeves, prepare o jato. Estou voltando para o leste.

"Novamente? E a esta hora?"

— Vou tirar um cochilo no caminho.

A vida de um Campeão. Que maravilha.

CAPÍTULO 29
PEGUE O ASSASSINO

A BASE improvisada de Thane ficava no fim da estrada, sua casa e a colina erguendo-se atrás dela, sombreadas por uma lua que se movia lentamente. Os Paragons cortaram a energia, deixando a mansão literalmente às escuras. Pixie disse que um brilho laranja havia aparecido por alguns minutos — provavelmente uma tentativa frustrada de iniciar um incêndio — mas sua subsequente extinção mostrou que Thane tinha pouco combustível ou faltava-lhe vontade de queimar partes de sua própria casa roubada. De qualquer forma, Aegis tinha uma visão mais agradável sob a luz prateada da lua; drones haviam flutuado durante todo o dia e agora balançavam em um anel ao redor da mansão. De vez em quando, um deles se afastava, voando para uma estação de carregamento próxima, configurada para fornecer energia rápida. A lacuna era frequentemente preenchida por um novo drone ou pelo que retornava, e todos focavam sua mira em Thane.

— Você não acha que ele sobreviveria a tudo isso, acha? — perguntou Pixie. — Eu nunca vi tanto poder de fogo.

— Porque Thane é o único que merece — Aegis verificou seu Tama. Ele mostrava, em seu pulso esquerdo, a formação dos drones e seus números crescentes. — Não podemos deixá-lo escapar.

— Não há chance. Temos tantos Paragons, tantos...

— Foram necessários oito Campeões da última vez. Agora só eu estou aqui — disse Aegis.

Mesmo com todos os oito Campeões, subjugar Thane o suficiente para que o monstro se encolhesse até sua forma mais compacta e vulnerável exigia uma coordenação que Aegis não via acontecendo entre os Paragons hoje. Várias dezenas faziam o turno da noite com ele agora. Aegis só tinha dormido algumas horas depois que Celice partiu de volta para Nova York, mas o café ainda fazia milagres, mesmo em um corpo tão machucado quanto o dele, e Aegis não tinha ideia do que a maioria desses Paragons podia fazer.

Como Aegis poderia elaborar uma estratégia sem conhecer seu próprio lado, muito menos quaisquer truques que aquele grupo heterogêneo que Thane havia reunido lá dentro pudesse realizar?

— Todos os oito? Nunca ouvi falar dessa luta — Pixie sabia que era melhor não fazer a pergunta diretamente. — Deve ter sido escondida.

— Com boas razões.

Aegis não se alongou no assunto. Não queria voltar por aquele caminho. Tinha sido divertido defender o planeta como uma equipe, mas quando as ameaças existenciais desapareceram, questões mais mundanas os separaram. Aegis não se arrependia — ele acabou ficando com o melhor dos mundos e se livrou de todo o drama.

Seu Tama apitou, configurado para este evento específico para soar como uma trombeta irritante, quase fez Aegis pular. Quase. Os oito Campeões tiveram suas dificuldades, mas Mynx sempre esteve lá para ele. E agora ela havia chegado.

— Demorou tempo suficiente — disse Aegis quando Mynx desceu de seu jato personalizado. Ele nunca entendeu por que ela havia projetado a aeronave para comportar apenas uma pessoa. Todos os possíveis passeios divertidos que foram perdidos porque seu avião de nariz fino não tinha banco traseiro. — Eu estava prestes a seguir em frente sem você.

— Tudo bem por mim — disse Mynx, envolvendo Aegis em um abraço, embora fizesse apenas alguns dias desde a última vez que se viram. Por outro lado, com profissões como as deles, talvez fosse bom aproveitar o afeto de cada momento. Ele retribuiu. — Salvar o dia também fica bem.

— Como se você alguma vez se importasse com aparências.

— Ei, eu também comando uma região inteira. Não faria mal lembrá-los o porquê.

Se esse fosse seu objetivo, Mynx deveria ter transmitido seu traje por toda a Pacifica. Ela estava com o traje de batalha completo, mas ao contrário das versões mais pesadas do passado, este conjunto mostrava sua evolução tanto na forma quanto na função. Embora o tecido preto, que Aegis não ousaria presumir ser algodão ou outro fio comum, formasse a base, nós e linhas douradas envolviam e corriam ao seu redor, culminando em pequenos círculos em vários pontos. Em resumo, Mynx parecia um microchip incrível.

— Então, o que posso te oferecer? — disse Aegis, gesticulando em direção ao acampamento. — Temos coletes táticos, armas, munição?

— Se eu quisesse me parecer com você, teria vindo assim — disse Mynx. — Em vez disso, achei que isso seria uma boa demonstração para meu mais novo mecha.

Aegis há muito tempo havia parado de tratar Mynx com ceticismo — ser provado errado tantas vezes faz isso com você — mas Aegis não conseguia ver nenhuma das monstruosidades enormes de Mynx por perto. Aquele avião certamente não poderia tê-lo transportado. Quando ele voltou seus olhos questionadores para Mynx, ela exibia um sorriso.

— Quer ver?

Aegis balançou a cabeça, suspirando: — Apenas faça logo. Temos um vilão para destruir, lembra?

— Somos velhos, não sem senso de humor — respondeu Mynx. — Não seja um moleque.

— Um moleque? O que você é, uma criança de cinco anos?

Mynx, confirmando a afirmação de Aegis, mostrou a língua e então tocou em seu pulso esquerdo, onde o que Aegis havia presumido ser outro nó revelou-se ser um Tama disfarçado. O efeito se fez notar pelos Paragons gritando ao redor deles, e Aegis seguiu seus olhares para os drones. Os quatro mais próximos deles se libertaram do anel e deslizaram em direção a Mynx.

— Seu novo brinquedo? — perguntou Aegis.

— Meus amigos estão em toda parte. Mais fácil do que empacotar um traje toda vez que tenho que vir te salvar.

Os drones se estabeleceram acima de Mynx, girando suas estruturas — todas com configurações diferentes, destinadas à supressão, assalto, proteção e vigilância — em uma órbita lenta ao redor de sua criadora. Mynx os examinou por um momento e então estendeu seu braço esquerdo. O menor drone, um modelo que Aegis conhecia como 'Olhos', desceu seu corpo reflexivo em forma de arco curvo de um metro de comprimento. O drone se acomodou contra o braço de Mynx, cobrindo-o e, embora Aegis não pudesse ver, ele ouviu os sons de metal se apertando, travando.

— Os nós — Mynx esclareceu enquanto Aegis observava. — Eu venho escrevendo o código em todos os modelos nos últimos anos. É bem legal, não é?

— Chique.

Mynx estendeu seu braço esquerdo e, aparentemente seguindo ordens, o drone de proteção — uma placa plana e blindada coberta de pequenas protuberâncias atordoantes e duas vezes maior que seu irmão espião — desceu e tomou seu lugar no braço direito de Mynx. O resultado parecia tão ridículo, com a cabeça de Mynx minúscula entre as duas máquinas, que Aegis soltou uma risada.

— Tenho que dizer, Mynx, este não é um dos seus projetos mais bonitos.

— Função acima da forma, Aegis.

— Claro.

Com seus dois braços abertos, o par de drones que ela já havia conectado acionou um pequeno disparo de seus jatos, sem dúvida limitado para não fritar Mynx, e a fez pairar a um metro do chão. Isso provou ser espaço suficiente para os outros dois, que se eriçavam com armamento mais letal, se fixarem às suas pernas e ao longo do torso. No final, Mynx parecia um personagem de desenho animado da juventude de Aegis, embora ainda mais descombinado. Um guerreiro robô feito por alguém sem senso de simetria.

— Então, talvez eu tenha alguns ajustes a fazer — disse Mynx, sua cabeça mal visível na bagunça de metal. — Mas vai funcionar.

— Só não se mate, nem a nós. — Com o estranho espetáculo de sua amiga se fundindo com os drones terminado, Aegis voltou-se para os Paragons que aguardavam. — Preparem-se. Vou dar a Thane uma última chance.

Pela segunda vez, Aegis caminhou sozinho pela estrada em direção à casa roubada de Thane. Diferente da primeira vez, ele se sentia inteiro. Se não descansado, pelo menos não ferido. Seu corpo havia se recuperado, e, com os drones sobrevoando, sua mente tinha a calma que vinha com um poder de fogo esmagador. Que diferença isso fazia. Por tanto tempo, mesmo depois de terem estabelecido os Paragons, os Campeões, Aegis havia lutado em menor número, com menos armamento, e dependente de sua habilidade anômala para se manter vivo. As probabilidades estavam com o herói ou com a causa? Aegis tinha que acreditar na última.

Apesar da falta de iluminação, os sentinelas de Thane mandaram Aegis parar com um único tiro. Um estrondo alto na noite silenciosa e uma faísca ricocheteando no chão à frente de Aegis o fizeram parar e procurar, sem sucesso, a origem. Na escuridão, e sem conhecimento de suas armas, era difícil avaliar se Aegis estava ou não no alcance de tiro deles.

Melhor assumir que sim.

— Thane! — Aegis ainda conseguia dar um bom grito. As árvores vizinhas pareceram se agitar em resposta, enviando neve rolando para o chão. — Seu tempo acabou!

Ameaças seriam inúteis contra Thane. Ele não se acovardaria, nem se renderia. No entanto, o homem, ou monstro, falaria até que o fogo começasse a ser lançado. Fazer Thane sair, deixá-lo monologar até se distrair e Aegis teria a oportunidade que precisava para explodi-lo.

Aegis esperou um minuto, depois dois. Negociou uma trégua com as pontadas de fome em seu estômago — Aegis não tinha uma refeição decente desde aquele sanduíche de lagosta — e cerrou os punhos repetidamente para mantê-los aquecidos. Manteve o olhar fixo, encarando aquela velha coleção de tijolos e pedras, madeira e janelas, muito além de seu auge, se é que alguma vez teve um.

Tomou mais um fôlego, no terceiro minuto, para tentar outro grito.

— Aegis! Meu amigo! — Thane insistia no rótulo ridículo para o relacionamento deles. A amizade poderia ter sido verdadeira uma vez, mas isso foi há tanto tempo, parecia tantos mundos atrás, que agora era sem sentido. — Você finalmente decidiu me deixar ir?

Aegis procurou e não conseguiu encontrar Thane em algum lugar nas saliências rochosas. A lua havia se tornado menos útil com as nuvens de inverno se aproximando. Não pela primeira vez, Aegis desejou ter se lembrado de solicitar equipamento de visão noturna. Os drones não teriam problema em identificar seus alvos, e os Paragons inundariam o lugar de luz assim que a luta começasse para causar choque e pavor, mas isso não ajudava Aegis agora. Então ele manteve o rosto impassível e esperou que Thane estivesse em algum lugar à frente.

— Você sabe que não podemos fazer isso. — Pronunciar frases diretas em um grito parecia errado, mas não havia exatamente outra opção. — Ou você se rende, você e todos os seus associados que você não matou aí dentro, ou vamos acabar com você.

— Aegis. Vamos lá. Precisamos começar com as ameaças já? O que aconteceu com as negociações? As trocas de ida e volta?

— Isso só funciona se você tiver algo para negociar.

— Mas eu tenho! Suas vidas!

Aí está. Esse era o Thane que Aegis conhecia. O homem só conseguia resistir a uma vanglória arrogante por tanto tempo. Aegis imaginava que a loucura crescente do lado raivoso de Thane havia se envolvido em uma deterioração constante da sanidade do homem, e quem sabia quando ganharia controle total.

— Última chance, Thane. Sim ou não. O mundo não pode arriscar você livre.

— Ah, o mundo. Que lugar você criou! — A voz de Thane soava como se tivesse se movido, como se o homem caminhasse pelas muralhas. — Com toda a sua conversa sobre o quão perigoso eu sou, você já vira essa lente para si mesmo? Quantas cidades você intimidou com seu poder? Quanto tempo levaria para Mynx — sim, eu a vejo lá atrás — derrubar a civilização com seu exército incessante de drones? Quem, eu lhe pergunto, é a verdadeira ameaça?

Esse cara nunca parava. Nunca. Mas Aegis tinha certeza de que Thane havia saído da casa, o que o tornava tão vulnerável quanto os Paragons conseguiriam. Aegis tocou seu Tama. Uma mensagem pré-configurada foi transmitida em campo próximo para todos os Tamas com um código Paragon definido para a operação, um que Pixie havia escolhido: MinaDeGelo. Todos os computadores de braçadeira começariam a vibrar ou apitar, dependendo da preferência do usuário, em um segundo. No momento seguinte, bem, eles veriam se Thane tinha a força que alegava.

— Vamos descobrir! — Aegis começou a correr enquanto gritava as palavras, puxando duas hastes de energia dos coldres em seu cinto. Ele preferia seus punhos quase invulneráveis, mas contra alguém como Thane, ferramentas mais pesadas eram necessárias. Girando os pulsos, destampou as baterias e as hastes de meio metro de comprimento brilharam em vermelho para indicar sua dose elétrica letal.

— Mynx — Aegis falou em direção ao seu Tama enquanto corria. — Acabe com ele.

Antes que o próximo passo de Aegis tocasse o chão, a noite morreu. No alto, cerca de três dúzias de drones acenderam suas luzes, cada uma destinada a atordoar um possível criminoso tempo suficiente para que esses mesmos drones os nocauteassem. As luzes não estavam apontadas diretamente para Aegis, então ele viu um caminho claro, neve cristalina levando em direção aos muros de contenção de pedra divididos pela estrada.

Naqueles muros, os homens de Thane, pelo menos vinte — o que provocava outras questões que Aegis reprimiu — tropeçavam, suas armas longas balançando. Alguns conseguiram disparar tiros que, em sua total falta de precisão, eram tão perigosos para eles mesmos quanto para os Paragons. Thane, no entanto, havia desaparecido.

No quarto passo de Aegis, com muito ainda por vir, os drones iniciaram a segunda fase. Dardos, rajadas de energia e até algumas granadas de gás, dependendo do modelo do drone, choveram sobre a força infeliz de Thane. Não letais. Aegis não havia dado essa ordem, porque, em sua opinião, qualquer um que decidisse pegar em armas com Thane perdia o direito à vida, mas Mynx sempre fora uma molenga. Espalhados entre eles, com seus verdes, laranjas, roxos e explosões de arco-íris estavam os Paragons sortudos o suficiente para terem uma projeção como sua anomalia.

Diferentemente dos tiros dos drones, que atingiam com poder previsível, as explosões dos Paragons faziam coisas estranhas. Uma bola laranja, lançada como se tivesse peso físico, explodiu ao redor de um trio de homens de Thane e liberou tentáculos de teia de aranha que pegaram, enredaram e envolveram todos os três. Outra, uma chuva de pó de fada que passou zunindo sobre a cabeça de Aegis com velocidade suficiente para mover seu cabelo, parou bem em frente a um soldado de Thane e procedeu a mergulhar na boca do soldado. Em vez de atirar em um drone, o soldado girou e começou a espancar seu companheiro, usando o rifle como um porrete rudimentar.

Aegis mergulhou na confusão, atacando sem reservas. A força de Thane não tinha coesão, e Aegis não ouvia nenhum comando gritado. Então, em vez disso, era um carnificina. Aegis, uma armada de drones e inimigos em número cada vez menor que começaram a gritar sua rendição antes mesmo que Aegis tivesse levado um golpe. Em vez disso, Aegis pausou com sua vara direita sobre um homem acovardado — todos tinham roupas de inverno semelhantes e maltrapilhas que pareciam ter vindo de uma loja de descontos — e procurou por Thane.

— Não foi tão ruim — disse Pixie, correndo atrás dele com a maioria dos outros Paragons.

— A verdadeira luta ainda não começou. — Aegis gesticulou para os homens de Thane. — Tirem-nos daqui.

Um estalo-crash-estouro de madeira quebrando, vidro e telhas despedaçadas encerrou a ordem de Aegis. Do topo da mansão, agora com um grande buraco em seu centro, saltou o alvo. Com quatro metros de altura e um corpo que presumia intensos exercícios em praticamente todas as horas, Thane lutou com o telhado por um segundo antes de fazer um salto em direção a vários drones. Para o crédito de Mynx, seus robôs analisaram a nova ameaça instantaneamente e começaram a contra-atacar.

Para o crédito de Thane, ele era incrivelmente rápido.

Os drones não conseguiram escapar e Thane caiu entre eles, agarrando um em cada uma de suas enormes mãos. Enquanto Aegis se movia em direção ao ponto de pouso de Thane, o monstro atingiu o chão — Aegis sentiu um tremor — e lançou suas duas granadas de drones em direção aos seus irmãos ainda flutuantes. Energia armazenada, munição e sabe-se lá o que mais explodiu quando os drones se chocaram uns contra os outros, fazendo chover faíscas e fogo líquido ao redor deles. Gritos por ajuda, atendimento médico e evacuação encheram o ar enquanto Thane continuava agarrando o que podia e arremessando nos drones.

O contra-ataque dos Paragon veio duro e rápido, uma explosão nova de tudo o que tinham. Aegis havia liberado a ordem de matar Thane com todos antecipadamente, e se alguma vez houve motivação para dar tudo a um alvo, era a visão do corpo gigante e espumante de Thane. Aegis parou abruptamente, boca aberta diante do inferno desencadeado que estava explodindo em direção a Thane. Aquelas teias de aranha laranja estavam lá, e ele pensou ter visto o pó de fada, mas ambos empalideceram diante de tudo, desde chamas azuis puras até balas básicas e cruas disparadas dos próprios rifles de Thane, agora roubados.

Mas de tudo isso ainda vinham tijolos arremessados, árvores, qualquer coisa que Thane pudesse agarrar. Ele gritava agora, também; longos rugidos que mostravam mais aborrecimento do que dor real. Isso deu a Aegis a resposta que ele já sabia.

Eles não podiam matar Thane. Não assim.

— Parem! — Aegis gritou, sua voz amplificada por seu Tama e transmitida para os braços de todos. — Mudem para atordoamento e contenção. Letalidade está fora de questão!

Ele largou as varas; se todo aquele poder de fogo não conseguia derrubar um Thane furioso, então seus bastões de espancamento não o fariam. Em vez disso, Aegis puxou, de um coldre em suas costas, o que parecia uma longa seringa com um gatilho na extremidade. Um líquido azul claro chacoalhava no tubo da arma, que terminava em uma agulha com ponta de diamante. Thane não tinha o monopólio da pele dura, mas sua existência havia sido a principal motivadora para o desenvolvimento da arma. Agora, Aegis tinha a chance de usá-la. A mudança de tática levou um segundo para se manifestar, com o calor diminuindo à medida que os drones trocavam para eletricidade atordo-ante, para cabos de apreensão que atingiam e se enrolavam em torno do agora visível Thane, amarrando seus braços e pernas aos seus adversários aéreos.

Um movimento que deu a Thane nova munição.

Com um rugido sem palavras, Thane se jogou, agitando os braços, chutando as pernas e enviando os drones coli-dindo uns contra os outros. Alguns se espalharam até o chão, forçando os Paragons a salvarem a si mesmos e a seus amigos, em vez de se concentrarem na fonte. Caos, desastre.

E um tiro limpo.

Aegis se abaixou quando a queda em chamas de um drone passou por cima dele, mantendo a seringa pronta em sua mão direita. Suas botas mantiveram o agarre no gelo sob a neve revolvida, e em alguns longos impulsos ele quase chegou a Thane. Quase conseguiu esfaquear o monstro quando, com um giro uivante, Thane lançou sua boca escan-carada diretamente para Aegis.

— Você fica mais feio a cada vez — disse Aegis, prepa-rando o braço para espetar a seringa diretamente na boca de Thane.

Thane respondeu com um rugido cheio de saliva, dentes disformes vindo direto para Aegis em uma mordida de mandíbulas largas o suficiente para envolver a cabeça do Campeão.

Até que algo grande, confuso e metálico se chocou contra o lado de Thane e derrubou o monstro no chão. Aegis limpou a saliva de Thane de seu rosto e viu Mynx empu-nhando sua coleção heterogênea com o que poderia ter sido uma bela precisão se não fosse, na verdade, explosões desa-jeitadas de motores, rajadas atordoantes e esquivas desengonçadas de foguetes para evitar os contra-ataques de Thane.

Mynx levou um gancho de direita na blindagem metálica de seu drone defensivo, com Thane deixando um amassado massivo, mas em vez de recuar, ela usou o impulso do golpe para agarrar, com um cabo de aço lançado do drone de ataque enrolado em sua perna direita, o braço estendido de Thane. Ela acionou todos os jatos de seus drones, lançou-se em direção ao chão e girou, enviando Thane por cima de sua cabeça em um movimento de moinho que terminou com ele caindo de cabeça no chão.

Um adversário normal, chicoteado assim, estaria morto ou fora da luta. Aegis calculou que Thane ficaria atordoado por alguns segundos ou menos, então ele os usou, correndo em direção a Mynx.

— Para cima e para cima! — Aegis gritou.

Mynx, em pé, ouviu o chamado e estendeu seu braço direito coberto de drone em direção a Aegis. Ele saltou, e Mynx inclinou o braço, deixando Aegis usar o corpo largo do drone como uma rampa. Ele passou por cima da cabeça dela e continuou, subindo pelo drone no braço esquerdo de Mynx. Enquanto Aegis corria, o drone se desacoplou, impulsionando-se ainda mais para cima, de modo que quando Aegis chegou ao final, quando ele saltou em direção a Thane, ele voou mais de três metros no ar.

Quando Thane se levantou, sacudindo a neve de suas costas, em toda a sua altura, quando Thane se virou em direção a Mynx com toda a intenção de socá-la até a obliteração, Thane viu a forma voadora de Aegis disparando em sua direção, mergulhando a seringa de diamante em uma das poucas partes ligeiramente vulneráveis do corpo massivo e furioso de Thane: seu pescoço.

Aegis não se segurou. Ele cravou a seringa, puxou o

gatilho e caiu, e assim que atingiu o chão, Aegis desferiu uma série de chutes fortes na parte de trás dos joelhos de Thane. Os golpes fizeram Thane se ajoelhar, as mãos do monstro alcançando a seringa, arrancando-a. Thane deu mais um grito, mas sua força já havia diminuído, sua raiva desaparecendo em um rosnado sem palavras. Seu corpo seguiu, Aegis de pé sobre ele enquanto Thane encolhia, murchava à medida que as drogas da seringa agiam sobre a única fraqueza que o eu enfurecido de Thane tinha: sua mente.

Apinya tinha criado o dispositivo, da maneira tipicamente obtusa e irritante do Campeão. Thane, Apinya havia decidido, não podia ser ferido enquanto enfurecido, mas podia ser persuadido. A anomalia bloqueava ameaças ao seu corpo, mas não os sussurros astutos de um sedativo. As boas sensações que transformavam a raiva de Thane em contentamento plácido, se entregues através de uma solução suave e inofensiva, passariam pelas defesas de Thane quando tudo, desde veneno até radiação e ataques diretos, falhasse. Então, por duas décadas agora, eles mantiveram Thane encarcerado. Por duas décadas o mantiveram pacificado, e enquanto Aegis olhava para o homem velho e devastado na neve aos seus pés, tremendo de frio, ele só podia se perguntar por que não o haviam matado antes.

— Eu vou levá-lo — disse Mynx.

Eles estavam em pé sobre Thane, que dormia aquele sono profundo dos quimicamente controlados. Pixie e os outros Paragons haviam levado os vários mercenários de Thane - alguns já estavam falando, dizendo que haviam sido contratados para estar ali por diretores anônimos - e os estavam enviando para centros de processamento. Os drones também estavam partindo, retornando aos seus locais normais de patrulha em toda a Nova Inglaterra. Apenas alguns ficaram para trás, monitorando o alvo adormecido.

— Você não está me ouvindo — replicou Aegis. — Ele morre. Agora.

Mas ele não levantou o pé, não cerrou o punho para desferir o golpe, porque Aegis podia ler o rosto de Mynx. Aquele olhar determinado dela dizia que Aegis encontraria os drones segurando-o se tentasse.

— Não vai funcionar. Você vai quebrar o controle, e então ele virá atrás de nós de novo — disse Mynx. — Já tentamos isso antes.

— Ele está mais velho agora. Mais fraco. Olhe para ele.

— Ele pareceu fraco há um minuto atrás?

Não. Não tinha parecido. Mas se não tentassem agora, quando? Aegis abriu os braços, olhou para Mynx. Implorou com os olhos por outra opção.

— Ainda temos a ilha — disse Mynx. — Ela está lá fora.

— Deixá-lo livre? Você está brincando?

— Dificilmente. Eu o deixarei cair. Se não o matarem, ele ficará preso. Dezenas de quilômetros longe de qualquer lugar. Inofensivo.

Aegis encarou o corpo de Thane. Tão frágil. Tão fraco. Uma boa pisada acabaria com tudo, Aegis tinha certeza. Mas e se estivesse errado? Se Thane voltasse rugindo? Ele não tinha uma segunda seringa pronta, e havia muitas pessoas vulneráveis aqui. Muito risco. O antigo ele poderia ter feito isso, aquele com gosto pelo jogo, pela bravata de tudo.

— Leve o monstro, então — Aegis se virou, começando a caminhada arrastada de volta a um transporte que o levaria para casa. — Pelo nosso bem, Mynx, espero que você esteja certa.

CAPÍTULO 30
UM BOM ESPETÁCULO

DE TODOS OS espaços em Chicago que haviam mudado conforme os Paragons reformulavam o mundo, o McCormick Place, um palácio de janelas, paisagismo arrumado e telhados brancos inclinados, havia repelido a influência da anomalia. Como os marcos tradicionais da cidade, o McCormick Place permanecia como um sinal do que existia antes. Diferentemente dos marcos tradicionais da cidade, o McCormick Place estava sujeito a ser coberto por faixas brilhantes exibindo heróis míticos e mundos ainda mais estranhos, de alguma forma, que a Terra.

Kat podia ver a preparação da estação de trem, e mesmo se não pudesse, as roupas dos passageiros desembarcando ao seu redor seriam pistas suficientes. No início, as anomalias pareciam ser a morte dos poderosos e miraculosos heróis de filmes e ficção, mas conforme ficava claro que poucas anomalias se igualavam àquelas habilidades inventadas, e ainda menos aos valores altruístas, os contadores de histórias desenterraram os ícones ancestrais e observaram enquanto eles alcançavam alturas maiores do que nunca. Kat também havia gostado deles, quando criança. Então ela perdeu seus pais, e agora qualquer anomalia com grandes poderes a colocava em um estado instável. Quando se importava com entretenimento, ela preferia algo direto com pessoas normais. Sem TEPT para ela, obrigada.

Mesmo assim, o entusiasmo da multidão — uma família à sua esquerda falava sem parar sobre todos os membros de alguma equipe de heróis que Kat não reconhecia, um casal à sua direita planejava o cronograma para ver todos os seus atores favoritos, e risadas genuínas permeavam o ambiente — forçou um sorriso em seu rosto. Não que ela estivesse se divertindo — nunca — mas ela tinha que se encaixar. Quem iria a uma convenção como essa e ficaria mal-humorado?

Conforme Kat se aproximava dos enormes edifícios, ela desviou da multidão em direção aos cambistas que anunciavam passes diários de última hora. Um toque de seu Tama em outro e ela tinha um crachá pendurado no pescoço, declarando Kat uma visitante de categoria 'Eterna', o que, o cambista garantiu, lhe daria entrada em praticamente qualquer evento que ela quisesse.

Ela não sabia onde Calvin poderia estar, mas Kat podia fazer suposições; os maiores shows, as maiores estrelas.

Uma vez passadas as portas e atravessada a fila para o necessário guarda-volumes — frio de inverno lá fora, calor abrasador lá dentro somado a milhares de pessoas resultaria em um dia suado — Kat se deslocou para um local vago contra a janela e abriu o aplicativo da conferência em seu Tama. Definiu um cronograma.

— Ei, eu conheço você — disse uma voz escorregadia que Kat lembrava bem, principalmente porque a habilidade da mulher a tornara tão difícil de pegar. — Ainda fazendo boa reputação às minhas custas?

Xia não havia mudado muito nos três anos desde que Kat a rastreara. Ela havia sido uma das primeiras capturas de Kat, uma anomalia que Kat encontrara cozinhando em uma lanchonete. Xia havia sido descuidada com seu disfarce, preparando pratos em uma velocidade tão rápida que a lanchonete ganhara a reputação de entregar comida não importava quão apertado fosse o tempo. Quando você podia fritar instantaneamente com suas mãos, preparar chicken fingers e batatas fritas aos milhares não era tão difícil. Quando você podia fazer o mesmo com uma pessoa, isso te tornava perigosa.

— Estou bem — disse Kat. Xia usava um vestido esmeralda, asas de fada dobradas nas costas com uma coroa escura, e um par de adolescentes a seguia, olhando de sua mãe para seus Tamas e para as maravilhas fantasiadas que passavam. — Como você está?

Os rastreadores tinham diretrizes sobre interações com anomalias que haviam rastreado. Exemplos, dado que as anomalias rastreadas cobriam o espectro entre gratas e assassinas. Com o tempo, o consenso geral se estabeleceu em manter a calma e manter distância. Só porque uma anomalia havia sido rastreada, não significava que ela não pudesse obter sua vingança movida pela habilidade.

— Ah, você sabe, vivendo o sonho de todo pai — disse Xia. — Trabalhando para os Paragons. Sem escolha nisso. E aqui estou eu com meus filhos, tentando ter um dia divertido e esquecer, por um momento, a vida em que você me trancou, e é claro, a pessoa que eu estrangulo nos meus sonhos todas as noites aparece!

Kat acenou com a cabeça atrás de Xia, para seus filhos, ambos os quais haviam percebido a raiva crescente de sua mãe.

— São seus?

— Claro que são meus. Não que você se importe. — Xia puxou uma varinha de plástico de seu cinto, apontando-a para Kat. — Você só pega. Usa. Depois vai embora.

Desescalar. Era isso que Kat deveria fazer. Mas ela estava cansada, havia muitas pessoas ao redor, e Xia tinha uma varinha estúpida na cara dela.

— Se você não quer me ver, não estou impedindo você de ir embora.

Xia processou isso. Pareceu, por um momento, que ela bateria em Kat com a varinha, e Kat moveu seu braço o suficiente para bloquear. Essa ação, essa lembrança da luta de ida e volta que destruíra metade da lanchonete e terminara com Kat queimada e Xia inconsciente e rastreada, desfez o nó de raiva que se formava na mente de Xia. A fada esmeralda virou as costas para Kat, anunciou para seus filhos que eles estavam indo embora. Kat observou Xia dar dois passos antes que a anomalia parasse, virasse de volta para ela, quase batendo em alguém na multidão, e gritasse com aquela varinha sempre apontando: — Você quer ver uma vilã de verdade? Está ali! Bem ali! Ela vai arruinar sua vida!

Kat não podia negar.

A rastreadora vagou. Misturou-se às multidões e caminhou pelo enorme centro de convenções. De vez em quando seu Tama apitava, anunciando que um show que ela havia marcado como de alto valor estava começando e Kat se direcionava para aquele lado para avaliar a fila, mas ela não entrava. Não conseguia suportar sentar-se, porque então ela ficaria muito presa em sua própria cabeça.

Mynx, a Campeã que iniciou o programa de rastreadores, nunca escondeu seu propósito, ou o preço que os rastreadores pagariam. Eles eram recrutadores à força, e seus alvos — vítimas? — seriam empurrados para uma espécie de servidão paga por uma organização que eles obviamente queriam evitar. Mynx envolveu tudo isso em uma linguagem heroica e elevada: que os rastreadores estavam fazendo um trabalho necessário e valorizado que não apareceria nas manchetes.

Kat não estava preparada para o ódio.

Xia não foi a primeira das anomalias de Kat a voltar para ela com uma vida menos que ideal após a interferência de Kat. Às vezes, a resposta era uma aceitação sombria, a perda da liberdade compensada pelas generosas recompensas conferidas pelos Paragons. Eles lançavam um olhar sem entusiasmo para Kat e seguiam em frente. Raramente, ela encontrava casos como o de Stanley, que teve uma vida melhor depois de deixar para trás a paranoia inerente a ser uma anomalia renegada. Na maioria das vezes, Kat enfrentava um confronto. Uma enxurrada de palavras com gosto de culpa, como se Kat tivesse roubado algo deles, quando, na verdade, eles escolheram quebrar a lei dos Paragons. Ameaças físicas, como o que Xia poderia ter feito se tivessem se encontrado em uma rua tranquila e não em um centro de convenções fortemente patrulhado, tendiam a desaparecer assim que a anomalia se lembrava que Kat os vencera uma vez e poderia fazê-lo novamente.

Isso não tornava esses momentos divertidos, no entanto, o que era o motivo pelo qual Kat passava cada vez mais tempo reclusa em seu apartamento. Sem conflitos lá. Sem acertos de contas com suas escolhas de vida.

Risadas trouxeram Kat de volta ao presente e ela percebeu que havia vagado para um enorme salão de vendedores. Estandes vendendo todos os tipos imagináveis de brinquedos de quadrinhos e filmes ocupavam a área, e para cada estande físico, havia meia dúzia de virtuais; simples pôsteres com códigos Tama que permitiriam visitar mercados com desconto ou vitrines especiais na Internet.

As risadas vinham de uma apresentação acontecendo

no centro do espaço. Kat achou que reconhecia o homem em pé na plataforma elevada, microfone próximo aos lábios enquanto disparava uma série de piadas tão específicas para iniciados que Kat se sentiu ligeiramente envergonhada por conseguir acompanhá-las. Passar tanto tempo em seu apartamento significava que ela assistia a muitos programas.

Muitos programas.

Ela se juntou à multidão, ficando perto do fundo e ouviu o conjunto. Continuou olhando ao redor. Nenhum sinal de Calvin. Não que suas chances fossem tão boas, com uma multidão desse tamanho. Uma multidão que também começava a afetá-la, corroendo sua compostura. Se Calvin não aparecesse logo, Kat poderia simplesmente ir embora por hoje. Voltar amanhã.

O comediante emendou suas piadas em outra série, uma que Kat não conhecia, então ela permitiu que alguns recém-chegados a empurrassem para longe e para fora da atração natural do conjunto. A ansiedade fez seu trabalho no estômago de Kat, e uma confirmação da hora deixou claro que estava na hora de uma refeição. E se ela precisava comer, havia a chance de que Calvin também precisasse. Todo mundo tinha que comer, certo?

Se o salão dos vendedores era um aglomerado de ofertas concorrentes, a área de refeições oferecia aromas competindo entre si. Aparentemente, o entretenimento de massa transcendia fronteiras culturais, pois Kat sentia o cheiro de tudo, desde curry até frituras, passando pelo distinto aroma picante e floral de linguiças à base de plantas. Operando em um cronograma de apetite semelhante, as multidões desceram sobre o espaço junto com Kat, se espremendo em filas e segurando ingressos para amostras grátis ou refeições ganhas nos vários concursos da convenção.

Kat avançou mais, onde a multidão diminuía à medida

que as barracas atraentes da entrada capturavam a maioria das pessoas. Aqui, circundando um bar gigante que oferecia bebidas temáticas em copos ecológicos de plástico verde grandes o suficiente, Kat sentiu, para conter seu braço inteiro esticado, espalhavam-se mesas para duas e quatro pessoas com cadeiras leves flexíveis o suficiente para acomodar os clientes e fantasias nesta festa particular.

O álcool veio com a promessa de familiaridade, alívio enquanto Kat se acomodava em um banquinho vazio do bar. Algumas telas acima mostravam clipes concluídos ou em andamento, embora algumas tivessem notícias de última hora sobre um caso violento na Nova Inglaterra. Aparentemente, o próprio Aegis esteve lá, junto com uma frota de outros Paragons.

— Thane de novo — ofereceu o bartender, seguindo o olhar de Kat para a tela. — Eles não conseguem manter aquele lá preso. Deveriam simplesmente acabar com isso.

— Certo.

Kat não estava com disposição para discutir a questão mais profunda de morte versus vida para um criminoso como Thane, então ela aceitou o veredicto do bartender e pediu uma cerveja leve. Depois de recebê-la e dar um gole, ela fez uma lenta volta no banco para olhar de volta para as mesas. A multidão.

E o viu.

Deveria ter sido óbvio. Calvin parecia um solitário, como ela. Ele faria seu caminho até aqui, a este estranho oásis no centro de tudo. Kat não conseguia ver seu rosto, mas ele usava o mesmo chapéu, a mesma jaqueta surrada. Sem fantasia para o nosso herói. Calvin comia algo, de costas para o bar enquanto se curvava sobre a mesa. Um alvo fácil.

Encontrei sua anomalia, Gordon. Na grande convenção, refeitório. Venha me encontrar agora, com a recompensa.

Essa mensagem deveria fazer Gordon correr. Kat não gostava de admitir para si mesma que vencer Gordon nessa lhe dava a maior emoção que ela tinha em muito tempo, mas essa era a vida, aparentemente. Talvez um dia ela aceitasse o pacote de benefícios dos rastreadores e consultasse um terapeuta sobre isso. Sobre muitas coisas.

Mas não hoje.

Kat escorregou do banquinho. Caminhou lentamente com sua cerveja na mão esquerda enquanto a direita deslizava sob a dobra onde seu jeans se encontrava com seu suéter creme e folgado. Pressionada contra seu quadril, com um chip especial que permitia desarmar detectores de metal — algo que os rastreadores recebiam para auxiliar em suas empreitadas não letais — estava uma pequena arma de choque. Curto alcance, carregada com dardos que entorpeciam os nervos.

Ela a tirou, segurou-a na palma da mão até que o cano apontasse para as costas de Calvin. Foi direto até ele, pressionou a arma contra seu pescoço e sussurrou:

— Ei, Calvin, por que você fugiu tão rápido?

CAPÍTULO 31
SOB AS RUAS

A SUBCIDADE de Chicago sobreviveu aos anos permanecendo invisível. Enquanto a superfície do centro da cidade havia sido remodelada para acomodar as cápsulas, a redefinição forçada do capitalismo pelos Paragons, as ruas sujas abaixo permaneceram resilientes. Zhan-Yo saiu a um quarteirão inteiro de distância de seu destino, querendo caminhar por um minuto neste lugar, com suas luzes douradas profundas, longas sombras e agitação constante de veículos pesados de carga e lixo descartando as coisas que a humanidade produzia, mas não queria ver.

As vozes também ecoavam aqui embaixo, de trabalhadores realizando tarefas que nenhum drone ou IA poderia provar ser lucrativo. As mesmas reclamações: os representantes, o clima frio — embora aqui embaixo os ventos cortantes do lago fossem amenizados — e a constante labuta inescapável pelo homem comum. Esse último pensamento trouxe um sorriso; Zhan-Yo não deveria pensar assim, como um filósofo. Ele não era um bebedor de vinho pregando para estudantes universitários que tomavam notas.

Não, ele era um revolucionário, e esses trabalhadores

aqui embaixo eram seus súditos, mesmo que não soubessem disso.

Sylvie pediu o encontro perto do local que ela havia escolhido para o assassinato que mudaria o mundo. Zhan-Yo não gostava dessa palavra, que se estendia como um pano gorduroso sobre suas nobres aspirações, mas tinha que admitir o valor de chamar as coisas por seus verdadeiros nomes. Aegis tinha que morrer para que a liberdade pudesse viver. Eles não poderiam vencer Aegis e seus Paragons em uma luta direta, então seria um assassinato.

Uma porta pesada e soldada marcava a entrada. Uma fechadura antiga com chave ficava acima da maçaneta, sem nenhum scanner Tama à vista. Quanto tempo fazia desde que Zhan-Yo carregava um chaveiro? Ouvira o tilintar enquanto tentava lembrar qual se aplicava à fechadura específica?

— Você tem uma chave? — perguntou Wexley, saindo de outra cápsula atrás de Zhan-Yo. Ele não havia escolhido fazer a caminhada e lançava olhares ao redor como se temesse que capangas pudessem atacar a qualquer momento. — Ou Sylvie está esperando que a gente fique esperando aqui fora?

— Ela vai nos deixar entrar quando estiver pronta.

Wexley balançou a cabeça. O homem havia se embru-lhado da cabeça aos pés em roupas que Zhan-Yo só podia descrever como luxo de escritório. Pretas, grossas e de lã. Zhan-Yo preferia o conforto desgastado de sua jaqueta fofa, a mesma que usava há anos. Por outro lado, Zhan-Yo havia chegado ao topo da escada. Wexley ainda subia os degraus. Assim como Zhan-Yo se recusava a julgar os trabalhadores da subcidade por fazerem seus trabalhos brutais no fundo da cidade, também não podia julgar as roupas de alguém que tentava arduamente escapar disso.

Felizmente para Wexley, Sylvie abriu a porta não dois minutos depois, no momento preciso em que seus Tamas vibraram para anunciar o início da reunião agendada. Uma que, nos calendários de Zhan-Yo e Wexley, havia sido marcada como um jantar de alta importância. Algo que manteria as chamadas afastadas e as perguntas silenciosas.

— Bem-vindos, senhores, ao último lugar que nosso Campeão verá. — Sylvie deu um passo para o lado e fez um gesto elaborado para que os dois entrassem.

Se este espaço abrigaria os momentos finais de Aegis, Zhan-Yo o achou adequadamente horrível. Tubos embaralhados, saídas de vapor, fios gradeados e mais corriam pelo teto, interrompendo-se de vez em quando para dar lugar a lâmpadas fluorescentes crepitantes, cujo brilho azul-branco drenava qualquer esperança.

O lugar escolhido por Sylvie continuava, e as "paredes", conforme ela conduzia Zhan-Yo e Wexley, revelaram-se ser pacotes de baterias em caixas para armazenamento solar. Cubos pretos com pequenas telas exibindo os painéis coletivos em prédios muito acima para sugar energia suficiente para manter a cidade funcionando. Uma iniciativa de alta tecnologia amontoada em um ambiente de baixa tecnologia. Um que, pelo cheiro persistente, havia sido usado para armazenar resíduos para eventual incineração em uma vida passada.

Nos fundos, Sylvie indicou uma porta de manutenção. Ela também estava trancada e não tinha menos de três placas com linhas vermelhas declarando penalidades civis e criminais caso a pessoa errada ousasse abri-la.

— Nós o conduzimos pelos túneis de acesso até esta porta — disse Sylvie. — Ele a abre, nós o liquidamos aqui dentro e depois fugimos por onde vocês entraram. Simples.

— É perfeito — disse Zhan-Yo.

— Você faz parecer tão fácil — rebateu Wexley. — Aegis não estará sozinho. E quanto aos drones? Assim que ele perceber que é uma armadilha, vai chamá-los. Tão perto do centro da cidade, eles não estarão a mais de alguns segundos de distância.

— Verifiquem seus Tamas — respondeu Sylvie. Ao contrário de seu encontro noturno, o traje de Sylvie esta noite brilhava em cinza prateado, com fendas cheias de placas blindadas. Dois volumes em seus pulsos eram, Zhan-Yo supôs, facas de arremesso prontas para serem lançadas com um gesto, e sua cintura ostentava um cinto com armas para curta e longa distância. Tudo isso dava uma borda sinistra à sua sugestão. — Vocês encontrarão sua resposta.

O Tama de Zhan-Yo não escondia o problema - na parte superior central da tela, nas costas do pulso de Zhan-Yo, um grande X vermelho cobria o círculo que, à medida que se enchia de branco, mostrava a força do sinal. Zhan-Yo não conseguia se lembrar da última vez que vira aquele X vermelho - ele podia manter uma conexão em voos para qualquer lugar do mundo, na maioria dos porões e no meio do Lago Michigan. Esta câmara aqui, sob as ruas de Chicago, nem sequer era tão profunda. O que significava...

— São os geradores — disse Zhan-Yo, notando que Wexley ainda olhava fixamente para seu próprio Tama como se tivesse se tornado alguma criatura nojenta com a intenção de devorar sua mão. — Essa é a diferença.

— Não exatamente — respondeu Sylvie. — Este edifício é blindado. Placas de chumbo estão ao nosso redor, encapsuladas nestas paredes, para aterrar e selar qualquer sobrecarga. Vocês conseguem imaginar o que aconteceria se esses geradores explodissem embaixo da cidade?

— Me faz pensar como você tem acesso a este lugar — disse Wexley.

— Eu não pergunto como você faz seu trabalho — disse Sylvie, e Zhan-Yo notou que os dois tinham, mais uma vez, se posicionado como duelistas. — Presumo que você pague seus funcionários, certo?

— Claro que pagamos.

— Sylvie. — Zhan-Yo tentou, mas ela o ignorou.

— Você os paga em reps, mas essa é apenas uma moeda. Manter-se vivo, por acaso, é outra.

Zhan-Yo reprimiu um sobressalto. Mais uma mancha na bandeira pura de seu sonho. Se fosse honesto, a bandeira estava mais para um trapo sujo hoje em dia, mas pelo menos ainda estava lá. Talvez ainda capaz de tremular.

— Então é aqui que vamos encenar a transferência da arma — Zhan-Yo trouxe a conversa de volta à relevância.

A sala central tinha a capacidade. Quadrada, com um piso aberto destinado a dar espaço para que o equipamento necessário movesse e fizesse a manutenção desses gigantescos baldes de energia. Uma dúzia ou mais de pessoas poderiam esperar aqui, prontas para emboscar Aegis quando ele viesse pelo túnel de manutenção.

— Vamos colocar câmeras nos cantos e nos pontos médios — explicou Sylvie. — Vamos capturar de todos os ângulos. Isso não será apenas um assassinato, será um evento cinematográfico.

Wexley lançou a Zhan-Yo um olhar que perguntava se, realmente, Zhan-Yo achava que Sylvie tinha alguma sanidade restante. Zhan-Yo não tinha resposta, mas não importava, desde que eles alcançassem o objetivo. Desde que eliminassem o Campeão.

Sylvie continuou falando sobre as próximas modificações do local e Zhan-Yo tentou absorver tudo. Ao explicar as armadilhas secundárias caso os drones conseguissem descer mesmo assim, a porta de acesso à manutenção sacudiu.

Wexley deslizou na frente de Zhan-Yo em um instante, sacando uma pequena arma de choque legal de sua jaqueta. Sylvie olhou para a arma, encontrou o rosto de Wexley e riu.

A porta se abriu e dois homens vestidos como Sylvie — equipamento tático preto-prateado com placas de armadura — entraram. Zhan-Yo não reconheceu nenhum deles, e os dois ignoraram os principais executivos de Ziran enquanto relatavam liberações e atualizações de objetivos para Sylvie. Quando terminaram, Sylvie deu um único aceno e os dispensou.

— Esperem — disse Zhan-Yo a eles quando os dois brutamontes se viraram para sair pela saída principal. — Qual é o papel de vocês aqui?

— Eles vão derrubar Aegis — disse Sylvie.

Os dois se viraram para olhar para ele. Zhan-Yo começou a pensar neles como os gêmeos, apesar do fato de não se parecerem em nada. Grandes e corpulentos, sim, mas de resto suas peles eram opostas, um tinha orelhas mais longas e o outro um torso mais comprido. Seus rostos tinham uma coisa em comum: um olhar fixo tão frequentemente encontrado em capangas. No entanto, espreitando sob essa superfície e visível em seus músculos relaxados, seus olhos diretos e a total falta de perguntas em seus lábios... estava a completa ausência de fibra moral necessária para trabalhar em um trabalho como este.

— Vocês já lutaram contra um Paragão antes? — perguntou Zhan-Yo. — Uma anomalia?

— Aqui e ali — disse o da esquerda, como se Zhan-Yo tivesse perguntado se ele assistia filmes. — Não um Paragão. Não somos tão burros assim.

— Eles são qualificados, Zhan-Yo — disse Sylvie. — São tão bons quanto você vai encontrar. Ninguém por aí anda anunciando que caça Paragões. Você não vive muito tempo fazendo isso.

Zhan-Yo assentiu. Olhou para Wexley. — Pegue meu paletó, por favor.

— Z — disse Wexley. — Eu não acho que...

— Esta não é uma decisão que cabe a você tomar.

Wexley tirou o paletó dos ombros de Zhan-Yo e o homem mais velho esticou os braços. Sentiu aqueles músculos se encaixarem no lugar. Ele pretendia dar seguimento à oferta de Chloe, conseguir uma prática mais pesada. Como estava, esses dois teriam que servir.

— Eu lutei contra um — disse Zhan-Yo, esticando os braços. — Por uma aposta. Anos atrás. Perdi feio. Porque o subestimei. Presumi que um Paragão não era nada além de seu poder, como a maioria das anomalias. Um erro profundo.

Embora Zhan-Yo não mostrasse a eles, ele tinha uma cicatriz na panturrilha esquerda, de onde o Paragão havia partido seu osso. Nenhum poder ali, apenas um pisão impiedoso. Até onde Zhan-Yo sabia, aquele Paragão ainda vivia por aí em algum lugar, e Zhan-Yo lhe devia uma dívida — ele havia aprendido uma lição que a maioria só percebe nos últimos momentos fatais de suas vidas.

— Então o que você está dizendo? — disse Sylvie, com os braços cruzados enquanto se inclinava contra a parede lateral. — Você quer lutar com eles? Ensiná-los como é lutar contra um Paragão?

— O que estou dizendo é que se esses dois não conseguem nem lidar comigo, Aegis fará um trabalho rápido com eles.

— Isso é ridículo, Z — disse Wexley.

Mas os gêmeos aparentemente não achavam. Eles lançaram um olhar para Sylvie, que deu de ombros, e então começaram a se separar ao redor de Zhan-Yo, colocando o suposto chefe de toda essa empreitada sozinho no meio da sala. Wexley finalmente entendeu que ele não iria, de fato, impedir que isso acontecesse e recuou para perto de Sylvie, suspirando repetidamente.

Zhan-Yo, no entanto, se sentia vivo. Sentia a corrida de adrenalina e a excitação que vem com o conflito físico, com saber que sua vida estaria em jogo e que seria preciso cada gota de energia que ainda lhe restava no final do dia para...

Vencer.

Zhan-Yo deu um passo rápido para a esquerda sem se virar completamente, golpeando com o cotovelo a garganta do mais baixo. Um movimento potencialmente letal contra os não iniciados, capaz de transformar a traqueia em nada mais que um tecido dobrado, mas o contratado de Sylvie fez uma deflexão surpreendente, socando o golpe de Zhan-Yo para cima de modo que atingisse a bochecha do homem em vez disso, jogando sua cabeça para trás. Zhan-Yo aproveitou a distração que isso comprou para acertar um chute com a perna direita no estômago do homem cambaleante, lançando-o contra a parede lateral. O whoosh de ar viciado explodindo dos pulmões do homem significava que Zhan-Yo tinha algum tempo para brincar com o outro.

Que veio em direção a Zhan-Yo com as mãos levantadas na frente do rosto, uma postura de boxe. Mais alto que Zhan-Yo, o gêmeo número dois sem dúvida tinha vantagem de alcance sobre Zhan-Yo, então ele decidiu tirar as mãos do jogo. Girando de seu chute, Zhan-Yo caiu em uma varredura de perna, fazendo o Gêmeo Dois dar um passo rápido para trás.

Jogando seguro. Isso poderia funcionar aqui, mas cada segundo que Aegis permanecesse vivo daria tempo para Paragões ou drones localizá-lo e arruinar tudo.

— Você deve atacar rapidamente — disse Zhan-Yo, endireitando-se. — Cada segundo contra o Campeão o beneficia, não você.

O Gêmeo Dois entendeu e voltou a atacar, desta vez mais leve nos pés. Se Zhan-Yo tentasse a mesma varredura, o Gêmeo Dois poderia pular por cima, ou correr para vencê-la, desferindo um golpe na cabeça desprotegida de Zhan-Yo. Então Zhan-Yo fez menção de fechar a distância com um súbito avanço em direção ao Gêmeo Dois. O homem contratado por Sylvie, em vez de tentar um jab frenético, optou por um abraço, pegando Zhan-Yo enquanto ele se aproximava e envolvendo-o nos braços mamutes do Gêmeo Dois. Ele apertou, e Zhan-Yo sentiu como se fosse explodir.

Mas o Gêmeo Dois usava um cinto como o de Sylvie, e esse cinto carregava várias armas letais. As mãos presas de Zhan-Yo podiam sentir o cabo de uma arma, e ele a puxou, virando-a para o estômago do Gêmeo Dois.

— Você está morto — Zhan-Yo conseguiu dizer.

— Isso não é justo — disse o Gêmeo Dois, soltando Zhan-Yo. — Não estávamos totalmente armados.

— Eu não dei nenhuma regra a vocês. Aegis também não dará — disse Zhan-Yo, tentando muito, muito não desabar enquanto sugava o ar. Wexley se aproximou dele, ajudou Zhan-Yo a vestir seu paletó novamente. — Não brinquem. Assim que ele entrar nesta sala, vocês vão para a matança, e fazem isso rápido. Sylvie, eu aprovo. Faça acontecer.

— Manterei você informado — disse Sylvie, com mais que um toque de cálculo em sua voz e, Zhan-Yo pensou, surpresa com as habilidades de seu chefe.

Wexley acompanhou Zhan-Yo para fora do prédio e sinalizou para os pods. Enquanto Zhan-Yo entrava no seu, respirando fundo e se perguntando se ficaria com hematomas, Wexley manteve a porta aberta e inclinou-se para dentro.

— Uma vez que isso comece, não poderemos voltar atrás. Se Aegis descer lá, ele tem que morrer, Z. Se aqueles dois falharem...

— Sylvie e eu vamos garantir que eles não falhem.

— Você?

— Wexley, se isso falhar, estamos acabados. Ziran pode continuar, mas eu não. Esperei a vida toda por essa única chance, e não tenho uma segunda para gastar esperando por outra.

A resposta pareceu satisfazer Wexley, que deixou a porta do pod fechar e deu um pequeno aceno para Zhan-Yo enquanto o pod o levava para fora das profundezas douradas e oleosas em direção à noite brilhante de Chicago.

CARONTE. O barqueiro que levava os recém-falecidos, ou os aventureiros imprudentes, para o Hades. Mynx estava tentando se lembrar do nome há uma hora, um quebra-cabeça facilmente resolvido por seu Tama, mas que ela queria resolver sozinha. Em parte porque ela simplesmente queria - ter máquinas resolvendo todos os seus problemas a fazia se sentir inútil - mas também porque voar alto sobre Atlântida e Pacífica era realmente, realmente entediante.

Não que o céu noturno, uma vez que Mynx ultrapassou as nuvens e escureceu um pouco daquela luz lunar intensa, não fosse bonito. Ela só o tinha visto tantas vezes agora que—

— Uma carona pessoal de uma Campeã? — A voz de Thane soou seca, como se ele tivesse chupado uma dúzia de limões. — O que eu fiz para merecer essa honra?

Seu jato particular não tinha assento para passageiros, mas tinha espaço para bagagem. Espaço agora ocupado por um Thane sedado e contido. Privado de sua raiva, Thane encolheu, murchou até parecer quase incapaz de estar vivo. Havia algum perigo em manter Thane tão entorpecido, uma chance de que seus músculos pudessem enfraquecer tanto que ele morreria na parte de trás do jato. Francamente, Mynx não se importaria se isso acontecesse, não fosse por uma coisa:

Ela não era uma assassina.

Essas palavras não valiam para todos os Campeões, e Mynx já havia matado antes, seja por conta própria ou através de seus drones. Mas matar para se defender em uma luta ou para impedir uma catástrofe era uma coisa. Acabar com Thane porque ela podia parecia... errado. Aegis não parecia pensar assim, mas ele podia ter suas opiniões. Ela tomaria as decisões que manteriam seus pesadelos afastados.

— Você aterrorizou muitas pessoas e poderia ter matado muito mais — disse Mynx, suas palavras envolvendo a cabine e deslizando de volta para Thane. — Você sequer se lembra?

— Claro — respondeu Thane. — Eu me lembro de tudo, mesmo que não possa usar no momento. Sei que você impediu Aegis de me matar, e eu agradeço por isso.

Seria isso um arrependimento genuíno?

— Por que você fez isso? — perguntou Mynx.

— Oh, minha explicação é simples. Eu estava entediado e me ofereceram uma chance de não estar. Eles cumpriram sua parte, e eu cumpri a minha.

— Quem ofereceu essa chance a você?

— Ora, Mynx, só porque você me tem amarrado em seu avião bastante agradável não significa que pode me fazer todas as perguntas que quiser.

— Na verdade, é exatamente isso que significa.

Thane deu uma risada rouca. — Seu avião tem água, ou estou condenado a ficar sem?

O jato tinha água, tinha de tudo, desde refeições pré-preparadas até um desfibrilador automático pronto para ser acionado caso Mynx tivesse um ataque cardíaco durante o voo. Mas tudo voltado para a cabine, não para a parte de trás, e o impulso caridoso de Mynx havia sido morto pelo longo voo noturno. Tinha sido sua própria escolha fazer a jornada, mas seria uma viagem exaustiva, não obstante.

— Você já sobreviveu a coisas piores — disse Mynx. — Você sabe para onde estou te levando?

— Mynx, faz tanto tempo desde que eu tive acesso aos seus segredos. Mesmo neste estado, não posso adivinhar.

Outra mentira. Thane muito bem podia adivinhar, e assim, com sua mente aguçada mesmo enquanto seu corpo decaía, ele provavelmente podia dizer quão rápido estavam indo, talvez até julgar sua localização pela atração dos polos magnéticos da Terra ou alguma coisa ridícula assim. Anomalias redesenhavam as fronteiras da possibilidade o tempo todo.

— Eu criei este lugar por sua causa — disse Mynx. — Embora na época em que o preparei, já tínhamos você tão bem contido que Aegis achou que seria mais perigoso movê-lo.

— Um dos muitos equívocos daquele bruto.

— Funcionou muito bem por quase trinta anos.

— Sim. Vocês mantiveram a maior mente que este mundo já viu sedada e trancada. Que plano brilhante.

— Uma mente perigosa, Thane. Você escolheu seu lado, você conhecia os custos.

Thane não respondeu a isso. O que era bom. O programa de piloto automático fazia seu trabalho mantendo-os no curso, e eles estavam se aproximando do ponto onde Mynx tinha que começar a enviar sua sequência de códigos. Ela usou uma tela conectada ao nariz afunilado, normal-mente encarregada de exibir relatórios sobre a condição operacional do jato, mas que agora havia mudado para cinco barras estáticas vermelho-sangue nas quais Mynx, através de cuidadosos deslizes de dedos, desenhou os códigos de acesso.

— Thane, não sei se você consegue sentir muito através desses sedativos, mas eu começaria a tentar.

— Eles são como pesos. Se eu me esforçar o suficiente, talvez...

Não que Mynx quisesse que Thane se livrasse daquelas drogas ainda, mas o que aconteceria a seguir o mataria caso contrário.

— Não vou prometer que você estará seguro aqui, mas garanto que o resto do mundo estará seguro de você.

— De mim? Mynx, mesmo que você tenha encontrado tal lugar, não importa. Eu não serei a última anomalia a ameaçar o mundo que você e seus amigos construíram. Haverá mais, ou algum normal encontrará onde vocês esconderam todos os seus velhos brinquedos e os explodirá em pedaços com eles. Todos os impérios caem.

Havia tantas razões pelas quais Mynx preferia a lógica fria e dura às vagas filosofias de pessoas como Thane e Apinya. Os problemas deveriam ser resolvidos, não lançados no vazio. As ameaças deveriam ser concretas, não abstratas e ameaçadoras. Ela queria se livrar de Thane, mas suas intermináveis respostas arrogantes mereciam um pouco de repreensão também.

— Sabe, Thane, não haverá anomalias como você por muito mais tempo. Estou perto de resolver seu problema. Seremos capazes de controlar as futuras gerações, salvar os letais de se machucarem. De se tornarem como você.

— Porque isso certamente fará de vocês os heróis desta história.

— Melhor do que pessoas morrendo sem culpa própria.

— Sempre achei que você fosse a inteligente, Mynx. A mais capaz de ver o fim logo no começo. É por isso que você fez todos esses drones, certo? Para continuar suas missões agora que vocês estão velhos e quebrados demais para fazê-las sozinhos?

Mynx ficou quieta, desenhando mais códigos de acesso. Eles passaram pela camada externa, seguindo em direção ao interior, e o menor deslize faria com que o jato, e ambos, fossem aniquilados.

— Acho que você sabe tão bem quanto eu que só há um fim para isso. A humanidade está levando seu tempo, mas o poder sempre aumenta de uma geração para a outra. Alguém vai nascer, ou colocar as mãos no interruptor errado, e então boom. Todo o seu trabalho terá ido embora, todo o tempo que você desperdiçou tentando fazer este mundo funcionar desaparecerá num piscar de olhos. E nenhuma alma se importará, Mynx. Não quando as cinzas estiverem caindo do céu, quando os prédios estiverem desabando e os Paragons estiverem mortos nas ruas. Ninguém agradecerá a você, ninguém a celebrará.

O tablet do jato tocou, suas defesas haviam aceitado seus códigos.

— Eu também tinha uma família — continuou Thane. — Pessoas que me amavam, que eu amava. Você sabe o que aconteceu com elas?

Mynx sabia.

— Você sabe o que eu fiz quando descobri quem eu era? Na próxima vez que meus amigos estavam brincando. Eles me empurraram, parte de um jogo, mas eu estava cansado. Eu era um adolescente, e você sabe o que eu fiz?

Mynx fechou os olhos e começou a contar regressivamente.

— Eu sabia que ficaria forte, até então, mas não sabia o que perderia se continuasse seguindo aquela energia, agarrando-a, engolindo-a até que nada restasse além da raiva.

Quando finalmente gastei isso, seguindo-os de volta para casa, os únicos que sobraram foram todos vocês. Prontos para me usar. Para me testar. Para me conter.

Quase lá.

— Mas, Mynx, eu não posso ser contido. Eu não posso ser detido. — A voz de Thane ficou mais forte, e Mynx ouviu os rangidos reveladores das amarras de Thane enquanto se esticavam contra o monstro crescente atrás dela. Ela agarrou o manche, tirou o avião do piloto automático e ajustou o curso para compensar a massa crescente de Thane. — Eu cresço, e cresço, e me liberto.

— Você terminou?

As amarras se romperam. O jato tremeu enquanto Thane se virava atrás dela, seu corpo grande roçando nas laterais do avião enquanto ele se movia, trazendo sua cabeça bem atrás da dela, sua pele envelhecida e flácida agora esticada contra um esqueleto subitamente massivo. Seu hálito quente e ardente fedia a loucura.

— Sim — sussurrou Thane.

— Ótimo.

A contagem de Mynx chegou a zero e ela puxou o manche para trás enquanto pressionava com o polegar um botão laranja brilhante perto do topo do manche, colocado para emergências exatamente como esta. A súbita subida do jato arremessou Thane para trás de seu assento, pressionando-o contra o que deveria ser o chão do jato, que era na verdade as portas de carga, agora completamente abertas. O monstro que havia aterrorizado a Nova Inglaterra, que assombrara os Campeões por décadas, seu segredo e, às vezes, seu salvador não declarado, foi lançado na noite, em direção ao único lugar na Terra do qual ele nunca seria capaz de sair.

Quando Mynx corrigiu o estol e ordenou ao piloto automático que a levasse para casa, e inseriu todos os códigos de acesso para deixar a ilha, quando apenas a noite sem fim estava à sua frente, ela se recostou em sua cadeira. Antes, ela poderia ter chorado, ou ofegado por ar, ou agarrado aqueles apoios de braço com toda sua força para evitar tremer. Agora as palavras de Thane eram apenas mais uma ameaça entre um milhão de outras.

Não que elas não a afetassem. Não, não que ela fosse imune. Elas se infiltravam dentro dela e apodreciam lá. Sussurros na escuridão, esperando por ela, sempre.

Levaria horas até que ela chegasse em casa. Mynx abriu uma pequena caixa lateral, tirou um frasco e engoliu uma das pílulas dentro. Ela dormiria, e as drogas fariam com que fosse sem sonhos.

Pacífico.

AEGIS CORRIA com o mesmo traje de inverno usado por todos os outros nas trilhas, a única diferença era o metal ao redor de seu pescoço. A medalha balançava contra seu peito superior, pendurada enquanto ele corria pelo Central Park ampliado na névoa leve da manhã, que se dissipava com uma onda de calor derretendo a neve impiedosamente. Concedida a Aegis pela última Presidente dos Estados Unidos, não muito antes de os Paragons a removerem do poder, a medalha representava um grande serviço a um país cujo ímpeto havia se corrompido, junto com o resto do mundo, à medida que os Campeões ascenderam ao poder.

Os políticos tinham visto as anomalias como ferramentas a serem usadas. Cortejadas e manipuladas. Nunca esperaram que os Paragons revidassem.

Essas batalhas tinham sido muito mais difíceis do que o ataque surpresa da noite passada para derrubar Thane. Não necessariamente os elementos militares - anomalias coordenadas tendiam a dar conta rapidamente de qualquer coisa, exceto umas das outras - mas a opinião pública. Leis e regulamentos. A cola que mantinha a sociedade unida.

Aegis passou por outra corredora e acenou com a cabeça. Ela retribuiu, olhou duas vezes. Aegis percebeu o olhar e segurou uma risada, caminhando em direção a uma ponte. Ele passaria por baixo, sairia do outro lado e estaria no extremo norte do parque. Ela nunca teria certeza do que viu.

Os Paragons, com todo o seu entusiasmo, seu fervor revolucionário, acabaram colocando a maioria dos advogados, senadores e representantes ao redor do mundo de volta em seus lugares. Contratos existentes, estatutos e tudo mais permaneceram os mesmos, e as eleições ainda aconteciam, ou começavam naqueles países que não tinham tais coisas, para preencher essas mesmas posições. Acima de tudo, porém, os Paragons pairavam, e os Campeões se erguiam acima deles. Um árbitro constante, ameaça e força de paz garantindo obediência legal por puro poder. Até agora, Aegis sentia que eles haviam conseguido não abusar desse poder.

Não o suficiente para jogar o mundo no caos, de qualquer forma.

Uma vibração do Tama interrompeu os passos constantes de Aegis. O rosto de sua filha apareceu na braçadeira, e porque atender às chamadas de uma filha é dever de um pai, Aegis tocou para atender.

— Você está atrapalhando minha paz e calma — disse Aegis.

— Não é minha culpa — respondeu Celice. — Parece que o mundo não consegue ficar um dia sem você.

— O que é agora?

— Chicago. Aparentemente, os Paragons de lá estão assustados com alguma coisa.

Aegis havia prometido que entraria em contato com eles depois de Boston, não é? Adivinhe se seria pedir demais que os Paragons de lá resolvessem o problema por conta própria. Aegis balançou a cabeça enquanto continuava a correr, os pinheiros enevoados suas únicas testemunhas solidárias.

— Eles te deram algum detalhe?

— Eles estão esperando uma ligação de volta. — Celice fez uma pausa. — Mas eu recebi uma mensagem da Mynx. Ela entregou Thane.

— Mais um brinquedo na ilha dos desajustados dela.

— Ei, pelo menos não temos mais que lidar com ele.

Aegis não podia discordar disso. Problemas raramente pareciam sair de sua lista. Ele deveria abrir um champanhe por este.

— Tudo bem, vou voltar. Diga aos Paragons que eu ligarei em uma hora.

— Pode deixar, pai.

Adeus à sua terceira volta.

Armas, é claro. Innis, o líder Paragon de Chicago, tropeçava na explicação, devido tanto à sua falta de informações sobre o que estava acontecendo em sua própria cidade quanto ao seu embaraço, com o rosto vermelho, à medida que essa falta ficava cada vez mais clara. Algum grupo, de algum lugar, estava enviando armas ilegais para alguém.

— Você está realmente esclarecendo isso para mim — interrompeu Aegis, descartando o esboço fragmentado de Innis sobre como essas armas poderiam estar chegando. — Olha, se você sabe tão pouco sobre o que está acontecendo, então por que está me contatando?

— Estamos esperando que você tenha algumas ideias sobre quem poderia ser?

— Caso você não tenha notado, Innis, eu estou em Nova York. Você está em Chicago. Elas não são, de fato, o mesmo lugar.

O homem corpulento de barba cor de fogo ficou mais vermelho do que Aegis já tinha visto um ser humano ficar. Innis alcançou uma garrafa de água fora da tela, o que deu a Aegis a chance de olhar além do monitor flutuante. O horizonte cinzento de inverno do meio-dia se estendia sob aquelas janelas, e a visão fez suas maravilhas habituais. Um lembrete de seu trabalho, seu propósito. As pessoas do mundo não podiam ser perfeitas o tempo todo, mas ele tinha que salvá-las de qualquer maneira.

— Tudo bem, Innis. Você disse que tem algumas suspeitas, certo?

Innis engoliu sua bebida. Limpou o rosto com as mãos. O uniforme azul brilhante dos Paragons parecia mais apertado nele do que o habitual - peso do estresse ou muito gemada de Natal?

— Eu, nós, achamos que pode ser a Ziran. — Innis fez uma careta ao dizer a palavra, como se pronunciá-la pudesse invocar algum demônio de dispositivo tecnológico para devorá-lo. — Eles são, uh, são a única empresa que conhecemos que poderia tentar algo assim.

— Quer elaborar?

— É o líder deles, Aegis. Um cara chamado Zhan-Yo. Ele é da velha guarda por aqui, conhecido por falar muito sobre como as coisas costumavam ser melhores.

Aegis recostou-se em sua cadeira, deu de ombros. — Ele pode ter suas opiniões. Você tem mais do que isso?

Innis olhou para fora da tela novamente, tossiu. Talvez outro Paragon estivesse na sala para apoio moral. Estranho. Innis sempre tinha sido um Paragon mais assertivo. Pronto e rápido para apoiar uma operação ou condenar um erro. Agora ele parecia suado, assustado.

— Sinto muito, Aegis, estou apavorado. Recebemos uma

dica ontem, enquanto você estava ocupado com Thane lá em cima. Disseram diretamente que Ziran está planejando o fim de tudo. Uma tomada de poder. — Innis inclinou-se para frente, seu rosto ficando tão próximo da câmera que Aegis podia contar os enormes pelos do nariz do homem. — Você não acha que eles podem estar ouvindo isso, acha? Será que podem?

— Uma dica de quem? — Aegis não estava tão afastado dos dias em que os Campeões recebiam ligações colocando-os contra os rivais de alguém ou de alguma empresa. Uma carta anônima, mensagem, até mesmo uma vítima em pânico aparecendo com uma história e desaparecendo, tudo projetado para derrubar alguém. — Você acha que pode confiar nisso?

— Será fácil descobrir. A dica veio com hora, data e local.

— Para a transferência? Ou para tomar um café?

Innis soltou uma risada fraca. — Para a transferência, eu acho.

— Então é isso que você faz. Celice já pediu drones extras para Mynx. Você os envia para observar a transferência, gravar e impedi-la se realmente estiver acontecendo. Se alguém escapar, você faz a limpeza.

Sim, era uma sugestão óbvia. O protocolo Paragon enfatizava o uso de drones quando prático - muito mais fácil substituir uma máquina do que uma anomalia leal. Embora, dado que o próprio Aegis gostava de ignorar esse protocolo ocasionalmente, ele podia entender alguém esquecendo-o. Eles deveriam ser heróis, e ficar sentado em um escritório não fazia você se sentir como um.

— Não sei se os drones vão funcionar para esta. Espaço apertado, subterrâneo. Se é Ziran fazendo isso, eles pelo menos pensaram que poderíamos descobrir.

Novamente, Aegis deu de ombros. — Innis, você é o líder aí por um motivo. Dê um jeito. Os drones são bons o suficiente para passar por um túnel, e se não forem, você tem Paragons que pode chamar para ajudar. Eu confio em você.

— Então você não vem?

— Não vou. Tenho que planejar uma cúpula e garantir que a limpeza de Thane corra bem. Aparentemente, todos esses bandidos trabalhando para ele foram contratados pelos Elementais. O que significa que preciso ter uma longa conversa com eles.

Innis parecia estar preparando um protesto, mas antes que o homenzarrão pudesse abrir a boca, Aegis disse para ele ligar novamente se houvesse problemas e encerrou a conexão. O monitor desceu e se afastou, Aegis suspirou e abraçou a vista. Ele tinha conseguido. Disse não a um Paragon necessitado. Deveria ter se sentido terrível, como uma traição, mas em vez disso... ele se sentia libertado?

Ele *estava* ficando mais velho.

— Pai! — Celice anunciou alguns minutos depois, chegando de seu nível inferior onde conduzia a logística do Paragon de Atlântida como uma maestrina. — Você ainda está aqui? Innis parecia tão preocupado, achei que você já teria ido embora.

Quando Aegis a atualizou, Celice não pareceu desapontada, mas o envolveu em um abraço apertado. Estranho. Uma recompensa por dizer não? O que tinha acontecido com o mundo?

— Não posso acreditar que você realmente está ficando — disse Celice, dando um passo para trás. — Vamos sair hoje à noite, para comemorar. Quanto tempo faz desde que fizemos isso?

— Desde que eu espantei seu último namorado?

Celice riu. Ainda o som mais bonito.

— Provavelmente. Fique por perto e talvez você conheça o novo.

— O novo?

DE TODAS AS possibilidades que Kat havia imaginado para sua vida, apontar uma arma de choque para o pescoço de um jovem aparentemente inofensivo não era uma delas. Houve as carreiras dos sonhos usuais mencionadas, as realidades da vida de anomalia versus a normal escondidas durante seus anos de pré-adolescência. Por que manchar seu futuro ideal com chances que uma criança de oito anos não poderia controlar nem entender completamente? Kat cresceu vendo os Paragons consolidarem o poder, suas lições mudando de um ano para o outro, de enquadrar as anomalias como uma minoria incomum para discuti-las como parceiras e, mais tarde, como superiores.

Quando ela chegou ao que funcionava como faculdade, sua família havia sido destruída, aqueles sonhos de infância despedaçados por uma mudança total na sociedade que criou duas classes, e a dela não detinha o poder. As escolhas eram duras; ela não tinha representantes, nem parentes que se importassem em falar com ela depois do que aconteceu, e nenhuma conexão. O que Kat tinha, o que ela havia desenvolvido quando seus velhos amigos descobriram primeiros amores ou encontraram paixões para perseguir, era um olhar realista. Sucesso, sobrevivência, essas duas coisas eram uma só. Para uma pessoa normal em sua posição, ser uma rastreadora lhe dava a melhor chance de alcançar ambos.

— Calvin — disse Kat para seu refém paralisado. — Vou precisar que você se levante, e então vamos sair daqui, tudo bem?

Calvin engoliu em seco — Kat podia ver isso pelo movimento de sua garganta — e colocou ambas as mãos na mesa, então moveu uma delas para o copo que continha sua bebida. Kat seguiu a mão e percebeu que a bebida coberta de espuma era cerveja. Calvin realmente estava aqui de férias, então. Kat quase se sentiu mal por estragar isso.

— Eu não quero machucar ninguém — disse Calvin, soando como se realmente quisesse dizer isso, a triste sentença de alguém caçado sem culpa própria. — Eu prometo.

— Tenho certeza que não quer — respondeu Kat. — Mas há pessoas que querem te machucar, e é por isso que precisamos sair.

Calvin assentiu e se levantou. Sua altura tornou difícil manter a arma de choque no pescoço de Calvin, então ela a afastou, mantendo-a escondida sob a capa solta de sua jaqueta. O dardo teria mais dificuldade em perfurar as roupas grossas de Calvin, mas talvez Calvin não soubesse disso. E ela sempre poderia atirar mais de uma vez. Com a outra mão, Kat aproveitou o movimento de Calvin como uma oportunidade para escorregar um seguro extra na jaqueta do homem, um transponder que poderia ser útil caso esse encontro desse errado, como os encontros com anomalias sempre podiam dar.

— Posso terminar minha bebida? — disse Calvin, acenando para a cerveja.

— Beba devagar — respondeu Kat. — Sem truques.

Calvin assentiu, pegou o copo e o levou aos lábios. — Eu realmente estava tendo um bom dia.

— Imagino — disse Kat. — Se você facilitar as coisas, estará de volta aqui em breve. Sem riscos.

— Promete?

— Prometo.

Calvin estendeu sua mão direita em direção a ela. Um aperto de mão? Kat quase riu. Uma maneira tão formal de selar um acordo tão duro para Calvin, mas se ele queria uma bebida e um aperto de mão, Kat podia lhe dar isso. Ela já estava tirando tanto dele. Com o dedo firmemente no gatilho da arma de choque, ela estendeu a mão esquerda e apertou a mão de Calvin. Ele apertou uma vez, um aperto firme, e então soltou. Kat baixou a mão e a encarou. Ela não conseguia mais sentir os próprios dedos. Nem os pés. A sala também parecia estar girando muito levemente. Foi um milagre que a arma de choque não tenha escorregado de sua outra mão para o chão. Kat tentou focar os olhos, tentou dar um passo e não conseguiu sem se apoiar na antiga mesa de Calvin, felizmente ancorada o suficiente para não ceder.

— Aqui, sente-se — disse Calvin, guiando Kat para uma cadeira do outro lado da mesa.

Ela tentou formar uma frase, um pensamento coerente, mas as conexões entre ideias e palavras pareciam bloqueadas, confusas de alguma forma.

— Você sabe por que eu não sou um Paragon? Por que não estou jogando o seu jogo? — disse Calvin, terminando suas batatas fritas enquanto falava. — Não é porque eu não gosto deles, nem porque acho que não são uma coisa boa. Caramba, sem os Paragons, aposto que anomalias como eu seriam tratadas como aberrações.

Sim. Como aberrações. Como sua irmã. Kat tentou se

concentrar. Calvin ficou embaçado. Seus lábios estavam dormentes.

— Eu não tenho muitas chances de conversar com as pessoas — continuou Calvin. — Em parte é minha culpa, acho. Você sabe como é difícil começar uma conversa quando você é o oposto do que as pessoas esperam? É por isso que me inscrevi para uma luta na outra noite, sabe. Não porque achei que ganharia, mas porque aquela bartender me perguntou se eu queria. Ela foi gentil.

Mais uma rodada de batatas fritas. Kat tentou alcançar seu Tama, no pulso esquerdo, mas Calvin pegou sua mão. Guiou-a gentilmente de volta à mesa.

— Eu comecei a valorizar muito isso. Gentileza. Quando seu próprio pai acha que você lhe renderia um bom dinheiro sendo emprestado para pessoas que querem usar sua habilidade, você começa achando que está tudo bem. Você está ajudando. Então você vê, no Tama ou seja lá onde for, como uma família de verdade funciona, e não é mais tão bom. — Calvin terminou as batatas fritas, tomou mais um gole. — Kat. Você não ia ser gentil comigo, ia?

Kat lutava para manter a cabeça longe da mesa. As palavras de Calvin ricocheteavam em seu crânio. Algo em seu estômago se revirou e seu batimento cardíaco parecia um terremoto. Seu Tama vibrou em alerta, mas ela não conseguia distinguir a tela.

— Era o que eu pensava. Veja, eu não respondi o que perguntei antes. Sobre por que não estou com os Paragons? — Calvin levantou-se da mesa, deu a volta para o lado de Kat e a ajudou a cruzar os braços, dando-lhe um lugar para apoiar a cabeça. — Porque eles não seriam gentis comigo, Kat. Eles me usariam. Assim como meu pai. Assim como você. — Calvin suspirou. — Desculpe, acho que exagerei. Você não está com uma aparência muito boa.

Acho que deveria procurar ajuda, caso contrário, isso pode te matar.

Bêbada. Não fazia sentido, mas era a única coisa que poderia unir essas sensações. Kat não havia bebido uma gota sequer, e ainda assim se sentia mais intoxicada do que jamais estivera antes, e estava piorando. Além disso, as lixeiras mais próximas não estavam ao alcance de seus passos cambaleantes cada vez mais limitados.

— Como? — Kat conseguiu dizer, o medo atravessando a névoa para murmurar as palavras, falando contra a manga de sua camisa.

— Eles não te contaram o que posso fazer? — disse Calvin. — É por isso que eles me querem, Kat. Por causa disso. Eu diria que sinto muito, mas não sinto. Não quero que você morra, de verdade, mas se é isso que precisa acontecer para que me deixem em paz?

Calvin se levantou, colocou a mão no ombro de Kat, que parecia estar a um milhão de quilômetros de distância, e então partiu. Kat tentou segui-lo, mas sua cabeça parecia tão, tão pesada. Muito mais fácil deixá-la ali em seus ombros. Seu Tama apitou, ali em seu pulso a cerca de um centímetro de seu olho. O dispositivo piscava um aviso sobre seus níveis de álcool no sangue. Acima dos valores recomendados, e subindo.

Sem brincadeira.

Por outro lado, deixando de lado a crescente náusea em seu estômago, essa não era a pior maneira de partir. O mundo de Kat desvaneceu, girando até sumir, e ela fechou os olhos enquanto seu Tama começava a apitar repetidamente. Aquelas coisinhas eram bons gadgets, sempre prontos para avisar quando você estava em perigo. Como se ela não soubesse.

Como se ela não merecesse.

CAPÍTULO 35

A FACA CORTA FUNDO

ZHAN-YO HAVIA IDO A INÚMEROS JANTARES, participado de tantas reuniões de alto risco que o compromisso desta noite deveria ser moleza. Mas o suor o perseguiu durante a tarde, então ele já havia tomado dois banhos para se limpar, e agora tremia enquanto caminhava entre o pod e o restaurante no centro, um estabelecimento pouco conhecido, mas de alta qualidade, especializado em fusões de curry. Eles acreditavam - corretamente, como se verificou - que você poderia adicionar curry a praticamente qualquer coisa e torná-la melhor.

Como resultado, o rico leite de coco envolveu os sentidos de Zhan-Yo assim que ele passou pela única porta automática. Uma recepcionista de carne e osso o cumprimentou, embora o lugar não chegasse ao verdadeiro luxo de usar um lápis e papel de verdade para controlar as reservas. O computador da recepcionista concordou com o Tama de Zhan-Yo e o código exibido na tela. Dois lugares, às dezoito horas. Tarde o suficiente para evitar o happy hour fora de moda e cedo o bastante para garantir um horário decente para dormir.

Um olhar para os quatro lugares ocupados ao longo do pequeno bar confirmou a suspeita de Zhan-Yo de que ele havia chegado antes dela. Por outro lado, é claro que chegaria. Sylvie seria mais cautelosa, garantiria que o motivo de sua presença existisse antes de realmente chegar. Ele resistiu à tentação de olhar pela única janela da frente para ver se Sylvie estava escondida do outro lado da rua.

— Aqui está bom? — disse a recepcionista, que Zhan-Yo havia seguido automaticamente, indicando uma pequena mesa coberta com toalha, com proximidade privilegiada a nada de consequência.

— Você manterá aquelas outras duas mesas vazias, conforme observado na reserva? — disse Zhan-Yo, apontando para duas mesas de quatro lugares dentro de uma distância potencial de escuta.

A recepcionista pareceu confusa por um momento, como qualquer um ficaria com tal pedido, mas um olhar em seu Tama confirmou a ordem e o custo que Zhan-Yo havia negociado com o gerente do restaurante anteriormente. Uma taxa fixa igual ao pedido médio deles, e um pequeno preço a pagar pela privacidade. Ela deixou Zhan-Yo sozinho com um copo d'água, e ele absorveu as paredes de tijolos, as panelas agitadas da cozinha e as conversas animadas entre os outros clientes do restaurante.

Ele também percebeu o quão nervoso estava. Zhan-Yo quase riu, antes de se conter ao perceber que um homem mais velho rindo sozinho poderia causar mais interesse do que ele gostaria de gerar. Ele era velho demais para esse tipo de coisa. Muito além da idade em que as pessoas deveriam estar namorando, e envolvido demais em assuntos mortais para considerar paixões passageiras e suas distrações.

Mas.

Sylvie havia trabalhado para ele, ou melhor, com ele por

mais de uma década agora. Nesse tempo, Zhan-Yo passou a confiar nela em tudo. Segredos que o levariam à prisão, ao assassinato, à pobreza ou aos três. Sylvie os extraía com sua inteligência, sua conversa, sua incrível habilidade de encontrar seu ponto mais fraco e explorá-lo. Ela era uma mulher muito, muito perigosa. Mas, quando ele liderava uma empresa gigante, com pouco risco em sua vida diária, talvez precisasse de uma mulher perigosa.

— Já não te disse o quanto odeio este lugar? — disse Sylvie ao aparecer sobre seu ombro esquerdo, deslizando por ele e tomando o assento à sua frente. — Todo esse curry arruína minha dieta.

— E ainda assim, você nunca diz não quando eu peço.

Zhan-Yo se deleitava com seus pequenos rituais. Que nenhum deles, por exemplo, se arrumasse demais ou de menos para a noite. Que, ao agendar a noite, Sylvie nunca respondesse, deixando Zhan-Yo adivinhar se ela apareceria, exceto que ela sempre aparecia. E agora outro, quando o robô-servo passou e Sylvie lhe deu o pedido do vinho. A mesma vinícola, a mesma safra. Ele não sabia o que fariam quando o restaurante ficasse sem.

— Enviamos o sinal, e ele foi recebido — disse Sylvie depois que o robô se afastou rodando. — Estamos em movimento.

Como se houvesse alguma dúvida. Quando Sylvie se dedicava a um projeto, ele seguia conforme o planejado.

— Não quero falar sobre negócios — respondeu Zhan-Yo, desesperadamente querendo fazer exatamente isso. Ainda assim, Aegis não chegaria esta noite. Ele poderia esperar. — Mas parabéns. Finalmente, está começando.

Termos vagos eram obrigatórios em público. Falar sobre assuntos sensíveis em uma época em que cada robô poderia estar enviando dados de volta aos Paragons era um jogo, com consequências terríveis para os perdedores.

— Então você acha que, na próxima vez que brindarmos, será em um mundo diferente? — disse Sylvie. Ela descansou os dedos ao redor da haste de sua taça de vinho, ainda vazia. — Com a gente no topo?

— Um sonho, embora não o único — respondeu Zhan-Yo. — Mas é... estranho pensar que tal sonho possa estar tão próximo.

— Esse é um sonhador para você — Sylvie riu. — Você sempre foi um desses. Nas nuvens. Vivendo em futuros imaginados, mesmo tendo os recursos para torná-los reais.

— Recursos como você.

Sylvie inclinou a cabeça quando o robô-servo voltou com o vinho. De seu cilindro central, braços finos se ergueram para segurar a garrafa de vinho e remover a rolha sintética com um estouro preciso, alcançado através de pressões calibradas e testadas em grupos focais. Cada pequeno charme ajudava um restaurante a se destacar de outro, e o robô acrescentou à sua rotina servindo lentamente uma amostra para Sylvie primeiro, perguntando com a voz grave de um cantor de ópera italiano se ela aprovava.

Sylvie bebeu o vinho em um único gole, sem necessidade de girar ou cheirar, e pousou a taça. — Está soberbo.

Agora era a vez de Zhan-Yo rir, e ele o fez enquanto o robô reabastecia o copo dela e enchia o dele. Eles pediram rolinhos primavera e currys picantes, que o robô anotou sem comentários, exceto, no final, repetir as seleções antes de se mover para a próxima mesa.

— Você me chamou de recurso — disse Sylvie, e todo o riso fugiu de sua voz. — Acho isso ofensivo.

Zhan-Yo congelou por um segundo antes que seus anos

dirigindo uma empresa enorme trouxessem o autocontrole de volta ao seu lugar. — Peço desculpas, mas é verdade. Não estaríamos nem perto de tão longe sem você.

— Vocês não estariam em lugar nenhum, na verdade.

Zhan-Yo deu de ombros.

— Diga.

— O quê?

— Que você não estaria em lugar nenhum sem mim.

Havia opções a serem avaliadas aqui. Zhan-Yo podia ver o curso do jantar disposto em caminhos, cada um se estendendo para um futuro nebuloso.

— Não estaríamos em lugar nenhum sem você. — Ele escolheu a opção mais segura que pôde pensar.

— E é exatamente por isso — disse Sylvie. — Você cede muito facilmente. Você é tão inteligente, Z, mas tem tanto medo de arriscar qualquer coisa.

— Então é isso que eu ganho quando peço para evitar falar de negócios?

— Sem negócios, só resta o pessoal, certo?

Eles estavam disparando salvas verbais de um lado para o outro, goles de vinho servindo como tréguas temporárias inevitavelmente quebradas quando a próxima frase vinha à mente.

— Você é toda facas, Sylvie. Há mais na vida do que cortes e apunhaladas.

— Como jantares de curry para dois?

— Sim, de fato — Zhan-Yo teve uma chance de mudar o ímpeto da conversa aqui e a aproveitou. — Acho que esses jantares são as melhores partes da minha vida.

Sylvie absorveu as palavras, olhou para Zhan-Yo. Eles não estavam tão distantes em idade, habilidade ou impulso. Em outra vida, talvez, tal par pudesse florescer. Nesta,

Zhan-Yo podia dizer por aquele olhar, ela estava chegando a uma decisão que acabaria com tal florescimento para sempre.

— Z — Sylvie começou. — Eu não acho que-

— Um elogio, Sylvie. Nada mais.

Ele havia tentado um avanço e recuado, esperava, com suas forças intactas. Enquanto ambos se reagrupavam após a troca, o curry chegou e convidou a uma pausa enquanto ambos davam as primeiras mordidas. O de Zhan-Yo trazia calor, um tempero de canela e uma suave cor laranja untada sobre o frango sintético e pimentões. O arroz manteve sua compostura apenas o suficiente para um gosto antes de se desintegrar em sua boca. Uma maneira satisfatória de lamber suas feridas.

— Eu não me aproximo tanto de ninguém — disse Sylvie. — Não é uma ótima maneira de viver, mas é a única maneira que posso.

— Por causa do perigo? — Embora, Zhan-Yo pensou, ele também mantivesse todos à distância e passasse seus dias tão longe do perigo real quanto qualquer um. — Posso entender isso.

— Essa seria a resposta fácil. — Sylvie olhou além de Zhan-Yo, para o interior do restaurante. — Mas na verdade, é porque eu não entendo outras pessoas. Suas emoções. Do que elas precisam. Só sei como matá-las e corrompê-las.

Sylvie sorriu, de um jeito enviesado que encharcava a piada com verdade ácida.

— Isso não pode ser totalmente verdade — respondeu Zhan-Yo. — Você lidera um grupo inteiro de soldados. Eles seguem você.

— Eles seguem as reputações. — Sylvie terminou seu copo de vinho, serviu-se de outro. — Não estou procurando piedade, Z. Não sou uma garotinha procurando absorver sabedoria de você. Fiz minhas escolhas e estou feliz com elas. Também estou feliz em ter essas noites com você. Elas são refrescantes.

Então é isso que ele vale, afinal. Refrescante. Sylvie podia considerar Zhan-Yo o que quisesse, no entanto, e seria inconveniente para ele ir contra a decisão dela. Compromisso. Integridade. Valores que o ajudaram a permanecer no topo de Ziran por tanto tempo surgiram para influenciar sua mão a levantar o copo, brindando com o dela. Um som claro sinalizando o fim da rodada e uma mudança para o tópico mais necessário da noite.

— Decidi que quero ser o escolhido — disse Zhan-Yo. — Quando ele responder. Você me avisará.

— Sua presença arrisca tudo. Podemos lidar com isso.

— Precisaremos de um líder que possa apelar tanto para os corações quanto para as mentes. Devo ser forte, e o mundo deve ver isso.

Sylvie o observou. Zhan-Yo devolveu o olhar. Ele não mostraria rachaduras. Nenhuma fraqueza. Ele não diria que queria ser o escolhido para matar Aegis porque nunca, em todo seu treinamento e todos seus anos, havia dado um golpe fatal antes. Ele não diria que precisava disso porque o caminho que viria seria pavimentado, ele temia, com sangue.

Ele percorreria esse caminho, não importa o que fosse preciso.

Depois que os pratos foram limpos, eles deixaram o restaurante e Zhan-Yo caminhou com Sylvie ao longo do que eram inicialmente ruas movimentadas e lotadas, onde neve recém-congelada era triturada sob pneus e botas, depois para ruas mais quietas onde o floco havia sido deixado imperturbado, agora congelado em aglomerados ao longo das calçadas e edifícios. Eventualmente, chegaram onde a neve não podia alcançar, e apenas riachos de degelo davam pistas do que havia acima.

Zhan-Yo não havia querido falar de negócios no jantar porque os negócios, como eram, ocupariam toda a noite.

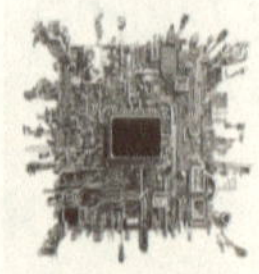

CAPÍTULO 36

INSERÇÃO

NÃO IMPORTAVA que ela tivesse feito isso centenas de vezes; quando Mynx acordou à tarde, seu corpo se sentia injustiçado. Como se os órgãos tivessem se embaralhado durante o sono em alguma dança misteriosa e só agora, ao acordar, estivessem se apressando para voltar aos seus devidos lugares.

— Chá — Mynx grasnou, a desidratação, outro sintoma de noite mal dormida, alojada em sua garganta, enquanto se arrastava para fora da cama.

Ao som de suas palavras, as cortinas blackout do quarto deslizaram lentamente para revelar, da maneira menos dolorosa possível, o sol do sul da Califórnia. Apesar da estação fria, parecia mais brilhante que o normal hoje, e Mynx apertou os olhos até conseguir olhar diretamente para o chão, para seus pés, enquanto drones velozes corriam pela madeira para recolher seus chinelos e calçá-los. Chinelos que tinham microfibras embutidas nas solas, garantindo um nível de tração adequado para alguém de quarenta anos, mas essencial para uma pessoa beirando os setenta.

— Reajustei sua agenda para acomodar sua saída tardia

— disse Reeves, sem ajustar a voz para a dor de cabeça emergente de Mynx.

— Cancele tudo — respondeu Mynx. — Hoje é um dia perdido.

— Infelizmente, não posso fazer isso. Parece que alguém está tentando se aproximar da Fábrica sem aviso prévio.

Mynx lutou para processar esse pensamento através da lama remanescente do sono, e falhou. — Sem aviso prévio?

— Sim, parece ser a Dra. Jones. Ela está se aproximando rapidamente em um pod.

— Bem, Reeves, pare-a.

— Eu tentei. Parece que ela anulou o link.

Isso, finalmente, penetrou a névoa. Anular os sistemas de um pod não era uma tarefa simples. Primeiro, ao menor sinal de adulteração, qualquer pod em Pacifica enviaria um alerta de emergência aos drones de suporte. Segundo, se a adulteração continuasse, o próprio pod iniciaria uma série de falhas em cascata projetadas para tornar o veículo nada mais que uma cadeira cara até que esses mesmos drones chegassem. Para Denise tomar controle de um pod, significava que ela tinha habilidades sérias além de sua inclinação biológica, ou equipamento sério, ou ambos.

— Esqueça o chá — disse Mynx. — Mobilize os drones e me traga um café.

Se isso fosse vinte, trinta anos atrás, Mynx teria disparado do quarto. Saltado da borda do deck adjacente e pegado uma de suas antigas armaduras no ar. Assim equipada, ela teria voado de volta sobre sua casa e interceptado o intruso com advertências e ameaças letais. Como estava, os músculos de Mynx ainda estavam bem doloridos da armadura-drone, já projetada para exigir o mínimo de esforço de Mynx. Então, enquanto a Campeã de Pacifica não exatamente claudicava de seu quarto, ela também não fazia muita correria.

Em vez disso, dois drones de visão, essencialmente discos flutuantes projetados para projetar imagens em tempo real, zumbiram à frente de Mynx e mostraram o pod rebelde e sua pilota. Denise, olhos enterrados em seu Tama, sentava-se no pod, parecendo despreocupada. A essa altura, ela já havia passado pelo portão externo da Fábrica — Reeves deveria tê-la parado ali, mas aparentemente a IA estava tendo problemas hoje. Denise se aproximou da entrada e saída de entregas, construída grande para aceitar caminhões-pod para envios de drones, sem incidentes.

— Me diga que estamos prontos para a interceptação. Será embaraçoso se ela conseguir chegar até a minha porta — disse Mynx enquanto seguia pelo curto corredor em direção à cozinha e a uma muito necessária xícara de café. Embora Mynx preferisse chá, quando precisava de um impulso rápido, ela recorria ao amigo amargo e escuro.

— Tudo pronto. Os drones-torre estão ativados, e tenho gladiadores esperando por ela.

Mynx entrou em sua cozinha, um conjunto de aço que há muito tempo ela havia perdido qualquer interesse ou habilidade em usar. Esperando no balcão, sem dúvida depositado momentos atrás, dado o vapor subindo de suas bordas suaves e verde-água — Mynx adorava verde-água e o usava liberalmente — estava uma caneca firme do líquido preto. Ela a levou para o deck e sentou-se àquela mesa comprida, observando a projeção enquanto o pod de Denise desacelerava perto da porta.

Denise emergiu vestindo um vestido solto, com várias bolsas penduradas nos ombros. Além disso, ela tinha um brilho cobrindo-a, como se Denise tivesse lido sobre os perigos dos raios UV e os benefícios de ser econômica e decidido começar a se encharcar de protetor solar barato.

— Reeves, o que ela está vestindo? — Mynx dispensou o drone de visão e se voltou para a transmissão maior e melhor na mesa.

Denise caminhou até os imponentes drones gladiadores, cada um com três metros de altura, cada um com uma mão de metal negro estendida com a palma virada para ela. Uma mensagem clara para parar, e uma apoiada por um conjunto francamente absurdo de armamentos visíveis nas costas, laterais e nas mesmas palmas estendidas dos drones. Denise não apenas poderia ser atordoada, nocauteada ou adormecida com gás por essas máquinas de manutenção da paz, elas também poderiam transformá-la em vários outros estados da matéria, todos incompatíveis com a existência contínua de Denise.

No entanto, Denise não parou. Ela se aproximou, deu uma olhada nos drones, conseguiu tomar um grande fôlego que sugeria que a confiança em seu plano estava um pouco aquém do absoluto, e então continuou. Passando direto por aquelas mãos. Passando direto pelas máquinas destrutivas que Mynx havia passado tanto tempo aperfeiçoando para tornar intrusões como essa uma impossibilidade.

A transmissão mudou, mostrando Denise, aparentemente encorajada por sua vida contínua, indo direto para a porta de entrega e, pressionando seu Tama na fechadura da porta, abrindo-a. Entrando.

— Reeves — disse Mynx lentamente. Ela nem sequer tinha tomado seu chá ainda, e seu dia estava desmoronando. — O que está acontecendo?

— Eu... não tenho certeza.

— Probabilidades?

Na mesa, Denise entrou na Fábrica, olhando ao redor.

Um pouco perdida, então. O que descartava a ideia de que Denise tivesse de alguma forma hackeado os sistemas seguros de Mynx e corrompido tudo. Um mapa, presumivelmente, teria sido uma das coisas que Denise teria roubado em tal façanha.

— Não estou detectando nenhuma invasão no sistema — disse Reeves. — Mas estou consultando os drones agora.

Era um pouco como um filme, assistir Denise vagar pela casa e santuário de Mynx. Admitidamente, este filme fazia o estômago de Mynx revirar, carecia de uma boa trilha sonora e de qualquer elenco de apoio. Mas ainda havia tempo para um final resgatado, um com Denise queimada ou capturada. Ou ambos.

Mynx tomou um gole. O chá queimou sua língua, e ao invés de praguejar ou cuspir, Mynx engoliu. Era esse tipo de dia.

— Os drones dizem que não atiraram porque você era o alvo.

— Repita isso.

— Eles estão dizendo que não registraram Denise, mas você caminhando para a Fábrica.

Mynx acenou com a mão para a transmissão na mesa. Ampliou a imagem enquanto Denise, que parecia ter finalmente descoberto para onde queria ir, marchava mais fundo na Fábrica. Aquele brilho.

— Reeves, você investigou os empreendimentos comerciais de Denise, certo?

— Eu compilei um dossiê completo, sim.

— Você pode me dizer como a empresa dela ganha a maior parte do seu dinheiro?

— Quando a universidade cortou o financiamento, eles se voltaram para a bioengenharia. Testes genéticos para outras empresas, principalmente.

Denise, novamente tocando com seu Tama em uma fechadura que deveria ter sido intransponível para ela, entrou na seção de rastreadores da Fábrica. Um movimento que deixou claro seu objetivo final. Isso fez Mynx fechar as mãos — estalando os nós dos dedos e tudo — em punhos.

— Seria exagero dizer que ela poderia replicar DNA e talvez transformá-lo em um filme?

— Células poderiam ser cultivadas em tal coisa, sim.

Mynx fechou os olhos por um longo momento. Então os abriu de repente. Arrependimentos poderiam vir depois. Ela precisava agir.

— Preciso que você lacre o banco de dados dos rastreadores — disse Mynx. — E preciso que você me traga um traje.

— O banco de dados agora está selado — respondeu Reeves. — Quanto ao traje, não temos nenhum pronto. Exceto pelo protocolo de drone?

— Os drones não atirarão nela. Preciso de algo com controle manual.

— Mynx, nos seus níveis vitais atuais, as recomendações médicas indicam que você deve evitar combate ativo.

Denise passou pelas salas onde Mynx desenvolvia equipamentos de rastreamento — melhores rastreadores, melhores trajes — sem lançar um olhar sequer, indo direto para o santo graal no final. Quando ela chegou lá, enquanto Mynx tentava descobrir o que fazer, a porta que deveria ter sido selada, com suas fechaduras anuladas, se abriu para ela.

— Reeves! Pensei ter dito para lacrar a câmara?

— Está lacrada — disse Reeves. — A única pessoa que possivelmente poderia entrar seria você.

— Ela é eu, Reeves. — Mynx colocou a testa na mão direita, apoiando-se na mesa.

Todas as contramedidas, toda a segurança do mundo

não poderiam proteger Mynx de si mesma. Mil ideias pós-ação nadavam em sua mente, todas inúteis no momento. Literalmente, cada parte da Fábrica foi projetada para responder, proteger e servir Mynx, e a maneira mais fácil de conseguir isso foi vincular sua assinatura genética a tudo. Alguém poderia adivinhar ou hackear uma senha, mas os próprios genes de Mynx? Isso exigiria algum esforço. Até mesmo as fechaduras que dependiam de sua habilidade tinham uma salvaguarda vinculada ao código genético de Mynx, porque as habilidades de anomalia podiam ser instáveis. Genes não mudariam, não deveriam ser duplicáveis.

No entanto, Denise o fez. Porque Mynx havia dado a ela as ferramentas.

— Talvez seja uma limitação na minha programação, Mynx, mas não consigo entender?

— Nada a ver com sua programação, Reeves. Prepare um traje, por favor. — Mynx tomou outro gole enquanto observava Denise conectar algo na estação de trabalho, a única com acesso direto ao banco de dados. — E, se puder ser tão gentil, abra um canal de áudio para Denise.

— Você estará ao vivo assim que eu terminar de falar.

A mesa estalou, estremeceu levemente quando a transmissão de áudio foi ativada. Denise, aparentemente, também ouviu algum ruído do seu lado, pois olhou para cima e ao redor, procurando.

— Denise. — Mynx se esforçou para conter a frustração que sentia. — Você está invadindo e se envolvendo em um roubo ilegal.

Denise verificou o monitor, que, sem dúvida, exibia alguma barra explicando quanto de dados de anomalia havia sido transferido para aquele drive dela. Mynx se perguntou se poderia ordenar que Reeves cortasse a energia daquela parte da Fábrica, mas mesmo que tal movimento pudesse funcionar, poderia comprometer a integridade do banco de dados ou afetar qualquer número de outros projetos em andamento. Um risco que não valia a pena correr.

— Isso não pertence a você — disse Denise, tentando encontrar um lugar para olhar. — Este não é seu DNA. Você não o fez.

— Então isso justifica invadir minha instalação?

— Isso deveria ser livre para todos! Tantos poderiam se beneficiar do acesso ao que você tem aqui. — Denise acenou com a mão em direção à estação de trabalho, como se estivesse mostrando um prêmio em algum programa de jogos tecnológicos. — Poderíamos curar doenças, poderíamos parar, como você me pediu, o próprio envelhecimento. Poderíamos acabar com a morte!

— Se você soubesse quantas vezes ouvi essas palavras ao longo dos anos — disse Mynx. — Grandes promessas não cumpridas por paixões mais baixas. Você realmente quer tudo isso para curar os males do mundo? Ou para acabar com o seu próprio?

Os normais provaram repetidamente que abrigavam uma inveja corruptora de seus primos anômalos. Fosse originada de uma crença em ter sido cosmicamente prejudicado quando nenhuma habilidade surgiu na puberdade ou de um desejo de provar-se igual aos seus contrapartes dotados, os normais mais perigosos nutriam esse câncer até que ele explodisse em um movimento desesperado como este.

Denise tinha que saber que não tinha chance de sucesso. Tinha que saber que arruinava sua carreira e sua vida ao dar esse passo, mas ela ficou lá, fazendo mesmo assim. Ela não se incomodou em responder à pergunta de Mynx. Em vez disso, ao ouvir um sinal da estação de trabalho, Denise se virou e arrancou seu drive portátil.

Conectou-o em um slot em seu Tama e correu para fora da sala.

— Reeves, ela não poderia ter copiado todo o banco de dados — disse Mynx, trocando as transmissões para assistir Denise correr pelos corredores.

— Os registros mostram apenas trinta por cento — respondeu Reeves.

— O suficiente para brincar, suponho.

— Você quer que eu ative os drones novamente?

— E fazer com que acenem as mãos para ela? Não. Fique de olho nela, observe para onde ela vai — disse Mynx. — Quando ela parar, vamos recuperar nossos dados.

Denise tinha conseguido obter seu prêmio. Se a cientista sabia o que fazer com ele, Mynx não podia dizer, mas ela não planejava dar tempo a Denise para descobrir isso.

CAPÍTULO 37

CAMPEÃO DO COMPUTADOR

PARA SEU LUGAR menos favorito em Bastion, Aegis se encontrava aqui com muita frequência. Tecnicamente parte do tour de visitantes, o terceiro andar da torre Paragon servia como lar para a vasta coleção de troféus, chaves das cidades e alguns presentes francamente bizarros de chefes de nações que sentiram que os Campeões mereciam algumas lembranças para ajudá-los a recordar sua batalha contra esta ou aquela ameaça marauding.

— Não ajuda, no entanto — disse Aegis para um perga-minho rabiscado pendurado em uma parede de creme suave.

Iluminado de cima e projetado para parecer uma home-nagem da Roma antiga — que Aegis não podia ler, mas uma placa abaixo traduzia útilmente — um longo dia e noite em que os Campeões derrubaram anomalias que, através de habilidades que distorciam a mente, convenceram o Vati-cano de que eram os Apóstolos retornados.

Aegis não conseguia se lembrar de nada disso. Um borrão. Mais e mais de seu legado se dissolvia de sua própria mente nesses dias, escorregando por fendas que ele não

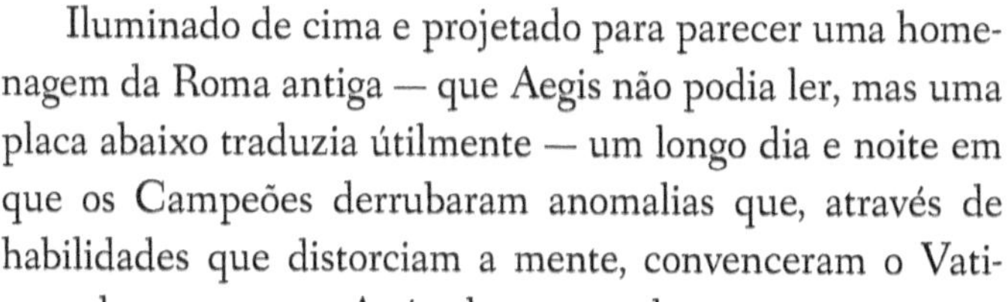

podia explorar. Por um lado, a mudança o angustiava, pois perder qualquer parte de quem Aegis tinha sido era... angustiante. Por outro lado, Aegis não se importava com menos pesadelos, não se importava em perder mais uma imagem de um rosto esmagado ou corpos ensanguentados deixados para trás como resultado de uma anomalia que deu errado.

Ele percorreu a linha do tour, organizada cronologicamente para que o início contivesse prêmios individuais à medida que os Campeões construíam suas origens para si mesmos. A maioria pertencia a Aegis, é claro, sendo esta Atlântida e seu lar. Os outros Campeões concordaram em doar algumas coisas para este museu e, francamente, Aegis não tinha insistido por mais. Seu ego sozinho poderia preencher os salões.

Deixando as fitas, as placas e certificados de grupo cresciam em tamanho e signatários, e o elenco de Campeões também crescia, finalmente alcançando os oito completos que haviam servido como protetores do mundo por uma dúzia de anos antes de se tornarem os governantes do mundo. Aegis fez uma careta quando essa palavra passou por sua mente. Governantes tinha um gosto desagradável, soava um pouco demais como o que um vilão poderia dizer. Campeões, guardiões — esses soavam melhor.

O tour não terminava tanto quanto fazia uma transição. De uma sala para outra, o clima mudava de façanhas incríveis para confusões constantes feitas em um mundo administrado por normais. Confusões limpas pelos Campeões, e os desastres escalantes que levaram os Campeões a criar os Paragons e assumir a propriedade de uma humanidade esticada até o limite da sanidade por anomalias rebeldes, normais paranoicos e uma economia global à beira do colapso.

Aegis parou nesta transição. Embora ele não precisasse se inflar com os troféus, também não precisava revisitar aqueles anos terríveis. Quando os Campeões se voltaram contra seus antigos aliados e destruíram seu poder. Rasgaram nações até o chão e as reconstruíram de novo. Aqueles anos não tinham sido sobre derrotar vilões, mas sobre quebrar civilizações.

Ele se virou e voltou pelas salas de premiação, desta vez prestando mais atenção às fotos. Amplos displays mostrando os primeiros Paragons, os Campeões. Sempre oito destes últimos, embora nem sempre os mesmos. Houve perdas, especialmente entre os primeiros Paragons. Em algumas das fotos, Aegis estava ao lado de pessoas que ele não reconhecia, não pelo rosto. Não até ler a lista de nomes abaixo.

Seu Tama vibrou. Uma mensagem dos Paragons em Chicago. Eles haviam identificado o quando e onde da transferência de armas e estavam montando uma força de ataque. Eles iriam atacar o local com antecedência, e em breve. Se Aegis tivesse partido quando Innis pediu pela primeira vez, ele poderia ter estado lá... o que tinha parecido, no momento, uma decisão libertadora estava amadurecendo durante o dia. Ele tinha dito não para ajudar seus próprios Paragons. Celice e Mynx podiam dizer o que pensavam, mas no final, era isso que Aegis tinha feito. Innis tinha pedido ajuda e Aegis se recusou a dá-la.

Aegis tinha descido aqui para tentar encontrar perspectiva, olhar para todas essas placas de empreendimentos muito mais importantes do que uma venda ilegal de armas. Essas armas provavelmente não iriam destruir o planeta. Provavelmente nem seriam notadas. Mas o que Aegis via, nessas salas, eram os Campeões ajudando a todos, sempre. Algumas missões terminavam com homenagens como o pergaminho romano, sim, mas perto daquele troféu havia uma simples flor prensada de uma pequena cidade japonesa que precisava de ajuda para escavar seu povo de um terremoto súbito e terrível. Outra, uma carta de crianças de escola presas em um ônibus que havia sido pego em uma enchente repentina.

Coisas pequenas, mas importantes para aqueles que eles tinham ajudado. Se Aegis pudesse ter salvado uma única vida estando em Chicago para isso, se ele pudesse evitar que alguns Paragons se machucassem, então não valeria a pena?

Seu Tama vibrou novamente. Desta vez uma chamada ativa. Celice.

— Ei, o que você está fazendo, pai? Você não está lá em cima?

— Só vivendo no passado — respondeu Aegis.

— Bem, sua futura reserva para o jantar precisa de alguma atenção também. Você não vai nos fazer atrasar, vai?

— Eu suponho que isso seria rude, não seria?

Aegis começou a se dirigir para os elevadores. Neste ponto da noite, não haveria muita competição. Uma rápida subida até o topo, uma mudança ainda mais rápida para algo decente para o destino sem dúvida chique de sua filha, e ele estaria a caminho de uma noite de conversa encantadora enquanto seu próprio povo lutava por suas vidas.

— Você parece triste. A ideia de uma noite fora é realmente tão ruim assim? — Celice fez uma careta na tela do Tama.

— Chicago está começando a operação agora — disse Aegis.

Os elevadores foram projetados para permitir a entrada e saída de sinais, algo importante quando se pode ter uma longa viagem do topo à base. Então, quando Aegis tocou seu andar, ele pôde ouvir Celice começar a fazer uma série de pontos apaixonados e protestantes sobre como Aegis tinha tomado a decisão certa, esses Paragons eram adultos e todos podiam cuidar de si mesmos. Ela estava certa, em todos os aspectos.

E ainda assim.

— Vamos adiar a reserva — disse Aegis, pressionando outro número, um pouco mais baixo, na tela do elevador enquanto a subida começava. — Os Paragons devem estar trabalhando com drones. Podemos ver através deles, certo?

Celice suspirou alto o suficiente para ser ouvida pelo microfone do Tama. — Vou conseguir mais uma hora para nós. Deve ser o suficiente.

— Obrigado, Celice. Eu pago hoje à noite.

— Você vai pagar todas as noites pelo estresse que me causa.

Antes que Aegis pudesse responder, Celice desligou a chamada. O elevador seguiu até o andar designado, e Aegis saiu para o que Celice carinhosamente chamava de Centro de Comando. Monitores abundavam no espaço aberto, onde as únicas paredes eram a casca externa de Bastion. Muitos desses monitores também se moviam, mudando de posição com base nos comandos de Celice e em sua própria lógica programada. Agora, um quarteto de telas grandes havia se movido para o centro, onde cadeiras, mesas e lanches aleatórios formavam o posto real de Celice.

A própria Celice não estava aqui — provavelmente se preparando para este jantar — mas ela havia feito a chamada para Aegis, e aquelas quatro telas continham tudo o que ele poderia querer saber sobre a operação em Chicago. Nessas telas, Aegis podia ver a cidade escurecendo — uma função dos pores do sol absurdamente precoces do inverno no norte — e seis Paragons haviam se reunido no que parecia ser uma rua lateral em algum lugar do centro. Aegis falou comandos para Polly, a IA residente de Bastion, e ela virou dois monitores. Um, na extrema esquerda de Aegis, mudou para mostrar um mapa aéreo da cidade com a localização precisa dos Paragons. Outro, na extrema direita, trocou para rostos e linhas; dados de saúde retirados dos Tamas para que Aegis pudesse ver exatamente quem estava na equipe e se ainda estavam vivos.

Agora, é claro, todos tinham números verde-brilhantes ao lado de seus nomes.

Os dois monitores do meio mostravam duas visões; uma, uma transmissão de câmera mais distante de um drone, e outra as imagens diretas de um dos Paragons no terreno. Dima era o nome, e Aegis usou seu próprio Tama para trazer sua ficha de dados. Relativamente novo, mas com a poderosa habilidade de alterar a polaridade magnética em objetos através de seus olhos. Em um mundo de metal, ser capaz de fazer as coisas se separarem ou se atraírem poderia servir para todos os tipos de fins úteis.

— Dima — disse Aegis, e a câmera sacudiu quando o Paragon reagiu ao seu chefe absoluto e lenda geral falando em seu fone de ouvido. — Estou apenas verificando. Qual é a situação?

— Ah, olá, senhor — disse Dima. — Nós, ah, também estamos verificando. Confirmando o equipamento e o plano.

— Se importa de aumentar o receptor de áudio do seu Tama para que eu possa ouvir?

— Claro que não, senhor.

Aegis não disse mais nada. Claramente os nervos de Dima estavam em chamas, e se eles estavam indo para um conflito armado, Dima não precisava se preocupar com Aegis observando cada movimento seu. Assim que o Paragon ajustou seu Tama, os sons centrais de Chicago começaram a vazar. Havia o mesmo tráfego de veículos — todos aqueles pods — que Aegis ouviria ao nível da rua em

Nova York. Mas aqui, espremido entre edifícios em uma seção menos movimentada, o ruído ambiente parecia muito mais distante do que deveria.

O que significava que Aegis podia distinguir o discurso de Innis para sua equipe. Como essas coisas costumam ser, o discurso atingiu as notas usuais de incentivo, juntamente com as formações de pares e as instruções para não matar se pudesse ser evitado, mas para não hesitar se isso significasse salvar um Paragon de ferimentos ou morte. Dima foi emparelhado com outro Paragon mais experiente chamado Sabra, que podia acelerar o tempo em pequenos bolsões do tamanho de um prato de jantar.

Quanto ao para onde eles iriam? Innis apontou para um beco ainda mais apertado que descia em direção à cidade subterrânea de Chicago. Quando Dima se virou, Aegis captou a iluminação mais fraca, o leve vapor que surgia quando o calor gerado pelas máquinas trabalhando abaixo encontrava o ar frio. Dependendo da perspectiva, o brilho dourado e os fios sedosos podiam ser sinistros ou belos.

Com Innis liderando, os Paragons começaram sua descida e, quase imediatamente, a transmissão de vídeo ficou distorcida.

— Perda de sinal — Polly respondeu à pergunta que Aegis estava prestes a fazer. — O concreto atrapalha.

— Por que os drones não estão seguindo?

Aegis manteve seu link de áudio com Dima silenciado — ele não queria distrair o Paragon. Em vez disso, ele ouviu suas discussões murmuradas e observou as imagens saltitantes e borradas que chegavam até ele.

— Innis ordenou que mantivessem distância — respondeu Polly. — Pelo mesmo motivo. Se um drone perde o sinal e encontra uma situação nova, é difícil saber o que ele pode fazer.

Aegis confiaria que Mynx programasse seus drones corretamente para esse tipo de cenário, mas ele não estava lá. Innis estava, e o Paragon tinha todo o direito de conduzir a missão como achasse melhor. Por falar nisso, Innis deu ordens para que o grupo de seis se posicionasse ao redor de uma porta que levava a algum edifício gerador de energia.

— Dima — disse Innis, a voz do escocês soando metálica através do transmissor de áudio. — Cuide disso, quer?

— Entendido.

O Paragon se aproximou da porta e, embora Aegis não pudesse ver o rosto de Dima, ele podia imaginar o que o jovem fez. Enquanto os olhos de Dima mudavam de foco, a porta começou a pressionar contra fechaduras e barras que logo iniciaram suas próprias tentativas de se romper. Com tudo se esforçando contra suas amarras, levou apenas alguns segundos para o metal se dobrar e a porta desabar para frente com um gemido. Innis deu um passo à frente de Dima, pegou a porta e a empurrou para longe.

Escuridão total os encarava de volta.

— Parece estranho — falou Sabra, em pé atrás de Dima. — Não é mais fácil se encontrar com as luzes acesas?

— Talvez estejamos adiantados — respondeu Innis, com um tom em suas palavras. — Vamos lá. Devagar e com calma.

Com Innis liderando o caminho, e Dima no meio do grupo, os Paragons começaram a entrar no edifício. Enquanto faziam isso, Aegis sentiu aquele inconfundível desconforto, uma sensação nascida de caminhar para muitas armadilhas. Sabra havia feito as perguntas certas — quem conduziria uma transferência no escuro, e se eles estivessem adiantados, arrancar uma porta da frente não seria uma pista de que o local de encontro havia sido comprometido?

— Polly, ative meu áudio — disse Aegis.

— Feito.

— Dima, você pode me ouvir? — Aegis tentou. A imagem que chegava estava pior do que nunca, uma massa flutuante de fragmentos de imagem e faixas de preto. Como se a câmera de Dima tivesse mergulhado nas profundezas mais escuras do oceano. — Quero que todos vocês saiam daí. Isso não está certo.

Dima não respondeu. Nada mudou na imagem também. O áudio que voltava vinha em fragmentos. Curioso, no início, e então se tornando cada vez mais alarmado.

— Dima? — Aegis tentou novamente.

— Parece que suas transmissões não estão chegando — disse Polly.

— Realmente.

— Eu mapeei a localização deles. É de fato uma estação geradora. A interferência eletromagnética está quebrando nossas conexões.

Ótimo. Aegis inclinou-se para frente. A imagem no monitor havia mudado de preto para um cinza manchado, como se alguém tivesse acendido uma luz. Gritos entrecortados irromperam pela transmissão, junto com estrondos, e em menos de cinco segundos após a mudança de cor, a transmissão morreu. O áudio também.

— Polly, recupere isso.

— Estou tentando, senhor, mas parece que a fonte foi danificada.

Aegis se levantou, porque ficar sentado parecia muito próximo de não fazer nada. Já havia perdido equipes antes? Visto amigos falharem e morrerem, ou grupos que ele supervisionava se desintegrarem no momento e voltarem com baixas como resultado? Sim. Sim. Claro. Isso fazia parte de ser um líder, o custo exigido à sua alma. E toda vez doía porque se tivesse sido ele lá, se Aegis tivesse estado naquela sala escura, com sua experiência e sua quase invulnerabilidade, ele poderia ter mudado o resultado.

Para a maioria das pessoas, dizer que sua mera presença poderia mudar um evento dramático era um exercício de vaidade. Para Aegis? Era fato.

— Polly, prepare meu avião — disse Aegis, dirigindo-se aos elevadores.

— Sim, senhor.

Celice não ficaria feliz, mas Aegis não conseguia se imaginar indo jantar sem saber o que havia acontecido com seus Paragons. Sem ajudar sua equipe.

Era o que os Campeões faziam.

CAPÍTULO 38

EFEITOS COLATERAIS

A CONVENÇÃO ESTAVA PREPARADA para emergências. Kat aprendeu isso nos intervalos borrados em que oscilava entre a consciência e a inconsciência. Drones voavam sobre ela, supervisionados pelos cada vez mais raros médicos e paramédicos humanos. Gordon lhe contou, mais tarde, que lhe deram tanta água de tantas maneiras diferentes que ele temeu que a afogassem por dentro.

Ah, sim. Gordon estava aqui agora. No apartamento dela, onde ela acabara de acordar após uma noite sem sonhos pontuada por ocasionais e intensos ataques de náusea. A evidência de que aqueles lapsos não eram inteiramente imaginários estava na grande tigela ao lado da cama. Ela teria que dar uma boa alvejada naquela antes de fazer brownies novamente. Seu guardião roncava levemente na cadeira da escrivaninha, com o pescoço dobrado para trás em uma posição que Kat teria considerado desconfortável demais para dormir, mas Gordon tinha o dom de transformar qualquer lugar em uma cama.

Seeker, no entanto, acordou com Kat e subiu na cama para cobrir seu rosto de lambidas. Ela deixou o cachorro se divertir. Sem dúvida, ela precisava de um banho de qualquer forma, e o custo de um pouco de baba de cachorro era um preço pequeno pela pura felicidade no rosto bobo de Seeker.

— Queria ter te levado — Kat murmurou quando Seeker lhe deu uma chance de respirar.

Não que a convenção permitisse cães, mas mesmo assim...

— Você acordou? — Gordon se endireitou, inclinando-se na direção dela. — Está se sentindo melhor?

— Considerando as ressacas que já tive, essa não está tão ruim. — Na verdade, Kat só tinha uma leve dor de cabeça. Se drones médicos pudessem fazer isso depois de uma noite de bebedeira, bem, ela teria que considerar torná-los parte regular de suas farras. — Obrigada pela ajuda, a propósito.

— Depois da sua mensagem provocativa, era o mínimo que eu podia fazer.

Kat esfregou os olhos e se sentou. Seu estômago se revirou um pouco. Ok, então um pouco pior que uma dor de cabeça. — Calvin fez isso. A anomalia.

— Ah, quer dizer que você não bebeu até cair no início da tarde?

Gordon estava brincando, mas colocou um pouquinho, pouquinho mesmo de preocupação real ali. Como se achasse que Kat pudesse fazer exatamente isso.

— Eu não sou a pessoa mais feliz do mundo, Gordon, mas não estou tão mal assim — Kat respondeu. — Você viu Calvin em algum momento?

— Ele já tinha ido embora quando cheguei e, sabe, eu tinha problemas maiores para resolver. Ele provavelmente já saiu da cidade a essa altura.

— Você pode verificar. — Kat acenou com a mão para sua estação de trabalho. — Inicie meu rastreador.

— Você o rastreou?

— Quase tão bom quanto.

Gordon rodou a cadeira de volta para a sala de estar e Kat o seguiu, enxaguando a tigela e desabando no sofá enquanto Gordon se punha a trabalhar, iniciando o programa de rastreamento que, graças ao descaso geral de Kat com a segurança de sua tecnologia, entrou diretamente no perfil dela. Entre as notícias usuais e atualizações sobre reps ganhas por suas várias anomalias, havia outras opções para Gordon selecionar. Especificamente, uma para pings vinculados.

Os pings faziam o que seu nome sugeria; enviavam coordenadas de volta enquanto suas pequenas e trabalhadoras baterias tivessem vida. Útil se Kat encontrasse uma anomalia para rastrear em uma área que, digamos, uma convenção lotada, que não se prestasse a um confronto completo. Enquanto ela se aproximava de Calvin com a arma de choque pronta, ela também havia colocado o ping na jaqueta do homem como garantia; supostamente Calvin era mortal, e por que correr riscos?

— Bem, estou impressionado — disse Gordon, selecionando a assinatura do ping. — Embora eu continue esquecendo, você é muito boa nisso.

— Não há razão para você se lembrar. Nenhuma mesmo.

Kat mentalmente percorreu os anos de namoro, a carreira dupla de rastreadores que tiveram, e as muitas, muitas vezes que Gordon havia esquecido este ou aquele elemento-chave da vida de Kat. O homem tinha uma mente como uma peneira. Ou melhor, como Kat havia aprendido da maneira mais difícil, Gordon só se agarrava firmemente àquelas coisas com as quais realmente se importava.

— Ei, olha. — Gordon se afastou da tela, abrindo as

mãos. — Eu não vou entrar em uma briga, ok? Você está a uma hora de quase morrer, e temos essa anomalia mortal à solta, então-

— Priorize. Sim. Olhe para o mapa e me diga onde ele está.

Gordon lhe deu um olhar nivelado que prometia que esta conversa seria retomada, e o manteve até que Kat revirasse os olhos e acenasse em direção aos monitores. Seeker, enrolado sob seu braço esquerdo e descansando sua grande cabeça peluda contra o peito dela, fungou. O cachorro entendeu; agora não era hora de ser dramático.

— Você quer saber onde ele está? — Gordon girou enquanto falava. — Aposto que ele já está bem longe da cidade. Pegou o primeiro trem e...

A voz de Gordon foi sumindo à medida que o que começou como um mapa da cidade de Chicago foi se aproximando cada vez mais, mostrando que Calvin, ou pelo menos o ping que Kat havia colocado nele, estava na cidade e não muito longe. Calvin não parecia tão cheio de reps a ponto de estar hospedado nos bairros mais caros. E isso, Kat viu ao se inclinar para ter uma visão melhor, estava longe de ser um bairro de luxo. Perto do *Carver's*, a localização do ping o colocava bem no meio de um deserto industrial.

— Estou esperando — disse Kat.

Gordon balançou a cabeça. Deu outra olhada no monitor, como se pudesse estar mentindo para ele da primeira vez. — Ele pode ter se livrado dele.

— Claro. Esperou até chegar lá para fazer isso, também.

Não era o melhor argumento - Calvin poderia não ter encontrado o ping até chegar onde estava hospedado e então jogá-lo em alguma rua aleatória em vez do centro da cidade - mas o fato de que o ping estava se movendo, em ritmo de caminhada, sugeria o contrário. Kat resistiu à tentação de acreditar que Calvin era uma espécie de super-espião, capaz de encontrar o ping e esperto o suficiente para colocá-lo em outra pessoa apenas para enganá-los. Esse caminho levava à loucura.

— Está pronta? — A transição de Gordon de cuidador para rastreador aconteceu num instante, e ele se levantou da cadeira enquanto falava. — Ele não está longe. Podemos pegá-lo agora.

Kat realmente queria dizer não. Ela havia escapado da morte e não tinha desejo algum de correr de volta para ela, mas Gordon parecia que iria atrás de Calvin não importa o que Kat escolhesse, e ela não estava disposta a deixá-lo levar o crédito por suas habilidades de rastreamento. Deslizando de baixo de Seeker, empurrando sua dor de cabeça persistente para o fundo da mente, Kat saiu da cama e passou por Gordon em direção ao seu armário. Perseguir uma anomalia usando uma camiseta longa e shorts de pijama no inverno não parecia a melhor ideia.

O movimento também a fez pensar em quem a havia trazido de volta para cá, quem a tinha trocado de sua roupa da convenção para algo mais confortável para o que deve ter sido uma longa noite.

— Ei, Gordon? — Kat disse, virando-se para ele enquanto Gordon começava a vestir seu equipamento de rastreador. — Obrigada. Por ontem. Falo sério.

— Sem problema — Gordon respondeu. — Você achou o Calvin, eu salvei você, acho que isso nos deixa quites.

— Porque é disso que se trata. — Kat preparou um bom olhar fulminante para lançar em Gordon, mas o rastreador tinha aquele meio sorriso brincalhão no rosto que desmentiu suas palavras, e Kat trocou para um suspiro e um foco renovado em sua roupa. — Você tem todo o seu equipamento aqui? Não tenho certeza total do que o Calvin pode fazer, mas ele não está brincando.

— Arma de choque. Rastreador. Incrível habilidade atlética, sim, acho que tenho tudo.

— Quando ele estiver te batendo, não vou ajudar. Só vou assistir e rir.

— Kat, desde quando você ficou tão má?

Gordon pagou por um pod para levá-los diretamente ao local onde o sinal localizou Calvin, mas no último minuto cancelou a corrida para que os deixasse a um quarteirão de distância. Em seu Tama, Kat procurou as coordenadas e descobriu que o local de Calvin era um café para trabalhadores, do tipo que oferecia ovos, bacon e batatas com porções grandes o suficiente para dizimar qualquer dieta. Apesar de todo o trabalho feito pelos governos antes e depois da ascensão dos Paragons ao poder para empurrar as pessoas a estilos de vida mais saudáveis, a humanidade, na opinião de Kat, permanecia firme na defesa do molho holandês, scones e pilhas enormes de panquecas.

A calçada aqui era mais larga que o normal, compensando, talvez, a densidade exuberante desta parte oeste de Chicago. Mais espaço para ruas maiores, mais caminhões-pod ruidosos transportando cargas de locais de trabalho, menos pessoas, mas mais coisas nas calçadas. Como se as lojas e apartamentos do tamanho de quarteirões por aqui usassem o cimento entre suas portas e a rua como espaço extra de armazenamento. Sendo inverno, a neve tomava conta da calçada, mas pilhas irregulares e de formas estranhas sugeriam entulho escondido embaixo.

— Não venho a um lugar assim há um tempo — disse Gordon ao saírem do pod.

— O quê, você só está caçando anomalias ricas agora?

— Mais ou menos. — Gordon teve a decência de parecer

um pouco envergonhado. — Se você algum dia fosse trabalhar para os Paragons de verdade, teria isso também. Eles me mandam para todos os lugares atrás de alvos de alto perfil, e a maioria deles são anomalias que usaram seus poderes para, bem, sair de lugares como este.

— Mais um motivo para eu ficar aqui, então — respondeu Kat, respirando fundo. Ainda com o frescor do inverno, mas com um tom subjacente de óleos de cozinha e plásticos. — Prefiro isso às terras luxuosas onde você vive, onde todo mundo está usando ternos e uma necessidade de se exibir.

Kat sabia que estava estereotipando, assim como Gordon; mas esta ainda era sua cidade, ainda era Chicago, e a necessidade de defender todos os seus bairros estava profundamente enraizada em seu coração. Talvez por não ter uma família, a cidade tivesse preenchido esse vazio. Pelo menos, as partes que Kat frequentava.

— Entendo — disse Gordon. — Vou guardar meus comentários para mim mesmo. — Eles passaram por uma loja de ferragens, com um cartaz na vitrine anunciando reparos de drones, e se aproximaram do café, Kat guiando Seeker pela coleira antes de Gordon colocar uma mão em seu ombro para detê-la. — Então, qual é nossa estratégia aqui? Entrar e pegá-lo?

— Da última vez que me aproximei sorrateiramente do Calvin, ele quase me matou. Eu digo que não devemos dar a ele uma chance.

— Concordo. Deixe-me inserir uma autorização.

Em seu Tama, Gordon digitou códigos, alertando drones e Paragons na área de que uma operação de rastreamento estava prestes a acontecer, com potencial para se tornar violenta. Kat tinha esses códigos também, embora Gordon aparentemente tivesse acesso superior, porque a aprovação voltou quase imediatamente. Se Kat tivesse pedido para agir fisicamente em um espaço lotado, provavelmente teria que se explicar sob o questionamento de um Paragon antes de receber a aprovação.

Uma das muitas razões pelas quais ela preferia caçar anomalias fora da cidade, ou no porão do *Carver's*, sem drones para lidar.

— Você quer ir primeiro, ou eu? — Gordon perguntou depois de terminar seus negócios no Tama.

Kat olhou ao redor da rua. Majoritariamente deserta, cedo demais para as multidões do almoço, mas tarde o suficiente para que qualquer um buscando um café próximo ao amanhecer já tivesse saciado sua sede. O barulho das rodas dos pods esmagando a neve derretida era praticamente tudo que podiam ouvir. Como cenário para uma luta, este atendia a todos os requisitos.

— Eu — disse Kat. — Você fica para trás. Ele vai me reconhecer, mas pareceu disposto a conversar da última vez. Ele pode hesitar o suficiente.

Gordon assentiu. — E Kat? Se isso começar a dar errado? — Ele afastou a jaqueta, revelando a arma de choque, sim, mas também algo mais. Algo muito ilegal, exceto para portadores autorizados. — Depois do que aconteceu com você, os Paragons me deram permissão. Se Calvin ficar violento, devemos neutralizá-lo.

— Eu não vou atirar com essa coisa.

— Espero que não precisemos.

Matar. Algo que Kat já havia feito antes, embora sempre em defesa e sempre com arrependimento. Algumas anomalias não aceitavam se render, rastrear. Mesmo depois de serem atordoadas, de serem inscritas no ciclo de solicitações de trabalho dos Paragons, elas voltavam para Kat, buscando vingança. Os rastreadores tinham licença ilimitada para se defenderem nesses casos, e Kat podia desferir golpes fortes o suficiente para quebrar um pescoço ou comprimir um peito. Esses momentos, no entanto, se repetiam em seus pesadelos, e ela não tinha desejo de acrescentar mais.

Com Seeker, ela deixou Gordon a uma loja de distância do café, um pequeno lugar que se chamava The Breakfast Nook e anunciava, em uma placa dobrável colocada sobre o gelo da calçada, uma promoção de salsicha dupla por um preço em reps tão baixo que fez o estômago de Kat roncar. Em sua pressa, Kat percebeu que não tinha tomado café da manhã, café, ou qualquer coisa realmente desde o dia anterior. Talvez se eles cuidassem de Calvin rapidamente, ela pudesse comer um lanche aqui mesmo...

Um beco minúsculo servia como ponto de partida para o café, e com Seeker desfrutando de um conjunto de cheiros que puxavam a coleira do lado esquerdo da caminhada, Kat olhou para a direita ao se aproximar das janelas de vidro do café. Os grandes painéis estavam embaçados nas bordas, com cristais de gelo formando uma treliça natural onde o aquecimento do café não conseguia vencer o frio do dia. Era tão bonito que Kat demorou um segundo para notar o rosto emoldurado naquela treliça, um que a viu quando ela pôs os olhos nele. Calvin estava sentado à mesa da janela, com uma grande caneca de café e um prato vazio de ovos-com-algo à sua frente, junto com um livro real e surrado. Eles se encararam, os olhos de Calvin passando de surpresos a exasperados nesse mesmo intervalo de tempo. Então ele estendeu a mão esquerda e a colocou na janela, bem perto do rosto de Kat.

Fosse intuição, instinto, treinamento ou simplesmente sorte, Kat começou a mergulhar quando a mão de Calvin subiu, então quando a janela inteira se estilhaçou, seu vidro explodindo para fora em direção a Kat e à calçada, ela já havia abaixado o suficiente para escapar dos piores danos. A força concussiva passou por cima dela, empurrando Kat pela calçada até o monte de neve na beira da rua. Seeker latiu, e Kat se encolheu, tentando se proteger do vidro e tentando, tentando não desmoronar.

Aquela calçada tinha sido menor do que esta, com manchas de verde desbotado de aparas de grama deixadas para apodrecer pelo corte descuidado de seu pai. Muito mão-de-vaca para comprar um drone, muito ocupado para se destacar na manutenção da casa, Kat havia caído bem em uma daquelas manchas quando a força a jogou para longe de sua própria varanda.

Ela estava correndo de volta do parquinho perto do pôr do sol de verão, tinha feito a última curva crítica para seguir pela calçada que dividia o quintal até a casa de dois andares, azul-claro com persianas brancas, quando a porta da frente se abriu. Sua mãe, com cabelos e olhos selvagens, começou a gritar com uma voz que Kat nunca tinha ouvido antes. Alta, aguda e dizendo a Kat para voltar, para fugir. A visão, o som eram tão estranhos que Kat parou, perguntou à mãe por quê, quando Kat notou a luz. O branco suave dominava a cor das lâmpadas de sua casa, mas esta era laranja rosada e crescia, suas bordas difusas se expandindo atrás de sua mãe e nas janelas à direita e à esquerda. Sua mãe se virou, viu aquela luz, deu um passo em direção a Kat, acenando para ela correr.

Um flash, uma cascata de estalos e uma onda enrolada de ar quente jogou Kat no chão, onde o vidro voou contra seu corpo. Seu rosto queimou, esfolado no concreto. Seu pescoço, mãos e pernas faiscavam enquanto os estilhaços a perfuravam.

— Mãe?

— Mãe? — disse Gordon, inclinando-se para perto. — Fique abaixada, Kat. A ajuda está chegando. Vou atrás dele.

Gordon partiu — do ângulo de Kat, ela só viu suas botas virando e pisando forte ao se afastar — enquanto a calçada cintilava com a luz do inverno brincando nos cacos de vidro.

Respire.

Outras pessoas agora saíam em massa do café, com duas, um homem e uma mulher mais velhos, vindo na direção de Kat. Perguntando se ela estava bem.

Seeker. Onde ele foi?

Kat se moveu para levantar, quando seus dois ajudantes agarraram seus braços e a puxaram para cima.

— Não queremos que você ponha as mãos em tudo isso, eu acho — disse o homem, lutando para colocar lógica de volta em um mundo que parecia tê-la perdido. — Não sei por que uma janela quebraria assim, mas o vidro certamente vai te cortar.

— Aqui, deixe-me ajudar — acrescentou a mulher, dando tapinhas no rosto de Kat com alguns guardanapos provavelmente pegos do café.

— Meu cachorro — disse Kat, tentando ver ao redor das mãos da mulher. — Onde ele está?

— Janey está segurando ele — disse a mulher. — Ele cortaria as patas nesse vidro assim como você.

As palavras também jogaram Kat de volta. As mesmas coisas que seus vizinhos continuavam dizendo a ela enquanto a afastavam de sua casa, dos destroços em chamas. De sua mãe, correndo em sua direção, não havia sinal exceto uma mancha preta carbonizada nos degraus da frente fumegantes. Kat tinha chamado por ela, por seu pai também quando a ajuda chegou — mais humana do que drone, naquela época — mas ele nunca apareceu. Sua irmã, desaparecida. Ainda levariam horas até que alguém conseguisse lhe dizer o que havia acontecido, o que poderia acontecer com uma anomalia não descoberta.

— Estou bem — Kat se libertou das mãos, da ajuda. — Obrigada.

Seu traje, aquele equipamento branco de rastreador, tinha feito maravilhas aqui, selando seu corpo contra aqueles estilhaços de vidro. Os contatos conectados tinham seus próprios mecanismos de proteção, expandindo-se para cobrir seus olhos com uma película endurecida. Cegueira temporária por uma fração de segundo, mas valia a pena para manter seus olhos seguros. Dado o tamanho e o número de pedaços pontiagudos ao seu redor, Kat teria ficado em frangalhos se tivesse vindo atrás de Calvin com roupas comuns.

Calvin.

Com a evidente falta de ferimentos com risco de vida de Kat e, portanto, de drama, os fugitivos do café passaram a olhar e murmurar sobre a dor estilhaçada do vidro. A liberdade resultante deu a Kat a chance de recuperar seu cachorro da jovem garota que segurava Seeker, e tentar descobrir para onde a anomalia e Gordon tinham ido. A resposta, aparentemente, era para lugar nenhum à vista.

Seeker latiu para ela. Impaciente, onisciente. Ela soltou sua coleira e o cachorro disparou, saltando sobre o vidro e contornando a multidão em uma exibição atlética absurda que deixou Kat, que o seguiu com passos esmagadores e pedidos de desculpas àqueles que ela empurrava para o lado, sentindo-se muito invejosa. Seeker podia ser seu animal de estimação, seu melhor amigo, mas ele era muito mais do que isso. Discutivelmente, Seeker era a maior arma de Kat. Na verdade, dane-se o discutivelmente. Sem aquele cachorro, a carreira de Kat como rastreadora teria sido mais curta, mais sangrenta e patética.

O husky fez uma curva fechada à direita na próxima interseção, lançando um olhar com a língua de fora para trás para se certificar de que Kat corria em seus calcanhares, e então continuou. Quando Kat dobrou a esquina, quase caiu em cima de Gordon, que se apoiava em um poste, com a mão no peito. Com Seeker saltando adiante, Kat só teve um momento, e Gordon o devolveu a ela.

— Continue — Gordon tossiu. — Ele me esperou na esquina, um soco me tirou o fôlego. Estarei logo atrás de você.

Então Kat foi. Calvin era muito mais do que o alvo usual de anomalia. Um poder perigoso mais sagacidade e habilidade. Kat já tinha derrubado anomalias explosivas que não sabiam nada além de sua dependência de sua habilidade, que tendiam a colapsar quando jogadas para fora de sua zona de conforto por uma arma de choque ou presas caninas em carga, mas Calvin parecia capaz de se adaptar. Seu poder, também, parecia diferente. Anomalias só tinham uma mutação — pelo menos, até onde Kat sabia — mas Calvin quase a matara com envenenamento por álcool e agora tinha explodido uma janela com um toque. Então, ou ele era um novo terror, ou Kat ainda não tinha descoberto sua habilidade principal. De qualquer forma, Calvin era um sabor único de perigo. Não é de admirar que os Elementais o quisessem.

Seeker tinha atravessado a rua, serpenteando entre alguns pods, e disparado por outro beco transversal com latas de lixo e ventilações fumegantes. Kat fez a mesma manobra, contando com a programação rígida dos pods contra atropelar humanos para mantê-la viva. Sirenes de emergência enchiam o ar enquanto drones e pods de resgate corriam em direção ao café danificado. Um pano de fundo de alto estresse para o som chapinhante de suas botas espalhando lama por onde pisava, a indústria acre ventilada misturando-se com os prazeres culinários represados do café.

No meio do beco, Calvin virou-se para enfrentar a investida latindo de Seeker. Kat dobrou a esquina da entrada — sua mão roçando o lado frio do tijolo — e gritou para Seeker parar. Calvin esperou a uma dúzia de metros de distância, o cão entre eles, Seeker olhando para Kat como se dissesse, com uma voz muito fofa, *Eu o peguei!*

— Boa chamada — disse Calvin. — Não tenho nada contra o seu cão.

Ele parecia um homem que tinha passado a noite toda vigiando as janelas. Bolsas se formavam sob seus olhos escuros, e suas roupas pareciam mais desalinhadas do que antes. Kat não sabia quantos trajes Calvin carregava em suas viagens, mas estes tinham visto brigas e fugas, contando suas histórias em manchas e rasgos. Ainda assim, mesmo com tudo isso, Calvin permanecia ereto, seus braços relaxados dos dois lados. Pronto.

— Você me disse, antes de tentar me matar, que se sentia caçado — Kat achou que poderia tentar a diplomacia com essa distância entre eles, entender Calvin e dar a Gordon uma chance de se recompor. — Ainda se sente assim?

— O que te faz dizer isso?

— Explodir um monte de vidro na minha cara, para começar.

— Isso era para te matar. O que é mais difícil do que deveria ser.

— Porque seu coração não está nisso.

Kat não sabia que ia dizer isso, mas ela sentiu e falou as malditas palavras porque eram a verdade, e isso se encaixava com tudo o que ela tinha percebido sobre Calvin. Por isso ela o abordou com uma arma de choque em vez de atirar nele do outro lado do salão de convenções. Por isso ela tentou extrair o poder dele no *Carver's*, mesmo que tivesse sido mais fácil matar Calvin ali mesmo. Kat não via maldade nele. Medo, perigo, claro. Mas maldade?

— Você não sabe nada sobre meu coração.

Kat ainda tinha a arma de choque no bolso, tinha o gancho em seu traje pronto para disparar do pulso. Ela poderia até lançar os scanners e usar seus flashes brilhantes para cegar Calvin por um segundo. Em vez disso, com Seeker olhando para ambos, Kat deixou suas mãos livres. Abertas e expostas. Calvin, por sua vez, parecia tão paralisado pela indecisão. Virar as costas e Kat poderia pegá-lo por trás, correr em direção a ela e ela teria tempo de sacar e atirar antes que ele chegasse perto, sem contar com o cão.

— Sabe o que vai acontecer se você correr? — Kat tentou uma tática diferente. — Continuaremos te caçando. Assim como outros. Constantemente. Você está ficando famoso demais, Calvin. Não há mais como se esconder. É hora de se entregar.

A resposta de Calvin foi interrompida por uma nova voz vinda de cima. Dois drones de pacificação, ovais do tamanho de um humano repletos de formas não letais de subjugar alguém, flutuaram para dentro do beco e se inclinaram na direção de Calvin. Com uma voz que pretendia soar como a de uma mãe reconfortante, eles ordenaram a Calvin que se deitasse, que tudo ficaria bem se ele se rendesse. Calvin desviou o foco de Kat, olhou para cima em direção aos drones e se ajoelhou no chão de concreto. Por um segundo, Kat se perguntou se Calvin desistiria tão facilmente, se suas palavras ou os drones haviam empurrado Calvin para a linha da rendição.

Até que, de joelhos e inclinado para frente com as mãos no chão, Calvin levantou a mão esquerda em direção aos drones que desciam. O concreto cinzento e lamacento sob Calvin tremeu, como um copo d'água perturbado por um pequeno tremor, antes que o ar ao redor da mão estendida de Calvin mudasse. Como uma névoa, mas cinza-escura e pesada, a névoa de Calvin se espalhou em direção aos drones, envolvendo-os. Seus jatos elétricos gemiram, falharam e se apagaram enquanto seus repetidos pedidos de calma crepitaram e morreram.

— Seeker! Aqui! — disse Kat, e o cão obedeceu, afastando-se bem do que quer que Calvin estivesse fazendo.

A névoa continuou a se adensar, até que Kat não conseguia ver nada do outro lado. Ela percebeu, também, que embora os motores dos drones tivessem parado, eles não haviam caído. Em vez disso, estavam suspensos naquela névoa, partes totalmente obscurecidas. Presos, como se a névoa tivesse se tornado um gel sólido.

— Deixe-me em paz, Kat! — a voz de Calvin veio baixa, como um eco distante. — Diga a todos para me deixarem em paz!

— Não corra, Calvin! Podemos conversar! — Kat tentou, mas não ouviu resposta.

Em vez disso, mantendo Seeker por perto, ela se aproximou daquela parede de névoa cinzenta. Embora, agora que estava perto, não parecesse realmente névoa; linhas claras, sem nebulosidade ou movimento com as brisas de inverno que sopravam por esses becos. Kat ergueu a mão, colocou-a contra o cinza. Sólido. Duro. Como concreto. Calvin havia construído uma parede bem ali, entre esses dois edifícios. Mas... como?

— Onde ele está? — Gordon chamou, ainda soando fraco, mas de pé na entrada do beco. — Você o pegou?

Kat balançou a cabeça, examinando a nova parede, procurando a resposta. — Ele fez isso e fugiu. Não sei como.

— Do ar?

Kat estendeu a mão, tocou novamente. Definitivamente concreto. — Do ar, sim. Prendeu dois drones também.

Desta vez, quando Kat retirou a mão, a parede tremeu. Enquanto ela observava, rachaduras apareceram, pedaços começaram a cair e se fragmentar em pedaços empoeirados que se espalhavam ao seu redor. Seeker latiu e Kat atendeu ao conselho do cão, recuando enquanto a nova parede de Calvin desabava sobre si mesma, os drones se espatifando no chão junto com ela. Os pedaços maiores do concreto de Calvin, quebrados pela queda, tremeram e se desfizeram em areia cinzenta, que foi levada pela próxima rajada, forçando Kat a proteger os olhos enquanto avançava.

Do outro lado da parede de Calvin, onde a anomalia estivera ajoelhada, havia um buraco profundo, perfeito e liso, como se tivesse sido escavado da terra com uma colher.

CAPÍTULO 39

PREPARAÇÃO

SYLVIE O MANTEVE AFASTADO, apesar de Zhan-Yo ter todo o equipamento necessário: Dois tachi, espadas curvas familiares afiadas pela história e por uma excelente loja especializada não muito longe de sua casa, estavam presas às costas de Zhan-Yo. As vestes soltas que ele usava em suas aulas de artes marciais cobriam novas adições: placas blindadas como as que Sylvie usava, fortes o suficiente para parar balas e prontas para redirecionar calor e eletricidade, elementos comuns de anomalia.

Em vez de usar essa preparação, que Zhan-Yo descreveu para Sylvie na noite anterior, Zhan-Yo estava sentado na sala dos fundos da estação geradora, entre equipamentos de limpeza e caixas de ferramentas, observando os Paragons chegarem para detê-lo através de uma transmissão criptografada em seu Tama. Eles estavam lutando em direção à entrada da estação, embora a qualidade da imagem ficasse uma droga depois que Sylvie cortou as luzes. Em meio aos borrões e piscadas enquanto os poderes reluziam, Zhan-Yo tentava encontrar Aegis. Ele reconheceu alguns dos Paragons no ataque-relâmpago - Innis, aquele ruivo fanfarrão estava por toda parte nas ondas de rádio de Chicago proclamando esta ou aquela iniciativa Paragon - mas Zhan-Yo achava que Aegis seria o primeiro a entrar.

— Estamos selando as portas agora — a voz de Sylvie veio do Tama de Zhan-Yo, conectada através da linha segura e local da missão. — Pegue-os. Tente não matar se não for necessário.

A ordem de Sylvie parecia difícil de seguir. Os Paragons certamente não estavam jogando pelas mesmas regras. Eles tinham chegado com tudo, atacando os capangas de Sylvie e agindo com a confiança que não se deve ter quando todas as suas comunicações foram cortadas. Aquela meia dúzia de Paragons deveria se render, e no início Zhan-Yo pensou que a presença de Innis impulsionava seu ímpeto, mas agora, enquanto eles se lançavam contra as forças de Sylvie na sala central do gerador, ficava claro que eles simplesmente achavam que não podiam perder.

A princípio, parecia que a escuridão poderia servir como uma vantagem para as forças de Sylvie, que avançavam com seus capacetes de visão noturna e se chocavam contra os Paragons, uma investida inicial que conseguiu empurrar os Paragons para longe de sua única saída e além do ponto onde, Sylvie declarou, suas comunicações poderiam ser completamente cortadas. Os Paragons, no entanto, se agruparam, carregando a única vítima do ataque inicial, alguém que Zhan-Yo não conseguiu ver até que ela tivesse se recuperado o suficiente para arruinar o plano deles. Quem quer que fosse essa Paragon, enquanto Innis e os outros travavam uma batalha desesperada e móvel na escuridão, ela foi arrastada até chegarem à sala principal. Então, pouco antes de Sylvie ordenar que selassem as portas, a Paragon acordou e se transformou numa supernova.

Uma palavra superlativa para descrever um resultado

superlativo. Em um momento não havia luz e um esquadrão de soldados de Sylvie cercava os Paragons com armas de choque e bastões paralisantes, e então tudo brilhou tão intensamente que a transmissão do Tama de Zhan-Yo ficou estática até se recuperar. E que visão quando isso aconteceu.

Se a vida de Zhan-Yo tinha uma grande contradição, era seu respeito, até mesmo admiração pelas habilidades anômalas contrastando com seu ódio pelo que essas mesmas habilidades haviam causado. Ali, no centro da sala, brilhava uma mulher cuja pele resplandecia mais intensamente que a luz mais brilhante que Zhan-Yo já vira. Um prata puro, tão ofuscante que apenas suas roupas impediam que cegasse todos na sala. Um poder belo, terrível, e um que Zhan-Yo não tinha desejo de destruir, exceto que sua reversão significava que as forças de Sylvie agora estavam tropeçando, tentando tirar seus óculos inúteis. Um Paragon aproveitou o clarão: repelindo aqueles capangas que ele olhava do chão e enviando-os para o teto, onde ficaram grudados, braços e pernas se debatendo.

Pior ainda, com essa nova luz, Zhan-Yo podia ver que Aegis não tinha vindo. Não só eles tinham conseguido se trancar num edifício com Paragons mortais, como nem sequer pegaram seu alvo.

— Sylvie — disse Zhan-Yo, levantando-se e falando em seu Tama. — Temos que salvar isso.

— Já estou cuidando disso.

— Se não se importa, vou ajudar.

Se Sylvie tinha alguma opinião sobre a mudança de planos de Zhan-Yo, nascida tanto do desespero quanto da frustração, ela guardou essas opiniões para si mesma.

Zhan-Yo deixou sua sala dos fundos, que se abria para

um corredor menor e escuro conectando as baías de manutenção com a sala do gerador principal e, após uma rápida verificação do equipamento, sacou os tachi e avançou em direção à porta de conexão. O pesado portal de aço isolado, destinado a manter esta área dos fundos segura em caso de alguma sobrecarga, fazia um bom trabalho abafando o som. Quando Zhan-Yo se aproximou da porta, não tinha certeza se ainda havia uma luta acontecendo na sala além. Ele poderia abrir a porta e se ver sozinho contra os Paragons.

Por outro lado, se a luta tivesse terminado, esses mesmos Paragons procurariam aqui atrás e o encontrariam eventualmente. Melhor arriscar ajudar agora do que se render, indefeso, depois. Ele embainhou seu tachi esquerdo, agarrou a maçaneta e puxou para baixo para soltar a trava. Zhan-Yo abriu a porta, mantendo sua massa entre ele e o que havia além, colocando a cabeça para fora da borda para ver em que luta ele estava entrando.

Sylvie, sozinha, segurava o centro. Ela tinha uma faca na garganta da Paragon brilhante, encurralando-a contra a parede oposta a Zhan-Yo. Os outros cinco Paragons, alguns com ferimentos leves, mas parecendo ilesos, observavam-na. Corpos pertencentes às forças de Sylvie estavam espalhados pelo espaço.

Eles não tinham ouvido Zhan-Yo abrir a porta porque Sylvie gritava, em voz alta, para que os Paragons se afastassem dela. À direita, o corredor que levava à entrada do edifício, agora trancado, mas com uma senha que Zhan-Yo tinha armazenado em seu Tama, estava desprotegido. Ele poderia correr, sair e, até o momento em que os Paragons extraíssem alguma confissão de Sylvie, estar pronto para negar seu envolvimento. Voltar à estaca zero e recomeçar.

Exceto que... Zhan-Yo encontrou o olhar de Sylvie por

uma fração de segundo antes que ela voltasse a se concentrar em seus oponentes. Ela não queria denunciar Zhan-Yo porque, agora, dependia dele.

Ele não a decepcionaria.

Zhan-Yo não se esgueirou, mas irrompeu na sala, ambos os tachi mirando os dois Paragons do centro. Toda ideia de capturar os heróis vivos havia desaparecido — Aegis não estava lá, as forças de Zhan-Yo estavam perdendo, a situação não poderia estar mais desesperadora — e os golpes de Zhan-Yo visavam matar. Ou pelo menos tentaram, até que uma força incrível arrancou ambos os tachi de suas mãos e os lançou em direção ao teto, onde as lâminas se cravaram nas placas de metal. Um Paragon à direita, um jovem, tinha seguido os olhos luminosos de seu parceiro e olhado na direção de Zhan-Yo.

— Atrás de nós! — gritou o Paragon, estragando completamente o elemento surpresa.

Então Zhan-Yo mudou de tática, e enquanto os dois Paragons centrais começavam a se virar, ele desferiu chutes rápidos na parte de trás dos joelhos esquerdo e direito deles. Forte o suficiente para derrubá-los e mandar os Paragons ao chão. O jovem e outra mulher mais velha estavam à direita e Innis à esquerda. Zhan-Yo deixou o líder, já que Innis parecia estar se movendo devagar, talvez estivesse ferido, e foi em direção aos outros dois. A mulher avançou para enfrentá-lo e, ao fazê-lo, pareceu se expandir e se dividir. Havia três delas, uma parecendo jovem e fresca, uma versão de meia-idade da mulher no meio, com a original, mais velha, à direita. As três assumiram uma posição de kickboxing, protegendo o homem atrás delas. Zhan-Yo não esperou — com os números contra ele, a velocidade era sua única vantagem.

Zhan-Yo fingiu ir direto, como se fosse atropelar a

Paragon original. As versões mais jovem e mais velha se fecharam pelos lados, então quando Zhan-Yo plantou o pé esquerdo e se ajoelhou em um chute circular rasteiro, ele derrubou os tornozelos das três. O primeiro impacto, com a Paragon original, tinha a rigidez de músculo e osso reais. As outras duas, no entanto, pareciam mais como água. Menos substanciais. Esse fator provou seu valor um momento depois, quando as versões jovem e de meia-idade se levantaram com uma agilidade impossível para uma pessoa de peso normal. Antes que Zhan-Yo tivesse se recuperado de seu próprio movimento, as duas estavam sobre ele, desferindo uma série de golpes em seus lados. As proteções absorveram os golpes, que atingiram com menos força do que um golpe normal que Zhan-Yo esperaria de uma mulher como aquela.

Para escapar da chuva de golpes, Zhan-Yo rompeu para a direita, empurrando através dos golpes nos rins da Paragon original e atropelando-a. Não exatamente a manobra mais suave, mas ele atraiu a versão mais jovem para uma investida quase cega, que Zhan-Yo contra-atacou com um chute alto giratório. Direto no pescoço, um movimento que teria quebrado qualquer pessoa normal, mas que, aqui, pareceu afundar na forma mais jovem, derrubando-a no chão, mas sem o estalo revelador de osso. A falta de resistência fez Zhan-Yo tropeçar para trás, caindo sobre a mais velha que ele acabara de derrubar. A última forma, então, aproveitou sua chance para atacar, com um chute que sacudiu o crânio de Zhan-Yo.

Fazia muito tempo desde que Zhan-Yo havia sofrido uma concussão verdadeira, um golpe que enviasse o mundo para borrões. Este fez as longas sombras na sala girarem, e o estômago de Zhan-Yo ameaçou liberar o conteúdo do jantar enquanto seus ouvidos internos esqueciam quais direções eram para cima, para baixo ou entre elas. A Paragon original se ergueu sobre ele, seu corpo parecendo balançar como se estivessem em um barco oscilante e não em um chão de concreto firme.

— Desista — disse a mulher. — Você está acabado.

Acabado? A luta mal havia começado! Ele só precisava de um minuto, ou uma hora, para se recompor. Toda a sua causa não podia terminar aqui, não por causa de algum Paragon de baixo nível. Ele tentou dizer isso a ela, mas quando abriu a boca, toda a luz da sala desapareceu. Na escuridão repentina, Zhan-Yo pensou ter ouvido Innis e o jovem gritando um para o outro, pensou ter ouvido a Paragon em pé sobre ele fazer uma pergunta. Este era o momento. Ele tinha que agir, e sem a luz, não havia nada para sua cabeça danificada girar, então Zhan-Yo atacou. Direto para cima, com toda a força que conseguiu reunir. Ele acertou o estômago macio dela, e com um grunhido engasgado, a Paragon caiu para trás, saindo de cima dele. Zhan-Yo tentou se levantar, cambaleou e caiu sobre a própria Paragon que acabara de atingir.

Ela tentou agarrá-lo, passando os braços em volta de seu pescoço enquanto as costas de Zhan-Yo a pressionavam contra o chão. Ele se contorceu, instintos superando sentidos confusos, e desferiu golpe após golpe com os cotovelos, mesmo enquanto as outras duas formas caíam sobre ele. Um desses golpes deve ter conectado, porque os braços da Paragon relaxaram e tanto as formas jovem quanto de meia-idade, suas mãos se debatendo alcançando seu rosto, desapareceram como se nunca tivessem existido. Zhan-Yo simplesmente respirou por um segundo. Tentou se recompor, fazer sua cabeça parar, esmagar o medo crescente do que poderia significar lutar contra um exército cheio de habilidades como essa.

O mundo tinha se rendido aos Campeões e seus Paragons. Não porque o mundo não pudesse lutar, mas porque a luta só poderia ter um vencedor.

— Acendam as luzes! — a voz de Sylvie estourou acima dos sons da briga e, embora Zhan-Yo não tivesse percebido que Sylvie ainda tinha mais operadores de reserva, alguém atendeu seu chamado e ligou as luzes da estação geradora.

O brilho azul-branco revelou o motivo pelo qual Sylvie sentiu que podia dar aquele comando. Ela estava de pé sobre as formas prostradas da mulher que tinha se iluminado e do jovem que parecia ser o que estava mexendo com as polaridades, já que objetos — como as lâminas gêmeas de Zhan-Yo — começavam a cair do teto à medida que seus pesos faziam conexões com a gravidade. Os dois Paragons que Zhan-Yo tinha atingido por trás estavam lutando para se levantar, até que Innis se moveu entre eles e colocou uma mão enorme nas costas de cada um.

— Fiquem deitados — disse Innis. — Menos chance de que eles matem vocês dessa forma.

— Deveríamos matar você — disse Sylvie para Innis. — Meus homens não deveriam ter sido feridos.

— Nem os meus.

Zhan-Yo conseguiu se colocar de joelhos, a náusea geral em seu estômago diminuindo o suficiente, o mundo parando de girar o suficiente para permitir uma tentativa de ficar de pé. Uma tentativa que rapidamente se transformou em uma queda inclinada contra a parede mais próxima.

— Você não deveria ter trazido mais ninguém — Sylvie retrucou, até agora ignorando a situação de Zhan-Yo. Uma de suas facas começou sua queda lá de cima, e sem tirar os olhos de Innis, Sylvie a pegou no ar como se fosse uma folha caindo e não uma lâmina afiada. — Você e Aegis. Sozinhos. Esse era o plano.

— O plano mudou. Aegis não vem. — Innis soava tão frustrado quanto Sylvie, e Zhan-Yo teve que se perguntar se isso era porque sua equipe tinha sido ferida, ou porque Aegis ainda estava vivo.

Alguns dos capangas de Sylvie estavam começando a se recuperar agora também, esfregando os rostos e se levantando. Sylvie, com uma série de gestos, os colocou para trabalhar, amarrando os Paragons com abraçadeiras e aplicações generosas de dardos de armas de choque. Se você quisesse ter certeza de que um Paragon não poderia usar sua habilidade, era só mantê-lo inconsciente.

— Você é um traidor? — um dos Paragons que Innis segurava balbuciou. — O quê?

— Não é da sua conta — Innis rosnou, e antes que tivesse que se defender mais, um dos capangas colocou o Paragon para dormir. — O plano fracassou, Sylvie. Agora tenho que cuidar disso. Você deveria ter nos deixado ir embora.

— Não — Zhan-Yo falou, sua voz mais fraca do que ele pensava que seria, mas ainda assim carregava ao longo das paredes metálicas ecoantes. — O plano mudou.

Sylvie finalmente percebeu que Zhan-Yo não estava bem, e ela atravessou a sala para oferecer um ombro para ele se apoiar. — O que aconteceu?

— Um pequeno chute na cabeça. Eu fui lento — respondeu Zhan-Yo, então olhou para Innis. — Leve ele também.

Aegis liderava uma vasta rede de anomalias, assim como Zhan-Yo comandava uma grande corporação. Quando as situações eram críticas, Zhan-Yo não hesitava em ir pessoalmente resolver o problema, para salvar seu negócio, seus funcionários. Esses Paragons estavam em apuros, e Aegis tinha o hábito de se envolver pessoalmente. Ele viria por eles. Não resistiria ao chamado para ser o herói.

— Sylvie, precisamos enviar uma mensagem. Para Aegis. Diga a ele que temos sua equipe — disse Zhan-Yo, apoiando-se em Sylvie e mantendo os olhos fechados o máximo possível. — Ele virá, e nós o pegaremos quando o fizer.

CAPÍTULO 40

AÇÕES TÊM UM PREÇO

DAS COISAS que Mynx não queria fazer tão logo após lutar contra Thane, preparar-se para outro ataque estava bem no topo da lista. Ainda dolorida, ainda cansada, Mynx acordou com o relatório de Reeves de que ele havia rastreado Denise Jones até seu laboratório. Durante todo o dia anterior, Denise havia ziguezagueado pela área de Los Angeles, nunca parando por mais de uma hora. Um padrão que, na opinião de Mynx, se encaixava perfeitamente com alguém reunindo o necessário para uma fuga, ou um último confronto.

Não que Denise acharia fácil deixar a cidade. Reeves, seguindo as instruções de Mynx, havia invalidado as identificações de Denise e congelado suas contas, usando o poder unilateral que teria exigido uma equipe conjunta de tribunais e polícia no mundo pré-Paragon. Propício ao abuso? Talvez, mas esse era o ponto; o mundo tinha que confiar que os Campeões não abusariam de seu poder, porque o mundo não tinha escolha. De qualquer forma, se Denise tentasse qualquer fuga legítima, ela seria pega por drones ou humanos quando tentasse escanear seu Tama.

O fato de Denise ainda não ter sido capturada sugeria que ela tinha ajuda. Todo mundo sabia que os Campeões podiam reprimir um criminoso, Mynx podia ser vista em outdoors por toda Pacifica detalhando todas as maneiras de entrar na lista negra dos Paragon, então Denise provavelmente planejou para isso. Recrutou alguns otários infelizes para ajudá-la com a promessa de se tornarem anomalias algum dia, um acordo que parecia destinado a programas de baixo orçamento da tarde. No entanto, Mynx e os outros Campeões tinham visto o fruto místico de poderes potenciais sendo oferecido a tantos criminosos comuns por aspirantes a gênios do mal delirantes que os pontos clichês da trama de outrora tinham um lar deprimente na realidade de hoje.

— Você acha que ela vai ficar lá? — disse Mynx, de volta à sua mesa de projeção.

Ela não estava usando seu roupão, estava bebendo um café preto forte e já tinha tomado pílulas destinadas a aliviar suas dores musculares. A luz do sol dispersa por nuvens de hoje e as ondas agitadas do oceano, chicoteadas por uma tempestade noturna, ecoavam os pensamentos violentos de Mynx. A Campeã de Pacifica se preparava para a guerra, e seria rápida e total.

— O pod que ela está usando foi liberado para o conjunto, e embora haja tráfego frequente para o laboratório, ela não saiu — respondeu Reeves. — É claro que é impossível prever o comportamento humano irracional, mas as indicações são de que Denise está ficando parada.

— Ela está tentando correr contra o tempo — disse Mynx, mudando a projeção na mesa para uma transmissão ao vivo de um drone circulando o laboratório de Denise. — Ela deve pensar que está tão perto de descobrir o segredo que em poucas horas mais, ela será capaz de ter seu próprio exército de anomalias improvisadas.

— As realidades do trabalho científico tornam esse resultado improvável.

— Você não está errado, mas, como você acabou de dizer, os humanos são irracionais. — Mynx terminou seu café e levantou uma única mão com um dedo apontando para o céu. — Acho que é hora de mostrarmos o quão irracional ela é.

— Não foi sua melhor frase, mas vai servir — respondeu Reeves, iniciando o processo para enviar alguns dos drones designados da Fábrica para Mynx.

— Reeves, lembre-me de ajustar seus algoritmos de opinião. Você deveria achar que tudo o que eu digo é ouro.

— Pelo contrário, devo ocasionalmente apresentar um argumento humilhante, pois foi exaustivamente demonstrado que humanos com egos elevados têm taxas mais altas de mortalidade.

— Então você está me insultando para me manter segura?

— Sim.

Havia momentos, muitos momentos, em que Mynx se perguntava se ela tinha feito um trabalho bom demais com as IAs que alimentavam as casas dos Campeões. Ao contrário dos drones, que tinham capacidade limitada de flexibilizar fora de seus parâmetros programados, Reeves podia fazer qualquer coisa que suas conexões permitissem. Isso significava ser sarcástico, sim, mas também permitia que ele acessasse os pods de Pacifica, sua rede elétrica, monitorasse todos os feeds de notícias que iam para a internet, etc. Até agora, não houve IAs enlouquecendo ou embarcando em uma guerra louca contra a humanidade como nos filmes e livros, mas isso não significava que não poderia acontecer.

— Mynx — disse Reeves enquanto o primeiro drone se fixava à perna esquerda de Mynx, seguido rapidamente por outro em sua direita. — Devo também aconselhar contra qualquer ação pessoal aqui. Temos drones suficientes para achatar ou capturar Denise sem seu envolvimento literal.

— Eu sei disso — disse Mynx enquanto um terceiro drone, maior que os dois primeiros, se envolvia em torno de seu peito. Enquanto o conjunto que ela usara contra Thane era uma coleção improvisada feita de drones que por acaso estavam lá, essas criações locais ficavam na Fábrica para quando Mynx precisasse de seu equipamento de nível máximo, e seus ajustes perfeitos mostravam isso. — Mas Denise tem que saber que viremos atrás dela. Estou velha demais para prolongar isso, Reeves. Vou terminar isso agora para que eu possa realmente dormir esta noite.

Quando os drones se fixaram nela, Reeves tinha drones gladiadores prontos para escoltar Mynx até o laboratório de Denise. Grande demais agora para caber em um pod, Mynx ligou os sistemas de propulsão de bateria em suas novas pernas. Elas tinham energia suficiente para levá-la ao laboratório, mas provavelmente não para uma viagem de volta; os motores individuais dos drones não podiam levantar o peso combinado de Mynx e do traje por tanto tempo. Não deveria importar - após o ataque, Mynx poderia desengatar a armadura e fazer uma relaxante viagem de pod para casa.

— Reeves, tranque a Fábrica enquanto eu estiver fora — disse Mynx depois de ter deslizado sobre seu próprio telhado e pousado em meio aos quatro drones esperando para escoltá-la. — Ninguém entra, mesmo que escaneie como eu. Passarei um código verbal quando eu voltar.

— E qual será esse código?

Mynx recitou uma sequência precisa de uns e zeros - sua data de nascimento em binário. Longa demais para alguém imitando sua voz adivinhar, e coçava aquela coceirinha de curiosidade que ela tinha.

— Além disso, Reeves, continue executando os testes. Mesmo que Denise tenha inventado toda essa ideia, quero ver se há alguma verdade nisso.

Você pararia de procurar o maior tesouro só porque um dos caçadores se revelou um trapaceiro? Não. Mynx já havia sido traída antes e provavelmente seria traída novamente. Isso nunca a impediu de seguir adiante.

— Claro — disse Reeves. — Você também tem uma chamada prioritária chegando. De Aegis.

Mynx quase xingou. Se Aegis já tinha se metido em mais problemas, forçando-a a voar de volta para a costa leste, Mynx poderia ter um aneurisma aqui e agora. Ela tinha seus próprios assuntos para resolver e não podia ficar à disposição de Aegis sempre que o Campeão causava algum problema ridículo.

— Passe a chamada.

Levou um segundo, mas o tom em seu ouvido mudou, captando o ruído característico de um motor a jato cortando o ar.

— Mynx. Você entregou o pacote?

Thane.

— Entreguei — respondeu Mynx. — Também te enviei os detalhes sobre isso.

— Eu sei. Só estou sendo educado.

Aegis devia realmente querer algo se estava tentando amaciar Mynx com conversa fiada. O homem normalmente era tão sutil quanto um acidente de trem. No entanto, de todas as vezes para Aegis ficar falante, esta não era o que Mynx queria lidar agora.

— Tenho uma situação aqui, Aegis. O que você precisa?

— Eu posso ter perdido uma equipe, Mynx — Aegis

deixou a frustração transparecer. — Em Chicago. Celice queria que eu parasse de ser ativo, então fiquei. Agora estou indo para lá.

Perder Paragons não era algo pequeno. Anomalias eram raras, anomalias que podiam se tornar líderes eficazes, oficiais de execução ou representantes da comunidade eram ainda mais raras. É por isso que Mynx tinha criado os drones em primeiro lugar, para que os Paragons não precisassem se arriscar com as coisas pequenas. Ou, à medida que os drones melhoravam, com as coisas grandes. A equipe de Aegis deveria ter ficado no escritório e dirigido o ataque via transmissão de vídeo, e Mynx disse isso.

— Eles teriam feito isso, exceto que o alvo não estava em uma área com bom sinal. Um gerador subterrâneo.

Mynx iniciou a sequência de ativação de sua armadura, conectando-a aos drones gladiadores para que voassem juntos. Se Aegis precisasse de sua ajuda, e ela tinha a sensação de que o pedido estava chegando, então Mynx precisava lidar com Denise rapidamente. E fazer com que Reeves preparasse mais café, porque aparentemente o mundo tinha enlouquecido. Os motores elétricos ligaram com um zumbido suave, e Mynx flutuou a um metro do chão. Daqui, na elevação que levava à Fábrica, ela podia ver uma boa parte do sul de Los Angeles, edifícios antigos e novos misturando seus blocos e curvas enquanto o comércio se desenvolvia ao redor. Drones, sim, mas também transportes voadores, cápsulas e outras aeronaves seguindo planos de voo que as mantinham afastadas umas das outras. Reeves submeteu o dela, e assim que Mynx o ativou com um piscar duplo, uma ampla onda verde translúcida apareceu em seu visor, mostrando a rota exata que ela seguiria para chegar ao laboratório de Denise.

— Os drones podem operar com perda de sinal — disse Mynx. — Eles são menos previsíveis, mas melhor que nada.

— Sabe o que seria melhor?

— Não diga 'eu'. Estou ocupada, Aegis. Pelo menos por um tempo.

— Está amarelando?

Mynx sorriu para si mesma. Aegis, depois de todos esses anos, continuava voltando como se nunca tivessem mudado. As provocações amigáveis, o clima de 'temos que salvar o universo', ele sempre foi o maior crente em seu próprio heroísmo, enquanto o resto dos Campeões, incluindo Mynx, entendia que só tinham esses poderes devido ao acaso. Ainda assim, eles ficaram com Aegis por anos, pelo menos em parte porque ele os fazia sentir como se fossem os heróis das histórias da infância e dos filmes triunfantes. Juntos, eles podiam salvar o mundo, e juntos, eles o fizeram.

Eles tinham feito isso.

— Tenho minha própria luta hoje, embora não esteja animada com isso — disse Mynx enquanto sua armadura e os drones que a acompanhavam começavam a seguir o plano de voo, lançando-os para cima e sobre as casas mais próximas da Fábrica. — Depois que isso for resolvido, talvez eu possa ir até você, mas você terá que esperar.

— Não posso fazer isso. Minha equipe ainda pode estar viva. Não pode adiar sua coisa?

— Não — Mynx não tinha vontade de entrar nas implicações de deixar DNA rogue nas mãos de alguém como Denise; dê a ela tempo suficiente e Denise provavelmente poderia distribuir o que roubou pela internet, tornando pública a composição genética privada de anomalias para quaisquer atores, bons e maus, que pudessem ter ideias para isso. — Este é importante.

Aegis suspirou alto o suficiente para o microfone captar.

— Lembra quando tínhamos mais do que apenas você e eu?

— Lembro — Abaixo dela, agora, estendia-se uma rodovia refeita. Com a eficiência das cápsulas, Pacifica reduziu muitas de suas estradas e as transformou em parques e residências. Alguns projetistas optaram por construir ao redor das fundações existentes, usando os pilares de concreto que antes sustentavam carros e caminhões como núcleos de fazendas verticais e apartamentos. — Eles ainda estão por aí.

— Acha que eles viriam?

Mynx sabia que os outros Campeões viriam. Se necessário. O que ela realmente focou, no entanto, foi como Aegis continuava falando. O homem não era de longas conversas, mesmo em trânsito. Ele poderia estar estudando os parâmetros de sua missão, memorizando plantas, as coisas auxiliares que transformavam disparos aleatórios em execuções afiadas como navalha.

— Aegis, se uma ameaça exigisse todos nós, os Campeões se reuniriam. Eles perdoariam tudo.

Silêncio, e por um breve momento, Mynx pensou que Aegis tinha encerrado a chamada ali mesmo. O que tinha sido apresentado como uma separação para comandar as regiões Paragon recém-formadas em todo o mundo era, bem, exatamente isso; uma apresentação para convencer um público cansado da guerra de que seus protetores ainda estavam unidos. Que eles não estavam a uma discussão de se virarem uns contra os outros.

— Bem, pelo menos você veio — disse Aegis, finalmente. — Obrigado, Mynx. Boa sorte com a sua.

— Leve os drones, Aegis. Eles vão te ajudar.

— Sim. Vou levar. Até mais.

Aegis desligou, deixando Mynx com uma sensação

estranha e vazia no estômago. Aegis parecia tão perdido. Ao mesmo tempo refletindo sobre o passado e se preparando para o que parecia ser um futuro violento. Mais do que qualquer coisa, Aegis soava como se estivesse acabado. Não ansioso por isso, como Mynx, agora começando a descer em direção ao laboratório, não ansiava pelo que estava prestes a acontecer. Formar os Paragons deveria ter acabado com isso.

Em vez disso, o mundo parecia estar piorando.

ENQUANTO MYNX VIAJAVA em uma bola veloz como um raio, Aegis optou pela variante executiva: um avião particular dos Paragons, movido a jatos de hidrogênio padrão, em uma velocidade mais lenta e estável do que sua contraparte Campeã. O jato Paragon compensava sua relativa lentidão oferecendo comodidades, como espaço para esticar as pernas, janelas amplas e um monitor grande onde Aegis assistia à mensagem recebida que o levara a encerrar a chamada mais cedo. Separado dos pilotos e do único atendente, com um gesto para fechar as portas de privacidade, Aegis sentou-se em frente à tela de um metro de largura e hesitou.

Seu Tama lhe informou que a mensagem era de Ziran. A empresa. Enviada pessoalmente para Aegis, algo que nunca havia acontecido antes. Ele sabia, no entanto, que a Ziran tinha sua sede em Chicago, e embora Aegis não se considerasse o mais astuto dos Campeões, um sentimento nervoso ligava essa mensagem ao que ele havia visto, em partes, anteriormente. A questão era se isso mostraria os restos de sua equipe ou ofereceria um acordo para trazê-los de volta?

— Pelo seu bem, espero que seja a segunda opção — disse Aegis, tocando seu Tama para iniciar a reprodução.

— Não é assim que deveria ser. — A voz, granulada, não editada e não otimizada, disse enquanto a câmera do Tama focava em um espaço sujo e nas meia dúzia de corpos amarrados que o preenchiam. — Você deveria estar aqui. Não eles.

A câmera manteve o foco. Aegis inclinou-se em direção à tela. Ele achou que podia identificar Innis ali, com a cabeça baixa. Dima também, embora parecesse inconsciente. O que significava que os outros provavelmente eram todos Paragons também. Pelo menos estavam amarrados, o que indicava que nenhum deles, por enquanto, estava provavelmente morto.

— Sei que você virá, porque é quem você é — continuou a voz. Soava masculina, mais velha. — Mas você deve entender o porquê. — Uma respiração. — Você não nos ouviria se gritássemos, se berrássemos ou aparecêssemos à sua porta com exigências. Então estamos chamando sua atenção da única maneira que funcionará, deixando você bancar o herói. Você tentará resgatá-los, e nós estaremos esperando, e teremos nossa conversa.

Aegis não conseguia identificar aquela voz e isso o incomodava. A maioria dos vilões sentia um prazer perverso em anunciar seus nomes, em detalhar suas motivações, seus planos como se todos os Campeões fossem ficar impressionados. Em vez disso, essa voz continuava divagando sobre alguma mudança na sociedade. Igualdade e isso e aquilo. Argumentos que o próprio Aegis havia usado décadas atrás quando liderou a luta pelos direitos dos anômalos, pela santidade daqueles que por acaso desenvolviam poderes. O velho mundo havia decidido que armas vivas deveriam ser controladas, então os anômalos assumiram esse controle para si mesmos.

O vídeo terminou com mais um apelo para que Aegis se juntasse a eles e listou coordenadas com a ameaça habitual de que os reféns seriam executados se alguém além de Aegis tentasse se aproximar. Isso deixava em aberto a opção de Aegis usar drones e outros Paragons para queimar o local até o chão, descartando os cativos como uma perda, mas mantendo sua própria vida. Essa seria a decisão que Aegis tomaria se ele fosse o monstro que o narrador deste vídeo pensava que ele era. Em vez disso, Aegis digitou o endereço e enviou uma nota para manter drones em vigilância constante sem se aproximar. Aegis poderia ter sorte e ver quem entrava e saía.

Depois disso, ele fez a ligação que vinha temendo.

— Você não vai voltar para o jantar, não é? — disse Celice quando atendeu.

Ele havia dito à filha que sairia rapidamente. Não havia contado para onde, ou que seria de avião.

— Acho que não vou conseguir — disse Aegis. — Sinto muito por não ter avisado antes de sair, mas...

— Você está a caminho de Chicago. Acha que não sei quando um de nossos aviões decola? Você me ensinou isso. Logística é tudo.

— Você acertou. Sabia que fiz algo certo ao criá-la.

Na tela do Tama, Celice olhou para fora da câmera, piscou e esfregou o nariz por um segundo, então olhou de volta. — Chicago está uma bagunça agora, você sabe disso? Innis sumiu, assim como vários outros Paragons deles.

— Estou indo lá para resolver isso.

— Com o quê, pai? Seus punhos?

— Se for preciso.

Celice riu, uma vez, aquele tipo de risada de partir o coração que matava Aegis quando ele ouvia, e ele ouvia com muita frequência. Naquele instante, ele fez a promessa a si mesmo, a Celice, de que terminaria depois disso. Penduraria as manoplas e lideraria da poltrona, não da linha de frente. Organizaria aquela cúpula e providenciaria uma boa aposentadoria cheia de jantares com sua filha, e talvez uma ou duas viagens para ver Mynx no oeste. Ele poderia até criar coragem para visitar alguns dos outros Campeões, reparar algumas daquelas fissuras. Não seria fácil, mas seria mais fácil do que ver sua filha conter sua própria frustração.

— A Ziran está por trás disso, ou alguém naquela empresa — disse Aegis, tentando mudar de assunto, cancelar as emoções e voltar a algo mais confortável. — Eles têm toda a equipe como refém. Innis e todos. Querem falar comigo.

— O que eles querem?

— Não tenho certeza. De qualquer forma, quero que você coloque um plano em ação para congelar as contas deles. Descubra quem vai substituir a tecnologia deles.

— Isso... não vai ser fácil.

— Por isso você é a pessoa perfeita para lidar com isso. Logística, Celice.

Ela balançou a cabeça. — Você está realmente acumulando dívidas, pai. Nesse ritmo, vai ter que me dar a torre inteira.

— É sua — respondeu Aegis. — Nunca gostei dela, de qualquer forma.

Uma mentira, embora não tão distante da verdade quanto já fora. Ele começara a se sentir um pouco altivo demais em seu trono de aço, olhando para Nova York. Mais uma coisa que ele poderia abandonar depois disso. Ver seus

Paragons em segurança com uma última volta, então partir para o pôr do sol.

Era assim que os heróis faziam, certo?

Aegis sentiu a mudança quando o avião começou sua descida para Chicago, confirmada um segundo depois pelos pilotos através do alto-falante.

Celice também percebeu. — Você está quase lá?

— Quase. Escute, Celice. Eu tomei a decisão. Estou fora depois disso.

— Foi o que você disse antes.

— Acho que estou dizendo de novo, então.

Celice assentiu. — Tudo bem, pai. O que você disser. Vá ser o herói.

— Mais uma vez.

— Claro. Te amo.

— Também te amo.

Celice desapareceu, e Aegis se virou para as nuvens cinzentas lá fora enquanto o avião o levava para mais perto de seus objetivos e mais longe de seus sonhos.

CAPÍTULO 42

A GANÂNCIA É MORTAL

KAT ENCARAVA o teto e desejava que Gordon fosse embora. Seeker evidentemente também - os latidos incessantes do cão haviam começado como um péssimo acompanhamento para a interminável ladainha de Gordon sobre como eles tinham que continuar perseguindo Calvin, uma lista de intensidade crescente que havia empurrado Kat para o sofá, onde ela optou por esperar que Gordon se cansasse. Uma perspectiva que ficava mais distante a cada segundo.

— Pense na reputação, Kat! — Gordon mudou sua abordagem de proteger a sociedade para ganhar dinheiro, aparentemente decidindo que a pura ganância poderia ser mais atraente do que as opções benevolentes. — Uma anomalia como Calvin nunca foi vista antes! Ele pode fazer coisas diferentes! Quem sabe do que ele pode ser capaz?

— Eu sei que ele poderia nos matar se quisesse — Kat dignou-se a revidar, um erro que ela se arrependeu instantaneamente.

— Talvez! Mas não se nós dois o atacássemos juntos. Ele não é psíquico, ou teria sabido que estávamos chegando —

Gordon se revezava entre andar de um lado para o outro, sentar na cadeira da escrivaninha de Kat e beber do bule de café que ele havia feito, mas claramente não precisava. — Com o rastreador, poderíamos emboscá-lo, atordoar Calvin antes que...

— Você não estava lá há uma hora quando ele explodiu uma janela na nossa cara? — disse Kat. — Não importou que o pegamos de surpresa. Ele nos derrubou de qualquer jeito, junto com dois drones. Eu não me inscrevi nisso para morrer.

— Você não vai morrer — Gordon tentou mudar de tática novamente. — Calvin claramente não quer nos matar. Ele não vai.

Kat rolou para o lado. Encarou Gordon. — Não sei se surfar pelo país aceitando esses contratos aleatórios deformou seu cérebro, Gordon, mas rastreadores morrem o tempo todo. Anomalias matam pessoas constantemente. É a razão de existirmos, lembra? Porque todo mundo enlouqueceu com explosões anônimas, pessoas sendo viradas do avesso ou congeladas?

Gordon não tinha uma resposta pronta para essa, então Kat decidiu aproveitar o impulso e continuar.

— Você acha que isso é uma espécie de jogo: colocar o rastreador, coletar a reputação, seguir em frente e encontrar mais diversão. Mas eu? Não estou fazendo isso por diversão, estou fazendo porque não posso fazer mais nada. Porque se eu puder impedir que alguma anomalia machuque alguém, eu devo tentar. Mas! — Kat levantou a mão para deter a objeção óbvia. — Existe uma razão para os Paragons existirem. Para todos esses drones estarem voando por aí. É porque algumas anomalias são perigosas demais para nós, ou para qualquer um. Calvin está além de você e eu, Gordon. Não somos nós que devemos deter pessoas como ele. Então vamos passar o sinal para os Paragons e deixá-los resolver isso.

Gordon, pelo menos, tinha uma ótima cara de estupefação. Ele havia negligenciado o barbear durante esta atual estadia em Chicago, então os começos frisados do que prometia ser uma barba irregular emolduravam seu queixo caído diante das palavras de Kat. Sua expressão sugeria que Kat havia feito alguma proclamação absurda - que Seeker poderia, de fato, voar, por exemplo - em vez da conclusão lógica de uma série de encontros que invariavelmente terminaram com os dois rastreadores do lado perdedor, agarrando-se à vida nas ruas da cidade ou em seus salões de convenções lotados.

— Você realmente quer ser uma rastreadora? — Gordon disse, lançando a pergunta como uma granada.

— Sim, mas uma sã. Uma viva. — Kat mergulhou sobre ela, sufocando a explosão com lógica densa.

— Uma entediante, então. — Gordon tentou condená-la com o rótulo. — Quando começamos isso, achei que você queria ser a melhor. Trabalhamos juntos para rastrear todos eles, e conseguimos, Kat. Fomos incríveis.

— É, e então você foi embora porque Chicago não era boa o suficiente para você.

— Eu fui embora porque você mudou! — Gordon incluiu as mãos agora, acenando-as com as palavras como um maestro regendo uma orquestra.

— Não, Gordon, eu não mudei. Você mudou. — Kat levantou-se do sofá, que parecia calmo demais, casual demais para esta conversa. — Você queria que a perseguição fosse sua vida. Você queria alvos maiores, melhores. Eu não quero isso. Não quero me jogar em perigo todo santo dia e me perguntar se vou sair viva do outro lado.

— Então você está com medo. É isso.

Kat não dava tapas. Ela dava socos. Chutes. Atirava em anomalias com armas de choque quando precisava. Mas como ela queria dar um tapa em Gordon naquele momento, bem ali. Porque ele estava certo, Calvin a assustava, e Gordon tratar esse medo como algo ruim era uma jogada baixa. Medo, medo razoável, mantinha as pessoas vivas neste mundo louco. Ela e Gordon eram normais. Eles não tinham negócios se enfrentando cara a cara com anomalias que podiam brincar com as leis naturais como Kat podia brincar com dados. Não com as mortais, de qualquer forma.

— Acabou — ela disse em vez disso. — Nós acabamos. Saia da minha mesa. Vou enviar o sinal para os Paragons, e é isso.

Gordon levantou-se, pareceu por um segundo que ia deixar Kat fazer exatamente o que ela disse, então ele se inclinou, clicou na tela da estação de trabalho para ver a posição do sinal. Ambos olharam fixamente para ele. Oeste da cidade, uma área isolada, ainda mais do que onde estavam esta manhã. Com o sol se pondo, um sinal tão a oeste significava que Calvin estaria sozinho. Sem civis, poucas regras e possibilidades de emboscada.

— Vou atrás dele — disse Gordon. — Você vem comigo?

— Não. — Kat deslizou na frente de Gordon. — Vou chamar os Paragons. Agora mesmo.

Gordon foi até a porta, vestiu seu casaco. Começou a colocar seu equipamento. — Vai levar um tempo para eles responderem. Numa cidade tão grande, uma anomalia solitária que não está atacando as pessoas não vai chamar muita atenção.

Kat lançou um olhar fulminante em sua direção. Gordon queria correr contra os Paragons até Calvin? Soava exatamente como ele. Suas mãos, enquanto isso, clicavam e digitavam no formulário de intervenção de emergência, enviando o pedido, com um ping, para o escritório dos Paragons em Chicago. A própria classificação de Kat estaria anexada, garantindo uma resposta mais rápida. Rápida demais, esperava ela, para que Gordon chegasse perto de Calvin, com suas bravatas ou não.

— Adivinha quem não vai receber crédito nenhum quando eu pegar esse aí? — Gordon continuou. — Só eu, Kat.

— Tanto faz.

— Uma clássica resposta da Kat. Toda essa habilidade, toda essa coragem, e quando as coisas ficam perigosas, ela desiste.

Gordon abriu a porta do apartamento dela e saiu, com Seeker latindo para ele o tempo todo. Kat foi até lá, fechou a porta e só então se virou para acalmar o cão.

— Tudo bem, Seeker. É assim que ele é. — Kat passou as mãos pelo pelo do husky, descansou o queixo na cabeça do cão por um minuto, até que uma luz piscando na estação de trabalho atraiu seus olhos de volta. Uma resposta ainda mais rápida do que Kat esperava. Ela clicou para abrir. Encarou. Leu novamente. Olhou de volta para Seeker, esperando que, de alguma forma, a língua mole do cão pudesse mudar a mensagem, e voltou-se novamente.

Os Paragons estão atualmente lidando com outras emergências e não podem responder no momento. Por favor, emita um alerta geral para assistência de drones.

Nem mesmo a lista habitual de números para ligar, diretrizes a seguir. Essa mensagem deve ter sido lançada rapidamente. Kat passou por vários feeds de notícias, não viu nada. Não era tão surpreendente que os Paragons mantivessem algo importante em segredo, mas ainda assim, qualquer operação planejada teria uma mensagem de indisponibilidade igualmente planejada.

Kat recostou-se em sua cadeira. Se os Paragons não iam ajudar, isso significava drones. Calvin já tinha lidado facilmente com eles, e se os Paragons estivessem lidando com uma emergência real, quaisquer drones de alta qualidade estariam apoiando-os. O que significava que Gordon estava se dirigindo para uma anomalia perigosa completamente sozinho. Kat olhou para Seeker, que deu a mesma resposta que sempre dava quando Kat olhava em sua direção — um pequeno bufo. O que ela deveria fazer era óbvio. Ir atrás dele. Dar a Calvin outra chance de matá-la.

E tudo o que ela queria fazer, depois de sobreviver à explosão de vidro esta manhã, era beber um pouco de uísque e esquecer.

CAPÍTULO 43
ESPALHE A REDE

DURANTE SUA VIDA, Zhan-Yo se imaginou em muitos futuros esperançosos diferentes, e realizou muitos desses sonhos: fez discursos transmitidos ao redor do mundo para milhares de pessoas, tomou decisões de design que afetaram os Tamas que todos agora usavam, e agora liderava o esforço de transformação da civilização que ele esperava desde que seu pai o designara para a grandeza. CEOs de empresas não eram imortalizados, mas filósofos e líderes sim.

Nenhum desses líderes, filósofos, se viu andando de um lado para o outro em uma sala iluminada de branco abaixo da superfície de Chicago, buscando um propósito nos seis Paragons aprisionados e no dobro desse número de mercenários igualmente entediados. Isso não era uma revolução, o início de algo. Era um plano que deu errado com tudo em jogo.

— Enviamos a mensagem, certo? — Zhan-Yo perguntou a Sylvie, que, encostada na parede, parecia estar tirando um cochilo.

Os geradores e a blindagem do edifício das ruas da cidade acima impediam os sinais externos do Tama. Uma rede local dava a Zhan-Yo e aos outros a oportunidade de se comunicar ao redor do próprio edifício, mas o resto do mundo era um mistério nebuloso. E quando ele se acostumara tanto a ter todo o conhecimento em seu pulso, não ter nenhum fazia Zhan-Yo se sentir como se tivesse sido vendado, esmurrado nas orelhas e então injetado com cafeína; em resumo, ele estava nervoso.

— Você já perguntou isso, e a resposta continua a mesma — respondeu Sylvie. — Fique calmo. Nada sai perfeitamente.

Eles vinham enviando corredores à superfície para se reconectar, e um deles havia transmitido o curto vídeo que Zhan-Yo gravara. A última isca para pegar seu alvo tão importante. No entanto, aqui embaixo, preso nesta caixa de metal que cheirava a óleo e suor, tempo e espaço pareciam perder todo o significado. Seu Tama lhe dizia que era tarde. Zhan-Yo, que acabara de consumir um sanduíche obtido em uma delicatessen próxima e alheia, sentia-se distante de si mesmo, como se toda esta sequência fosse uma piada surreal.

— Nada sai perfeitamente, mas as coisas podem sair melhor do que isso — disse Zhan-Yo, olhando para os Paragons. Com exceção de Innis, o líder corpulento, os outros cinco eram mantidos em sedação permanente e drogada. — Eu não queria matar tantos.

Innis olhou para Sylvie. — Você disse que eles viveriam. Esse era o acordo.

Sylvie suspirou o mesmo suspiro que a mãe de Zhan-Yo fazia ao lidar com ele, seus irmãos e os problemas que causavam. Um que falava de sofrer uma infinita série de indignidades nas mãos de idiotas que ela era, no entanto, obrigada a atender.

— Acordos funcionam dos dois lados, Innis —

respondeu Sylvie. — Você disse um ou dois, não cinco. A menos que você consiga fazer com que todos concordem em ficar do nosso lado, acho que teremos que recorrer a uma solução mais permanente para este problema.

— Que diferença fará? — tentou Innis. — Vocês vão virar este mundo de cabeça para baixo, de qualquer forma. Eles não farão diferença.

Zhan-Yo observava o par. Ele entendia a luta de Innis pelas vidas de sua equipe, é claro, mesmo que Zhan-Yo tivesse pouca simpatia por como Innis chegara àquela situação difícil. Fazer acordos e cumpri-los, entender quanto espaço de manobra você tinha e se ele sequer existia, fazia parte de ser um líder. Innis havia apostado na esperança e na sorte, e perdeu.

Os brutamontes na sala eram muito parecidos. Zhan-Yo se perguntou, por um segundo, por que pensava neles dessa forma, pedaços de carne destinados a ficar no caminho dos Paragons em troca de reputação. Ele deveria considerá-los leais funcionários da Ziran e aprender seus nomes, suas famílias. No entanto, esse negócio colocava tais cortesias comuns longe. Todos pareciam operar com a ideia de que menos informação era melhor, para que pudessem todos desaparecer após esta única noite passada mudando a história.

Muitos dos homens de Sylvie cuidavam de hematomas ou pior. Quando Aegis chegasse, possivelmente com mais reforços, dependendo se o Campeão se importasse o suficiente para cumprir a ameaça enviada em sua mensagem, mais lacaios se machucariam, alguns poderiam morrer. A perspectiva encheu Zhan-Yo de... nada. Era assim que Sylvie vivia? Apartada das consequências que ela entregava aos seus próprios seguidores?

— Você sabe os nomes deles? — Zhan-Yo perguntou a

Innis, surpreendendo a si mesmo com a pergunta que surgira, como um suspiro, de alguma profundidade instintiva sobre a qual ele não tinha controle.

— Estes? Eles fazem parte do meu escritório — Innis tentou olhar para os Paragons, mas, estando todos amarrados juntos em um grande amontoado, sua cabeça não conseguia fazer a rotação completa. — Trabalho com a maioria há anos.

Zhan-Yo assentiu, lentamente. — A Ziran tem funcionários demais para que eu os conheça todos, mas os que estão ao meu redor? Eu lhes mando cartões de aniversário, conheço seus filhos e o que eles querem em seus empregos.

— Então você entende — respondeu Innis. — Por que estou aqui. Todos queremos mais. Precisamos de mais.

— Não, eu não sei por que você está aqui — Zhan-Yo se agachou para poder olhar Innis nos olhos - além disso, suas pernas estavam ficando cansadas de ficar em pé. — Nenhum dos meus funcionários aceitaria um suborno como este.

— Não aceitariam? Se isso significasse chegar onde você está?

— Liderar a Ziran dificilmente é um prazer. — Zhan-Yo pensou em detalhar sua agenda diária, então percebeu que aquela programação não se aplicava mais a ele. Depois desta noite, sua carreira estaria acabada. Se sobrevivesse, uma nova começaria. Quem assumiria sua posição? Lutariam por ela? — Mas suponho que eu possa ver o apelo, de fora.

Innis endureceu o rosto, seus olhos mostrando um desvio de volta a outro tempo, outro lugar. — Há quanto tempo você não recebe ordens? Não do tipo que você pode questionar, também.

— Há muito tempo.

Não desde que seu pai morrera. Quase duas décadas já.

— Para mim, tem sido toda a minha vida. Os Paragons

não têm CEOs. Não têm aposentadorias. Você está dentro até morrer ou se tornar inútil, e os Campeões nunca são nenhum dos dois. Então eu tenho me contorcido sob a bota de Aegis desde sempre, e isso nunca vai mudar.

— Está mudando agora.

Innis deu de ombros. — Talvez. Talvez seu bando de fanfarrões aqui possa vencer. Talvez você corte a cabeça dele e diga ao mundo que um novo jogador chegou à cidade. Sabe o que acontece então? Os outros Campeões virão e chutar o seu traseiro do mesmo jeito.

— Mas você deve ter um plano para isso?

Zhan-Yo tinha planos para a provável represália dos Campeões também, embora esses dependessem do apoio popular. De uma onda de pessoas normais lutando por direitos que lhes foram roubados.

— Claro. Reivindicar para mim mesmo. Atlântida. Uma vez que eu estiver dentro, fazemos um show de responsabilizar seu bando descartável, então seguimos em frente. Vocês recuperam seus direitos de voto, eu finalmente consigo administrar esta região como ela merece.

— Você acha que isso é só sobre direitos de voto? — disse Zhan-Yo. — É sobre muito mais do que isso. É-

Innis bufou, interrompendo Zhan-Yo. — Pode guardar seu sermão para você mesmo. Já ouvi muita conversa como a sua no meu tempo, e sabe de uma coisa? Você pode se importar, mas todos os outros? Eles estão apenas tentando descobrir onde se encaixam na sua visão, se ficarão em melhor ou pior situação.

Agora era a vez de Zhan-Yo suspirar e encerrar a conversa. Innis não se opôs e voltou a olhar fixamente para um ponto indeterminado no chão. Zhan-Yo se apoiou na parede perto de Sylvie, seu par de tachi de volta às coldres, tornando a postura mais desajeitada do que ele pretendia. Uma roupa como a dele não era feita para descanso casual.

— Conseguiu mais um convertido? — perguntou Sylvie, com os olhos fechados.

— Nem tanto — disse Zhan-Yo. — Estou começando a me perguntar se alguma vez tive algum.

— Se você conseguir o que quer, isso importa?

Se ele libertasse um povo que não se importava realmente em ser libertado? Zhan-Yo não tinha certeza de como responder a essa pergunta. Se ele libertasse um animal enjaulado que nunca conheceu nada diferente, ele sairia? Saberia o que fazer uma vez que saísse daquelas barras de metal?

Por outro lado, o que aconteceria depois não era responsabilidade de Zhan-Yo. Ele daria às pessoas uma escolha. O que elas fariam com essa escolha dependeria delas.

— Não — disse Zhan-Yo, e teria continuado se um dos mensageiros não tivesse irrompido na sala naquele momento, entrando pela porta dos fundos.

O jato de Aegis havia pousado. O Campeão havia chegado.

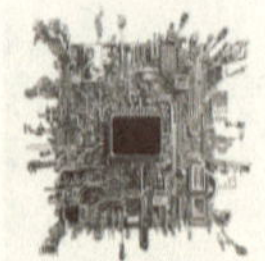

CAPÍTULO 44
VIDRO ESMAGADO

ENQUANTO OS ÚLTIMOS suspiros do crepúsculo morriam atrás dela, Mynx, com as luzes de seu traje e de todos os drones apagadas, olhava para o laboratório prateado que agora continha, entre outras coisas, DNA potencialmente guardando os segredos de como as anomalias surgiram e como elas poderiam nunca terminar.

— Vou entrar sozinha primeiro — disse Mynx. O movimento de entrada e saída do laboratório deixava óbvio que havia pessoas lá dentro. Mynx podia não ter nenhuma simpatia por Denise, mas seus funcionários mereciam uma chance de viver. — Vou ver se consigo convencer Denise de que ela não precisa fazer com que todas essas pessoas morram.

— Poderíamos enviar um drone em vez disso — contestou Reeves. — Você poderia fazer interface e se projetar. Não há necessidade de arriscar seu corpo físico.

Então por que ela tinha voado até aqui afinal?

— Não. As pessoas mudam quando veem uma Campeã, Reeves. Elas se rendem. Pedem desculpas. Desistem. — Mynx não mencionou que às vezes, quando seus inimigos sabiam que estavam condenados, decidiam partir atirando com tudo que tinham. — Vou deixar claro que sou eu, e quais serão as consequências se resistirem.

Reeves, sendo uma IA programada para fornecer avaliações de risco e assistência sob as ordens de Mynx, não protestou mais e, em vez disso, enviou as posições esperadas dos drones para a tela do capacete de Mynx. Ela olhou sobre o telhado do laboratório e viu, como esferas verdes, cada drone e, com cones laranja projetados, sua cobertura. O laboratório estava encharcado de laranja e, com a artilharia à disposição, Denise perderia tudo se dissesse não.

Por isso, quando Mynx desceu suavemente e simplesmente atravessou a porta da frente do laboratório, arrancando pedaços das paredes enquanto entrava com seu traje de drone superdimensionado, a Campeã tinha a confiança que vem com a certeza da vitória.

O saguão que parecera pequeno e sem graça quando ela estivera lá pessoalmente agora parecia apertado com Mynx de pé, com dois metros e meio de altura e um metro de largura, o dobro disso com seus braços aumentados por drones estendidos e mirando seus lançadores de dardos. Começar com opções não letais e progredir conforme necessário.

Sua entrada cobriu o chão de vidro, fez as luzes brancas penduradas balançarem e precipitou gritos, berros e um disparo de alguém que colocou a cabeça para fora de trás do balcão. O traje de Mynx, e os drones em geral, eram feitos para suportar o impacto físico de uma bala, o calor de um inferno ou a água encharcante da chuva ou mangueira. Mas rajadas elétricas? Essas eram mais difíceis.

O choque atravessou seu traje, e o visor de Mynx acendeu com componentes danificados, circuitos queimados, e suas maiores armas — rajadas de energia branca quente acionadas pela descarga de múltiplas baterias de uma só vez – morrendo. Ela sentiu o calor também, já que as bombas de resfriamento destinadas a impedir que suas partes de drone queimassem pararam e acionaram reinicializações automáticas.

Pior, o programa de estabilização falhou em sua perna direita, e com Mynx, como nenhum humano, realmente, tendo a força para manter toda aquela quantidade de metal estável, ela cambaleou para a direita, sua mira voando para fora do alvo, fazendo com que seu contra-ataque perfurasse a parede atrás do balcão com dardos altos demais para fazer algo mais do que desfigurar a sinalização de Denise. Não exatamente o golpe inicial esmagador que Mynx esperava.

— Denise está pronta para nós — disse Mynx, fazendo uma careta para o que seriam lindos novos hematomas ao longo de sua perna direita, onde o drone morto tinha puxado contra sua pele. — Sobrecarga de gatilho, Reeves.

A IA reconheceu com um bipe, enquanto Mynx se ocupava enviando o drone morto pelos passos de reinicialização para fazer com que quaisquer circuitos que ainda funcionassem voltassem a ficar online. Não tanto uma ressurreição quanto uma renovação à la Frankenstein, um medidor apareceu em seu visor mostrando uma contagem regressiva muito gradual para quando Mynx seria capaz de se mover novamente.

— Desista! — gritou um homem, e pelo som, um assustado. — Nós te pegamos!

Uma cabeça apareceu por trás do balcão. Depois outra. Ambos vestindo jalecos de laboratório e parecendo que estavam tentando fazer a cara mais determinada possível, nem que fosse para fingir que não estavam tremendo. Se Mynx não fosse um alvo tão grande, ela apostava que eles teriam errado completamente.

Como estava, as explosões tinham fritado seu amplificador vocal, então Mynx não podia falar com eles mesmo que quisesse. Então, em vez disso, ela encarou, esperando que Reeves fizesse sua parte.

Os dois capangas de Denise? Assistentes de laboratório? Mynx não tinha certeza onde estes se encaixavam no amplo espectro de comparsas vilões... se arrastaram ao redor do balcão, aproximando-se do traje de Mynx como se pudesse explodir de repente – não um pensamento irracional; todo drone tinha uma opção de autodestruição – e segurando suas armas estáticas à frente com ambas as mãos. Infelizmente para eles, o perigo não viria do traje ainda em reinicialização de Mynx, mas do teto sobre suas cabeças.

A grande maioria dos drones em operação lidava com vigilância e supressão, controle de multidões e auxílios visuais para os Paragons. No entanto, o que veio através do teto representava o futuro, e o futuro pesava centenas de quilos e desabou sobre seu alvo com força catastrófica. Os gladiadores gêmeos despedaçaram o teto, abrindo buracos irregulares e pontuando sua descida com estilhaços de metal, provocando gritos e correria dos comparsas de Denise. Essa correria; surpreendentemente bons saltos de volta sobre o balcão da recepção, foi recebida com destruição calculada pelos gladiadores.

Projetados para parecer humanos metálicos gigantes com dois pares extras de braços, os gladiadores se endireitaram após sua entrada esmagadora, avaliaram tanto Mynx – defender – quanto o par de capangas – atacar – e usaram seus apêndices mais baixos, equipados com garras de agarrar, para despedaçar o balcão.

— Ative o modo não letal — disse Mynx, decidindo que não precisava deixar um massacre em seu rastro.

Haveria algum valor em usar a invasão como uma

campanha publicitária; mostrar ao mundo exatamente o que aconteceria se alguém se opusesse aos Campeões. Mas a ideia de usar corpos e um laboratório explodido como uma campanha de segurança lhe pareceu um pouco próxima demais dos vilões contra os quais os Campeões lutaram durante toda a sua existência. Mynx não era contra pendurar uma Espada de Dâmocles sobre a população, mas havia maneiras melhores de fazê-lo.

Os gladiadores, usando seus braços superiores, dispararam dardos de precisão nos dois inimigos assim que ficaram expostos, derrubando-os no chão destruído sem mais um som. As máquinas enormes se endireitaram e se voltaram para o resto do laboratório, esperando o sinal de Mynx para continuar.

— Bem, esse foi um bom exame inicial — disse Mynx para Reeves enquanto se levantava, seus sistemas tendo se recuperado a um ponto em que o movimento era novamente possível. — Os gladiadores obedeceram aos comandos, neutralizaram a ameaça e executaram um pouso de precisão em um ambiente difícil.

— Os diagnósticos não mostram nenhum dano sofrido também.

Mynx passou pelos dois gladiadores, ambos mais altos que ela, suas cabeças em forma de bloco fino — repletas de sensores e um único farol azul brilhante — fixadas nas portas duplas que levavam ao laboratório propriamente dito. Na frente da porta, Mynx hesitou. Se eles destruíssem este lugar, poderiam destruir os dados de Denise, e mesmo que Denise tivesse feito backup das coisas, o equipamento aqui era valioso. Útil, talvez, para alguém sem projetos tão nefastos.

— Mudando os canais para uma transmissão aberta — observou Mynx, o drone extraindo o comando de suas palavras e alternando o canal enquanto Mynx respirava fundo.

— Dra. Jones! Você está cercada e não vai vencer. Tem duas opções: render-se e salvar o que fez para outros, ou recusar e perder tudo.

Um pouco dramático para o seu gosto, mas melhor ser clara: se Denise resistisse, ela iria, de fato, perder tudo.

Estilhaços continuaram a cair nos segundos seguintes ao ultimato, cacos contando o tempo enquanto se espalhavam pelo chão, sobre os drones. Mynx fez um inventário mental dos novos hematomas em sua perna direita onde o drone pressionava contra ela. Abriu a boca para dizer a Reeves para encontrar um tempo para uma massagem, quando uma voz familiar ecoou pelo laboratório.

Saindo dispersa e cuspida de um sistema de interfone danificado, Denise adotou sua postura desafiadora: — Você está me dando opções agora? Porque não me deu nenhuma antes! — Denise não saiu do laboratório, então Mynx supôs que a cientista planejava lutar. — Eu fui até você com uma promessa, uma esperança, e você me rejeitou. Por quê? Porque não sou uma de suas anomalias?

— Porque confiança é conquistada, Denise. Não é dada livremente. Você tem dez segundos para se render. Seus associados, se ainda restarem, têm os mesmos dez segundos. Depois disso, pelo meu direito como Campeã de Pacifica, suas vidas estarão perdidas.

— Se você me matar — rebateu Denise, mesmo enquanto a porta do laboratório se abria e vários outros cientistas corriam para dardos de atordoamento imediatos dos drones gladiadores —, você perderá todo o progresso. Nunca encontrará o que está procurando, e então definhará. Todos vocês.

O cronômetro em seu visor, que começou a contar no momento em que Mynx declarou seu prazo de dez segundos, chegou a zero, então Mynx passou adiante o sinal necessário. Um dos drones lançou uma rede-aranha sobre os cinco cativos e os fios prateados e negros se esticaram e cercaram seu alvo. O mesmo drone girou e, usando o buraco que Mynx já havia feito na porta da frente, arrastou os prisioneiros para fora do perigo. Perigo que o segundo drone começou a infligir com seus dois braços superiores no momento em que os civis estavam fora de alcance.

Embora o mundo tivesse adquirido um gosto por armas de energia, com suas cores chamativas e munição ilimitada — desde que se tivesse uma bateria funcionando —, Mynx entendia o valor de uma boa e sólida munição. O drone gladiador também entendia, e fez buracos na parede que dividia a recepção do laboratório. Cada bala atravessou o prédio, perfurando equipamentos, paredes e pessoas, se ainda houvesse alguma. Quando os projéteis atingiam o final do edifício, definido pelos computadores integrados das balas e pelo contínuo milagre do GPS, as balas acionavam uma única carga reversa que tinha força suficiente para derrubá-las, seguras, no chão.

Uma arma definitiva não era aquela que podia destruir, mas aquela que podia destruir apenas seu alvo.

— Última chance, Denise. — Mynx testou seu movimento, balançando-se pelo drone gladiador. — Não seja estúpida.

Uma estática aguda estourou nos interfones. Talvez muito danificados agora para dar a Denise as palavras de que precisava para salvar sua vida. Mynx disse ao outro gladiador para segurar o saguão e fez o movimento esmagador para dentro. As paredes, não projetadas para resistir a um ataque pesado, desmoronaram como bolachas empoeiradas enquanto os braços do drone de Mynx as atravessavam, seus motores servindo como a força por trás dos movimentos de ruptura de Mynx.

Primeiro vieram os escritórios, incluindo o próprio de Denise, onde Mynx estivera sentada apenas dias antes, imaginando se havia encontrado a solução para o problema inexorável da vida: que ela tinha que acabar. Mynx esmagou o computador com o braço esquerdo enquanto o direito rasgava o corredor improvisado, chegando à parte realmente refinada da estrutura: o laboratório.

Os tiros de aviso do gladiador haviam perfurado o selo hermético aqui, grandes perfurações na brilhante casca prateada eram evidentes. Mynx seguiu seu exemplo, usando os buracos como aberturas para abrir seu próprio caminho. Durante todo o caminho, Mynx configurou sua voz para repetir um chamado por Denise, e ela manteve controle sobre a rede de captura externa, mas até agora sua cientista-alvo não havia tentado fugir. O que significava que Denise havia sido perfurada pelos tiros de aviso, ou havia decidido encerrar seu tempo nesta Terra sem um som.

Dentro do próprio laboratório, Mynx atravessou impressoras 3D configuradas para produzir carne e osso; coisas úteis se você quisesse testar ajustes no DNA humano, embora um pouco difíceis de olhar. Mynx continuou, no entanto, porque vislumbrou sua presa.

Denise não iria a lugar algum. A geneticista de ponta havia se amarrado ao que parecia uma cadeira de escritório preta, completa com rodas de plástico que pareciam estranhas no mundo metálico do laboratório. A cadeira havia sido fixada em suportes, com um número assustador de bolsas transparentes penduradas neles, tubos de IV pendurados dessas bolsas e indo direto para o corpo dela.

Mynx adoraria dizer que Denise era a primeira pessoa que ela via tentando se transformar em uma anomalia.

Adoraria recuar em seu enorme traje de drone, gritando de choque ou surpresa. Em vez disso, enquanto as dezenas de manipuladores genéticos anteriores e seus fracassos passavam em cascata por sua memória, Mynx suspirou longa e profundamente, até que se transformou em um gemido e depois em um rosnado.

— Você é como todos os outros — disse Mynx. — Vai acabar como eles também.

Denise virou a cabeça para encarar Mynx. — Eu posso sentir, sabe. A mudança. Está acontecendo.

— Aposto que pode — respondeu Mynx, então silenciou seu alto-falante. — Reeves, faça os drones recuarem e estabeleça uma barreira ao redor do laboratório. Duzentos metros. Denise vai fazer uma bagunça.

— Vocês acham que podem ficar com tudo para si mesmos — continuou Denise. — Esse segredo. Esse poder. Mas não é por isso que estou fazendo isso. Estou perto. O envelhecimento. Estamos quase lá.

— Ficou sem tempo, não é?

— Por sua causa.

— Denise, você poderia ter tido todo o tempo que precisava. — Mynx piscou com o olho direito, alternando os relatórios de status que pairavam translúcidos em seu visor até encontrar um que mostrava a leitura dos níveis de energia da bateria. — Você só foi gananciosa.

Seu visor indicava que Mynx tinha energia suficiente para um voo curto. E, olhando para Denise, um voo curto seria o ideal; a pele da geneticista havia ficado manchada, com círculos largos e dispersos de vermelho e preto se formando ao longo de seu corpo. Denise havia escolhido roupas esportivas para a ocasião, como se sua primeira transformação pós-anomalia fosse uma corrida de 5 km pelo campus. Uma corrida que ela nunca faria. Denise havia fechado os olhos agora.

Isso sempre acontecia.

— O que você fez com o banco de dados? — perguntou Mynx.

— Integrei-o. Provavelmente perdido agora que você destruiu meu laboratório. — Denise se recompôs por tempo suficiente para defender sua honra como pesquisadora.

— Você não fez backup?

— Sem tempo. Eu sabia que você viria. — Denise deu uma tosse úmida, e seus olhos se abriram novamente, pela primeira vez mostrando um pouco de alarme. — Algo parece errado.

— Imagino. — Mynx olhou para o teto do laboratório acima. Não reforçado e fácil de quebrar. — Denise, adeus.

— Você não vai ficar para ver?

— Eu já vi o final desse show em particular.

— O quê? — Denise irrompeu em mais tosses. — O que você quer dizer?

Mas Mynx não se importou em responder. Ela ativou os motores do drone, que a elevaram do chão do laboratório através do teto. Ela se inclinou para frente, observando o fraco círculo vermelho que Reeves havia pintado ao redor do laboratório e voando até cruzar para fora dele. Ao redor do círculo, como postes de luz, os drones estavam parados ou flutuando. Uma vigília para o fim.

Anomalias, por natureza, eram riscos vivos. Chances que às vezes resultavam em milagres, na maioria das vezes em pequenos toques e raramente em falhas catastróficas. Essas últimas se identificavam com finalidade - a criança atingiria a puberdade, mencionaria se sentir mal, sua pele mudaria conforme o sangue lutasse contra a transformação acontecendo dentro até que, inevitavelmente, bang. Outros haviam tentado remover o elemento de chance aleatória com uma inserção forçada de material genético anômalo. Como um vírus selvagem, o corpo o atacava com abandono furioso. Diferentemente de um vírus selvagem, as estranhas células que faziam das anomalias o que eram se defendiam, e o faziam com preconceito.

— Todos perdem — murmurou Mynx.

Aegis havia dito isso uma vez, resumindo como a parte anômala deles escolhia lutar essa batalha. Então, quando o laboratório quebrado de Denise desapareceu em uma repentina bola de fogo concussiva expandindo-se exatamente de onde Denise estava sentada, Mynx só pôde reconhecer que o DNA anômalo havia cumprido o que prometera. Quando o sangue de Denise reagiu, os genes anômalos empregaram a opção nuclear.

— Protocolo de captura ativado.

O calor lavou contra ela, enquanto os drones de Mynx usavam lasers direcionados precisos demais para mãos humanas para fritar os estilhaços que se espalhavam do centro da explosão. As partes do laboratório que não voaram para fora desmoronaram com o fogo esmaecendo, deixando a estrutura e partes dispersas de paredes teimosas demais para cair. Assim terminou a vida da Dra. Denise Jones.

— Um desperdício — disse Mynx. — Reeves, descubra quem é o dono deste laboratório e diga a eles que têm uma bagunça.

— Certamente — respondeu Reeves, seu sotaque sempre imponente fornecendo a rocha para Mynx se segurar. — Suponho que a Dra. Jones não seja mais um problema?

— Nem mais uma solução, também. — Mynx começou a traçar a rota mais rápida para casa. — Se houver um bule de chá fresco me esperando quando eu voltar, ficarei muito mais feliz.

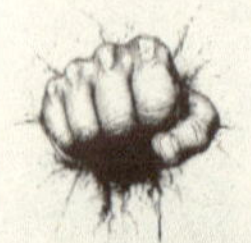

CAPÍTULO 45
TEMPO NO TÚNEL

O TÚNEL de manutenção parecia guardar rancor de sua função; água suja se agarrava à saída circular, posicionada próxima ao rio e aos filtros que retinham qualquer material nocivo antes do contato com o ecossistema hídrico de Chicago. O portão, não com uma fechadura Tama, mas com uma fechadura física antiquada, exibia mais ferrugem verde do que laranja, com pedaços mofados fazendo dele sua morada. As luzes da cidade iluminavam as margens do rio ao redor de Aegis, mas desapareciam na escuridão da boca do túnel.

— Mas é por isso que vocês estão aqui — disse Aegis para dois drones gladiadores enormes, recém-chegados da Fábrica a Chicago. — Para me manter seguro e tudo mais.

Os drones emitiram um som afirmativo. Sem palavras. Seus grandes e mudos guarda-costas. Um milhão de repetições para construir cada um deles e Mynx nem sequer podia instalar uma voz. Por outro lado, enquanto Aegis olhava para aquelas cabeças robóticas estreitas, talvez fosse melhor que não pudessem falar. Pelo menos não poderiam irritá-lo muito.

Aegis não tinha a chave para este portão específico - fazia uma década desde que segurava uma chave física - então ele estendeu as mãos e agarrou as barras. Usava luvas pretas com leves faixas azuis para combinar com o equipamento de assalto que o cobria como uma armadura medieval moderna da cabeça aos pés. Considerando que havia sido convidado, Aegis imaginou que o sigilo não teria muita importância nesta missão. Sua única concessão à estratégia, por conselho de Celice, havia sido usar a entrada de manutenção e evitar quaisquer armadilhas que pudessem estar esperando na porta principal.

As barras se recusaram a ceder. Aegis se mantinha super em forma através de um regime rigoroso que desenvolveu há quarenta anos e nunca alterou, mas suas habilidades anômalas não incluíam o poder de arrancar metal de suas fundações. Seu Tama, visível em seu pulso, piscou com uma pergunta de um dos drones gladiadores, as palavras aparecendo em grandes letras maiúsculas que, para Aegis, enfatizavam sua origem robótica. Se Mynx pretendia que a fonte fosse uma piada ou não, Aegis a tomou como um sinal de que o apocalipse liderado por robôs teria um senso de humor sombrio.

— Podem ir — disse Aegis, soltando e se afastando bem da grade.

Com flashes sincronizados de seus braços inferiores, os drones gladiadores lançaram energia azul-branca escaldante através das barras da grade. Os lasers se dissiparam através das barras, cuidadosos para não perfurar buracos nas laterais do túnel além. Tecnologia impressionante, especialmente comparada aos danos frequentemente descontrolados causados por anomalias. Quando a grade se inclinou e caiu para fora, Aegis a pegou e baixou a peça até o chão, deixando-os com uma entrada ampla e aberta para a cidade subterrânea de Chicago.

— Então, quando vocês perderem o sinal, vão ficar bem? — perguntou Aegis.

Seu Tama piscou novamente, afirmando que os drones seguiriam seu protocolo de Protetor. O que quer que isso significasse. Das muitas, muitas coisas que Aegis dizia a si mesmo para aprender e sabia que nunca aprenderia, os vários termos de Mynx ocupavam um espaço médio na lista, bem entre como jogar bridge e quando desistir.

— Bem, meus amigos de metal, é hora de salvar alguns Paragons. — Aegis puxou os óculos táticos sobre os olhos enquanto subia e entrava no túnel.

No entanto, antes que ele tivesse dado mais de um passo, um drone gladiador, curvando-se para caber dentro dos estreitos limites do túnel, agarrou Aegis com seus braços do meio, o par que tinha garras gêmeas nas extremidades, e o puxou de volta. O outro drone tomou o lugar de Aegis na frente, marchando e parando alguns passos adiante. O drone atrás dele deu um leve empurrão nas costas de Aegis.

— Então é assim que vamos fazer isso? — disse Aegis.

Os drones não se prestaram a argumentar, não respondendo de nenhuma forma à pergunta de Aegis, então o Campeão tomou seu lugar entre os drones enquanto eles começavam sua caminhada para a escuridão. Não que Aegis não pudesse ver - seus óculos táticos rapidamente mudaram para a visão noturna em verde neon enquanto os drones apagavam suas próprias luzes, confiando em sensores mais precisos que os olhos de Aegis para manter o controle de onde seus pés metálicos estavam indo.

Lá dentro, o túnel fedia a... coisas mofadas. Não dejetos humanos - Aegis preferia não refletir sobre por que conhecia tão bem os vários excrementos que um corpo humano poderia produzir - mas sim as folhas lavadas, manchas de óleo, lixo e outros detritos aleatórios que encontravam seu caminho para buracos escondidos como este. A total falta de brisa uma vez que passaram a primeira curva do túnel serviu para engrossar a mistura, até Aegis se perguntar se haviam tropeçado em algum portal para a pior dimensão possível.

Como um oásis em um deserto podre, o túnel se alargou depois de muitos minutos nojentos para acomodar tubos. Os grandes canos se afunilavam de suas respectivas origens para um espaço triangular iluminado pelos óculos de Aegis nos mais tênues tons de verde. Pouca luz aqui embaixo, pouca razão para isso. Colunas de suporte traçavam as linhas dos túneis de entrada até o túnel de saída que Aegis e os drones acabavam de atravessar. A razão para o espaço, e consequentemente as colunas, tornou-se evidente assim que Aegis pisou nele e sentiu suas botas afundarem em uma massa de matéria mole. Uma piscina coletora de biomassa; juntar resíduos orgânicos suficientes aqui e um caminhão de sucção levaria a sujeira e a transformaria em energia.

Seu Tama piscou. Brilhante, e Aegis afastou o pulso esquerdo dos olhos até que pudesse, com a mão direita, levantar seus óculos e dar uma olhada:

Proteja-se.

A sobrevivência, para os Campeões, muitas vezes se resumia a uma chance em uma fração de segundo, algo que Aegis tinha visto sob os holofotes, carregando o alvo de todo aspirante a vilão. Então, no momento em que leu e compreendeu as palavras em seu Tama, Aegis se jogou para trás, sacrificando seu equilíbrio para se tornar menor. Um dardo, invisível exceto por um leve assobio, passou através da área onde Aegis estava de pé.

Aegis poderia ter lutado no escuro — ele tinha o equipamento e o treinamento, mas os dois drones decidiram que essa escaramuça seria melhor conduzida com lasers brilhantes e piscantes, bombas de fragmentação com agentes nervosos e lança-chamas de cor laranja furiosa. A artilharia, primeiro de um e depois de ambos os drones, dissipou a escuridão enquanto Aegis piscava seus óculos de proteção de volta ao espectro normal. Além do rugido do lança-chamas, a arma incendiária posicionada bem no centro do torso do drone gladiador, os lasers eram silenciosos e as explosões de fragmentação emitiam leves estalos, dando aos atacantes-transformados-defensores a oportunidade de encher o ar com seus gritos.

Não, não eram gritos. Eram ordens. Aegis se levantou enquanto analisava as palavras, tentando ter uma visão do que os drones gladiadores estavam rastreando com seu fogo preciso e incessante. Formas se moviam nas sombras, caindo no chão quando os drones acertavam. Finalmente, contramedidas surgiram na forma de bombas de alforje e EMPs táticos; granadas elétricas localizadas projetadas para desestabilizar circuitos. Os drones gladiadores, no entanto, provaram ser tão hábeis com suas próprias contramedidas, detonando as bombas lançadas no ar com micro-lasers.

Será que Aegis precisava fazer alguma coisa?

O pensamento veio e Aegis o eliminou. Ele começou uma corrida desajeitada pela lama à direita, em direção ao local onde as formas pareciam estar se agrupando. Embora isso colocasse Aegis na linha de fogo dos drones, ele imaginou que eles deveriam ser capazes de atirar ao seu redor. Esperava que sim, pelo menos.

Aegis conseguiu dar um último passo da gosma para um terreno mais sólido, embora ainda sujo, a tempo de ver o fogo dos drones se espalhar e grudar. A maior parte da interseção agora parecia estar queimando, com os drones cada vez mais presos em sua própria tempestade de fogo. Não que o calor fizesse algo para diminuir a velocidade deles. Os drones gêmeos haviam encurralado as formas no túnel da direita, atrás da abertura onde o inimigo se escondia apenas o suficiente para evitar uma aniquilação rápida e total pelas máquinas de Mynx.

E os prepararam para uma derrota completamente diferente.

Aegis usou a fumaça, uma cortina preta e espessa que estava sendo tratada, sem eficácia, pelos sistemas de ventilação de emergência do túnel. Ventiladores giravam, sugando a fuligem para cima, de modo que Aegis parecia um fantasma enquanto atravessava a escuridão e entrava no meio dos atacantes. Até este ponto, além da óbvia probabilidade de que qualquer um que escolhesse atacar aqueles dois drones precisaria ter uma motivação monetária substancial, Aegis não tinha visto seu novo inimigo de perto e, portanto, não tinha confirmação de que as meia dúzia ou mais de pessoas à sua frente estavam, de fato, empregadas por Ziran.

No brilho abafado do fogo, Aegis viu o equipamento reunido, os rostos determinados e corpos musculosos que falavam de carreiras passadas à distância de um sussurro da morte, ganhando cicatrizes e histórias ao custo da expectativa de vida. Nesses homens, Aegis viu os exércitos quebrados do mundo, as forças dispersas e desintegradas quando os Paragons chegaram ao poder, pessoas cujas carreiras inteiras haviam sido descartadas com um conjunto de documentos assinados, lançadas em uma sociedade pacífica com pouco uso para seus talentos.

A maioria tinha se adaptado, à maneira dos veteranos desde o início dos tempos, à mudança da guerra para a paz. Nem todos, no entanto, e nem todos queriam. Aegis entendia, porque ele também sentia seu tempo escorrendo, o ponto e propósito de seu dia a dia ficando confusos pelo progresso. Não agora, no entanto. Aqui, encarando o adversário, o objetivo estava claro.

— Rendam-se — disse Aegis, confiando no filtro de sua máscara tática para evitar que se engasgasse com a fumaça. — Ninguém mais precisa morrer.

Meia dúzia de armas se ergueram em meia dúzia de mãos, apontando em sua direção. Cinza-metálicas e brilhantes, as armas pareciam ser do tipo que disparavam balas reais, não dardos. O Aegis antigo teria rido disso, ignorado os tiros enquanto atingiam sua pele de rápida cicatrização. O novo Aegis hesitou. Os Paragons sequestrados não estavam ali. Outras lutas poderiam estar além deste ponto, e Aegis não podia se dar ao luxo de ser explodido em pedaços antes de chegar ao fim.

— Acho que é a sua vez de fazer isso — respondeu o comando mais próximo, em um tom que sugeria que ele tomava as decisões pelo grupo. — Você é quem estamos esperando.

O homem não tinha sotaque claro, falava sem rancor, apesar da probabilidade de que vários de seus companheiros estivessem atrás de Aegis, mortos ou feridos no inferno. Aegis podia respeitar isso; a missão acima de tudo. Podia usar isso.

— Então me mostre — disse Aegis. — Eu seguirei.

O comando não perdeu tempo: — Fique no meio de nós, então. Três atrás, três na frente. Nós o levaremos para dentro.

— Os drones podem ficar irritados.

— Então é melhor nos apressarmos, antes que eles descubram como se encaixar aqui.

Este túnel, não precisando acomodar tanto resíduo quanto o original por onde Aegis e os drones haviam entrado, parecia ser menor, e seu fundo tinha menos lama, então andar era menos como vadear por um pântano e mais como pisar em uma poça folhosa e suja. Aegis tomou sua posição entre os seis comandos, que mantinham suas armas apontadas para ele. Atrás deles, os drones também estavam fazendo barulhos; extintores assobiando em uma tentativa de limpar a bagunça que haviam feito.

A algum sinal que Aegis não percebeu, os comandos se moveram, os que estavam atrás dele colocando as mãos em suas costas e empurrando Aegis para frente. Eles andaram cerca de vinte passos, contornando uma curva no túnel, quando o líder levantou a mão para parar.

— Detonem as cargas — disse o comando.

— Cargas? — Aegis se deu ao trabalho de perguntar.

— Nós vimos os drones, nos preparamos para eles. — O comando pontuou sua frase com um aceno para um dos outros, que pressionou algo em seu Tama.

Estalos curtos ecoaram atrás de Aegis, seguidos por terra e cimento correndo para obedecer às ordens da gravidade. Preencher o túnel provavelmente não deteria os drones por muito tempo — a esta altura, Aegis assumiu que Mynx tinha uma contramedida para cada tática instalada nessas coisas — mas ganharia tempo. A explosão também proporcionou uma distração para Aegis: além do som, a explosão acionou luzes de emergência vermelhas ao longo das bordas superiores do túnel em linhas perfeitas. O brilho mudou as sombras, deu a Aegis uma chance.

Com seu cotovelo esquerdo, Aegis acertou o comando daquele lado enquanto se virava, puxando o segundo comando atrás dele para entre Aegis e o terceiro comando próximo no lado direito do túnel. Aegis agarrou a mão armada do comando preso e pressionou o gatilho, empurrando o braço do homem enquanto puxava e soltava, disparando estrondos altos enquanto cada tiro saía em direção ao trio da frente. A curta distância, os comandos não podiam fazer muito para se esquivar, então tentaram mirar suas próprias armas.

Aegis segurou seu refém perto, ganhando meio segundo de hesitação. O suficiente para o Campeão atirar primeiro e apenas uma vez.

Outro tiro ecoou atrás de Aegis, e o Campeão sentiu a bala pressionar e ser rejeitada por sua armadura. Aegis empurrou seu comando capturado contra o da direita, tentando encontrar uma maneira de contornar seu parceiro. O empurrão os levou ambos contra a parede e permitiu que Aegis se virasse para o que ele havia acertado com o cotovelo, enquanto o comando disparava outro tiro, desta vez no peito de Aegis. Novamente a armadura aguentou, embora Aegis pudesse sentir os hematomas precoces doendo.

O comando pareceu perceber que a armadura de Aegis não seria perfurada por sua pequena arma, então mudou de tática, mirando na cabeça de Aegis. Em resposta, Aegis chutou a lama do chão do túnel, espirrando terra, folhas e sujeira por todo o rosto do comando. O Campeão se esquivou para a esquerda quando o comando atirou mesmo assim, a bala ricocheteando no teto e, a julgar por um grunhido vindo de trás de Aegis, atingindo os aliados do comando. Aegis aproveitou o momento para avançar, agachar-se e agarrar o comando. Os joelhos de Aegis estalaram com o movimento, mas o Campeão conseguiu levantar o homem coberto de lama e jogá-lo para cima, batendo-o contra o teto do túnel antes de derrubá-lo sobre os outros dois.

O grupo todo desabou numa pilha de membros emaranhados, com xingamentos enchendo o tubo. Aegis sacou sua arma de choque e disparou os dardos, atingindo todos os seis comandos com tiros rápidos nas pernas, rosto, pescoço, onde quer que pudesse acertar que não parecesse coberto por armadura corporal mais espessa. Aegis parou, esperou para ver se algum deles fazia algo além de respirar superficialmente.

— Fiquem no chão — sussurrou Aegis, então começou a revistar os corpos.

Os comandos que ele havia atingido com balas reais estavam feridos, e Aegis levou alguns minutos para procurar, encontrar e aplicar bandagens nos ferimentos. Eles ainda precisariam de atenção médica mais competente, mas Aegis calculou que não morreriam ali. Pelo vídeo que Ziran havia enviado, parecia que eles não tinham matado os Paragons cativos e, à parte os drones, manter a morte longe desta batalha em particular parecia uma boa jogada.

Pelo menos até Aegis ter certeza de que os Paragons estavam seguros.

Como Apinya, a Campeã mais irritante, costumava dizer durante o tempo que passaram juntos, um corpo agora é um fardo depois.

— Viu só? — disse Aegis para aquela lembrança, levantando-se do último comando. — Eu ouvi todas as suas besteiras.

Aegis voltou em seguida para verificar a parte desmoronada do túnel e ver se conseguia abrir um caminho. Apesar de sua preferência por Paragons vivos e respirando, os drones eram úteis e Aegis preferia ter os robôs assassinos com ele do que seguir sozinho. O túnel, no entanto, não atenderia esse desejo: em meio às rochas e à terra havia tubulações colapsadas, blocos de concreto e água vazando de alguma tubulação principal rompida. Nem um brilho vinha do outro lado.

Com seu Tama, Aegis tentou transmitir um comando,

uma pergunta. O Tama lhe disse, depois de vários segundos tentando, que todas as tentativas de alcançar o mundo exterior daqui seriam inúteis. Nenhum som vindo do outro lado também, o que significava que o desmoronamento tinha sido profundo o suficiente para bloquear o ruído da escavação de resgate, ou os drones haviam desistido e, talvez, estivessem tentando uma rota alternativa.

— Acho que sou só eu, então — disse Aegis, antes de digitar outra série de comandos no Tama. O dispositivo acendeu uma pequena luz branca no topo, e Aegis ergueu o pulso, virando-o para encarar o túnel desmoronado. — Ei, Celice. Pensei que você gostaria de ver a encrenca em que seu pai se meteu desta vez. Eles explodiram o túnel. Prenderam aqueles drones do lado de fora. Desculpe ter implicado com eles, a propósito. Fizeram um bom trabalho. Eu provavelmente estaria morto se não fosse por eles, embora diga à Mynx que ela precisa diminuir um pouco o fogo. Um pouco quente demais para ação em espaços confinados.

Aegis se pegou falando por mais tempo do que pretendia, recontando a luta, os comandos, o ar pungente dentro do túnel. Nada disso importava realmente, mas Aegis não conseguia se conter. Ele nunca foi muito de falar, mas aqui estava ele, discorrendo sobre cada faceta da missão para uma gravação.

— Eles tinham armas. Armas de verdade. Sei que temos trabalhado duro para nos livrar dessas coisas, mas parece que teremos que bater mais forte — disse Aegis, agora andando de volta, passando pelos comandos, ainda deitados em estase. — Temos que descobrir por que as pessoas continuam caindo nessas linhas de trabalho. Fechá-las. Você acha que pode descobrir uma maneira de fazer isso? — Ele riu, uma vez. — Claro que pode. Você é minha filha. Você é incrível.

O túnel continuava e Aegis seguia caminhando e falando na luz vermelha, baixando a voz à medida que se aproximava de onde seu Tama indicava que os Paragons deveriam estar. Conforme avançava, suas palavras deslizavam de propostas de políticas e missões para família, futuro e a vida que ele havia escolhido para eles.

— Sua mãe, eu não falo sobre ela tanto quanto deveria — Aegis pausou, perguntando-se se mesmo aqui, neste lugar escuro e úmido com uma luta pendente, ele poderia abrir aquela caixa. — Você provavelmente já leu tudo sobre ela. Talvez saiba mais do que eu. — Ele parou de se mover. A quebra no túnel onde ele chegaria ao seu destino não estava longe, e Aegis queria terminar isso. — O que as histórias não vão dizer, no entanto, é que nós nos apoiávamos um no outro, Celice. Havia outros Campeões, outros Paragons, mas quando as missões iam para o inferno, tínhamos um ao outro, e sabíamos disso. Nunca me senti mais invencível do que quando estava com ela.

— Eu seria o primeiro a entrar, atrair o fogo enquanto ela se punha a trabalhar. Cegava todos eles, tornava fácil para nós vermos. Incrível. Mas a melhor parte, a melhor coisa que ela fazia? Sua mãe tinha esse jeito de extrair exatamente os amarelos e brancos certos para que cada noite fosse mágica. Nossos próprios pores do sol privados e espetaculares. Ela me dizia que era tudo sobre os fótons, mas eu estava sempre ocupado demais me apaixonando por ela para me importar.

Um bipe de seu Tama interrompeu o devaneio, trazendo Aegis de volta. O tempo havia voltado a correr, e os Paragons estavam esperando por ele. Então Aegis se despediu, configurou a mensagem para enviar na próxima chance que encontrasse sinal, e o Campeão seguiu em frente.

APESAR DO TRAJE completo e do cachorro peludo ao seu lado, Kat preferiria muito mais estar dentro de casa enrolada em cobertores do que lá fora na neve que caía e no vento cortante que dominavam o lado oeste de Chicago. Uma nevasca surgiu ao pôr do sol, um presságio ominoso enquanto Seeker e Kat saíam do apartamento dela em busca de Gordon e, Kat fez uma careta para o nada, Calvin.

Ela havia levado seu tempo para se preparar. Um banho demorado, um lanche e a lenta dança de colocar peça por peça da armadura e das armas. Tempo mais que suficiente para Gordon chegar ao seu destino, confrontar Calvin e completar a tarefa sem o envolvimento dela. Ela estava um pouco envergonhada disso? Sim, talvez. Um pouco.

Mas Gordon tinha feito sua escolha.

Ela tinha feito a dela.

A ligação, no entanto, nunca veio. Nenhuma mensagem brilhando no Tama em triunfo, dizendo a Kat que o desastre havia sido evitado. Em vez disso, silêncio. Mesmo depois de Kat lançar uma sondagem, perguntando se Gordon havia encontrado seu ouro metafórico. Porque Kat *não queria* enfrentar Calvin novamente. Ela sabia disso no fundo. Um medo gélido se agarrava aos seus ossos diante da perspectiva de enfrentar uma anomalia que parecia mais do que capaz de despachá-la sem muito esforço. Kat preferia sua vida em suas próprias mãos, não à mercê de outro.

Seeker, no entanto, tomou a decisão final. O cachorro exigiu ser passeado, uma exigência que ficou cada vez mais alta à medida que a neve começou a cair, trazendo consigo a promessa de pular através de bancos macios, pegar flocos caindo em sua boca e arrastar Kat até que ela escorregasse e caísse. Essa última talvez não tenha passado pela mente de Seeker, mas certamente zumbia na de Kat enquanto ela lutava para manter o husky na caminhada.

Não que fossem muito longe; tanto a estranha urgência da situação quanto a distância necessária para chegar ao lado oeste significavam que Kat havia chamado um pod. Levaria alguns minutos para chegar, então Kat deixou Seeker puxá-la ao redor do quarteirão em uma tentativa fútil de gastar alguma energia antes de se prender com o cachorro no que equivalia a uma pequena esfera.

Na segunda volta, quando Kat voltou ao seu apartamento e ao local na rua onde o pod faria sua coleta precisa, ela notou outra alma que decidiu enfrentar as neves noturnas. Uma alma olhando diretamente para ela.

— Beth — disse Kat, se aproximando e desejando que o carro pod aparecesse agora mesmo. — Você escolheu uma noite ruim para visitar.

A mulher, agasalhada com várias camadas de casacos e calças, manteve uma expressão séria que dizia o quanto ela não apreciava o comentário e o quanto ela *não* queria estar ali fora. O traje de Kat funcionava para manter sua temperatura otimizada para atividade, pelo menos até que as baterias acabassem. Beth parecia confiar em roupas à moda antiga para fazer o trabalho, e essa confiança não havia compensado.

— Eu não estaria aqui, exceto por alguma dúvida de que você tomará a decisão certa — disse Beth, suas palavras produzindo pequenas nuvens a cada sílaba. — Você está trabalhando com outro rastreador.

— Como você sabe disso?

— Não se faça de boba. Ele salvou você na convenção. O vídeo foi exibido em todos os clipes de notícias locais.

— Então você não está vigiando meu apartamento? — Kat puxou a coleira, mantendo Seeker perto, embora o cachorro parecesse feliz em morder a neve que passava. — Não está me seguindo por toda parte?

Beth olhou de volta para ela, depois para a rua atrás de Kat. — Nós não somos os Paragons. Não temos os recursos nem o desejo de monitorar os movimentos de todos. Você está indo atrás de Calvin agora?

Beth apontou, com uma mão enluvada, para o traje de Kat, seu brilho branco pérola e volume liso um claro indicador de sua superqualificação para um simples passeio com o cachorro. Kat não tinha baixado a máscara - ela se retraía no capuz do traje quando não estava em uso - porque com seus olhos brilhando em azul e seu rosto uma placa prateada, seus vizinhos provavelmente chamariam os drones para ela. À distância, com suas feições normais visíveis, Kat sentia que parecia uma pessoa quase normal fazendo uma coisa normal. Francamente, uma grande conquista para ela.

— Você não vai me intimidar — disse Kat. — Não me importo com o que você tem a dizer.

— Então você vai torná-lo um escravo dos Paragon.

— Melhor do que um terrorista. — O Tama de Kat apitou.

O pod se aproximava.

Beth tentou suspirar, mas o vento engoliu o som. — Eu teria pensado que alguém como você entenderia o quão importante é ter amigos em todo o espectro. Se você quer sobreviver ao que está por vir, vai reconsiderar.

— O que está por vir? Você vai tentar destruir a cidade? — Kat levantou o pulso direito, estalando-o uma vez para preparar o único dardo atordoante carregado ali. — Devo te parar agora mesmo e te entregar?

Beth olhou para o pulso de Kat, a luz mudando as sombras em seu rosto enquanto o carro pod parava ao lado delas, sua porta alta deslizando para abrir. A neve começou a soprar para dentro do veículo, e a aura azul fria vinda do interior dava veracidade à assinatura de desconto de Kat para o carro pod - anúncios eram exibidos durante as viagens, mas a economia tornava o sofrimento válido.

— Não estamos tentando destruir a sociedade — disse Beth. — Ela vai se destruir sozinha. Queremos estar prontos quando isso acontecer. Calvin ajudaria muito nisso. Você também.

— Então eu te ligo quando o mundo acabar. — Kat cutucou Seeker em direção ao carro pod. — Boa noite, Beth.

— Boa noite, Kat. Fique aquecida e boa caçada.

O Elemental observou enquanto Kat ajudava Seeker a entrar no pod, e Kat deslizava para o assento de estilo plástico padrão dos pods básicos. As assinaturas Lux, é claro, custavam mais e não permitiam cães. Kat acenou para Beth enquanto o pod se afastava, dirigindo-se para o oeste, na direção do ping de Calvin. Onde Gordon deveria estar.

— O que você acha? — Kat perguntou a Seeker, enquanto um vídeo promovendo uma nova bebida energética — anomalia de energia em cada garrafa! — passava na frente deles. — Será que o mundo vai acabar?

O husky olhou para Kat quando ela fez a pergunta, com

a língua para fora da boca, antes de se virar de volta para a janela esférica e retomar seu estudo ininterrupto da neve que caía.

— Acho que isso é um não.

Kat olhou para seu Tama. Abriu o mapa de ping. Em breve, ela estaria de volta naquilo, com uma grande mudança: desta vez, ela não puxaria o jogo, não brincaria. Kat teria preferido ficar em seu apartamento, bebericando chocolate quente e assistindo a um filme.

Calvin havia arruinado sua noite. Em troca, ela arruinaria a dele.

ZHAN-YO NUNCA ESPEROU se sentir tão incerto, tão *assustado*. Aegis, de acordo com as últimas palavras antes dos capangas de Sylvie caírem na escuridão, vinha por este caminho. Pelo túnel de manutenção, também; uma entrada discreta pelos fundos em vez de uma entrada espalhafatosa pela porta da frente. Talvez fosse isso que deixava Zhan-Yo inquieto, agarrando os cabos da tachi para acalmar os nervos: Aegis costumava ser um exibicionista, mas aqui ele optava pela rota sorrateira.

— Não há outros Paragons vindo — disse Sylvie. Os dois estavam na sala central, perto dos cativos. — Distribuímos alarmes falsos suficientes para esvaziar o turno atual, e Aegis parece querer isso sozinho.

— Condiz com o caráter dele.

— Eu admiraria isso — disse Sylvie — se não fosse tão estúpido.

— Ele não está arriscando mais ninguém — respondeu Zhan-Yo. — Ele não sabe como derrotamos a primeira equipe. Ele se acha invencível, então por que arriscar outras pessoas?

Sylvie lançou-lhe um de seus olhares céticos e arrogantes. — Agora você consegue ler a mente dele?

— Faz parte de ser um líder. Com o Ziran, é parecido. Eu não jogo minha equipe em problemas impossíveis que só eu posso resolver. Nem os encarregaria de uma tarefa para a qual não estão preparados.

Nessas palavras, Zhan-Yo deu uma gentil repreensão a Sylvie. Tinha sido ideia dela armar a emboscada para Aegis quando perceberam que ele planejava trazer dois novos drones de aparência perigosa. Apesar de seus capangas terem perdido para os Paragons de nível inferior agora agrupados, sedados e amarrados atrás deles, Sylvie insistiu que os mercenários tomassem a frente. Eles foram, mas não voltariam.

Sylvie respondeu verificando suas armas e equipamentos. A munição nas pistolas longas e finas presas à sua cintura, junto com as facas de arremesso ao longo do braço esquerdo. Além disso, ela usava luvas conectadas a uma bateria dentro do peito, prontas para liberar um choque paralisante se Sylvie cerrasse o punho e golpeasse. Seu traje, feito do mesmo material preto grosso e texturizado que Zhan-Yo usava, culminava em um capacete ajustado que Sylvie puxou sobre a cabeça, seus olhos azuis agora cobertos por uma tela transparente.

— Eu quero ele primeiro — disse Zhan-Yo. — Ele precisa entender.

— Por quê? Não vamos matá-lo?

— Revoluções que começam com sangue tendem a terminar assim — respondeu Zhan-Yo. — Ainda não matamos nenhum Paragon. Se Aegis se dispuser a ver nosso lado e prometer uma mudança, talvez possamos manter as coisas assim.

— Não seja ingênuo. Esse não é o plano.

— Os planos podem mudar.

— Você está deixando a esperança atrapalhar a lógica, Z.

— Talvez eu esteja.

Sylvie ia dizer algo mais, mas parou quando um rangido metálico ecoou pela estação geradora. Aegis havia chegado. Sylvie aproveitou a deixa e escorregou para a sala lateral onde Zhan-Yo havia assistido ao ataque inicial dos Paragon. Perto o suficiente para ajudar caso Zhan-Yo chamasse, mas longe o bastante, esperava-se, para evitar que as coisas escalassem.

— Ele vai te despedaçar — murmurou Innis atrás de Zhan-Yo. — Não acredito que me juntei a vocês, fracassados.

Zhan-Yo ignorou o Paragon. Innis tinha sido uma fonte de divagações sinistras e insultos grosseiros nas últimas horas, como se tivesse percebido que trair o Campeão mais poderoso do mundo e a organização mais poderosa do mundo de uma só vez talvez não tenha sido a jogada mais inteligente. Pena, no entanto, não deveria ser sentida por aqueles que fazem suas próprias escolhas ruins.

Em vez disso, Zhan-Yo se posicionou, pés alinhados e joelhos levemente flexionados, a um metro de distância dos cativos e bem à vista. Ele poderia reagir rapidamente se Aegis decidisse sair dos corredores dos fundos atacando, e de outra forma apresentava uma postura forte, mas não ameaçadora. Tudo apontava para uma negociação, não um massacre.

Os nervos que haviam se tensionado e relaxado enquanto esperavam por Aegis se acalmaram quando o Campeão entrou em vista. Com o equipamento tático, óculos abaixados e rosto coberto, Aegis parecia longe do ícone modelado estampado em placas, vídeos e tudo mais desde que Zhan-Yo era adolescente. O traje do Campeão deixava clara sua forma física, e as ferramentas presas em coldres ao longo de seu peito e cintura deixavam clara sua preparação.

Mas Aegis parecia um homem, e nada mais.

— Você está bem? — Aegis perguntou não a Zhan-Yo, mas a Innis.

— Eles estão bem — disse Zhan-Yo.

— Não estou falando com você. — Aegis dispensou Zhan-Yo com um gesto. — Innis. Você está vivo? Os outros estão feridos?

Um pequeno contratempo, mas Zhan-Yo deixou acontecer. Preocupar-se com seus subordinados correspondia ao perfil de Aegis, e não era como se Zhan-Yo tivesse algo a temer da resposta de Innis: os Paragons estavam vivos.

— O orgulho está ferido, mas não muito mais — disse Innis, sem levantar a cabeça para olhar para Aegis. — Acho que os outros estão tirando uma soneca forçada. Maldito feio aqui.

— Eu derrotei meia dúzia de comandos no túnel. — Aegis continuou ignorando Zhan-Yo. — Isso cobre todos que atacaram vocês?

— Pode ser. Muitas luzes piscando, no entanto. Difícil manter a contagem.

— Esses eram todos os nossos homens — Zhan-Yo tentou outra interjeição. — Somos apenas nós agora.

Dessa vez Aegis não dispensou Zhan-Yo, mas se virou para encará-lo, com vários metros separando os dois líderes. Embora Zhan-Yo não pudesse ver os olhos de Aegis através dos óculos do Campeão, ele teve aquela sensação distinta de arrepios enquanto Aegis analisava cada detalhe dele.

— Zhan-Yo, certo? — disse Aegis após vários segundos longos.

— Certo.

Zhan-Yo teria continuado, mas alguma força o compeliu a ficar quieto. Responder às perguntas de Aegis e nada mais. Um Campeão, Zhan-Yo percebeu, tinha esse efeito.

— Recebi sua mensagem no caminho para cá. — Aegis estalou os dedos. — Não é uma boa maneira de negociar, Zhan-Yo. Não comigo. Se você tivesse vindo a Nova York, me apresentado a proposta, eu poderia ter prestado atenção. Poderia ter tentado encontrar algum terreno comum para nos entendermos. Agora, em vez disso, eu só vou destruir você e sua companhia.

— Minha empresa não tem nada a ver com minhas ações — disse Zhan-Yo, perguntando-se por que não estava no controle. Não era assim que a reunião deveria estar indo. — Eu usei a Ziran para meus próprios fins, não o contrário.

— Se isso for verdade, então eles poderão encontrar outros empregos — Aegis deu de ombros. — Mas isso fica para depois. Agora me importo com aqueles Paragons que você tem bem aí.

Zhan-Yo sentiu que a conversa tinha se inclinado muito além do ponto de recuperação, pelo menos sem uma ação drástica. Ele levantou a mão esquerda, agarrou a espada e a sacou, parando a lâmina a um milímetro da garganta de Innis. O movimento, pelo menos, fez Aegis parar de falar.

— Você não me escutaria se eu fosse a Nova York — começou Zhan-Yo, sentindo o calor borbulhar em seu coração enquanto falava. — Você não nos ouviu em nada. Eu te trouxe aqui, dessa maneira, porque se eu não fizesse, você continuaria ignorando os normais. Você continuaria nos esmagando com seus decretos e seus drones, continuaria nos acorrentando a um mundo no qual não temos voz.

— Você está aqui, Aegis, porque se importa com esses Paragons da mesma forma que eu me importo com os milhões nesta cidade. Os bilhões em toda esta Terra que não têm lugar em sua hierarquia, mas que merecem um. Eu quero promessas, Aegis. Quero sua palavra e compromisso de que os Paragons estarão abertos aos normais. Que possamos ter nosso lugar em nosso governo mais uma vez.

Zhan-Yo parou para respirar. Foi muito bom dizer tudo isso em voz alta para a oposição, embora teria sido melhor se Zhan-Yo pudesse ver o rosto de Aegis, que deveria estar boquiaberto e atordoado. Zhan-Yo manteve os próprios lábios retos, os olhos firmes. Isso não era uma súplica nem uma vanglória, mas uma negociação.

Aegis acompanhou o comprimento da pequena lâmina de Zhan-Yo. Percorreu da ponta até o cabo, e de lá de volta aos olhos de Zhan-Yo. Balançou a cabeça.

— Você já leu sua história? — disse Aegis, como um professor exasperado falando com um aluno reprovado. — Porque se leu, sabe que os normais não foram nada além de canalhas uns com os outros desde sempre. Estes últimos trinta anos com a gente no comando? Paz. Estabilidade, relativamente falando. Agora olhe para você. Dizendo que quer voltar, e a maneira como está argumentando é fazendo reféns? Colocando essa faquinha na garganta de alguém? Como isso deveria me convencer de que você merece esse poder?

— Quer continuar falando comigo? Ótimo. Guarde essa espada. Vamos te colocar numa cela de Paragon e eu mandarei alguém para te fazer companhia de vez em quando. Ouvir você divagar e prestar muita atenção.

De todos os Campeões, e Zhan-Yo tinha feito sua lição de casa, Aegis tinha os instintos mais teimosos. Um homem que resolvia problemas com os punhos, que falava como uma rocha e não oferecia compromissos. Por que Zhan-Yo pensou que Aegis seria aquele com quem trabalhar, em vez de, digamos, Apinya ou mesmo Mynx, ambas com reputação de pensamento ponderado, ele não sabia. Toda esta operação tinha sido uma série de erros.

— Então você não vai negociar? — Zhan-Yo suspirou a pergunta.

— Não. Abaixe essa espada, ou você é um homem morto.

Tirar uma vida é um fardo. Matar um homem significava assumir a responsabilidade por todas as coisas que aquele homem nunca faria, as vidas que ele nunca mudaria ou realizaria. É por isso que Zhan-Yo preferia a rota menos letal com suas artes marciais - ele podia mudar uma mente quebrando um braço, em vez de um pescoço - mas aqui, se ele baixasse sua espada, o sonho de Zhan-Yo morreria.

Ele pressionou a lâmina mais perto da garganta de Innis, cuidando para não começar a cortar... ainda. A hora dos ultimatos havia chegado. O fim da diplomacia.

— Renda-se e os Paragons vivem — disse Zhan-Yo. — Dê um único passo e este aqui morre.

— Deixe ele me matar — disse Innis, o movimento empurrando sua garganta contra a lâmina de Zhan-Yo e desenhando uma linha vermelha no pescoço do Paragon. — É minha culpa que você esteja aqui, Aegis. A coisa toda. Não era para dar errado.

— Quieto — disse Zhan-Yo. — Isso não importa.

— Pela primeira vez, concordo — disse Aegis, o Campeão não percebendo o verdadeiro significado de Innis. — Você foi superado, Innis. Este homem te enganou. Por que você levou esses Paragons para esta bagunça, eu não sei, mas depois que sairmos daqui, é melhor que você tenha suas desculpas prontas, e é melhor que sejam boas.

Então, antes que Zhan-Yo pudesse fazer um movimento, Aegis girou seu pulso direito ao longo do cinto e lançou algo para frente. Duas bolas de metal, ligadas por uma linha de arame que brilhou branco intenso enquanto voava e atingiu a lâmina de Zhan-Yo logo acima do cabo. As bolas enrolaram o arame em torno da lâmina, e quando o envolvimento foi completado, o arame havia derretido o metal, derrubando todo o conjunto, menos o cabo que Zhan-Yo ainda segurava, no chão.

Aegis seguiu seu lançamento com um golpe de ombro, cruzando aqueles poucos metros mais rápido do que Zhan-Yo poderia ter esperado. O golpe jogou Zhan-Yo contra a parede atrás dele, forte o suficiente para sacudir o cabo sem lâmina da mão esquerda de Zhan-Yo e forçá-lo a se agachar para não cair.

— Minha própria filha fez isso — Aegis se abaixou, pegou uma das esferas do chão e apertou, sugando o arame de volta para dentro e selando a segunda bola à sua parceira. — Explosão única, mas quente o suficiente para derreter praticamente qualquer coisa. Ela é inteligente, Zhan-Yo. Mais inteligente que você.

Zhan-Yo se endireitou, tossiu para afastar o hematoma que crescia em seu peito devido ao golpe. Levantou sua tachi e se preparou para lutar contra uma lenda.

MYNX NÃO MAQUIOU A HISTÓRIA. Enquanto viajava em uma cápsula do laboratório em chamas, Mynx disse a Reeves para liberar um comunicado para a imprensa local. Uma área que tinha prosperado após a tomada do Paragon - já que os representantes geralmente eram premiados com base no valor para a comunidade, o jornalismo finalmente encontrou um espaço onde poderia florescer - a mídia, no entanto, havia adotado uma postura hostil em relação aos Campeões e à sociedade que eles haviam criado. Mynx imaginava que repórteres e editores não gostavam do desequilíbrio de poder que vinha com a cobertura de indivíduos com autoridade absoluta. Ela não se importaria, exceto que esses mesmos repórteres e editores distorciam a opinião pública, e Mynx não precisava que alguma história sobre o assassinato injusto de um cientista renomado fosse transmitida para cada Tama na Pacifica.

— Eles saberão que o Dr. Jones sofreu com um experimento falho com consequências catastróficas — Reeves disse a ela enquanto Mynx se aproximava da Fábrica. — Essas coisas acontecem.

Reeves começou a listar incidentes nas últimas décadas em que explosões aparentemente aleatórias haviam dizimado empresas, indivíduos e comunidades. Reeves sabia tão bem quanto Mynx que a maioria desses eventos vinha de intervenções do Paragon em atos nefastos, independentemente de essas intervenções causarem mais danos do que benefícios. O procedimento operacional geral do Campeão, posteriormente transmitido aos Paragons, considerava que a destruição total de uma ameaça era o resultado preferido, com ou sem danos colaterais. Existiam anomalias demais, ou pessoas normais com ideias perigosas, para agir com suavidade.

— Reeves, quero que você inclua o que Denise tentou fazer — disse Mynx ao chegar à entrada da Fábrica. Degraus de cimento branco levavam até a grande instalação na montanha, drones gladiadores guardavam sua subida. — Se não por outro motivo, precisamos desencorajar a ideia de que qualquer um pode se tornar uma anomalia.

Uma Mynx mais jovem teria odiado ouvir isso, mas a esperança inocente de que todos deveriam ter uma chance de ter poder como o dela havia se transformado em uma convicção muito mais forte de que pouquíssimos poderiam lidar com isso. Abrir a caixa de anomalias para todos e o mundo se afogaria em um caos turbinado. Os Paragons já tinham problemas suficientes para conter as anomalias naturais.

— Adicionei isso — disse Reeves. — Você gostaria de revisar o comunicado?

Ela deveria, mas naquele momento Mynx ansiava por uma xícara de chá fresco. Uma chance de sentar, fazer um lanche e considerar ir dormir mais cedo. Então ela propôs um meio-termo: — Leia para mim enquanto entro.

Reeves acertou em cheio, e Mynx teve o comunicado aprovado e enviado pela Internet para todas as mídias da Pacifica até o momento em que chegou à residência da Fábrica. Como ela esperava, Reeves havia lido sua mente, ou interpretado um longo histórico dos hábitos de Mynx, e colocado chá quente e um bule na mesa externa. Uma tigela de frutas vermelhas frescas estava ao lado de outra cheia de lámen vegetariano.

O que chamou mais a atenção de Mynx do que qualquer outra coisa, no entanto, foi uma pequena seleção de pílulas esperando na mistura. Três cápsulas ostentando o revestimento preto e amarelo reservado para químicos de explosão de energia.

— Reeves? — disse Mynx, sentando-se e aproveitando um momento para olhar as ondas que quebravam, capturando os últimos tons de púrpura do crepúsculo em sua espuma. — Explique?

— Tenho outro relatório para você e, de acordo com respostas anteriores a dados semelhantes, você pode precisar do estímulo — respondeu Reeves. — Vou mostrar para você agora.

Mynx sentou-se à mesa, espetou algumas frutas com um garfo bem posicionado e absorveu o vídeo e a colagem de diagnósticos que se espalhavam pela superfície. Os dados principais deixavam claro o problema: Aegis havia entrado com dois drones, e agora esses dois drones haviam perdido sua carga. Mais preocupante, os drones previam que, como Aegis não havia emergido do túnel desmoronado ou tentado nova comunicação, o Campeão provavelmente havia prosseguido sozinho. Os drones agora estavam trabalhando para chegar à entrada alternativa do prédio do gerador, mas, devido a danos causados por fogo e eletricidade sofridos em um ataque no túnel, não estavam operando com eficiência máxima.

— Em outras palavras, Aegis está realmente por conta própria — disse Mynx.

— Tem mais. Aegis também passou uma mensagem de vídeo que recebeu antes de fazer sua entrada.

— Reproduza. — Mynx bebeu um pouco de chá, comeu um pouco de lámen enquanto a clara ameaça de Ziran era reproduzida à sua frente. Ela queria rir da arrogância ali, de uma única organização desafiar os Paragons, mas essa mesma arrogância acabou causando calafrios. — Ziran não é tão estúpido a ponto de fazer um movimento como esse, a menos que tenha um plano.

— Aegis já iniciou o processo de congelar as operações deles na Atlântida, mas devido à posição de Ziran em nossas redes, não será fácil extirpá-los.

— Faça o mesmo aqui. Faça uma lista dos principais membros de Ziran ao redor do mundo e envie para os escritórios locais do Paragon. — Mynx declarou que as várias mordidas eram suficientes. — Todos eles devem ser trazidos e interrogados, descubra o que sabem. Se tivermos sorte, esse movimento é isolado e nossa infraestrutura está segura.

— E se não estiver?

— Já reconstruímos o mundo uma vez. Podemos fazer de novo. Prepare o jato. Preciso ir atrás de Aegis.

— Como eu suspeitava. O jato já está preparado para voar. No entanto, não acredito que seja possível você chegar a tempo de mudar o resultado.

— Aegis não morre — respondeu Mynx. — Chegarei a tempo.

Enquanto se virava para ir em direção à plataforma de lançamento do jato, localizada nos níveis superiores da

Fábrica, Mynx pegou as pílulas da mesa. Por mais que adorasse tirar um cochilo no caminho para Chicago, seus nervos pulsavam e o sono não viria. Não importa, ela poderia usar o tempo para examinar a Ziran.

Para encontrar os traidores.

CAPÍTULO 49
A VEZ DO CAMPEÃO

EM SE TRATANDO de campos de batalha, uma sala de geradores subterrânea e suja que parecia ter servido de abrigo para exércitos de ratos ao longo dos anos não chegava nem perto do top 10 de Aegis. Nem o oponente, o executivo-chefe de Ziran e um homem que, embora em forma, parecia estar do lado errado da vida para buscar uma revolução que mudaria o mundo. Não que isso realmente importasse - Aegis o nocautearia, libertaria os Paragons e voltaria à superfície para um jantar tardio e muito necessário.

Zhan-Yo não sacou sua segunda lâmina, optando por avançar em direção a Aegis com as mãos prontas, mantidas logo acima de sua cintura. Entrar em combate corpo a corpo com um Campeão estava entre as opções mais suicidas que alguém poderia escolher, então Aegis deu a Zhan-Yo dois passos para reconsiderar essa decisão.

Então Aegis puxou sua arma de choque do cinto e disparou. O dardo atingiu Zhan-Yo diretamente no peito, bem onde o coração deveria estar, e ricocheteou.

— Parece que vamos fazer isso do jeito difícil? — disse Aegis, recolocando a arma no coldre.

— Ele é melhor do que você pensa — murmurou Innis do lado, olhos vazios observando de suas amarras.

O líder local dos Paragons irritava Aegis. Innis tinha conduzido mal toda a incursão, trazido novatos para um encontro arriscado e os levado adiante sem suporte de drones. Um pesadelo tático. Aegis removeria Innis de seu comando, poderia até expulsá-lo de Chicago completamente e mandá-lo para uma região distante onde o Paragon pudesse aprender o que significava liderar sem colocar ninguém em perigo.

Zhan-Yo tentou provar que o comentário de Innis era verdadeiro imediatamente, avançando rapidamente com chutes baixos que testavam os lados esquerdo e direito de Aegis com vigor. Aegis permitiu que eles acertassem, sentiu o impacto quando a bota de Zhan-Yo conectou com a armadura tática e o próprio poder de Aegis para amortecer o impacto. Para alguém que já tinha recebido socos de Thane, os golpes de Zhan-Yo pareciam um leve tapa com um travesseiro. Uma pressão fraca.

— Vai precisar de muito mais do que isso — disse Aegis, acentuando suas palavras com um jab direto no peito de Zhan-Yo.

Seu alvo agiu de forma inteligente, dançando para trás fora do alcance do soco, deixando Aegis golpeando o ar. Então Aegis perseguiu, perseguindo Zhan-Yo enquanto este dançava para trás e ao redor dos Paragons presos e atordoados. Quando circularam até Innis, Aegis fingiu outro avanço, ganhando espaço. Com isso, Aegis puxou uma faca tática e libertou Innis.

Innis olhou para seus pulsos livres enquanto Aegis girava a faca para uma empunhadura reversa em sua mão esquerda, pronto para Zhan-Yo tentar algo, qualquer coisa.

Em vez disso, Zhan-Yo ficou lá, observando, como se Aegis estivesse estrelando algum documentário fascinante.

— Qual é o seu próximo movimento? — Aegis disse para Zhan-Yo enquanto Innis se levantava. — As pessoas sabem onde estou, os drones também. Eles chegarão em breve, e você não será capaz de esquivar de todos nós.

— Eu tenho me esquivado de todos vocês por muito tempo — disse Zhan-Yo, e Aegis sentiu um lampejo de preocupação: Zhan-Yo parecia calmo demais para alguém que aparentava estar perdendo tudo. — Estou parando agora porque a armadilha está pronta para ser acionada, e você a acionou.

A armadilha atingiu Aegis com força. Os punhos de Innis golpearam as costas de Aegis, logo acima do quadril, onde o entorpecimento floresceu. A habilidade de Innis destruía os nervos ao redor de seus golpes, como um dispositivo EMP biológico. Aegis tinha visto o Paragon acertar um inimigo na cabeça e fazer a pessoa esquecer quem era, o que estava fazendo, e passar por uma transformação completa de personalidade. Infelizmente para Innis, as costas de Aegis não tinham nem cérebro nem músculos críticos, então Aegis desferiu uma cotovelada esquerda no queixo de Innis e derrubou o Paragon no chão.

Não, não um Paragon. Não mais.

— Bem, isso esclarece as coisas — disse Aegis, esfregando as costas para afastar o entorpecimento. A habilidade de Innis não podia impedir a cura de Aegis por muito tempo. — É tudo o que você tem? Um Paragon fracassado?

Zhan-Yo não tinha se movido. O líder de Ziran observava Aegis, então olhou para Innis, franzindo a testa. Talvez Zhan-Yo realmente só tivesse o Paragon prestes a ser exilado. De qualquer forma, Zhan-Yo recuperou sua coragem e abriu as mãos como um professor explicando o óbvio a um aluno ignorante: — Pense no que isso significa, Aegis. Seus próprios tenentes estão se voltando contra você. Seu movimento está falhando. Agora é o momento de parar, antes que tudo desmorone. Ceda à mudança que deve acontecer.

— Já derrotamos tantos que soam exatamente como você. Você quer mudança? Conquiste-a. — Aegis fingiu avançar em direção a Zhan-Yo, mas em vez disso girou e desferiu um triplo jab em um Innis desprevenido que estava se levantando.

Innis desabou, clara evidência de que tinha passado muito pouco tempo em campo, que tinha se tornado exatamente o que Aegis não era; alguém que tinha esquecido como lutar. Innis lutou para desviar um golpe, qualquer golpe, e falhou, ganhando um rosto marcado e o que parecia ser uma costela rachada por seus esforços. O Campeão finalizou a série com um golpe de joelho esquerdo, e Innis caiu no chão, abraçando as pernas como uma criança. Aegis queria dizer a Innis o quão envergonhado se sentia, o quanto Aegis desprezava não apenas Innis por esse fracasso, mas também a si mesmo. Como Aegis pôde deixar este se desviar tanto?

— Levante-se — disse Aegis.

— Não — Innis tentou, soando ainda mais patético por todas as vezes que Aegis o tinha ouvido proclamar, com muita bravata, sobre os passos ousados que seus Paragons de Chicago estavam dando.

— Você já foi um Paragon uma vez. Vai morrer aí, no chão, ou pode recuperar algo da sua honra?

Innis não falou, e Aegis pensou ter visto lágrimas nos olhos do homenzarrão. Uma queda total. Uma que Aegis poderia muito bem encerrar agora mesmo. Ele preparou o pé direito-

Aegis não sentia dor com frequência. E quando vinha, as dores passavam rápido. Uma função de seu ser; um Paladino cujo corpo se reparava mais rápido que qualquer outro no planeta. Mas esta facada veio por trás, profunda, gélida e longa. Aegis sentiu a lâmina deslizar próximo à base de sua coluna. Um golpe não destinado a matar rápido, mas a mutilar, enfraquecer. Houve Paladinos ao longo dos anos que aperfeiçoaram habilidades semelhantes, que derrotaram inimigos com golpes incapacitantes. Aegis nunca pensou que experimentaria um, nunca imaginou que chegaria o dia em que estaria vulnerável às mesmas técnicas que suas forças haviam empregado.

Seu mundo continuava mudando, e Aegis havia sido arrogante demais para mudar com ele. Zhan-Yo o tinha, por um momento.

— Você perdeu — disse Zhan-Yo, sua voz logo atrás da orelha direita de Aegis, com o peso estóico da lógica. — Se eu girar esta lâmina, não importa quão forte seja sua cura, você não sobreviverá. Não agora.

Aegis realizou um cálculo simples, recuando do pico ardente da agonia para o espaço frio ao qual ia toda vez que um inimigo ou desastre o forçava a escolher entre vida e morte. Neste vácuo puro, Aegis sempre chegava à mesma resposta: tentar. Continuar lutando. Nunca desistir. Mil clichês empilhados uns sobre os outros, cada um instando Aegis a continuar e continuar novamente. Até então, o conselho não havia falhado. Então, assim que Zhan-Yo terminou sua ameaça, Aegis se jogou para trás, bateu a cabeça no rosto de Zhan-Yo e, avançando, arrancou a espada do aperto de Zhan-Yo. Com a lâmina ainda dentro, Aegis sentiu cada pedaço cortante enquanto ela se movia em seu corpo. Após a dor veio o pulso cocegante conforme sua cura tentava lidar com a situação, selar veias e órgãos.

Com a espada livre de seu portador, em pé sobre Innis, Aegis se virou para seu oponente. Até agora, esta luta havia sido como tantas outras; um desfile de ida e volta de ferimentos terminando quando a resistência de Aegis superava a de Zhan-Yo. Antes, a resistência de Aegis era um dado. Agora, Aegis não podia mais contar com isso. Ele precisaria forçar a situação.

Zhan-Yo se preparou para o ataque de Aegis como alguém que sabia o que estava fazendo, mas depois que Zhan-Yo bloqueou o primeiro e o segundo golpe, seu treinamento cedeu à realidade do assalto do Campeão. Aegis atravessou os bloqueios de antebraço de Zhan-Yo, empurrando seu oponente pelo chão de concreto até a parede dura. Ricocheteando após esmagar Zhan-Yo contra o concreto sólido, Aegis bateu as mãos em ambos os lados da cabeça de Zhan-Yo antes de levantá-lo, armadura e tudo, e lançá-lo pelo chão, até que Zhan-Yo rolou e parou perto dos Paladinos capturados.

A espada ainda cravada nele protestava contra cada uma dessas manobras com estocadas profundas, e após arremessar seu oponente, Aegis sugou uma respiração após a outra, tentando se manter acordado e acalmar seus nervos furiosos. Ele havia lidado com o perigo imediato. Agora vinha a sobrevivência. Aegis alcançou atrás com a mão esquerda e sentiu o cabo da lâmina.

— Não a puxe — disse Innis, ainda no chão. — Se fizer isso, pode começar a sangrar rápido demais até mesmo para você.

— Tentando me ajudar agora? — Aegis ofegou mais do que disse, sentindo o que poderia ser sangue ou saliva ou ambos se acumular em sua boca e borbulhar. — Você está um pouco atrasado.

— Nunca te odiei. Mas você perdeu seu caminho. Nos

deixando para trás. Não consegue sentir? O mundo está mudando. Sua bolha perfeita está estourando e você não tem um plano.

— Fique com a luta, Innis — Aegis suspirou através da resposta, preparando seu aperto e cerrando os dentes. — Você é terrível nisso, mas pelo menos só vai conseguir se matar.

Aegis puxou. Arrancou a espada de suas costas e a jogou para o lado, mesmo quando a explosão branca de choque o levou aos joelhos. Aegis não sentia uma dor assim há muito tempo, talvez nunca. Manchas dançavam em seus olhos, cada nervo formigava com a expectativa de morte iminente. Iminente, mas não aqui. Não ainda. Aegis se manteve em sua mente, manteve Celice, Mynx, os outros Campeões com quem lutara por tanto tempo para criar este mundo que esses monstros queriam destruir. Ele não podia deixá-los vencer.

Pouco a pouco, Aegis puxou seu corpo de volta do terrível vazio para o qual tanto queria cair. Primeiro, ele firmou suas mãos, palmas no chão. Firme, real. Então seus pulmões, cada inspiração restaurando a cadência de seu corpo, equilibrando seu batimento cardíaco acelerado. Levantar-se de joelhos foi lento, com chicotadas dos efeitos posteriores da espada irradiando das costas de Aegis. Mas ele se ergueu, ficou de pé, e Aegis, Campeão de Atlântida, concentrou-se em seu inimigo.

— Você não deveria ser capaz de se curar assim — disse Zhan-Yo. — Não mais.

— Campeões não perdem — respondeu Aegis.

Mas Campeões ficavam com raiva, e este Campeão não tinha escrúpulos em tirar vidas daqueles que não mais mereciam tê-las. Zhan-Yo havia apunhalado Aegis pelas costas, havia se recusado a se render. Havia travado uma guerra contra a sociedade. Só podia haver um preço para isso. Aegis deu um passo, dois passos e encarou o inimigo.

— Acabou — Aegis preparou o punho, pronto para desferir um único golpe mortal.

Dois tiros acertaram, simultâneos. Ambos em seu peito, projéteis pesados. Aegis podia senti-los cortar, perfurar a armadura feita para defender contra perigos comuns. O som eliminou sua audição, os ouvidos zunindo enquanto o impacto o jogava para trás. Fora de seus pés instáveis para o chão. Nova agonia veio quente, rápida e por toda parte. O lugar, seu cálculo feito para cortar o pânico não viria, não podia vir, e o Campeão afundou em seu oblívio.

CAPÍTULO 50

BEM LONGE

EM TERMOS DE DESTINOS, o local onde o pod deixou Kat ficava em algum lugar entre uma instalação de arte moderna e uma dimensão sombria e sinistra que ela nunca quis visitar. As luzes eram escassas neste ponto afastado da cidade, dando às luzes brancas que circundavam a alta cerca ao redor do ferro-velho uma aparência espectral contra a relativa escuridão em todos os outros lugares. A neve que caía adicionava ao efeito, deslizando em aglomerados de acordo com caprichos místicos. O vento também açoitava aqui fora, sem obstáculos dos edifícios que quebravam as rajadas na cidade. O suficiente para que, mesmo no traje de Kat, com os reguladores térmicos trabalhando em tempo integral, ela sentisse lambidas frias subindo por seu cabelo e roçando seus tornozelos.

Seeker, por sua vez, não se importava nem um pouco. O husky pulava nos montes de neve, saltava atrás dos flocos que caíam e sorria para Kat com seu sorriso cheio de dentes e língua de fora, como se tivessem encontrado o paraíso.

— Claro que você gostaria deste lugar — murmurou Kat. — O lixo de um homem é o paraíso de outro cão.

Do outro lado do ferro-velho, atrás de Kat, galpões industriais faziam companhia. Velhos holofotes pairavam sobre seus lotes abarrotados, protegidos e operados por máquinas que não precisavam daquelas hastes cinzentas supervisionando a produção barulhenta e contínua. Um latido ocasional e distorcido ecoava dos supervisores humanos das máquinas, provavelmente remotos e assistindo aos procedimentos de algum escritório confortável ou, como Kat desejava, com chocolate quente na mão em seus sofás. Nenhuma outra alma estava à vista.

Kat verificou seu Tama, preso em seu lugar no antebraço esquerdo, logo acima dos gadgets presos ao mesmo pulso. Nenhuma nova mensagem, e o aplicativo de rastreamento mostrava tanto o sinal de Calvin quanto a última conexão de rede de Gordon vindo de dentro do pátio. Ela havia encontrado o lugar certo, por mais errado que parecesse estar ali.

Atrás dos portões de arame e se erguendo em pontos acima da cerca de três metros estavam enormes pilhas de sucata. Veículos sucateados, drones, pods e coisas tanto anteriores quanto posteriores a essas invenções se aglomeravam entre si sem nenhuma ordem discernível. Alguns brilhavam com o progresso recente evidente em seus acabamentos inoxidáveis, enquanto outros entregavam suas carapaças à ferrugem laranja e vermelha. Tudo parecia estar esperando, mas pelo quê?

Uma placa no portão direito identificava os proprietários do ferro-velho – um nome que Kat não reconheceu – e declarava que qualquer invasão seria motivo para terrível retaliação. Considerando que a fechadura Tama nos portões havia sido quebrada e os próprios portões abertos, ainda que apenas o suficiente para um corpo se espremer, a capacidade de executar a prometida retaliação parecia estar faltando. A julgar pelas pegadas, desaparecendo conforme a neve macia caía, Kat deduziu que tanto Calvin quanto Gordon tinham vindo por aqui.

Que gentil da parte deles deixar um caminho para ela seguir. Kat nem precisou tocar o portão.

Cada passo dentro, seguindo aquelas pegadas, levava Kat por algum destroço tecnológico. Aqui jazia uma geladeira. Ali, longas portas de carros antigos, e mais adiante os restos amassados de uma pequena casa pré-fabricada. Esses sucateiros, parecia, eram de oportunidades iguais. Seeker não conseguia igualar o interesse de Kat nas relíquias, em vez disso, empurrando-se à frente ao longo da trilha, parando a cada poucos segundos para lançar a Kat um olhar frustrado.

Ela nunca o deixaria sem coleira aqui. Não com Calvin por perto.

Mas quando chegaram a uma interseção entre grandes pilhas perto de onde o ponto do Tama de Gordon aparecia, Seeker latiu e avançou com uma força que Kat não esperava. O cão trouxe à tona sua herança genética e tentou puxar Kat como um trenó, arrastá-la para o objetivo o mais rápido possível. Kat soltou a coleira para salvar seu ombro e sua articulação, começando a correr ela mesma para segui-lo, usando seu fôlego extra para xingamentos frustrados.

Seeker não tinha tempo para furtividade.

O cão também não tinha problemas com a neve, agora profunda o suficiente para fazer as botas de Kat esmagarem montes a cada passo, e espessa o suficiente para tornar esses passos um exercício de manutenção do equilíbrio, transformando o que poderia ter sido uma corrida rápida em solo seco em uma dança cambaleante que deixou Kat, pela primeira vez, grata por estarem em um ferro-velho solitário. Ela não tinha muito além de sua reputação de rastreadora, e um vídeo de seus braços agitados e pernas bombeando e deslizando não faria nenhum favor a isso.

— Poderia ter ido ao *Carver's* — ofegou Kat, olhando ao redor para a sucata e esperando que Calvin não tivesse alguma emboscada planejada. — Tomado um uísque. Quentinha e confortável. Em vez disso, estou congelando aqui fora, procurando por você, Gordon.

Contornando outra pilha de fiação desencapada que parecia, nesta luz, cobras prateadas, Kat viu Gordon deitado em um desfiladeiro de carros velhos. Calvin estava em pé sobre ele. Sedãs e caminhões, com os eixos no ar, emolduravam os dois. Seeker escolheu um carro como parapeito para fazer seu chamado latido, com o nariz apontado na direção de Calvin.

Calvin se ajoelhou, olhos em Seeker, e alcançou a garganta de Gordon.

— Ei! — gritou Kat. — Afaste-se. Agora.

Kat sacou sua arma de choque enquanto falava. Mirou diretamente em Calvin. O medidor de alcance da arma mostrava a distância de Calvin em números azuis na parte de trás do cano: vinte metros. Não um tiro certeiro, mas também não impossível. Especialmente porque Calvin parecia não estar usando nada além da jaqueta esfarrapada, camisa e jeans que usava antes. O homem devia estar congelando, mas olhou para Kat sem pestanejar, sem nenhum tremor que ela pudesse ver.

— Chame seu cão — disse Calvin, e ele não parou de alcançar Gordon, colocando dois dedos da mão esquerda na garganta dele.

— Eu disse para recuar! — respondeu Kat, começando a caminhar lentamente em direção a Calvin. — Se você o machucou...

— Ele está vivo — disse Calvin, levantando-se. — Por enquanto. Eu disse para chamar seu cão.

Kat poderia dar o sinal e o husky atacaria, mirando nas pernas de Calvin, talvez em seu braço. Seeker fecharia a distância rapidamente, mas Calvin, daqui, seria mais rápido. Kat não veria seu cão morrer hoje. Ela também não queria que Gordon morresse, mas parecia que isso já poderia ter acontecido.

— Seeker, fica — disse Kat, e o husky obedeceu, parando de latir, embora o foco de Seeker permanecesse fixo na anomalia. — O que você fez com ele?

— Ele veio atrás de mim, eu me defendi — disse Calvin. — A mesma coisa que fiz antes. Não quero machucar as pessoas, mas vocês continuam me forçando.

— Não. Você está fazendo a escolha. Você conhece as leis.

— Eu não tive voz na criação delas.

— Não é problema meu.

Ela já tinha tido essa conversa com Calvin antes. Só ia de um jeito: eles ficariam trocando farpas até Calvin fazer alguma jogada estúpida e acabar matando-a ou fugindo. Então desta vez Kat optou pela surpresa. Puxou o gatilho. O dardo disparou direto no peito de Calvin e ficou preso lá mesmo quando Calvin começou a agir. Calvin caiu para frente no chão, amortecendo a queda com as duas mãos na neve. Ele olhou para Kat, então estendeu a mão em sua direção enquanto ela terminava de carregar um segundo dardo.

Kat atirou novamente. O segundo dardo cortou o ar e parou ao atingir um círculo de gelo que se espalhava da mão de Calvin, como se a anomalia tivesse ganhado um escudo de gelo sólido. O dardo caiu, inútil, na neve fofa. O escudo de Calvin cresceu, cortando na frente da anomalia e selando o espaço entre os carros. O corpo de Gordon, Seeker e Kat de um lado, com Calvin do outro. Frustrante, mas o que mais ela poderia esperar desse cara?

Kat guardou a arma de choque e correu para a direita, subindo em picapes empilhadas para olhar por cima do muro e ver Calvin correndo, lento e sedado, mais para dentro do pátio. Ela teria pulado atrás dele, contornando o muro de gelo, mas o gemido de Seeker chamou a atenção de Kat de volta. Gordon. Ela foi até ele e se ajoelhou, segurou seu Tama em direção ao dele e puxou as leituras vitais. Calvin estava certo: Gordon vivia, mas seus sinais estavam instáveis. E sem um traje, sua temperatura corporal começara a cair. Gordon precisava de uma evacuação, rápido. Kat tocou em seu Tama e fez uma chamada rápida para drones de emergência. Eles estavam lá fora, circulando os céus de Chicago e esperando por coisas assim, mas um bipe agudo de seu Tama confirmou que não havia nenhum perto do ferro-velho. Eles chegariam, mas não antes de dez minutos ou mais.

Calvin escaparia até lá, e ela não podia arriscar que Calvin encontrasse o sinal e desaparecesse para sempre.

— Desculpe, Gordon — disse Kat. — Você me trouxe até aqui. Não posso deixar aquela tarifa do pod ir pelo ralo.

Quando ela se levantou, o escudo de gelo de Calvin já havia se dissolvido em uma espessa pilha de geada. A anomalia tinha assustado Kat antes, quase a matara. Hora de retribuir o favor.

CAPÍTULO 51

A REVOLUÇÃO COMEÇA

SALVO.

Zhan-Yo viu Sylvia parada do lado de fora da porta do quarto dos fundos. Ambas as suas armas nas mãos, apontadas para Aegis. Ele seguiu o cano das armas até o Campeão, que estava estirado no chão, tosses úmidas e membros imóveis indicando que Aegis não se levantaria tão cedo. Zhan-Yo não se importaria de ficar caído também. Aegis tinha desferido socos e chutes com uma ferocidade que Zhan-Yo não experimentava há muito, muito tempo, se é que já tinha experimentado. Seu corpo havia esquecido como receber golpes assim, e a adrenalina não conseguia compensar totalmente as costelas machucadas, o joelho latejante e o hematoma já se formando sob o olho direito de Zhan-Yo.

— Levante-se — disse Sylvia. — Ele não vai ficar caído para sempre.

— Você não acha que o matou? — perguntou Zhan-Yo.

Sylvia lançou-lhe um olhar gélido. — Às vezes me esqueço que você não faz isso de verdade. Matar qualquer anomalia é difícil, mas ele é um Campeão, Zhan-Yo. Nenhum deles jamais morreu.

— Certo — disse Zhan-Yo.

Aegis e sua equipe haviam sofrido perdas antes, Zhan-Yo sabia, mas tinham conseguido escapar da foice da morte desde que ascenderam a suas posições de poder. Fosse por sorte ou por enviar Paragons inferiores para amortecer os golpes duros das lutas contra os antigos governos, os Campeões haviam se preservado e, assim, criado a imagem férrea de sua invulnerabilidade. Nunca haviam sido derrotados, nunca morreram, nunca se renderam aos normais. Pela poça vermelha sob o corpo de Aegis, esta seria uma noite de muitas primeiras vezes.

Sylvia, mantendo uma mão mirando uma arma no Campeão, usou a outra para ajudar Zhan-Yo a se levantar. Eles foram até Aegis juntos, com Zhan-Yo confirmando que os outros Paragons ainda estavam em seus comas temporários. Innis, por sua vez, parecia chocado, olhando para Aegis com a boca barbada aberta, sem dizer nada. De perto, Aegis não parecia vê-los, seu olhar ocasionalmente se fixando no rosto de Zhan-Yo ou Sylvia antes de se desviar. Zhan-Yo já tinha visto isso antes. Não um assassino, não, mas Sylvia havia enviado provas de seu outro trabalho. Obstáculos para Ziran que precisavam ser removidos, Paragon ou não.

Zhan-Yo já tinha visto momentos finais o suficiente.

— Aqui — disse Sylvia, entregando uma de suas armas. — Dê o tiro final mais baixo. Deixe o rosto intacto.

Sylvia estava certa, e Zhan-Yo precisava se concentrar. Isso tinha que parecer bom. Este seria o início da revolução. Zhan-Yo não podia bancar o idiota, não podia ser covarde, não podia recuar disso. O momento havia chegado, e não esperaria que ele estivesse pronto. A mão de Zhan-Yo tremeu ao pegar a arma, ele a forçou a ficar firme enquanto dava a volta em Aegis para apontá-la, por trás, em direção ao peito do Campeão.

— Três tiros — disse Sylvia, trocando sua arma pelo Tama em seu pulso, sua luz vermelha indicando que a gravação já havia começado. — E se isso não for suficiente, cortaremos a fita mesmo assim e eu o terminarei depois.

Uma pequena parte de Zhan-Yo esperava que seus tiros não matassem Aegis, que Sylvia pudesse adicionar mais uma marca à sua extensa pontuação e sua própria folha permanecesse limpa. Mesmo que o mundo pensasse que Zhan-Yo era um assassino, ele não seria um. Zhan-Yo havia sido um líder implacável, sábio e estratégico. Ele havia transformado Ziran da forte empresa de seu pai em uma empresa dominante no mundo. Nada disso o tornava um vilão. Nada disso o tornava mal. Mas isso?

— Estamos prontos? — perguntou Zhan-Yo.

— Prontos — Sylvia sorriu, a produtora instigando sua estrela para a próxima cena.

— Apresse-se, ou você perderá sua chance. — Innis havia encontrado suas pernas, agora estava de pé e observava. — Aegis não ficará caído por muito tempo.

— Cale-se — Sylvia retrucou. — Ou terei mais um corpo para me livrar.

As palavras abriram outro buraco na parede mental de Zhan-Yo. Sylvia falava como um daqueles bandidos sórdidos, falando de contagem de corpos e o que fazer com eles. O assassinato fazia parte do plano, sim, mas o ponto de tudo isso estava na revolução. Ele falaria com Sylvia depois disso, para ter certeza de que ela entendesse. Violência e morte eram efeitos colaterais infelizes, não objetivos a serem alcançados.

Aegis tossiu. Zhan-Yo voltou à realidade. As discussões podiam ser guardadas para depois.

— Vamos começar — disse Zhan-Yo.

O roteiro saiu de seus lábios. Memorizado, ensaiado e pronto. Declarações praticadas afirmando que o novo futuro seria democrático, seria para normais e anomalias igualmente. Um que só poderia ser construído sobre os escombros e ruínas do presente. Os Campeões haviam se recusado a ver o caminho mais brilhante e agora ele, Zhan-Yo, iria mostrá-los.

— Quero que vocês fiquem ao meu lado, quero que lutem comigo para derrubar nossos opressores — disse Zhan-Yo. — Ao longo de toda a história humana, aqueles que foram pisoteados se levantaram contra aqueles que os pisotearam. Agora devemos fazer isso novamente. Esta noite, envio o primeiro sinal. Juntem-se a mim e refaçam nosso mundo em um melhor.

Ele respirou fundo, mirou. Puxou o gatilho.

A bala ricocheteou no chão, desviando-se para um canto. Aegis havia se movido. O Campeão rolou para a direita, agarrou a espada quebrada de Zhan-Yo e seu cabo irregular. Zhan-Yo acompanhou Aegis com a arma enquanto Sylvia sacava a sua própria. Ele tinha Aegis, mas aqueles Paragons estavam sentados ao seu redor, indefesos. Se ele errasse-

Então Aegis se moveu novamente, um ataque rolante enquanto o próprio tiro de Sylvia voava acima do Campeão, cuja manobra a derrubou no chão. Com a mão direita, Aegis cravou a espada quebrada no peito de Sylvia, mesmo quando ela despejou mais dois tiros nele. Aegis caiu enquanto Zhan-Yo corria, puxando o Campeão para longe. O ferimento de Sylvia parecia ruim, seu rosto já ficando cinza, seus olhos encontrando os dele. Zhan-Yo colocou as mãos ao redor do cabo, mas hesitou. Aegis havia sobrevivido à remoção, mas será que ela sobreviveria?

— Vai terminar com ele? — disse Innis, aparecendo ao lado de Zhan-Yo e soando totalmente sem surpresa com o ataque súbito do Campeão.

Zhan-Yo olhou para Aegis. Os olhos do homem estavam fechados, ele não parecia estar respirando, e os novos tiros em seu torso sugeriam que o golpe fatal já havia sido desferido.

— Ele já foi — disse Zhan-Yo. — Me ajude. Precisamos tirá-la daqui.

Juntos, os traidores, os revolucionários, ergueram Sylvia do chão e a carregaram em direção à superfície e à possibilidade de um bom sinal, deixando para trás um Campeão morto.

CAPÍTULO 52

AS CINZAS

DIZER que ela gritou rumo a Chicago seria um eufemismo. Mynx levou o jato ao seu limite de velocidade, consumindo a bateria a uma taxa alarmante que ameaçava superaquecer os motores. Celice havia ligado, disse que os drones não conseguiram chegar até Aegis devido a novos desmoronamentos no túnel de manutenção. Outros gladiadores ao redor de Chicago foram chamados para ajudar, mas ir para a cidade subterrânea significava perder o sinal, e sem acesso à supervisão por satélite, os drones poderiam ser vítimas de hacks, bugs ou coisa pior. Celice estava disposta a arriscar um drone descontrolado em um grande centro populacional, mas essas eram as máquinas de Mynx, e ela dava as ordens.

Aegis podia sobreviver a qualquer coisa. Isso sempre fora verdade, e Mynx se recusava a acreditar que não fosse verdade agora.

As luzes da cidade de Chicago apareceram enquanto o jato descia rapidamente, cortando as nuvens em direção a uma nevasca. O mau tempo escolheu a pior hora para atingir a cidade.

— Ativar sequência de ejeção rápida — disse Mynx.

O jato não questionou a escolha de se lançar em uma tempestade de neve. O assento de Mynx se achatou e moveu-se para trás, adentrando o corpo do jato. Cintos de segurança dispararam sobre ela e se apertaram, pressionando Mynx contra o estofado. De cada cinto, mais plástico se expandiu, encontrou suas contrapartes e se selou para manter Mynx protegida. Ela teria ar suficiente para durar de dez a quinze minutos. Tempo de sobra para cair até o chão. Atrás dela, o rugido do vento preencheu o jato enquanto a escotilha de escape se abria entre as grandes naceles dos motores. Com a cabeça voltada para o céu frio, as luzes de Chicago fazendo um reflexo borrado em sua malha, Mynx cerrou os punhos. Prendeu a respiração.

Ela odiava essa parte.

As travas que mantinham o assento no lugar se soltaram, lançando Mynx para fora e para a noite. Mynx gritou, uma combinação incontrolável de euforia e pânico enquanto seu estômago saltava. Acima dela, Mynx viu o jato continuar disparando. O piloto automático o levaria a um aeroporto. Mynx, enquanto isso, precipitava-se em direção ao centro de Chicago.

O momento da verdade. Se seus algoritmos funcionassem corretamente, se os drones fizessem seu trabalho, Mynx não se espatifaria nas superfícies de aço dos edifícios abaixo. A tempestade de neve não tornava a descida menos aterrorizante - os drones deveriam levar em conta o vento, como a neve espessa poderia afetar seu peso, mas cada nova variável deixava Mynx mais nervosa.

Até que um baque saltitante sacudiu Mynx contra seus cintos e o céu nublado acima dela desapareceu quando um drone a envolveu. Os propulsores rugindo desaceleraram a queda de Mynx, e ela sentiu o drone girar para desviar daqueles edifícios. Juntos, eles desceram em direção à rua, finalmente tocando o chão com todo o impacto brutal de uma criança se acomodando na cama. Embora esta cama acabasse sendo uma estrada de concreto com meia dúzia de drones pousando ao lado dela.

Assim como com Thane, assim como com Denise, drones alertados para a chegada de Mynx a enxamearam assim que ela se afastou do assento abandonado do jato, acoplaram-se aos seus braços e pernas e deram a ela as ferramentas que esperava não precisar usar. Informações surgiram no novo visor, que antes era uma cobertura de vidro para o canhão de supressão de um drone. Sobre seu olho direito, um fluxo constante de barras de preenchimento fornecia o progresso gráfico dos apertos, puxões e sacudidas que Mynx sentia enquanto sua armadura se montava. À sua esquerda, os alertas atuais do Paragon de Chicago se desenrolavam, sem nenhuma menção à situação de Aegis na lista.

Claro que Aegis escolheria manter sua missão de resgate para si mesmo. Provavelmente sob algum raciocínio ridículo como evitar que outros Paragons caíssem na mesma armadilha. Lógica pobre para um líder cujos subordinados haviam aceitado todos os riscos ao se juntar às forças de manutenção da paz do Paragon. Mynx não mantinha seus drones fora de perigo por medo de que pudessem ser danificados. Aegis deveria ter entrado com todo o apoio que pudesse reunir.

Nos segundos presos esperando pela luz verde de sua armadura, Mynx leu algumas das outras manchetes. Ocorrências menores padrão, mas o suficiente em uma cidade deste tamanho para manter os Paragons ocupados. Uma chamada de evacuação médica de alta prioridade para um rastreador que, no entanto, levaria tempo devido à sua localização remota. Não era surpreendente que o rastreador estivesse em algum lugar isolado, surpreendente era que a pessoa fazendo a chamada também fosse um rastreador. O número um de Chicago, na verdade.

— Reeves, fique de olho nessa — disse Mynx, com o visor rastreando seus olhos e destacando a evacuação médica em questão. — Estou curiosa para ouvir a história por trás disso.

— Claro.

O traje sinalizou que estava pronto e Mynx não perdeu mais tempo, saltando sobre os carros-cápsula parados e dirigindo-se para a entrada da cidade subterrânea de Chicago. Enquanto ia, Mynx emitiu o alerta de prioridade de Campeão para os Paragons locais, garantindo que muitos reforços a seguiriam. Qualquer um que pensasse que pegaria Aegis sozinho se veria muito superado em número.

Sua visão direita se sobrepôs com um rosto familiar. Celice, ligando mais uma vez. Mynx poderia ter piscado para bloquear a chamada, mas ela tinha alguns segundos para percorrer ainda, e entendia o pânico que surgia quando um ente querido poderia estar em perigo.

— Você está no chão? — perguntou Celice.

— Indo em direção à localização dele — respondeu Mynx. — Chego em dois minutos.

— Ainda não consigo falar com ele.

Claro que não. Aegis não havia emergido do subterrâneo. Mynx quase repreendeu Celice pelo comentário, mas notou a tempo os olhos vermelhos e inchados.

— Chegarei logo lá — Mynx tentou ser reconfortante; máquinas não precisavam de discursos motivacionais, então ela estava fora de prática. — Seu pai é um Campeão, Celice. Ele ficará bem.

Palavras que Mynx sabia que não deveria dizer. Promessas assim só colocavam heróis em situações difíceis quando inevitavelmente se provavam falsas, mas Mynx não pôde evitar. Aegis não era um normal, não era um soldado Paragon. Aegis havia sobrevivido às piores coisas que a Terra havia conjurado e continuava lutando. Mesmo assim, Mynx não chegou a ouvir a resposta de Celice; ela desceu em alta velocidade por uma rua inclinada para a cidade subterrânea, a chamada ficando distorcida e sumindo à medida que Mynx se aproximava da interferência de sinal do prédio do gerador.

Dada a hora tardia, o vazio silencioso lá embaixo não parecia estranho. O silêncio, sim. Com os sinais cortados, o visor de Mynx desligou sua sobreposição. Comentários de Reeves ou bipes notificando Mynx que seus drones estavam em posição desapareceram, deixando a Campeã com o zumbido de fundo de uma cidade viva. Neve lamacenta soprava de cima, derretendo em manchas enquanto grades e respiradouros por toda parte expeliam calor. Luzes douradas pingavam seu brilho melado enquanto Mynx se dirigia ruidosamente para o prédio do gerador.

À distância, Mynx podia ver que a porta da frente do prédio não estava mais em suas dobradiças. Algo, alguém a havia arrancado, e a barreira estava apoiada na parede do prédio, apresentando um caminho desobstruído e escuro para dentro. De cada lado, desligados em estase pré-programada, estavam os drones gladiadores que deveriam ter salvado Aegis. Olhando para eles, Mynx aproveitou os scanners em sua armadura de drone para descobrir que ambos os gladiadores haviam sofrido danos mínimos e haviam sido desligados através de palavras-código padrão do Paragon. Os comandos que apenas os Paragons saberiam falar. Lá em cima, os gladiadores verificariam duplamente qualquer um dizendo para eles pararem com o banco de dados atual do Paragon para garantir que a ordem vinha de um Paragon real, mas com a perda de sinal, Mynx os havia programado para aceitar as palavras com confiança. Caso contrário, inocentes poderiam morrer.

Agora, Mynx se perguntava se essa segurança havia custado a vida de um Campeão.

O prédio e sua entrada haviam sido, felizmente, projetados para mover equipamentos grandes, então Mynx conseguiu entrar com sua armadura intacta. Quando seus scanners não detectaram ruídos perigosos — conversas acaloradas, os cliques distintos de munições sendo carregadas — ela correu o resto do caminho, arrancando pedaços das paredes no processo.

Nenhum ataque veio, nenhuma força gritou ameaças ou agrediu Mynx das sombras quando ela chegou à sala central. Cinco Paragons estavam amarrados no meio da sala, um acordado o suficiente para virar a cabeça na direção de Mynx. Ao lado deles, no chão, estava Aegis.

— Acho que ele está morto — disse o Paragon. Sem a conexão de seu visor com a vasta rede de informações, Mynx teve que confiar em antigas habilidades de dedução para perceber que o Paragon era jovem e angustiado. Provavelmente não era um inimigo. — Eu não, eu não sei como aconteceu. Acordei e ele estava assim. Mas ele não estava conosco quando atacamos.

— Quanto tempo vocês ficaram inconscientes? — Mynx caminhou pesadamente em direção a Aegis, olhou para o Campeão e deixou os scanners funcionarem.

Ele havia sido baleado várias vezes. O visor sobrepôs os ferimentos em seu corpo, destacando-os em manchas vermelhas. Sem respiração. Sem batimentos cardíacos registrados. Mynx engoliu a emoção instantânea, forçou-se a ficar aqui, no momento. Ela tinha que tirar Aegis daqui. Então ela poderia descobrir o que aconteceu. O que fazer.

— Muito tempo. Nem sei que horas são — a voz do

Paragon tirou Mynx do choque, e com sua mão esquerda, ela estendeu seu braço de drone em direção aos Paragons amarrados e disparou uma queimadura precisa que cortou as amarras das mãos do que estava alerta.

— É tarde. Cuidem de vocês mesmos — disse Mynx, pegando Aegis. — Saiam daqui. Escrevam o que sabem.

— Não era para ser assim — disse o Paragon enquanto Mynx se virava de volta para a saída e começava sua corrida para a superfície, em direção à única coisa que ainda poderia salvar Aegis. — Era para nós vencermos.

A CENA TINHA a aparência de uma batalha final: Kat veio correndo por entre máquinas de lavar quebradas para encontrar Calvin de pé, no centro, sob a fuselagem branca de um velho avião que se estendia sobre suas próprias pilhas de sucata imponentes, projetando uma sombra sobre a cabeça de Calvin. As asas do avião estavam dobradas e quebradas, formando saliências esqueléticas, seus galhos retorcidos e as chapas de metal esticadas entre eles fornecendo um baluarte contra a neve que caía.

Kat fez a conexão quando notou os móveis espalhados e mofados no chão ao redor de Calvin. Como se formados de argila, uma cadeira, uma fogueira e o que parecia uma cama de solteiro improvisada feita de peças de carro formavam um círculo ao redor de seu dono. Cofres trancados estavam de um lado, fornecendo lastro a um armário inclinado.

Se não fizessem mais nada, os Paragons conseguiriam uma casa melhor para Calvin.

Seeker parecia concordar; o husky estava firme em suas quatro patas ao lado dela, com os dentes à mostra e os rosnados mais baixos borbulhando em sua garganta. Baixos demais para Calvin ouvir. A neve continuava a se acumular em seu pelo, fazendo o cão brilhar sob os holofotes, como se ela o tivesse coberto de joias para um baile de inverno.

Como se Seeker fosse tolerar isso.

Uma música começou a tocar em sua mente, uma batida rítmica profunda que evocava conflito em escala épica. Uma guerra que poderia ser travada entre deuses. Mas aqui estava apenas um. Uma anomalia, pronta para desferir um golpe contra o normal atrevido. A luta merecia um bom riff de guitarra. O uivo do vento teria que servir.

— Não está mais fugindo? — Kat gritou para Calvin. — Pensei que você continuaria correndo. Parece ser o que você faz de melhor.

— Estou cansado — disse Calvin, com o vento roubando uma palavra ou outra. — Estou tão cansado. Fui perseguido minha vida inteira de um lugar para outro e simplesmente não aguento mais.

— Eu não pedi para você correr — respondeu Kat. — Nem pedi para você lutar.

— Mas você está me obrigando. Não está?

De todas as anomalias que Kat havia rastreado, aquelas que ela havia caçado por becos e surpreendido em esplêndidos edifícios de escritórios, Calvin a fazia se sentir pior. A maioria dos que lutavam era desafiadora, havia escapado do sistema por tanto tempo que achavam que nunca poderiam ser derrotados. Ou entravam em pânico. Imploravam para serem deixados em paz. Alegavam que não estavam machucando ninguém e que tudo ficaria bem se Kat simplesmente virasse as costas e fosse embora.

Como se Kat tivesse escolha.

Anomalias eram perigosas. As que não se registravam, duplamente. Quando pediam a Kat para desistir, ela lutava e vencia. Quando imploravam para que ela fosse embora, ela recusava e devolvia as anomalias ao único lugar que poderia mantê-las sob controle: seus próprios irmãos.

— Estou te obrigando a escolher — respondeu Kat. — Ou você desiste e me deixa rastreá-lo agora: sem hematomas, sem ossos quebrados. Talvez até tenhamos tempo para uma cerveja antes do bar fechar. Ou a gente se enfrenta. Vamos ver o que acontece. Talvez você escape, mas não vai chegar longe. Será eu, ou Gordon, ou outro rastreador, e você estará de volta aqui, se perguntando como pode ser deixado em paz e sabendo que a resposta está bem na sua frente.

Calvin, com o rosto meio na sombra dos holofotes acima, deu de ombros. — Acho que não consigo ver isso.

Claro que não. Por que ele facilitaria agora?

Kat estalou os dedos e Seeker saltou para frente, as patas arranhando a neve enquanto o husky avançava em direção a Calvin, vindo pela direita enquanto Kat corria para ele pela esquerda. Provocado por um cão e uma rastreadora em investida, Calvin chutou para o lado, seu pé batendo contra o metal suspenso e fazendo-o tremer, vários pedaços de gelo caindo. Com a mão esquerda, enquanto Kat se aproximava, Calvin pegou o gelo que caía e estendeu a palma direita em direção a ela. Entre os dois, o ar ficou nebuloso, a mão de Calvin borrifando uma poeira fina. Faíscas apareceram e cresceram enquanto Kat percebia que não era apenas fumaça, mas gelo. Não foi preciso muito cálculo para entender o que uma folha de gelo afiado voando em sua direção poderia fazer. Então ela mergulhou, deslizando com o rosto para frente no chão nevado.

Seeker, latindo o tempo todo, atravessou o gelo em formação, atacando pelo lado e dispersando o ataque de Calvin. Flocos frágeis voaram para todos os lados, uma miniatura de tempestade de neve com um husky no meio saltando e rasgando. A cena teria sido engraçada sem a terrível possibilidade de morte. Kat se levantou, alcançou sua arma de choque. Ela já havia atingido Calvin uma vez, e suas fervorosas orações esperavam que o dardo logo retardasse a anomalia. A menos que a habilidade de Calvin o mantivesse a salvo dos sedativos, o que seria exatamente a sorte dela.

Com sua nuvem de gelo obliterada, Calvin recuou enquanto Seeker se voltava para ele. O husky, latindo, plantou as patas e avançou.

— Vem cá, cachorrinho — disse Calvin, deixando cair o pedaço de gelo. — Vem aqui.

A anomalia estendeu a mão, tocou a fuselagem de metal pendurada com a mão direita e apontou a esquerda para o cão. Seeker saltou, mirando a garganta de Calvin, e bateu em uma parede metálica cinza repentina, se espalhando como se Calvin tivesse aberto um guarda-chuva de aço no ar. Seeker caiu no chão, e o metal caiu ao lado do cão um momento depois, pesado demais para ficar no ar. O disco transformado terminou em ponta, como se Calvin tivesse conjurado um pião gigante do nada.

A rastreadora e seu alvo ficaram novamente frente a frente. Kat tinha sua arma apontada. A anomalia respirava com dificuldade, encarando-a de volta.

— Se você machucou meu cachorro — disse Kat —, vou esquecer que devo te levar vivo.

— Se você quer sobreviver a isso, deveria esquecer isso de qualquer jeito — respondeu Calvin. — E eu não trouxe seu cachorro para esta luta.

— Você ainda o atacou. Pare de tentar agir como se fosse o mocinho.

Chega de palavras. Kat atirou. O dardo disparou, cobrindo toda a distância entre Kat e Calvin em um microssegundo, apenas para colidir com outro escudo de metal menor e ricochetear no chão. Kat suspirou, deslizou a arma de choque de volta ao coldre. Estalou o pulso esquerdo para trocar as esferas de luz por algo um pouco mais útil em uma luta corpo a corpo. Deu um passo à frente. Levantou os braços como se os dois estivessem em um ringue de boxe.

— Você não lutou de verdade no *Carver's* — disse Kat. — Agora é sua chance. Mano a mano. Você contra mim.

Não que Kat tivesse qualquer intenção de lutar limpo. Ela precisava manter Calvin por perto, fazê-lo se envolver em uma briga em vez de fugir.

Calvin riu. Rouco e cansado. — Não posso fazer isso. Sem tempo.

Se Calvin não queria jogar o jogo, então Kat teria que forçá-lo. Ela fingiu um ataque direto, e Calvin, ainda mantendo a mão naquele metal - Kat fez a conexão - lançou uma lança de aço pontiaguda que Kat desviou. Ela avançou em direção ao lado esquerdo de Calvin, em direção àquela fuselagem na qual Calvin mantinha a mão. Calvin a acompanhou com a mão esquerda, lançando mísseis prateados cada vez menores em sua direção; agulhas afiadas, cintilantes e estreitas. Depois que se formavam, Calvin as empurrava em sua direção, mas as agulhas não tinham muito impulso próprio, e Kat deslizava por elas.

Apesar da exibição de punhos, enquanto Kat se esquivava de outra agulha, ela derrubou Calvin com um chute baixo. A anomalia, reagindo lentamente ao movimento - o primeiro dardo atordoante fazendo efeito? - caiu com o golpe. Ele atingiu a neve com um grunhido e rolou. Kat o seguiu, sacando novamente a arma de choque. A anomalia não tinha mais a mão no metal, então não haveria escudos de aço. Kat mirou, quando Calvin reverteu o rolamento, lançando-se de volta em sua direção e erguendo o punho direito, com a esquerda enterrada na neve. Uma rajada de gelo disparou, cegando sua máscara e cobrindo a arma de choque, travando o gatilho.

Inútil. Kat jogou a arma de lado, limpou o branco de sua máscara e observou Calvin começar a se afastar rastejando.

— Você não pode fugir, Calvin — disse Kat. — Pare.

Calvin realmente parou. Virou-se de volta para ela.

— Obrigada — disse Kat. — Mãos para cima e afastadas, por favor.

— Sabe, você tem razão — disse Calvin, erguendo as mãos ligeiramente afastadas da cintura. — Estou com frio. Estou cansado. Farto de fugir. Tudo isso acaba se eu deixar você me rastrear?

— Tudo isso. — Kat deu um passo à frente, observando. A ideia de que Calvin desistiria, agora, parecia absurda. — Você terá um lar. Comida quente. Um cachorro só seu, se quiser. Um acordo bem bom.

— Eu seria um Paragon.

— Se eles quiserem você para isso, sim. — Perto dele agora. Kat alcançou o pequeno rastreador na parte de trás de seu cinto. Uma injeção no antebraço de Calvin e estaria tudo acabado. — Boa reputação de qualquer maneira.

— O problema é que não me importo com reputação. — Calvin levantou o joelho bruscamente, tentando acertar Kat no estômago.

Exceto que ele telegrafou o movimento todo. Seus olhos a observando, prendendo a respiração logo antes do movimento, seus músculos se contraindo e seu pé esquerdo se deslocando ligeiramente na neve para garantir o equilíbrio. Tudo isso deu a Kat os sinais de que precisava para bloquear o golpe com o braço esquerdo e dar seu próprio soco no estômago com a direita. Calvin caiu de joelhos, plantando as mãos na neve para se apoiar.

— Não é problema meu. — Kat alinhou o rastreador com o braço esquerdo de Calvin.

— Não. Você tem outros.

Um torno se fechou em seus pés. Prendeu suas botas e depois seus tornozelos, cobertos pela neve, no lugar. Kat olhou para baixo. Não havia como Calvin ter plantado algum tipo de armadilha aqui. As chances de ela cair nela eram muito baixas. Então... Calvin se levantou enquanto Kat se inclinava, afastou um pouco da neve e viu o que a prendia. Gelo sólido. Grosso e envolvendo completamente seus pés e subindo até suas panturrilhas. Ela não podia se mover.

— Tchau, caçadora — disse Calvin, tirando o rastreador da mão de Kat e jogando-o fora. — Espero que seu cachorro esteja bem e que eu nunca mais te veja.

A anomalia virou-se e se afastou cambaleando, os pés deslizando pela neve. Como se tivesse vencido a luta.

Caçar anomalias raramente seguia qualquer plano. Muitas variáveis. Muitas leis físicas quebradas. Então você tinha que ser ágil nos pés, rápido com a mente. Kat pode não ter esperado receber o tratamento de picolé no ferro-velho, mas isso não a tornava indefesa. Apenas significava que ela tinha que mudar de tática. Ela ergueu o pulso esquerdo, olhou diretamente para as costas de Calvin que se afastava e disparou.

O cabo foi lançado, mirando ligeiramente à esquerda de Calvin. A ponta de aço, conectada à sua máscara e ao seu sistema de mira visual, cronometrou seu jato de giro para desviar para a direita enquanto o cabo passava por Calvin, envolvendo-o repetidamente. O cabo prendeu as mãos de Calvin aos seus lados, selando-as firmemente enquanto se enrolava. Quando o cabo chegou ao fim, Kat estalou o pulso esquerdo de volta para si e o cabo respondeu, puxando

Calvin como um grande peixe, a anomalia lutando contra a amarração na neve.

— Você não é o único que pode fazer as pessoas ficarem por perto — disse Kat enquanto Calvin roçava contra sua perna da frente.

— Se você não me soltar, vou encontrar algum jeito — disse Calvin.

— Fique quieto. — Kat pegou um dos dardos atordoantes sobressalentes de seu cinto e o cravou no ombro de Calvin.

Aparentemente, dois dardos fizeram o trabalho. Enviaram Calvin para um sono rápido e não particularmente agradável. Missão cumprida. Anomalia capturada. Kat se permitiu uma respiração, talvez três, ali na neve que caía lentamente sob os destroços do avião. Deixou seu coração desacelerar de seu ritmo frenético. Ela havia sobrevivido a mais uma.

Agora Kat tinha que descobrir como sair dali. Ela não tinha exatamente lança-chamas em seu traje, e o gelo que Calvin havia colocado ao redor de seus pés parecia grosso.

Um bufo veio atrás dela e Kat sentiu um leve empurrão do focinho de Seeker. Kat se torceu, um movimento difícil com ambas as pernas presas, e alcançou para dar ao husky os carinhos que Seeker claramente merecia. Os olhos do cão pareciam um pouco confusos, suas pernas um pouco bambas, mas de resto ele parecia bem. Bem o suficiente, de qualquer forma, para encontrar uma solução para o problema de Kat: lamber a armadilha de picolé até a morte.

ZHAN YO não pensou que os primeiros momentos de sua nova revolução seriam gastos lidando com a morte de um ente querido. Porque era isso que Sylvie era, mesmo que ele tivesse dificuldade em admitir para si mesmo. Ela tinha sido sua única verdadeira confidente, a única próxima o suficiente para conhecer suas inseguranças e suas dúvidas e empurrá-lo para frente mesmo assim. No entanto, ele lidou com ela assim como ela deve ter feito com incontáveis outros.

Contatou Wexley, que disse que cuidaria disso.

Zhan-Yo arrastou o corpo de Sylvie até a entrada quebrada da subestação e esperou até que um par mascarado aparecesse em uma cápsula de transporte pesado para levá-la e as outras vítimas. Agora Zhan-Yo estava de volta em seu escritório, no topo do edifício pertencente a uma empresa que muito em breve se encontraria em guerra total com o mundo. Ou pelo menos com aqueles que o controlavam. Eles deixaram os Paragons para trás, testemunhas a serem encontradas, que poderiam impulsionar a história com sua derrota.

Tomou banho, trocou de roupa. Todas as evidências lavadas enquanto o amanhecer iluminava o Lago Michigan como fazia todas as manhãs há milênios.

— Chá, ou você quer algo mais forte? — disse Wexley ao entrar na sala. De alguma forma, mesmo agora, o homem vestia um terno completo. Será que Wexley alguma vez os tirava? — Posso pegar champanhe se preferir.

— Champanhe? — disse Zhan-Yo. — Talvez quando os Paragons tiverem ido embora. Qualquer comemoração antes disso seria prematura.

Wexley colocou a bandeja, um disco azul imaculado, em cima da mesa de vidro e metal branco de Zhan-Yo. Duas xícaras de prata, um bule cheio de chá preto forte. Wexley encheu as xícaras enquanto Zhan-Yo estudava as nuvens roxas, e juntos ficaram observando a cidade silenciosa. Uma cidade que ainda não sabia de nada.

— Já estamos limpando o local. Removendo as evidências — disse Wexley. — Os Paragons não saberão que fomos nós até que...

— Anna tem alguém de confiança editando o vídeo. Estará pronto em breve, e poderemos escolher o momento de divulgá-lo. — Zhan-Yo cheirou o chá. Deveria precisar de cafeína, já que não tinha dormido, mas não se sentia cansado. Nem acordado. Mais como um estado de sonho em que nada parecia realmente real. Poderia simplesmente ter cheirado o chá, observado o céu por horas. Mas o tempo continuava sendo um luxo que nem seus representantes nem sua posição podiam comprar. — O que você fez com ela?

— Estamos mantendo o corpo — disse Wexley. — Pensei que você poderia querer que ela fosse para outro lugar. Sei que vocês tinham uma espécie de relacionamento.

— Ela era muito boa no que fazia — disse Zhan-Yo.

Sylvie merecia mais do que isso, mas não aqui, não na frente de Wexley.

— Obrigado — continuou Zhan-Yo. — Vou pensar em algo apropriado. Não sei se ela tem família. Nunca discutimos isso.

— Posso mandar investigar isso?

— Não. Sylvie mantinha seu segredo por suas razões. Não vamos perturbá-lo. Deixe que fiquem se perguntando.

A ideia de Sylvie desaparecendo parecia agradável, tão parecida com ela. Wexley deixou a ideia flutuar pelo ar do escritório até se dissipar, então deu seu pequeno suspiro sinalizando a mudança de tópico. Uma reorientação do sentimental para o estratégico. Grosseiro, mas essencial.

— Precisaremos agir rápido agora. Os Paragons estarão em desordem, mas não para sempre — disse Wexley. — Devemos avisar os outros antes que o vídeo se torne público.

Uma mudança essencial, mas não uma que Zhan-Yo aceitou. Ainda não. Quando lendas morrem, elas merecem mais do que alguns minutos de lembrança.

— Eu não queria matá-lo. Tentei não fazê-lo.

— Como assim? Ele tinha que morrer. Esse era o objetivo do plano.

— Ele não era mau — respondeu Zhan-Yo. — Se ele tivesse concordado, poderíamos ter ajustado as coisas. Derrubado os Paragons e nos erguido. Teria funcionado.

— Por um tempo, talvez. — Wexley gesticulou para a cidade abaixo. — Você acha que eles nos aceitariam? O resto dos Paragons? Eles têm todo o poder e nenhuma razão para abrir mão dele. Temos que forçá-los, Zhan-Yo. Esse é o ponto.

Uma respiração profunda. Wexley, sempre tão focado, tão determinado e tão severo. O homem sempre via o caminho mais claro para o fim, mas nunca contava quantos corpos seriam pisoteados no caminho.

— Ele era um ditador, Zhan-Yo — continuou Wexley, adotando um tom profético, desesperado para manter seu amigo do seu lado. — Todos os Paragons em Atlântida trabalhavam sob ele. Ele nunca abriria mão disso. Um acordo significa que ambos os lados têm que vir à mesa. Por que Aegis negociaria? Agora os Paragons estarão confusos, e podemos tirar vantagem disso.

— Para enfraquecê-los.

— Temos que quebrá-los, Zhan-Yo. Ainda há campeões restantes. Mynx, logo ao lado. Você não acha que ela vai se consolidar? Unir Atlântida e Pacífica e então estaremos de volta onde estávamos.

— Ziran não é um exército, Wexley. Do jeito que você fala, é como se pensasse que teremos que matar todos os Campeões para ter uma chance. Eu queria uma conversa, não um massacre.

— Estou com você. Mas não vamos conseguir isso agora. Não com Aegis morto. Nós os deixamos com raiva, e eles virão atrás de nós com tudo. Isso é uma luta, e não podemos perder.

— Não tenho medo de lutar, apenas triste que tal luta seja necessária — disse Zhan-Yo. — Sylvie queria uma guerra nas sombras. Ela pensava que cortar a cabeça mataria o corpo, mas acho que você tem razão. Nossa causa não vencerá tão facilmente.

Continuaram dali para assuntos mais específicos, e decompor o futuro do teórico para o concreto, para tempos e tarefas, cortou a tristeza persistente de Zhan-Yo com clareza. Sim, matar Aegis traria problemas, resultaria em mudanças massivas a partir do momento em que o vídeo chegasse ao público. Mas o mundo precisava dessa mudança, e se Zhan-Yo teria preferido que ela viesse sem tanta violência, recuar de um sonho porque ele cresceu espinhos não era uma opção. Quando Atlântida soubesse que não tinha mais um Campeão, Ziran faria sua reivindicação para destruir o trono dos Paragons.

— Sylvie me enviou uma última coisa — respondeu Zhan-Yo após esvaziar o chá. — Ela havia elaborado planos para cada um dos outros Campeões. Comece a implementá-los.

— Então você está comprometido em levar isso até o fim?

— Como você disse, o que começamos não pode ser interrompido. Se os Paragons decidirem que já tiveram o suficiente, nós conversaremos. Até lá, será ou eles, ou nós.

CAPÍTULO 55

SALVANDO O SALVADOR

QUANDO O HANDLER TENTOU APRESENTÁ-LA ao jovem arrogante sentado na outra ponta da mesa na sala privada do restaurante, o rapaz levantou a mão e o handler parou. Essa foi a primeira lição de Mynx sobre a maneira correta de um Campeão comandar uma pessoa comum, segundo Aegis. Arrancada de sua casa em Los Angeles para Nova York depois que oficiais com distintivos apareceram exigindo obediência, recompensas e um encontro com um herói, Mynx se agarrou ao turbilhão e decidiu tirar o máximo proveito disso. Afinal, era isso que seus pais lhe haviam ensinado - as oportunidades deveriam ser aproveitadas.

— É você que estão trazendo para mim? — disse Aegis, olhando para ela.

Não da maneira como seus encontros ou pessoas na rua olhavam para Mynx, não com aquele tipo de interesse. Não, Aegis tinha aqueles olhos claros que encontravam um propósito e se fixavam nele, esquecendo todo o resto. Ele fixou suas pupilas azuis cristalinas nas dela, lançou um sorriso fraco e esperou para ver o que essa mulher diria sobre si mesma.

— Eles não me trouxeram a lugar nenhum — disse Mynx. Ela havia aprendido, no ensino médio e especialmente em seus primeiros anos no curso de engenharia, que uma mulher precisa se defender em uma reunião como essa. — Eu escolhi vir com eles. Eu deveria estar de volta à escola.

— Pelo que me disseram, você deveria estar exatamente aqui — disse Aegis. Ele se inclinou para frente, cotovelos na mesa, mãos cruzadas uma sobre a outra. Ainda mantendo os olhos nela. — Eles te disseram por que pedi para encontrarem mais?

— Mais?

— Como você. Como nós. Você sabe que existem muitos, certo?

Mynx suspeitava. Segredos não eram bem guardados naquela época, especialmente este. Aquele que acabaria mudando tudo. As pessoas ainda achavam que violência aleatória, nova tecnologia dando errado poderiam explicar as crescentes ondas de ocorrências aleatórias e inexplicáveis. Adolescentes descobrindo que, em vez de sonhar com seu primeiro baile escolar, haviam derretido um buraco no chão durante o sono. Descobrir um braço extra que só aparecia quando cantavam, perceber que a cada cinco dias seu cabelo mudava de cor e coisas ainda mais estranhas. As leis físicas da realidade estavam se provando maleáveis, e todos notavam.

Foi quando Mynx mudou sua especialização. Porque ela queria uma explicação, uma resposta para o que aconteceu com ela. O que aconteceu com todos os outros.

— Por que eu, se há tantos? — perguntou Mynx, porque não sabia o que mais dizer.

Aegis parecia muito mais jovem pessoalmente do que

em todos os artigos de revista, todas as fotos que o mostravam forte e se elevando acima de qualquer problema. O Paradigma. Invencível. Aegis podia entrar em um covil de terroristas e detê-los de uma só vez. Sair sem um arranhão. Isso não era como conhecer uma celebridade, não que Mynx tivesse muita experiência nisso também, mas crescendo em LA, você tinha seus encontros. Não, isso era mais como encontrar seu Deus e ter Deus lhe dizer que você era exatamente como ele.

— Qual é o seu dom, Mynx? — perguntou Aegis. — Isso te dará a resposta.

— Eu posso ver como as coisas funcionam. Quero dizer, entrar dentro delas. Coisas mecânicas. Computadores, programas e máquinas. Essas coisas.

— Mas não é só isso.

— Não.

O handler não lhe dera nenhuma pista, nem os agentes que a haviam buscado. Disseram apenas que Aegis queria vê-la para um trabalho importante. Quando ela perguntou, os homens de terno agiram como caricaturas de filme, todos de lábios fechados ou mudando de assunto. Aegis, no entanto, não lhe dava nenhuma dica. Mynx olhou para o handler, que usava uma expressão em branco. Ou ele não se importava, ou sabia como parecer que não se importava.

— Vamos lá — disse Aegis. — Você está bem. Nós já sabemos, mas quero que você diga. Você tem que se sentir confortável com o que pode fazer, ou eles usarão isso contra você.

Usar contra ela? Outro olhar para o handler. Nenhuma mudança. Bem. Ela tinha vindo até aqui, e Aegis parecia estar do seu lado.

— Eu posso mudá-las também.

— Mudar o quê?

— Qualquer coisa. Máquinas. Computadores. Programas. — Mynx tirou seu telefone e o colocou na mesa. — Eu poderia entrar nisto agora mesmo e fazê-lo fazer o que eu quisesse.

— Mesmo se você não soubesse as senhas?

— Mesmo se eu não souber as senhas.

— Bom. É por isso que você está aqui. — Aegis se recostou, com os dedos entrelaçados atrás da cabeça. — Eu posso ser capaz de levar um tiro, mas o que eu preciso é de alguém que possa me mostrar onde eles estão. Não posso socar um programa com meu punho ou forçar a abertura de um banco de dados. Persuadi-os a começar com você, e se isso funcionar, adicionaremos mais.

Mynx não precisava perguntar quem eram *eles*. FBI, CIA, algo mais. Não importava.

— Você quer dizer como um filme? Uma história em quadrinhos?

A longa e rica história de equipes de super-heróis tinha surgido repetidamente à medida que esses tipos de incidentes se tornavam mais comuns. Pessoas se perguntando se agora poderia ser a era dos seres super-poderosos e assim por diante. 'Anomalias' só pegaria quando as pessoas percebessem que os poderes nem sempre eram bons.

— Sim. Como um filme — disse Aegis. — Então, você está dentro?

— Eu sei que nunca planejamos usá-la. — Mynx pressionou o comando que fechou a câmara de aço opaca e selou Aegis dentro. — Mas os testes deram positivo. A câmara funciona.

— Mas a ressuscitação não — disse Reeves. — Você está privando o mundo de um enterro que ele pode muito bem precisar.

— Desde quando eu te dei um módulo psicológico? —

Mynx tocou no touchpad da câmara para confirmar a temperatura e ajustou a escala de tempo para o máximo. Aegis não sairia dali sem uma liberação manual. — Não preciso que você me diga que as pessoas ficarão chateadas.

— Tem certeza? Porque a forma como você está agindo agora não é racional.

— O mundo não sabe que ele está morto — respondeu Mynx. — Quanto mais tempo pudermos manter esse segredo, mais tempo teremos para fazer um plano.

As palavras ajudaram. Ela passara o voo de volta de Chicago controlando suas lágrimas. Sua raiva e sua frustração. Agora o turbilhão de coisas lhe dava foco. Permitia que ela fizesse o que fazia de melhor: encontrar soluções.

— Atlântida será o primeiro problema — disse Reeves, aparentemente abandonando suas dúvidas sobre a câmara criogênica.

Mynx iniciou o processo e deu um passo para trás enquanto a câmara chiava e sacudia. Enquanto gás e líquido inundavam o corpo de seu amigo. Um que ainda poderia ter um cérebro funcionando, órgãos que poderiam ser salvos. Uma alma, talvez, se você acreditasse nessas coisas. Não que eles tivessem a capacidade de trazê-lo de volta à vida agora, mas algum dia, quem sabe.

— Sério? Todo o seu poder de processamento e é isso que você me dá? — Mynx observou a temperatura cair, o novo lar de seu amigo descrito por uma série de dígitos negativos. — Preciso que você faça uma lista de potenciais Paragons lá. Um que possa assumir o manto para ser o próximo campeão. Imagino que Aegis não tenha deixado um plano?

— Aegis enviou um chamado geral para uma reunião de cúpula, mas sem plano de sucessão. Você também não tem um.

— Separe um tempo na minha agenda e eu farei um — Mynx se afastou da câmara e começou a sair da Fábrica.

A caminhada para fora, passando pelas montagens automatizadas que continuavam funcionando como se nada tivesse mudado, montagens que não se importavam com o horário ou com trabalhar a noite toda, fez Mynx sentir cada ano em seus ossos. A excitação que a levara para Chicago e de volta, voando em velocidades aéreas reservadas para emergências e que, sem dúvida, assustaram algumas cidades esparsas ao longo da rota, havia morrido deixando uma náusea persistente e uma dor de cabeça crescente. Dormir, no entanto, seria impossível. Ela cairia em lembranças. Se castigaria pelo que poderia ter feito. Agora ela precisava de um café. Precisava de comida. E talvez de um conselheiro de luto.

— Celice parece ser a opção principal para Atlântida — disse Reeves. — Ela tem o respeito, o conhecimento e a posição.

— Celice não é uma anomalia — disse Mynx. — Se a fizermos Campeã, qual será a desculpa para qualquer outro normal que sinta que quer uma chance? No próximo mês, teremos alguém que guardou uma tonelada de reputação chegando com seu próprio arsenal de armas e exigindo seu próprio título. Não farei isso.

Eles discutiram. Reeves tinha infinitas razões pelas quais Celice deveria ser a escolhida para substituir seu pai, e Mynx tinha apenas um contra-argumento, mas o dela era o fator crítico e, eventualmente, ela ordenou a Reeves, usando um comando duro, que encerrasse a discussão. Fazer as coisas dessa maneira impedia a IA de aprender, mas Mynx não tinha energia para essa briga. Não agora.

— Tudo bem — disse Reeves após o comando. — Vou preparar a lista. Mais alguma coisa?

Aegis não morrera de velhice. Ele fora assassinado. Abatido em um local específico escolhido para impedir que a ajuda chegasse a tempo. Atraído por pessoas que o queriam morto. Isso não lhes renderia nada, a menos que planejassem continuar agindo. Eles ou matariam mais Paragons ou Campeões, ou ambos. E o sucesso que já haviam obtido traria esperança a outros com as mesmas ideias. O que significava que Mynx tinha que elaborar um plano não apenas para deter esse grupo, mas para impedir qualquer outro.

— Aegis e eu sabíamos que precisávamos ter uma ideia para a sucessão. Para o que vem depois — disse Mynx, sentando-se à mesa do mirante e observando as ondas enquanto um dos drones se aproximava com seu café. Ela fechou os olhos por um segundo, abraçou a brisa que passava por sua roupa ativa projetada para acomodar a armadura do drone. Respirável, confortável e uma lembrança do que ela tentara e falhara em fazer.

— Então, o que você quer?

— Você disse que Aegis enviou um sinal para uma reunião de cúpula. Acho que devemos realizá-la. Vou entrar em contato com os Campeões. Um por um. Reuniremos todos e resolveremos isso. Todos nós apoiaremos um plano. Depois de fazermos isso, qualquer um que pense que pode matar um de nós e mudar o mundo saberá que isso não funcionará.

— Os Campeões não estão todos juntos há anos. Vocês se separaram por causa de suas diferenças. Como você acha que isso vai funcionar agora?

— Não temos escolha — disse Mynx. — Gostaria que tivéssemos. O mundo não é tão gentil.

— Como ordenado. Encontrarei horários para cada um deles.

As ondas se curvavam e quebravam umas nas outras. Inexoráveis. Constantes. Governos em todo o mundo subiam e caíam, e assim era desde o início da humanidade. Os Paragons duraram apenas algumas décadas. Seria este o fim? Seria este o fim?

— Reeves, aumente a produção de drones. Todos eles, mas especialmente os gladiadores. A variante armada.

Civilizações não morriam sem lutar. Os Campeões também não.

CAPÍTULO 56
O VELHO OU O NOVO

SEEKER LAMBEU sua libertação no que Kat imaginou ser um tempo recorde nos círculos de lambedura de gelo canina. Ela sempre considerou a língua babada e escorregadia dele uma arma de destruição em massa, e seus pés libertos serviam como a Evidência A.

Kat saiu dos restos da armadilha de Calvin, limpando a saliva do cão que congelava rapidamente de suas botas, mais grata do que nunca pelas habilidades de regulação de temperatura de seu traje. No ferro-velho, com ventos uivantes, seu traje indicava que o mundo exterior nesta hora adiantada se aproximava de zero graus. Calvin, ainda inconsciente pelo dardo da arma de choque, não parecia muito afetado pelo frio; olhos fechados, cada respiração soltando uma nuvem cinzenta em sua direção. Pacífico à sua maneira.

Ela tinha o rastreador em sua mão esquerda. Não seria muito difícil afastar o casaco de Calvin, aplicar a injeção e submeter Calvin para sempre aos direitos e erros do governo Paragon. Isso seria cumprir seu trabalho, seu contrato e vingar Gordon de uma só vez. Então por que ela olhava para o dispositivo como se fosse uma criatura alienígena que tinha tomado residência em sua palma?

Beth. Os Elementais. Kat não recebia uma oferta dessas todos os dias. Ela estava vivendo em Chicago há muito tempo, perseguindo anomalias pelas ruas e além. O que ela tinha para mostrar? Alguma reputação, um apartamento modesto não adequado para abrigar o cão que possuía. Sem vida social, a menos que você contasse as brigas no *Carver's*. As bebedeiras ocasionais quando Kat simplesmente não aguentava mais as telas solitárias. Os Elementais poderiam oferecer algo novo.

Claro, eles poderiam pegar Calvin e matá-la. Ou abandoná-la, deixando Kat para enfrentar a ira de qualquer Paragon que mais quisesse Calvin. Ela poderia perder tudo. A questão realmente se tornava: quanto valia seu tudo? E se ela o perdesse, realmente importaria?

— O que você acha? — ela perguntou ao cão. Seeker, ocupado farejando todos os pedaços de metal, vagou até ela e se jogou aos seus pés. — Eu sei, desde que você possa correr e comer, você realmente não se importa, não é?

Seu Tama apitou. Uma mensagem das forças Paragon em Chicago. Eles finalmente tinham chegado ao seu lugar na lista de ajuda e agora drones médicos e de captura estavam a caminho, completos com pessoal. Humanos de verdade, que poderiam fazer julgamentos reais sobre o que Kat estava fazendo parada sobre um anomalia procurado em vez de amarrá-lo, rastreá-lo. Sua escolha agora tinha um prazo curto.

Bem, ela poderia fazer algo agora. Coisas que se encaixavam em ambos os lados. Kat removeu alguns cabos de uma bolsa em seu cinto, o material de captura rudimentar que você tinha que ter por perto se esperasse prisioneiros. Ela se ajoelhou, empurrou Calvin, fazendo uma careta quando o rosto dele bateu na neve. Ela amarrou os braços de Calvin atrás das costas e juntou suas mãos. Embora Kat não pudesse dizer que tinha total confiança no que a habilidade anômala de Calvin poderia fazer, ela tinha uma boa ideia de que vinha daquelas mãos. Que colocar uma mão contra algo e a outra no ar permitiria a Calvin mudar a realidade. Transmutar, ou seja lá qual fosse a palavra. Isso explicaria como Kat se viu tão bêbada tão rápido, se Calvin tivesse tirado o álcool da cerveja e enviado diretamente para ela. Explicaria como ele quebrou a janela do café sugando o ar e atirando-o no vidro.

A coisa com anomalias é que eram todos mistérios até você decifrá-los.

Kat suspirou. Agora isso era um pensamento matador. Ela deveria anotar. Mistérios até você decifrá-los. Brilhante.

Ela limpou um pouco de neve para que as mãos de Calvin não congelassem quando ela o virasse de volta, e depois que ela o tinha olhando para o céu novamente, Kat tirou os flocos de seu rosto. Ela estaria entregando um produto para um lado ou outro, e precisava estar em boas condições.

— Devo estar cansada — disse Kat. — Estou rindo dos meus próprios pensamentos. Falando sozinha. — Ela olhou de volta para o leste, além das pilhas de sucata, procurando as luzes dos drones que se aproximavam. — Você tem uma opinião, Calvin? Qual lado?

— Uhh — Calvin gemeu, chamando a atenção de Kat para o anomalia. Sua boca não falava tanto quanto ficava aberta, e seus olhos tinham aquele brilho atordoado que os recém-acordados tendiam a ter.

— Você não deveria estar acordado ainda. Não por mais uma hora ou mais. — Kat se agachou sobre Calvin, tentando avaliar o risco. Ela não tinha mais dardos de choque. Mas ela tinha seus pés, e às vezes um método contundente servia tão bem quanto. — Você vai lutar?

— Não sei — Calvin respondeu.

Eles ficaram ali sentados, Calvin gradualmente voltando à consciência enquanto Kat observava por truques. Parecia que mãos amarradas e agora, depois que Kat tomou precauções adicionais, pés amarrados, mataram o desejo de Calvin por combate. Ou talvez Seeker, que começou a lamber o rosto do anomalia com abandono imprudente, tenha afastado qualquer raiva. Kat só parou o husky quando ficou preocupada que Calvin pudesse realmente se afogar sob toda a baba.

— É o que você merece — disse Kat enquanto Calvin ofegava por ar.

— Justo — disse Calvin, sua voz cansada e fraca. — Suponho que eu tentei machucar o cachorro.

— Machucar? Você poderia ter matado Seeker.

Calvin tentou balançar a cabeça. — Não. Não forte o suficiente. Nunca mataria um cachorro.

Kat não tinha certeza se acreditava nele nesse ponto, mas os drones estavam se aproximando e escolhas precisavam ser feitas.

— Então eu tenho uma pergunta — disse Kat. Calvin revirou os olhos em sua direção. — Se você tivesse uma escolha, iria para os Elementais ou para os Paragons?

— Nenhum dos dois.

— Não é uma opção. Escolha um.

— Os Elementais então. Que se danem os seus Paragons.

O Tama apitou novamente. Os drones tinham pego

Gordon e estavam a caminho dela. Tarde demais para fugir com Calvin ou escondê-lo. Então ela bem que poderia ter alguma satisfação.

— Desculpe, resposta errada — respondeu Kat.

Ela alcançou e abriu a jaqueta de Calvin. A camiseta manchada e esfarrapada por baixo dava mais evidências do tipo de vida miserável que Calvin tinha levado até aquele momento. Os Paragons, pelo menos, melhorariam seu guarda-roupa. Com os braços amarrados atrás das costas, encontrar o bíceps não foi tão fácil quanto poderia ter sido, mas a melhor rastreadora de Chicago tinha o talento para manobrar o corpo de Calvin e conseguir o ângulo certo. Kat colocou o rastreador contra o braço de Calvin e esperou que a anomalia dissesse algo, protestasse ou qualquer coisa, mas Calvin ficou quieto.

Kat puxou o gatilho.

Três segundos depois, seu Tama apitou novamente. Um tom diferente, mais brilhante e alegre. Como se Kat devesse estar empolgada com o novo Paragon que acabara de adicionar ao seu grupo. Kat guardou o rastreador e olhou para sua mais nova aquisição. — Está inserido, funcionando. Você começará a receber coisas dos Paragon em alguns dias. Você se apresentará no escritório de Chicago e eles providenciarão suas contas de reputação. Começarão a te oferecer contratos. Será muito melhor do que o que você tinha.

— O que você se importa? Você provavelmente tem dezenas de nós trabalhando para você sem escolha.

— Você não trabalha para mim. — Kat apontou de volta para o ferro-velho, onde as luzes do drone apareceram enquanto o horizonte ficava mais claro.

— Então é isso? Eles me levam e eu nunca mais te vejo? Agora sou um Paragon?

— Você é o que quiser ser, mas escolha com cuidado. Se

você se afastar disso, na próxima vez que um de nós te pegar, será para matar. — Kat não disse que evitava essas caçadas. Havia rastreadores que preferiam o bônus de reputação único de um confronto letal a lidar com a captura de prisioneiros. Ela preferia evitar as cicatrizes que vinham de tirar vidas. — Meu conselho? Encontre uma maneira de amar a vida que você vai ter. Pode não ser tão ruim.

Os drones eram veículos para duas pessoas – ainda chamados de drones, já que nenhum da tripulação os pilotava. Eles desceram de dez metros de altura e baixaram plataformas planas até o chão. Quatro normais, vestindo o azul dos Paragon com o distintivo vermelho nos ombros que indicava que não tinham poderes, que dizia que eram restritos a certos deveres, desembarcaram. Kat respondeu às perguntas deles, rápida e claramente enquanto carregavam Calvin no drone de captura. A anomalia não lutou, não disse nada enquanto desaparecia na besta mecanizada. O drone de captura não esperou por seu companheiro, mas girou e voltou em direção ao centro da cidade.

— Vocês estiveram ocupados esta noite — disse Kat ao líder, que parecia tão cansado quanto ela.

— Muitos problemas. Muitos Paragons caídos. — Seus olhos desviaram dos de Kat, escondendo algo. — Acho que nenhum de nós terá um dia fácil por muito tempo.

— Isso soa ominoso.

O homem deu de ombros, ofereceu-lhe uma carona, que Kat recusou. Eles iriam para o centro da cidade, bem além de seu apartamento. Além disso, a última coisa que Kat queria agora era mais conversa forçada. Só mais uma pergunta, e ela deixaria a equipe ir.

— Gordon? Ele está bem?

— Nós o pegamos lá em cima. Ele vai precisar de um descanso. Atendimento médico leve, mas vai sobreviver.

Kat começou a caminhar com Seeker enquanto a equipe médica voltava para seu drone, e ela conseguiu dar um meio aceno enquanto a aeronave voava sobre sua cabeça, de volta à cidade e ao sol nascente do inverno.

UM BOM BANHO podia fazer muitas coisas, mas não podia lavar o luto. Zhan-Yo tomou seu tempo, um luxo permitido por uma agenda liberada sob o pretexto de doença, um engano que desapareceria de forma espetacular assim que a morte de Aegis e o papel de Zhan-Yo nisso viessem à tona. Ele pensou que Sylvie apreciaria a manhã lenta, como ele deixou Wexley cuidar da limpeza no escritório e assumiu o controle do que ele mesmo precisava. Sylvie fazia isso melhor, nunca se preocupando com os mil problemas irritantes da vida moderna. Sempre focando no mais importante.

Zhan-Yo não podia, no entanto, ficar debaixo da água quente para sempre, e foi para o choque oposto ao sair para sua varanda. O amanhecer púrpura cresceu para uma manhã cinzenta à medida que as nuvens se multiplicavam, e alguns flocos esparsos ousavam cair. Os deuses, aparentemente, não estavam dispostos a chorar nem por Sylvie nem pelo Campeão. Como presságios, Zhan-Yo escolheu interpretar o clima como aceitação; um dia de inverno normal daria toda a atenção ao seu anúncio.

Os deuses mecânicos, no entanto, estavam ocupados. Drones entupiam o céu, flutuando lentamente sobre a cidade em números que deixavam claro que algo havia dado errado. Zhan-Yo olhou para seu Tama e não viu alertas. Os Paragons não estavam dispostos a divulgar a notícia eles mesmos e não tinham inventado outra história. Com Innis pago e completamente subjugado, Zhan-Yo não esperava menos. Chicago pertencia a Ziran agora, e ele queria gritar essa notícia para as pessoas lá embaixo, que continuavam olhando para cima, curiosas.

Elas saberiam logo o suficiente.

Seu Tama tocou, e Zhan-Yo deslizou o dedo, olhou para seu pulso e viu o rosto de Wexley preencher a tela. Ainda com o mesmo terno de horas atrás. O homem nunca desligava. Não era de se admirar que não tivesse família, nem relações para falar. Se Zhan-Yo não soubesse melhor, não tivesse visto a emoção tomar conta de Wexley, ele presumiria que os Paragons o tinham plantado como espião. Algo que sua Campeã artificiera Mynx teria criado, um drone feito para se comportar como um homem.

— Ouvi que você vai ficar em casa o resto do dia — disse Wexley. — Quer que eu adie? Tenho o vídeo pronto agora.

— Quero colocar Sylvie para descansar — respondeu Zhan-Yo. Ele já havia falado com a equipe de remoção de corpos. Eles a tinham esperando, e ele sabia para onde a levaria. — Deixe-me cuidar disso antes de abrirmos a caixa. Esteja pronto para fazer os movimentos quando eu ligar. Precisamos anunciar antes dos Paragons. O caos é nossa força.

— Sua gravação fará isso — disse Wexley, sua voz melíflua. — Acho que fará muito mais. Você consegue imaginar o que eles sentirão, todas aquelas anomalias, quando seu herói morrer? Quando sua utopia perfeita rachar e desmoronar?

— Não fique poético. Há muito trabalho a ser feito. — Incomum para Wexley mostrar paixão, muito menos em um desabafo como aquele. Zhan-Yo fez Wexley esperar enquanto pegava um cigarro, acendia e dava uma longa tragada, deixando a cinza se enrolar na ponta. — O que você acha que será a resposta deles?

— Os Paragons atacarão rápido e forte assim que descobrirem quem você é e onde está. — A breve incursão de Wexley no reino das proclamações elevadas morreu sem um segundo pensamento. — Depois que você terminar com Sylvie, precisará se esconder. Não espere voltar para seu apartamento.

Claro que não voltaria. Havia planos para isso. Zhan-Yo olhou pela porta de volta para seu lar. Pequeno, esparso e feito para um homem que passava mais tempo no escritório. Ele não sentiria falta.

— Você saberá quando eu estiver seguro — disse Zhan-Yo, então deu a seu amigo - Wexley havia conquistado esse título, pelo menos - um aceno brusco. — Este é o começo.

— Não, já começou. — Wexley respondeu. — Não demore muito. Precisamos de você livre e vivo. Sem mais sacrifícios.

— Sylvie fez sua própria escolha. Não uma que eu deseje — disse Zhan-Yo. — Siga o plano, Wexley.

— Claro. Cuide-se, Z.

O mestre de sua empresa, a faísca de uma nova revolução, apagou seu cigarro no cinzeiro sobre a mesa antes de se virar para entrar, dando um último olhar para todas as marcas na parede contando os dias até a liberdade. Ele não precisaria adicionar mais uma.

CAPÍTULO 58

UMA VELHA CHAMA
AINDA ARDE

O QUE PARECIA SER um ótimo almoço morreu quando Reeves lhe contou sobre o vídeo. Quando Mynx o reproduziu sobre a mesa. Cada minuto agonizante de Aegis sozinho naqueles túneis escuros, em desvantagem numérica e ainda assim sem medo. Ele acreditava em sua invencibilidade até o fim, ou fingia acreditar. Mas então, Aegis personificava a crença nos heróis. Sua vontade fez o mundo reconhecê-los como o futuro. O primeiro Paragon, aquele que abriu o caminho para todos os outros. Escolhido pelo acaso genético, mas o que importava era o que ele fez com essa jogada de dados. Agora o que Mynx faria com a dela, o que os outros Campeões fariam do mundo que Aegis deixara para eles, isso ela não podia saber. Apenas que todos eles não teriam escolha a não ser comparecer à cúpula agora. Depois disso, não poderia haver dúvida de que os Paragons estavam sob ataque.

— Quantas ligações? — disse Mynx depois que o vídeo parou.

— Cerca de uma dúzia já. Estou bloqueando-as, porque supus que era isso que você queria. — Reeves, por mais imperfeito que fosse, podia ser uma bênção. — Quer que eu comece a deixá-las passar?

Mynx esfregou a testa, fechou os olhos. Ela não havia feito muito mais do que enviar uma mensagem inicial, um contato rápido aos Campeões para dizer que era hora de se reunirem. Nada para o público, e o silêncio não seria suficiente para manter o governo em ordem. Os normais exigiam segurança e um dia previsível, e os Paragons tinham que fornecer isso. Mesmo assim, Mynx não conseguia elaborar uma declaração palatável agora. Os Paragons tinham pessoas de relações públicas que poderiam, mas elas estariam tão mal informadas quanto todos os outros. Aegis havia sido o especialista em mídia, conjurando bobagens inspiradoras do nada. Se Mynx ficasse na frente das câmeras agora, ela provavelmente minaria qualquer confiança restante nos Paragons.

— Não — disse Mynx. — Não estamos prontos. Diga a quem ligar que uma declaração dos Paragon virá, mas não ainda. Ainda não.

Ela foi até a borda da varanda, olhou para baixo sobre aquelas rochas, a areia até o oceano Pacífico. Ela se abaixou, abriu o portão que se estendia além da borda de vidro do pátio e revelou a escada estreita esculpida na rocha. Ela poderia ter construído sobre as pedras ásperas, feito uma caminhada mais chamativa e segura, mas isso estragaria a vista. Então, em vez disso, Mynx fez seu caminho lentamente, com drones pairando atrás dela, prontos para ajudar se ela caísse. Cada passo certo, e em pouco tempo Mynx chegou àquela areia e, largando suas sandálias, sentiu os grãos frios e macios entre os dedos dos pés.

— Estive rodando os modelos que a Dra. Jones desenvolveu — disse Reeves.

— A fraude?

— Para uma fraude, ela tinha algumas ideias inovadoras.

A voz da IA vinha do alto-falante em um dos drones, e seguiu Mynx enquanto ela caminhava para o oceano e sentiu o beijo líquido da água fria em suas canelas. No meio do dia, havia apenas algumas pessoas à vista, nenhuma perto dela. Perto da Fábrica. Se isso era porque todos tinham visto o vídeo e presumido que os Paragons não estavam seguros agora, ou apenas um acaso aleatório, Mynx não podia dizer.

— Ela só queria ser como nós — disse Mynx. — É tudo o que eles sempre querem.

— Talvez. Mas há algumas possibilidades aqui. Você se importaria se eu começasse a preparar alguns testes?

Mynx se importaria se sua IA se aventurasse por conta própria para tentar impedir o mundo de envelhecer? Que outros projetos Reeves poderia iniciar se começasse a ser independente? Mas então, o que importava realmente? A humanidade estava destinada a lutar contra si mesma, a perseguir os poderosos não importa o quanto eles fizessem pelos fracos, e quem se importava se Reeves encontrasse seus próprios caminhos para esse mesmo poder? Alguém derrubaria Reeves eventualmente também. Um círculo deprimente.

Mynx recebeu uma onda salgada no rosto e cuspiu o pouco que entrou em sua boca. O oceano dizendo-lhe que tais pensamentos eram patéticos, uma perda de tempo. Verdade suficiente - Mynx poderia não ser capaz de impedir um colapso do mundo que ela projetou com seus amigos, mas ela poderia lutar contra a mudança. Poderia fazer com que custasse caro. Utopias mereciam ser defendidas, afinal.

— Faça isso. Encontre um milagre, Reeves, porque nós certamente poderíamos usar um — disse Mynx. Uma defesa agressiva dos Paragons, os Campeões exigiriam lutadores, e Mynx não conseguia pensar em ninguém melhor do que a filha de Aegis. Uma normal, mas uma que não descansaria até encontrar os assassinos de seu pai. — Você já entrou em contato com Celice?

— Eu tentei. Não houve resposta. Ela desapareceu.

Mynx a encontraria. Ela reuniria os Campeões e construiria uma defesa, arrancaria a podridão pela raiz. Talvez, se Reeves encontrasse uma solução, ela também traria Aegis de volta de seu congelamento profundo. Todos milagres, todos dignos de crença. Ela era uma Campeã. Ela lutaria, e ela venceria.

— Reeves? Eu quero saber quem fez esse vídeo, quem tinha aquela espada. Nós vamos encontrá-los, e nós vamos destruí-los.

CAPÍTULO 59

NÃO FOI EM VÃO

SEU PAI SE FOI.

Celice esperava essas palavras há muito tempo. Desde que completara doze anos, quando começou a entender plenamente o que seu pai fazia, que ambos os pais arriscavam suas vidas incessantemente para melhorar um mundo que não parava de machucá-los. Aegis disse que queria contar a verdade a ela ainda mais cedo, que tinha tanto medo de desaparecer um dia sem ter a chance de se despedir.

Então ele dizia isso. O tempo todo, até que as despedidas se tornaram uma piada para ela. Aegis não falharia, não cairia, e à medida que Celice aprendia mais sobre os Paragons, ela se tornou determinada a ajudar sua família. Fazer o que pudesse para ajudar a impedir que as palavras de seu pai se tornassem realidade.

A pizza estava na prateleira atrás dela, junto com as cervejas artesanais esfriando na geladeira. Esperando a noite toda e agora pela manhã que Aegis voltasse, cumprisse aquele jantar que prometeu a ela. Não deveria ser grande coisa, um pai e uma filha sentados, fazendo uma refeição, conversando sobre coisas normais. Ela tinha dispensado o namorado, mas ele não era realmente isso porque, sejamos honestos, você não namora alguém como Celice. Não depois que descobrem quem era o pai dela. Era. Ela teria que dizer isso agora. Era. A palavra martelava em sua mente como um malho.

Respire fundo. Observe a cidade. Segure-se na cadeira.

Aegis adorava isso nela. Racional. Lógica. Capaz de ver o que realmente precisava ser feito e o que era mais importante. Aegis queria socar tudo até a morte. Ele aceitou o manto de líder porque foi jogado sobre ele. Celice, como seu pai dizia, o mereceria. Embora Aegis nunca dissesse exatamente onde Celice estaria fazendo essa liderança - como uma pessoa normal, a lei dos Paragons a proibia de se tornar uma Campeã. Sem Aegis declarar o contrário, Celice também não seria uma Paragon.

Celice se afastou da vista da cidade, levantou-se da cadeira de seu pai. Se Aegis realmente tivesse morrido, havia procedimentos que ela precisava seguir. Paragons para alertar e processos para colocar em movimento. Delineados em um cofre digital especial que Aegis havia mostrado a ela há muito tempo, disponível apenas para os dois. Ninguém mais poderia saber sobre o plano, para evitar pânico ou conspirações. Se algum desastre os vitimasse, Celice supôs, os Paragons teriam que descobrir as coisas por conta própria.

Ela abriu o cofre em seu Tama e começou a caminhar em direção ao elevador. Não demoraria muito para que a notícia se espalhasse e as pessoas começassem a fazer perguntas. Atlântida e seus Paragons precisariam de uma resposta pronta. Abrir o cofre, seu conteúdo derramando ícones virtuais por toda a tela, enviou um arrepio. Tudo nele havia sido atualizado, e recentemente. No dia ou na noite após Aegis ter sido baleado. Como se ele soubesse que poderia morrer em breve.

— Então por que — Celice disse para si mesma enquanto chamava o elevador — Por que você foi?

Polly, a IA da torre, teve bom senso suficiente para não responder.

O plano, no caso da morte de Aegis, previa uma série de movimentações dos Paragons. Várias promoções entrariam em vigor, outros seriam transferidos ao longo da costa, tudo em nome de manter o centro do poder de Atlântida em Manhattan e uma clara cadeia de comando para os outros centros regionais. Tudo logística, tudo coisas que Celice achava fascinantes no vácuo. O texto parecia um absurdo para ela agora. Ela leu mesmo assim. Procurando, sem encontrar seu nome. Nenhuma menção a ela, ao que ela fazia ou ao que deveria fazer agora. A executora do plano de Aegis não tinha parte nele.

Aegis, seu pai, a deixara de fora de sua sucessão. Uma centena de razões potenciais fervilharam, depois se dissiparam enquanto o elevador descia pela torre. Celice bateu a palma da mão direita contra a gaiola de aço. Claro que ele faria isso sem lhe contar. Claro que ele tiraria a única coisa que lhe restava sob alguma desculpa para sua segurança.

Ela chegou aos andares de escritórios da torre, parando no nível de operações. Um enorme centro de comando cercado por telas e mesas de exibição para que os oficiais Paragon pudessem monitorar e direcionar em tempo real. Celice passara horas aqui apenas observando enquanto os heróis de seu pai salvavam a cidade, Atlântida, o mundo de todos os tipos de ameaças. Agora, porém, parecia que algum sinal havia mandado os Paragons para casa mais cedo. Apenas alguns veteranos comandavam as telas, nenhum deles se preocupando em olhar para Celice quando as portas do elevador se abriram.

Estes deveriam ser os novos guardiões do legado de seu pai. Pessoas cuja maior responsabilidade era direcionar o tráfego dos Paragons. Não ela, não Celice, que fizera tudo enquanto seu pai usava os punhos para salvar o mundo. Raiva misturada com tristeza misturada com frustração e Celice sabia que deveria tirar um tempo. Passar o dia lá em cima, olhando para a cidade e não fazendo nada além de marinar no passado. Amanhã, ela poderia lidar com o futuro. Lidar com os planos de Aegis.

Em vez disso, Celice digitou um novo destino no elevador. Um andar muito baixo, abaixo do solo.

Seu pai sempre contara com ela para fazer a coisa certa. E Celice faria. Enquanto o elevador descia, Celice limpou o cofre digital. Deletou todos os documentos, mantendo apenas os poucos vídeos que Aegis deixara só para ela. Ela os assistiria mais tarde. Eles a manteriam acordada, energizada, motivada. Atlântida precisaria mudar. Os Paragons também. Eles tinham sido pacificadores por muito tempo, mas alguém havia declarado guerra. Celice descobriria quem, e quando o fizesse, seus Paragons estariam prontos para revidar.

CAPÍTULO 60
OS PODRES

THANE ATINGIU a água na costa da ilha a uma velocidade que deveria tê-lo transformado em carne moída, e o impacto teria feito seu trabalho letal se Thane não tivesse caído por vários minutos antes, se Thane não tivesse se deixado tomar por uma raiva insana amarrado no avião de Mynx antes que ela o chutasse para fora. Em vez de se desintegrar, o corpo enorme e quase invulnerável de Thane mergulhou com um som não muito diferente do estalo de um raio. Ele perdeu a consciência, entregando sua vida às ondas que o arrastaram para a costa rochosa da ilha.

Desde então, ele se alimentara de musgo e cogumelos, pegara alguns peixes com as mãos quando conseguia reunir raiva suficiente para energizar seus velhos membros. Thane, no entanto, passara o tempo contemplando os drones que flutuavam silenciosamente perto do horizonte. Uma cerca para manter o problema confinado. Eles não incomodavam Thane na caverna que ele encontrara acima de sua entrada onde fora arrastado, e os drones não mudavam seus padrões quando Thane percebeu que a ilha tinha outros visitantes. Muitos, muitos outros. Mynx não havia criado uma prisão particular apenas para Thane, ela o colocara junto com os outros detentos.

Logo, Thane deixaria a caverna, viajaria em direção ao conjunto mais próximo de fumaça de fogueira que subia, carregando o cheiro de carne cozida na brisa. Ele passara seu tempo, quase se emaciando, elaborando um plano que o tiraria desta ilha. Thane encontraria o buraco na cerca de Mynx e escaparia.

E ela pagaria.

———

Não é fácil para uma lenda desaparecer. Mynx vem tentando se desvanecer há anos, mas agora Aegis está desaparecido, e Mynx deve liderar os Paragons, ou assistir ao mundo que construiu colapsar em um desastre flamejante.

Continue a aventura com *O Chamado do Campeão*, *O Código do Herói* Livro dois:

AGRADECIMENTOS E NOTA DO AUTOR

A Queda do Paragon dá início a uma nova série que explora algo que sempre achei interessante: o que acontece quando pessoas que costumavam ser, fisicamente, imparáveis se veem muito paráveis. Quando sua identidade está atrelada a algo que sucumbe ao tempo.

Você conseguiria mudar? Você mudaria?

Como sempre, esta história é fruto do apoio infinito de Nicole, que me permite brincar em universos fantásticos. Meus irmãos, pais e sogros trazem uma alegria e maravilha à minha vida que me encorajam a explorar os vastos alcances da ficção científica e fantasia. O apoio deles é tudo.

Os leitores também alimentam a fornalha criativa. Seja através de avaliações cinco estrelas (ou menos!), mensagens passadas pela teia infinita das redes sociais, ou simplesmente um pico no gráfico de vendas que diz que alguém está dando uma chance às minhas histórias, isso alimenta a vontade de continuar seguindo em frente. Então, obrigado, e espero que você tenha gostado deste romance e do resto da série.

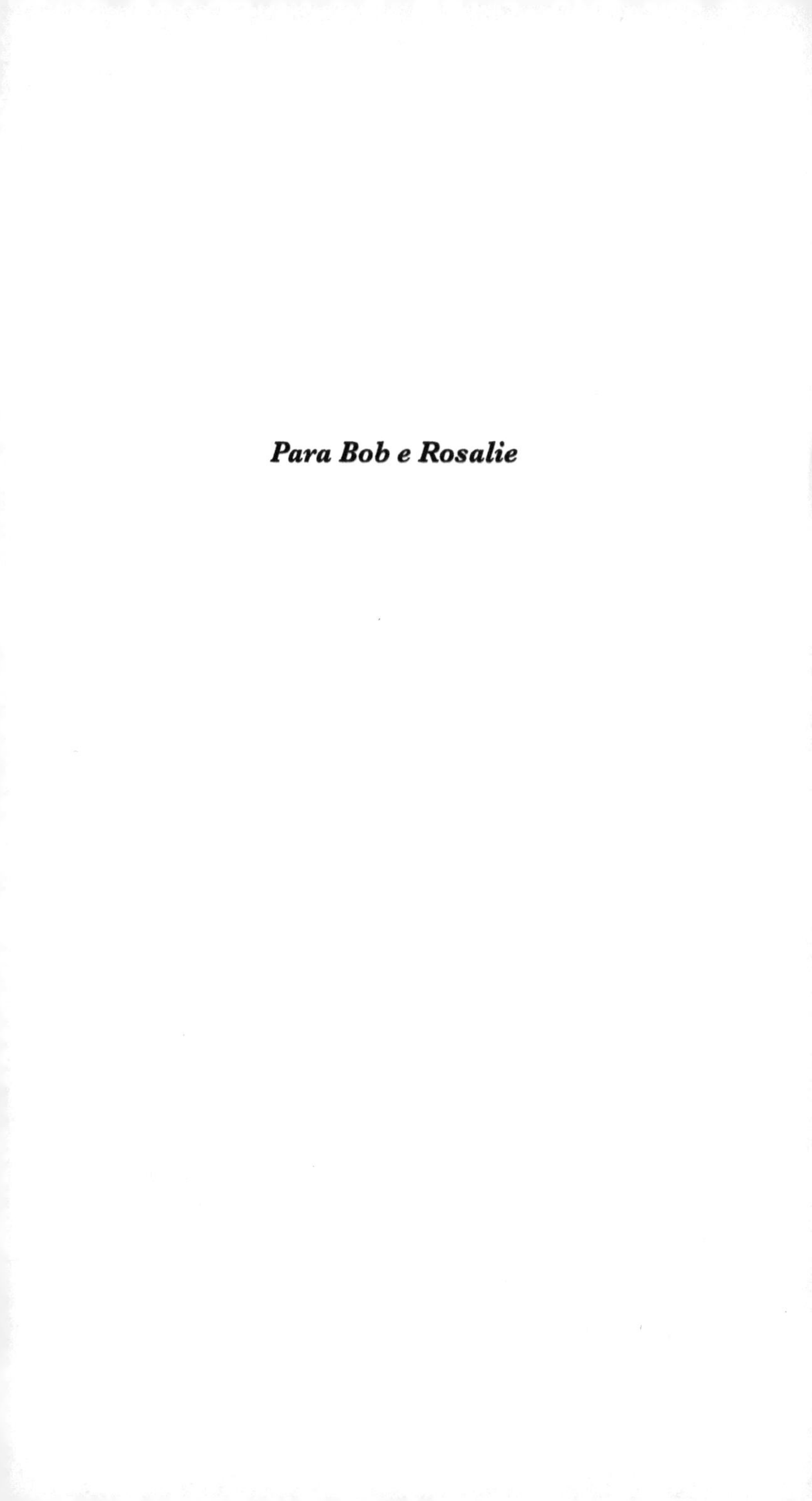

Para Bob e Rosalie

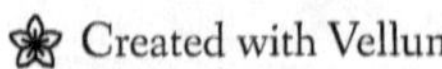 Created with Vellum